钱唐访学杂记

刘真伦 著

ZHEJIANG UNIVERSITY PRESS
浙江大学出版社

自 序

◎刘真伦

2015年9月至2016年6月，我作为浙江大学人文高等研究院（以下简称浙大高研院）驻访学者居留杭州，经历了一段难以忘怀的岁月。两个学期的日日夜夜、点点滴滴，我都想把它记录下来，留给自己，也留给后人。因为在我看来，这段生活确实具有令人魂牵梦萦的独特魅力。

让我难以忘怀的第一点，是浙大高研院独特的驻访机制。罗卫东教授在驻访学者见面会上的讲话给我留下了很深的印象：浙大高研院采用斯坦福模式，提供较长的一段时间，给学者一个完全没有功利压力的宽松自由、尊严体面的学术环境，让学者在淡泊、轻松的氛围中自由地思考。应该承认，浙大校方的考虑确实切中了当代中国高校的痼疾。在学位、职称、项目、课题、经费、奖项、SSCI等一系列量化考核指标的挤压下，学者乃至院系、大学显得疲惫不堪，创造性思维所必需的自由、宽松的学术环境逐渐恶化。在这种条件下希望大学出成果、出人才，无异于南辕北辙、缘木求鱼。何况多年的无序竞争恶化了大学的生态环境。为了获取有限的资源，同专业内部、不同专业之间；不同院系、不同学校，各方面关系的紧张，绝不仅仅来自人为，而应该从体制的角度寻找原因。浙大高研院设计的驻访模式能够从减压的角度思考问题，确实是切中了要害。将近一年的驻访经历给我的感受，可以证实浙大高研院驻访机制设计的高瞻远瞩。

让我难以忘怀的第二点，是在这样的机制下学者自身释放出来的开放的思维境界和开朗的精神面貌。驻访学者来自海内外不同地区，具有不同的专业背景，40多场不同领域的专题学术报告，碰撞交融，火花四溅。不过，我从他们那里得到的，不仅限于报告本身。更多的收获，来自玉泉校区大校门候车亭、往来玉泉之江的班车、之江小食堂以及咖啡馆的闲聊。除了学术启迪与思想闪光之外，推心置腹、毫无保留的情感交流，更让人神清气爽、内外澄澈。20世纪80年代中期，重庆沙坪坝图书馆曾经有一个公共讲演平台，来自不同高校不同专业的师生们畅所欲言，零距离交流。这样的场景，已经违别几十年了。在我看来，浙大高研院驻访机制设计的成功，或许主要体现在这些地方。短短两个学期的访学，甚至在一定程度上恢复了我的某种自信：一旦摆脱了课题、经费、职称、权势的困扰，每一个中国的知识分子，都还保有一颗追求真理、向往自由、坦荡真诚、无欲无求的赤子之心。除此之外，高研院的各种活动，诸如每天工间休息的茶叙、友朋之间的赠答唱和、赵声良老师主持的书法班、李玉珉老师主持的佛经阅读班，都是那样的亲切，那样的温馨。把这些零星琐屑的生活细节记录下来，也是蛮有回味的。

让我难以忘怀的第三点，是高研院办公团队热情周到的服务。一到杭州，我就感受到了他们的真情。接站的专车刚到求是村，当时负责接待的李菁、林扬子两位年轻老师就开始忙前忙后，帮我们搬行李，为我们办各种手续，耐心细致，不厌其烦。"十一"长假，仍有接待任务，他们照常上班。半夜打电话，依然是有问必答。此后的一年间里，包括常务副院长朱天飚老师、院长助理张兴奎老师以及外事助理吴琪、学术助理蒋玉婷、行政助理冯茹，生活上多方关照，工作上辛勤操劳，他们始终如一，无怨无悔。据罗卫东教授介绍，他们对行政服务的要求，是老师站着，你就不能坐着，看来似乎不是一句空话。混迹高校30多年，见惯了小辫子训斥老教授的镜头，对这样的行政风范，确实有云里雾里的感觉。

近些年来，有关如何创建世界一流大学的讨论不绝于耳。我不是大学管理人员，对此无缘置喙。作为一个普通教师，我倒是觉得，真正能够做到上面的三点，虽不至，不远矣。

全书一共三卷，记录的都是我访学过程中的零星琐事，所以称为"杂记"。全书各篇的体例结构大致相同，但各卷的内容则大不一样：卷一"秦望伐柯录"是学术札记，记录访学期间每场专题学术报告的主要内容以及我自己的心得体会；卷二"之江梦忆录"是随笔，记录浙大之江校区的历史文化遗迹、山水风物景观以及我本人在之江的生活点滴；卷三"西湖探胜录"是游记，记录我在杭州主要是西湖周边地区的活动轨迹。"炙背可以献天子，美芹由来知野人"（杜甫《赤甲》），所奉虽微，所费不菲，心香一瓣，唯诚而已。

浙江大学的访学令我难以忘怀，不单是因为高研院独特的驻访机制和学术、人文环境给我以前所未有的独特感受，还因为我与杭州有一段38年的不了情缘。对其他驻访学者而言，或许这不过是科研人员习以为常的一次普普通通的访学；对我而言，这段杭州之游就是一场实实在在的圆梦之旅。

1977年12月恢复高考，1978年5月恢复研究生考试，到1978年7月再次高考，半年时间内，我参加了三场考试。幸运的是，三次考试成绩上线；不幸的是，三次录取全部落榜。当时曾有诗自嘲云："山路崎岖费奔走，途穷焉敢放初心。来来去去一抔土，去去来来两橐经。一岁三登龙虎榜，半生长恋鹿麋群。柳郎不见见应笑，忍把诗酒换浮名！"

不过，三次挫折，也换回了不少甜蜜的回忆。为了阻止我参加考试，我当时的工作单位奉节机械厂安排我长期出差，到偏远的农村安装水轮机组；即便回厂上班期间，也每天安排一个加班。我永远也不会忘记在那些日子里从我的小伙伴那里得到的帮助：每当我需要时间回城参加考试和体检，张定福就会自告奋勇，跋山涉水为我顶班；在那些深夜加班的日子里，郑登本等人都会为我打掩护，帮我完成工作定额，让我躲在车间狭窄的夹壁墙里偷偷看书。最令人感动的，则是研究生招生单位杭州大学派人来厂调取档案。虽然未能成功，但杭州大学的认同，给了我继续奋斗的信心和勇气，所以我对杭州大学始终抱有一份感恩之心。1979年我再次报考研究生且成绩上线，当时奉节机械厂打算转产电冰箱，组织了一个技术考察小组赴杭州西泠冰箱厂考察，我也名列其中。不过行前我已经得到考试上线的信息，所以没有参加。等到书记一行离厂之后，时任厂党委副书记的朱照林放走了我的档案。从某种程度上甚至可以说，除了小伙伴们的帮助之外，杭州成全了我下半生的学术生涯。所以38年来，这段情缘在我心中始终挥之不去。

没想到时隔38年，我能有机会受聘为浙大高研院驻访学者。年近七十，终于圆梦，天道循环，感慨万端。于是再成一律，以纪念这段难得的因缘："三十八年一梦消，心魂犹系浙江潮。秋风秋雨秋娘墓，断壁断垣段家桥。天目云霞东海浪，南屏钟磬九天箫。晚来得遂平生愿，负笈杭城问九招。"

是为序。

卷一　秦望伐柯录

卷首语

卷一

秦望伐柯录

JUAN YI

QINWANG FAKE LU

卷首语

　　秦望，秦望山，浙江大学之江校区所在地。伐柯，砍斧柄。制作斧柄最好的榜样，就是自己手上的斧柄；研习学问最好的榜样，就是自己身边的同行。所谓"秦望伐柯录"，就是记录自己在秦望山上向同行请益求教的这段经历。访学本来就是学术交流，似乎不应该有什么特别的地方。不过，这次浙大高研院的访学确实有不少特殊的体验，似乎值得记录，这就是本卷"秦望伐柯录"的由来。

　　将近一年的访学，40多场来自不同学科的专题报告，给了我动心忍性、增益其所不能的机会，这就是本卷以"伐柯"命名的初衷。其中包伟民老师的经济史研究、张亚辉老师的文化人类学研究、张志强老师的近代学术史研究、吕大年老师的语言学研究、盛嘉老师的世界史研究、魏志江老师的中日韩关系史研究、罗卫东老师的《道德情操论》研究、张光老师的当代史研究、来国龙老师的思想史研究、马得勇老师的乡镇治理研究、靳希平老师的现象学研究、赵鼎新老师的社会学研究、张睿壮老师的国际关系学研究、朱天飚老师的政治经济学研究、周明初老师的《全明词》研究、卢盛江老师的诗律学研究、李人庆老师的乡村治理研究、贺照田老师的近代思想史研究、赵声良老师的敦煌学研究、陈静老师的庄子研究、李玉岷老师的佛学研究、陈少明老师的思想史研究、胡可先老师的出土文献研究、陈以爱老师的通识教育研究、冯克利老师的政治学研究，他们都是当代学界的翘楚。其他青年才俊的高论，也同样让我受益多多。

　　本卷为每一场报告撰写一则学术札记，重点记录报告的主要内容以及我本人的感悟。由于记录的只是个人感受，受限于个人的学识，所以未必全面，也未必准确。但受之以心，出之以诚，临文不讳，尚祈鉴谅。

赠 包伟民 老师

学术宜当遵范式，
政经分离即金堤^①。
官商同体失纲纪，
莫怪基层一阐提^②。

2015年9月23日，浙大高研院学术报告会第22讲在浙江大学之江校区四号楼304会议室举行，著名宋史学者包伟民老师前来做学术报告。

包老师的报告题为"关于学术失范的典型案例——从'专业市镇'到'十大商帮'"。报告对"专业市镇"和"十大商帮"这两个概念进行分析，讨论当前历史学界在这两个概念的使用上存在的问题。通过"专业市镇""龙游商帮"概念的演进谈学术失范现象。

包老师认为，之所以要讨论范式，是因为一个基本概念或学术范式确立起来后，很少有人会去思考它到底合不合理，大多数人都在为强化这个

包伟民，1956年出生于浙江宁波。先后师从徐规、邓广铭二位先生，1988年获北京大学历史学博士学位，其后曾在杭州大学、浙江大学任教多年，现为中国人民大学历史学院教授、博士生导师、唐宋史中心主任、2012年度教育部长江学者特聘教授、中国宋史研究会会长。包伟民老师的研究集中在宋史、中国古代经济史及近代东南区域史等方面，代表作有《江南市镇及其近代命运》（知识出版社，1998年）、《宋代地方财政史研究》（上海古籍出版社，2001年）、《传统国家与社会：960—1279年》（商务印书馆，2009年）、《宋代城市研究》（中华书局，2014年）等。此外，包伟民老师还主编了《武义南宋徐谓礼文书》（中华书局，2012年）及《龙泉司法档案选编》（第一、二辑已由中华书局于2012—2014年出版）。

① 金堤，坚固的堤堰。《汉书·司马相如传上》："鳖姗勃窣，上金堤。"颜师古注："言水之堤塘坚如金也。"

② 一阐提，佛教名词，梵语Icchantika的音译，亦译"一阐提迦"，略称"阐提"。意为"不具信"，或称"断善根"，佛教用以称呼不具信心、断了成佛善根的人。东晋竺道生谓一阐提也可成佛，则泛指泯泯众生。《涅槃经·梵行品》："一阐提者，断灭一切诸善根本，心不攀缘一切善法。"

范式而添砖加瓦，以求使其放之四海而皆准。对范式的归纳当然可以为特定的研究领域提供相当的指导意义；但是对范式的过度强化，就会有矫枉过正的危险。

关于"专业市镇"，包老师首先介绍了这种江南市镇研究范式的确立和影响，并选取乌青镇——也就是现在我们所说的乌镇——作为案例加以验证，看看乌青镇这一非常典型的"专业市镇"是否符合这个范式，进而思考这种现代学术史发展的路径是否正确。包老师认为，乌青镇作为农村地区的商业中心，其经济结构是比较全面的，并且扮演着两方面的角色：一方面，是该地区农产品及其加工品的集散地；另一方面，则是该地区农民生产、生活资料采购批零兼营的商业中心。这两个角色相互依赖，缺一不可。而在该地区农产品其及加工品集散方面，虽然历史文献并未为我们留下更为详尽的数据记载，但据以上分析可以推断，蚕桑业固然是本地区农村经济中在粮食作物之外最为重要的一个组成部分，若说它占据着绝对主导地位，进而规定了市镇经济的"专业性"，则恐怕有夸大之嫌。

关于"十大商帮"，据包老师考察，最早关注龙游人"喜商贾"现象的是傅衣凌先生。据傅先生的考证，龙游商人经营的行业比较多，包括书、珠宝、纺织品、海外贸易、采矿等，活动区域也较广泛，具有自由商人的姿态，符合封建解体期商人的特点。这一考察的理论背景涉及明清时期的商品经济和资本主义发展，傅先生是将龙游人"喜商贾"现象作为明代社会商品经济普遍发展的一个典型来研究的。陈学文《明清时期的龙游商人》首次提出了"龙游商帮"的概念："龙游商帮是以龙游命名，实是包括了衢州府属西安、常山、开化、江山、龙游五县的商人，其中以龙游商人人数最多，经商手段最为高明，故冠以'龙游商'。"陈先生特别强调了他们在珠宝业和纸书业中的重要地位，认为龙游商帮在这些行业中"几乎处于垄断地位"，又说他们"独占珠宝古董文物这一行业"，实际上是在不断地强化"龙游商帮"这个概念。此后有关这一论题的学术动向，可以归纳为两种趋势：一是进一步论证、扩充这一学术范式，并对它作细节的补充；另一则是不少相关领域的研究，尤其是经济学界，借用此一学术范式以为己用。有电视台专门做了节目介绍十大商帮，可见其影响。从傅先生将其视作明清时期内地山区商品经济普遍发展的一个典型案例，一步一步地引导出了一个地域性的"商人资本集团"，即作为中国明清时期"十大商帮"之一的"龙游商帮"。换言之，是从傅先生所着眼的普遍性，推进到了一定程度的特殊性——一个在某些行业具有"垄断"地位的、列入全国"十大"之一的商人群体。包老师认为，"龙游商帮"实际上是未经认真论证而确立起来的虚假概念，"十大商帮"的提法亦需反思，进而对部分史学研究者学术质疑精神的缺失提出了批判。包老师最后指出，更翔实、更精确的史学复原永远是史学进步的动力，同时也强调了独立思辨能力对史学研究的重要意义。

我个人的看法是：包伟民老师的报告揭示了当代学界利用学术进行商业炒作的不良倾向，值得每一位立志献身学术、真正热爱学术的学人高度警惕，认真自省。不过，当代社会失范的根子不在学界，而在规范的制定者与掌控者。若干年来，管理部门被生产部门绑架，国家制造标准一降再降，早已是尽人皆知。就我本人的亲身经历而言，20世纪70年代初，我曾经亲自参与过家乡一座小氮肥厂的设备制造。接受任务时，我拿到了20多套中低压设备制造图。到完工时，还有几套污水处理设备的制作没有动工。原因是上级通知，这几套设备暂缓制作。此后直到该厂开工投产、最终倒闭关门，这几套设备仍然停留在图纸上。与此相类，诸如造纸厂的污水处理设备，火电厂、水泥厂的旋风除尘设备，或缺席数十年，或专门用来应付节假日环保部门检查。造成这一局面的根本原因，就是官商一体。生产单位属于国有，监管部门就是政府，在利益共同体内部自己监管自己，结果可想而知。与此形成鲜明对照的是，深圳的工业规模远远超过内地的绝大多数大小城镇，而它的环境保护状况却大大优于内地绝大多数大小城镇。原因就在于，对于外资企业和私营企业，政府监管部门至少在当时还能够公事公办。现代政府的职权要远远高于传统社会，是因为资本的本性就是效益最大化，而现代社会的高科技、集约化生产又只有政府才有可能实施监管，这就是改革开放以来官方一再要求官商分立、政经分立的根本原因。学术的失范，从抄袭剽窃到数据造假，从反复发表到商业炒作，从文化搭台到经济唱戏，从《反抗绝望——鲁迅及其文学世界》到龙芯，又有哪一桩背后没有权力的影子？明乎此，再来讨论学术失范，才会做到有的放矢。

赠 张亚辉 老师

藏边跋涉几冬春，
偷得喇嘛精气神。
梵唱一声弘正气，
秘闻掌故是经纶。

2015年10月13日，浙大高研院学术报告会第23讲在浙江大学之江校区四号楼304会议室举行，来自中央民族大学民族学与社会学学院的张亚辉老师带来了"传统中国晚期封建与藏边社会"的主题报告。

亚辉老师首先介绍了这篇报告的研究背景，是基于费孝通先生1980年末在香港特纳讲座上发表的"中华民族多元一体格局"的演讲进行整体思考的。报告回顾了梁启超、柳诒徵、钱穆、费孝通等人有关中国文化多元性和中华民族多元一体格局的研究史，并梳理了西方经典人类学对中国封建社会的论述。

亚辉进而对元代以来藏边社会的基本结构和相关研究的田野调查状况进行了阐述。他针对元代以来中国文化系统的多元性、藏地在后弘期的结构残缺、藏地等级二元性的封建结构等问题发表了自己的看法。亚辉以卓尼土司、丽江土司、德格土司为例，讨论从元代到明代土司制度的共同特征——全部印过《大藏经》，德格版、卓尼版和理塘版。为什么要印《大藏经》？因为它们地处藏边，声望的来源具有多重性。这个时候提高

张亚辉，人类学博士，中央民族大学民族学与社会学学院副教授。在《民族研究》《社会学研究》《中国藏学》《清史研究》等期刊上发表过多篇论文，著有《历史、神话与民族志》（合著）、《历史与神圣性》《水德配天：一个晋中水利社会的历史与道德》等。主要研究领域为宗教人类学、历史人类学。

声望的一个很重要的办法就是修寺院、印经书，以获得神圣性或卡里斯马（charisma）。而且印经书比修寺院要厉害得多。亚辉由此考察这些制度背后的精神到底是什么，是经学的混杂，是不同血统的交汇，还是由一个仪式体系所制造的不断变化的神圣的流动方式。

亚辉的报告给我的最大震撼，是关于藏边地区社会二元化现状的描述。对于宗教以及宗族在普通人日常生活中的作用，我们已经非常隔膜了。藏边地区能够保留宗教以及宗族的现实存在，实在令人惊叹。唯其如此，了解这些地区的人们拥有一种什么样的精神世界以及生活情怀，才更加令人神往。

亚辉的报告首先解释，他采用了一个当代历史学界公认的被"滥用"的概念，也就是"封建"的概念。关于这一点，我有几句话想说，因为我也习惯于使用这个概念。有关人类社会的历史形态及其发展演变，摩尔根的四阶段说、马克思的五阶段说，曾经是社会发展史领域的主流观点。但在中国社会史的研究中，学术界似乎从来就没能取得起码的共识。中国有没有奴隶社会争论了近百年，近十多年的争论则是中国有没有封建社会。争论的焦点，都在于是典型还是不典型。以西方的奴隶社会为典型，中国的奴隶制必然不典型，不典型就是没有；以西方的封建社会为典型，中国的封建制必然不典型，不典型就是没有。这样的研究模式，考察得越深越细，结论就越离奇。其实，一方面，无论人类起源于一组基因还是多组基因，但从生物分类学的角度讲，他们具有共同的生物特性，也就必然具有共同心理特征乃至共同的行为方式，其社会性也必然共性大于个性。从这个角度讲，人类社会的发展演进具有共同的规律，也是顺理成章的，摩尔根、马克思的学说自有其内在的逻辑。另一方面，不同种族、不同方域的群体具有不同的文化习性与路径选择，也必然会影响其社会发展走向。同为欧洲人，北美和南美就选择了不同的发展道路；同属大中华文化圈，日、韩、菲与中、朝、越就选择了不同的发展方向。有同有异，才算正常。不能用共性否定个性，也不能用个性否定共性。我的看法是：人类的社会形态包括奴隶社会、封建社会、资本主义社会等。这三种社会形态自有其本质特征，这就是人类社会发展演进的一般共性；三种社会形态内部同时存在着不同的文化环境与路径选择，这就是不同种族、不同方域的特殊性。这三种社会形态都是人类社会发展的必经阶段，每一个发展阶段相对于上一阶段而言，都意味着人类文明的巨大进步，都有其自身的价值，绝不可以用后一阶段的发展去否定前一阶段的进步。比如谈到奴隶社会，不能只看到它的血腥暴戾。上古社会虽然血腥，奴隶主无偿占有奴隶及其全部劳动成果，但相对于战俘像猪、羊一样被宰杀作为食物的原始时期，奴隶制毕竟体现了人的地位的提高。何况这一历史阶段生产力极度低下，要维持群体的生存，似乎不得不牺牲个体的利益。尽管极为不公，却也难以两全。更重要的是，人类文明的精华，如英雄主义、担当精神、民主意识、共和体制、任人唯贤等都萌生在这一时期。当然，它也有糟粕，除了暴戾血腥之外，它留给人类最大的祸端，就是利出一孔、权归一家。中古社会相对于上古社会最大的进步，就是由一个人的统治变成了一群人的统治；就是制民之产，还百姓以人身的自由以及免于饥饿的自由。更重要的是，人类文明的精华，如仁慈、宽厚、包容、道义、礼貌、诚信、廉耻、渊博、高雅、旷达、潇洒、文采、风流，道德至上、厚德载物、月旦科举、绅士风度，都出现在这一时期。当然，它也有糟粕，除了统治集团阳儒阴法、外儒内法、说一套做一套的道德伪善之外，它留给人类最大的祸端，就是导致社会阶层固化的血缘身份等级制度。近现代社会相对于中古社会最大的进步，就是由少数人的统治变成了多数人的统治；就是每一个人都有机会通过公平竞争、优胜劣汰获取应得的权益，并由此推动全人类的科学技术与制度文明不断走向进步。更重要的是，现代文明的精华，如博爱、平等、自由、公平、正义、人权、民主、法治，个性解放、人格独立、精神自由，成为时代的呼声。当然，它也有糟粕，资本的原罪——每一个毛孔都流着血和肮脏的东西，在这一时期的具体表现，是打着科学主义招牌的极端功利主义，也就是他们自诩的效率第一。对内表现为竭泽而渔，最终陷入中等收入陷阱；对外表现为殖民掠夺，最终陷入修昔底德陷阱。除此之外，它留给人类最大的祸端，是极权主义与民粹主义。现代国家承载的社会功能远远高于古代的传统政权，所以集权是现代民族国家必不可少的政治架构。但发展到极端，则有可能导致极权专制，希特勒的国家社会主义就是前车之鉴。公民的权力让渡是现代民族国家合法性的依据，但发展到极端，则有可能导致多数人的专政。对于中西文化孰优孰劣的论争，我一直以为是一个伪命题。中西文化固然存在差异，但它们都是人的文化，共性必然大于个性。全盘西化论者用西方现代文明比对中国传统文化，似乎中国天生就比西方愚昧落后；反西化的雄辩之士则用西方国家上古的野蛮、中古的黑暗与殖民时期的凶残比对现代文明，则西方文化简直就是罪恶的渊薮。其实，无论是东方还是西方，无论是上古还是现代，每一个文化系统中都同时存在两种截然不同的价值观、两条截然不同的发展道路。柏拉图把人类社会的发展区分为三个阶段：由个人统治，少数人的统治，到多数人的统治。而这三个阶段的政治又各自区分为两组截然不同的类型：君主政体、贵族政体、民主政体和暴君政体、寡头政体、暴民政体。无独有偶，中国古代的哲人也有类似的思考，《离骚》这样区分不同的治国理念："彼尧舜之耿介兮，既遵道而得路；何桀纣之昌被兮，夫唯捷径以窘步。"尧舜走的是康庄大道，桀纣走的是邪径小路。前者主张己所不欲勿施于人（《论语·卫灵公》）。制民之产，必使仰足以事父母，俯足以畜妻子，乐岁终身饱，凶年免于死亡，然后驱而之善（《孟子·梁惠王上》），这是一条留水养鱼的仁政之路。后者以效率为唯一的施政方略，以增加财政收入为唯一的目的，利出一孔、权归一家，走的是竭泽而渔的唯功利主义道路。二者的差异不在文化传统，而在路径选择。路径的选择决定了前行的方向，中国古代治道存在正路、邪径的差异，现代西方同样存在北欧模式、南美模式的差别。没有必要抑扬中西，也没有必要贵贱古今。这就是我对人类社会发展以及中西文化差异的解读。

赠 张志强 老师

今学从来功利尊，
陆王法相重知仁①。
遍参四万八千偈，
竟取中庸嚅道真②。

　　2015年10月20日上午，浙大高研院学术报告会第24讲在浙江大学之江校区四号楼304会议室举行，中国社会科学院哲学研究所的张志强老师做了"近代佛学与今文经学——以欧阳竟无为中心的讨论"的主题报告。

　　志强老师首先介绍了此项研究的背景，并追溯了晚清今文经学的复兴。他认为，欧阳竟无的佛学思想，恰恰可以映照出今天传统复兴运动的某些实质。20世纪80年代到90年代初，在对中国的现代传统进行反思的过程中，保守主义思潮进入中国，逐渐呈现出保守主义、激进主义和自由主义三分天下的格局。以此格局梳理中国近代思想史，基本上就是沿着这种

张志强，哲学博士，中国社会科学院哲学研究所研究员，中国哲学研究室主任。中国哲学史学会《中国哲学史》杂志编委、编辑部主任，国际儒联理事兼学术委员会委员。发表论文50余篇，著有《朱陆·孔佛·现代思想：佛学与晚明以来中国思想的现代转换》《唯识思想与晚明唯识学研究》等。主要研究领域为佛教唯识学、近代佛学、明清至近代学术史、思想史等。

①程颢《二程遗书》卷二上："学者须先识仁。仁者浑然与物同体，义礼知信皆仁也。识得此理，以诚敬存之，而已不须防检，不须穷索。若心懈，则有防心；苟不懈，何防之有？理有未得，故须穷索；存久自明，安待穷索？"谢良佐《上蔡语录》卷二："观过斯知仁，既是过，那得仁？然仁亦自在。"

②欧阳渐（1871—1943），字竟无，江西宜黄人。早年入南昌经训书院，从其叔父宋卿公研读程朱理学。1894年中日甲午之战后，有感于国事之日非，转而专治陆王之学。1907年，追随杨仁山居士学习佛法。不久，他奉杨氏之命东渡日本，寻访佛教遗籍。在东京结识章太炎、刘师培等，常在一起讨论佛学。1910年，再次赴南京依杨仁山居士研究佛法，专攻慈氏法相唯识学。晚年以佛学融摄《大学》《中庸》格物诚明之理，力图会通佛儒。一生著述甚丰，尝自编所著为《竟无内外学》，凡26种，30余卷。

三分法走。

随后，志强详细地阐释了近代佛学与今文经学的关系、经学传统在近代的转变、康有为思想的本质及影响、欧阳竟无学术思想的来源等问题。现在基本上是把康有为作为一个保守主义者，特别是把康有为后期的"保皇"思想作为他保守主义的一个来源。康有为的今文经学，一方面把孔子作为教主，另一方面又认为六经是孔子所作，这就把孔子等同于佛教的佛陀、基督教的耶稣和道教的老子。正如同佛教是佛陀的教言一样，孔教也是孔子的教言而已。康有为对今文经学的打造，所带来的后果就是儒教的宗教化，而对儒教宗教化更极端、更彻底的表达，来自欧阳竟无。

我对志强报告涉及的问题有两点想法：第一，我的专业集中在中古时期，特别是唐代，主要是对韩愈的研究。但我对报告涉及的课题很有兴趣，因为作为中唐思想革新或者唐宋思想革新的自然延续，近代这一块我多少也会涉及，尤其是从严复到章士钊这一段时期的辟韩。对我来说，最关心的是新文化运动时期的思想动向跟中唐时期，尤其是跟韩愈的关系。我曾经也写过一篇文章，专门谈严复《辟韩》对新文化运动的启蒙作用。在我看来，新文化运动的起点应该就是这篇文章，可以说是近代第一篇对封建礼教宣战的文章。这篇文章发表之后引起了学术界一系列反响，参与的人很多，存在很多激烈的论争，这些论争涉及的问题，跟今天的报告也有一定的关系。

当然，当代思想界的人对这个问题的态度也非常宽容，因为现在是多元社会、多元文化。但是我们作为局外人，非常容易把它简化成章太炎和严复之间的一场辩论。而参与者不单有谭嗣同，还有后来的筹安六君子。我把它简化以后，其实也就是古文学派和今文学派之争，汉学如此，清学亦复如此。由于近百年来的思想走向非常明确、坚定，所以章太炎这一派被称为保守派，而康有为这一派被称为革新派甚至是革命派。在我的整个研究过程中，有一个非常深刻的怀疑，即近百年来我们对论争的评价是否出现了问题？"救亡压倒启蒙"，不仅仅是后来才出现的，其实从杨文会就提出这个问题。所以在这种情况下，对参与论争的人以及其后的政治态度和中国近百年来的思想进程进行比较，无论是严复、杨度还是廖季平，其影响都是负面的。这其中既包括筹安六君子，也包括洪宪小朝廷的保皇保教派，包括他们整个今文经学颠覆性的政策核心，还包括后面的全盘西化派，其实对中国文化的影响总体来讲可能都是负面的。改良主义虽然有自己的道理，但如果我们站在比较中立的立场上看，至少从后果来看，无论改良派的保皇保教还是革命党的一个领袖、一个政府、一支军队等主张，对中国社会现代化进程造成的负面影响都要大于正面影响。那么第一点我想问的是，你们做近代研究这一块，有没有对唯理性主义、唯功利主义保有一点警惕？

第二，关于"孔教化"的问题，这也是联系在一起的问题。所谓的孔教化，它的问题是宗教化。在我看来它不仅仅是宗教化，还是法先王和法后王的老问题，既是传统也是开启未来的问题。说传统也不错，说开启未来也不错，但是关键在于它隔断了历史。我坚持认为，所谓的法先王就是主张效法彼岸的圣君贤相，其性质就是复古主义、理想主义、民本主义、人文主义；所谓的法后王就是拥戴时君，并将其神化为普天之下无所不知、无所不能的绝对权威，其性质就是现实主义、功利主义、国家主义、专制主义。最近若干年，又开始有了新动向，超越牟宗三，回到康有为，宣扬公羊学、孔教化，我对这批人一直有着深刻的警惕。所以我的第二个问题是：人类发展到科学昌明的今天，还有可能出现新的宗教吗？按照一般的常识，宗教应该产生在人类的蒙昧时期、神话时代，神性思维才是宗教产生的根源。在高度理性化的时代，还有可能产生新的宗教吗？

现代社会，知识爆炸、思想多元，但万变不离其宗。对中国人而言，这里的"宗"也就是"中"。"中"也者，"执其两端，用其中于民"（《礼记·中庸》）。"文革"期间曾经批判中庸，以之为乡愿、折中、骑墙、投机,实则大谬不然。刘歆《三统历》以"中"为"极":"太极元气,函三为一。极,中也。元,始也。"按苏轼的理解,"中"(zhōng)者,"中"(zhòng)也,用现代学术语言来表述,也就是最大限度地接近客观真理。欧阳竟无生当清末民初,其选择今文经学,注重事功,乃救亡图存的时代风潮,观严复、康有为、梁启超、谭嗣同可知。救亡图存是一个高尚的目标,但不能打着高尚的旗号为所欲为、倒行逆施、利归一孔、竭泽而渔。所谓集中财力办大事,所集中的,也就是普通百姓的身上帛、口中黍而已。民穷则国困,又何言救亡图存?王安石、张居正乃至筹安六君子,就是今人的前车之鉴。救亡图存,任重道远。路漫漫其修远兮,绝无捷径可寻。竟无历经程朱、陆王、今文经学、法相唯识,而终取《大学》《中庸》,则其所悟,非侪辈可及。

赠 吕大年 老师

最美冥灵霜雪姿^①，
斯文儒雅亦吾师。
月明林下云生处，
麈尾独麾清谭时^②。

2015年10月27日，浙大高研院学术报告会第25讲在浙江大学之江校区四号楼304会议室举行，来自中国社会科学院外国文学研究所的吕大年老师做了"犹太人在美国高校（1920—1960）"的主题报告。

从19世纪末到20世纪初，美国迎来了历史上最大规模的移民潮。在数量庞大的移民群体中，犹太人是比较有代表性的，甚至出现了犹太人"占领"美国高校的现象。以这个历史现象为背景，吕大年老师通过考察1920年至1960年美国高校中的犹太人群体，借用了丰富而翔实的调查、统计资料，对犹太人在美国获得成功的原因、美国在不同时期对犹太移民态度的差别、犹太移民与其他国家/民族移民之间的差别、造成这种差别的原因等问题进行了分析讨论。

吕老师首先交代所说问题的由来和背景：美国是一个移民国家，移民数量急剧增多，引起美国文化的种种变化。变化之一，是20世纪初，美国东部各个大学入学的犹太人日渐增多。在不长的时间里，犹太学生的数量

吕大年，中国社会科学院外国文学研究所英美文学研究室研究员。在《外国文学评论》《国外文学》《读书》等期刊上发表过多篇论文。著有《替人读书》《读书纪闻》。主要从事英美文学的研究。
①《庄子·逍遥游》："小知不及大知，小年不及大年。……楚之南有冥灵者，以五百岁为春，五百岁为秋。上古有大椿者，以八千岁为春，八千岁为秋。"
②谭，同"谈"。徒含切，平声覃韵；又上声感韵，徒感切，义并同，见《广韵》。

变得那么多，会引起注意，同时也会引起议论。1923年，哈佛大学校友会在《纽约时报》上发表了一篇文章，说在读学生中的犹太人数目过大，要想办法改变这种情况。具体措施还没有出台，就引起了犹太居民的强烈抗议。此后，限制犹太人入学的提议未见后继行动，不了了之。但是，这件事在美国犹太人里还是引发了两个比较重要的文化现象。第一个现象是美国犹太教的"改良运动"势头减弱。第二个现象是，犹太学生在高校受到排斥，促使美国的犹太学者和作家写文章，解释犹太人多见于各个大学的原因。这是报告想要介绍的重点。

有一派人给出的解释，是犹太人比其他的种族优秀。再有一种说法，是犹太文化跟当时美国的中产阶级文化多有契合之处。类似的调查还有不少。采用这类调查结果的学者认为，犹太人比其他族群更加适应美国社会，原因在于他们在历史上养成的人生价值观。犹太民族传统重视文教，鞭策子弟念书，这一点确定无疑。但是光凭这一点无法解释，为什么在东欧没有产生几个犹太学者和科学家，而到了美国之后却层出不穷。犹太学生之所以大量升学，是由于他们的家庭境况比较好。换一个说法：高等教育并不是犹太移民脱离贫困的手段和途径。送孩子上大学，是他们在脱贫之后，进一步巩固财富和社会地位的手段和途径。

大年老师报告留给我最为深刻的印象，是历史资料的丰富与统计数据的翔实，尤其是表格设计的系统清晰，为报告提供了令人信服的说服力。社会科学研究，定性易，定量难。大年老师的研究，给我本人以极大的启示。目前，20世纪上半叶出现的针对犹太裔学生的歧视性名额限制，再次重现在华裔学生身上，乃至出现了华裔学生必须比白人高出140分的SAT标准，有关"平权法案""SCA5提案"的抗争也不绝于耳。大年老师在这样的背景下选择这一课题，拳拳之心，不言而喻。

除此之外，与大年老师日常的闲聊也收获颇多。大年老师多次谈及语言艺术的本质及其边界，他的意见是：语言艺术不能解决形而上的问题亦即意识形态问题，也不能解决形而下的问题亦即国计民生问题。我的理解是：语言艺术的位置在形上、形下之间。它要表现的是个人的精神世界，其中包括个人的生活环境亦即与个人精神世界共生并存的特定的时空畛阈；用规范的教科书语言来表述，也就是典型环境中的典型人物。不知大年老师以为然否？

赠 盛嘉 老师

公心沦丧失公民①，
民粹催生拿破仑。
素质汇流成制度②，
欲排此难复其人③。

2015年10月28日，浙大高研院学术报告会第26讲在浙江大学之江校区四号楼304会议室举行。来自厦门大学历史系的盛嘉老师做了"托克维尔的忧虑：公共道德沦丧与革命危机"的主题报告。

托克维尔是法国近代著名政治学家、历史学家，《论美国的民主》

盛嘉，美国康奈尔大学历史系博士，目前任厦门大学历史系外籍教授，美国康奈尔大学研究院研究员，《人文国际》杂志执行主编。

①托克维尔《论美国的民主》抨击他的法国同胞："他们对一个小军官的随意摆布都能表示服从，但当部队撤退以后，他们就像战胜了敌人似的敢于冒犯法纪。因此，他们将永远在奴性和任性之间摇摆。它的公共道德的源泉早已经枯竭，它虽然尚有百姓，但已无公民。"

②托克维尔《旧制度与大革命》："专制制度比任何其他政体更助长这种社会所持有的种种弊端，这样就促使它们随着它们原来的自然趋势那个方向发展下去。在这种社会中，人们相互之间再没有种姓、阶级、行会、家庭的任何联系，他们一心关注的只是自己的个人利益，他们只考虑自己，蜷缩于狭隘的个人主义之中，公益品德完全被窒息。专制制度非但不与这种倾向作斗争，反而使之畅行无阻。因为专制制度夺走了公民身上一切共同的感情，一切相互的需求，一切和睦相处的必要，一切共同行动的机会。专制制度用一堵墙把人们禁闭在私人生活中，人们原先就倾向于自顾自，专制制度现在使他们彼此孤立。人们原先就彼此凛若冰霜，专制制度现在将他们冻结成冰。"

③《旧制度与大革命》："只有自由才能在这类社会中与社会固有的种种弊病进行斗争，使社会不至于沿着斜坡滑下去。事实上，唯有自由才能使公民摆脱孤立，促使他们彼此接近，因为公民地位的独立性使他们生活在孤立状态中。只有自由才能使他们感到温暖，并一天天联合起来，因为在公共事务中，必须相互理解，说服对方，与人为善。只有自由才能使他们摆脱金钱崇拜，摆脱日常私人琐事的麻烦，使他们每时每刻都意识到、感觉到祖国高于一切，祖国近在咫尺。只有自由能够随时以更强烈、更高尚的激情取代对幸福的沉溺，使人们具有比发财致富更伟大的事业心，并且创造知识，使人能够识别和判断人类的善恶。"

《旧制度与大革命》为其代表作。由于对19世纪动荡的法国有切身的体会，托克维尔对革命、民主制度等问题有着深刻的见解，他的一些学术观点已被各国学者广泛接受。

盛嘉老师开门见山地提出了一个问题：托克维尔所具有的卓然超群的历史预见力、政治分析力从何而来？从这个问题入手，盛老师首先梳理了美、法、俄、中等国的学者有关不同时期、不同地区的革命的论述，进而通过对托克维尔于1848年在法国国会发表的演说的解读，来剖析他公共道德沦丧与革命危机的关系的见解，并对托克维尔与马克思之间的不同的革命观做了辨析，最后指出重读托克维尔的意义。

我个人的看法是：托克维尔崇尚自由而非民主，尤其警惕多数人的暴政。唯其如此，才诱发了民主指向动乱、专制带来稳定的误读。不过托克维尔认为，如果公共道德沦丧，少数服从多数的民主必然导致多数人的暴政，而多数人的暴政必然导向专制。作为民主运动的法国大革命之所以催生了拿破仑的独裁体制，原因即在于此。换言之，民主与民粹是截然不同、性质相反的东西，绝不可以混为一谈。低素质造就了专制制度，而专制制度也努力维护着这样的低素质。素质论与制度论之争，无异于鸡生蛋还是蛋生鸡，是一团永远也解不开的死结。唯一的破解之道，就是人自身的人格独立、个性解放、精神自由。无独有偶，一千二百年前的韩愈也将社会动乱的祸胎认定为低素质群体，也就是"民焉而不事其事"的无业游民。具体所指，即僧、道、宦官、牙兵、使户小儿。他所提供的破解之道，同样是人的自我完善，亦即仁义之途、先王之道。其基本原则是将"古之人""古之道""古之文"融为一体，追求古典价值的回归。其具体途径，则是"复其性"（李翱）、"人其人"（韩愈）。没有人的现代化就不会有社会的现代化，更不会有科学技术的现代化，这就是我对托克维尔的解读。

赠 魏志江 老师

崖山直达九龙山①。
十万汉军无一男②。
莫怪文山扶不起③，
文官怕死武官贪④。

2015年11月3日，浙大高研院学术报告会第27讲在浙大之江校区四号楼304会议室举行。来自中山大学韩国研究所的魏志江老师做了"10—14世纪中日韩海上丝绸之路与东亚海域交涉网络的形成"的主题报告。浙江大学韩国研究所所长金健人老师应邀主持了报告会。

魏老师首先交代了选题背景，介绍了东亚海域世界和海上丝绸之路的

魏志江，1962年8月生，江苏淮阴人，先后于江苏省淮阴师范学院中文系、四川大学历史系和南京大学历史系毕业，并取得硕士和博士学位，并先后任扬州大学历史学系讲师、复旦大学历史地理研究所博士后和中山大学东南亚研究所、亚太研究院副教授、教授，同时兼任韩国研究所所长。现任中山大学国际关系学院执行院长，教授、博士生导师。先后在台湾大学，韩国高丽大学、延世大学，日本东京大学等校担任客座教授或访问学者，长期致力于中韩关系史和丝绸之路区域史的研究，在国内外发表论文80余篇、专著5部，代表性论著有《中韩关系史研究》《韩国学概论》《论中国丝绸之路学科理论体系的构建》和《中日韩三国海上丝绸之路与东亚海域交涉网络的形成》等。

①崖山，在今中国广东省江门市新会区南约50公里。宋祥兴二年（1279），汉人降将张弘范进攻逃至此处的南宋流亡政府。此时宋军张世杰部兵力号称20余万，其中十数万为文官、官女、太监等。元军兵力两万，其中蒙古军约1000人。二月六日正午，张弘范水师发动正面进攻，宋军多支部队成建制叛降。宋师大败，陆秀夫背负八岁的小皇帝赵昺投海，随行十多万军民亦相继跳海，壮烈殉国。九龙山，在日本九州岛。至元十八年（1281）春元朝大军登陆日本决战的地方。由于台风，范文虎等将领弃军先逃，远征军全军覆没。此次登陆日本的主力，是南宋降将范文虎收编的张世杰部降兵十余万人。可见两年前跳海殉国的十万浮尸，属于军人者为数有限。

②五代后蜀花蕊夫人诗："君王城上揭降旗，妾在深宫那得知。十四万人齐解甲，更无一个是男儿。"

③文山，文天祥。

④此句互文，谓文武官员，既贪财，又怕死。《宋史·岳飞传》："文臣不爱钱，武臣不惜死，天下平矣。"

定义与特征。魏老师以东亚海域交涉为出发点，具体讲述了中日韩三国之间的航路变迁和通过海上丝绸之路开展的经济与人文交流。

其次，魏老师阐释了海上丝绸之路与东亚海域交涉网络的形成过程及其对东西方海洋交流史的重要影响和重大意义。10—14世纪，中日韩海上丝绸之路不仅承载着物质文化的交流，也承载着精神文化的交流：第一，中日韩之间的海洋物质文化的交流，主要体现在中韩的朝贡贸易和三国民间贸易两个方面。朝贡贸易是高丽时代中韩两国最传统也是最基本的贸易形态，两国都制定了一系列管理朝贡贸易的机构。但是元朝统一中国后，随着海运的兴起和陆路贸易的开拓，元朝与高丽之间的朝贡贸易由海上贸易转为以陆路贸易为主。不过，民间贸易却仍有沿袭海上丝路者。第二，中日韩三国民间海商经营的贸易活动异常活跃。新罗时代，在东亚海上航行的最大的贸易集团是崛起于朝鲜半岛东南端莞岛海上的张保皋贸易集团，其一度垄断了东亚的海上贸易。10—14世纪，活跃在东亚海域的海商主要是宋朝海商，他们从东南沿海横渡东海，组成中、小型船队前往高丽、日本从事商业贸易活动。第三，中日韩海上的精神文化的交流。海上丝绸之路不仅是物质文化的交流，也是人文和精神文化的交流。

此外，魏老师对日本学者有关中日古代海上航路的相关观点进行了商榷，并对琉球王国的起源问题提出了自己的独到见解。魏老师认为，10世纪以来，横渡东中国海的明州与博多的大洋路，成了中日海域交涉的主要航路。随着蒙古对高丽的入侵，高丽三别抄军奋起抗争，遭到蒙古和高丽联军的镇压，三别抄军不断向西南海域败退，其先后从珍岛撤退至济州岛，随着1273年济州岛被蒙古军攻占，并改为耽罗招讨司，三别抄军残余部分不得不退入日本西南海域琉球群岛。据此，可以推测三别抄军抗蒙失败后，应该是沿日本九州西南海域撤退至琉球群岛，并在岛上建立了琉球王国，而琉球王国也成为14世纪末东亚海域交涉网络中的重要枢纽。

魏志江老师的报告，本人最有兴趣的是崖山之战张世杰部降兵十余万

人被范文虎收编，两年后入侵日本并全军覆没这一段史实。崖山一战十万军民跳海殉国，感人至深。但人们没有注意到，张世杰部下十万大军临阵之际成建制叛降，才是造成浮尸十万、宗社覆亡的罪魁祸首。而文人殉国、武人叛变的场面，在中国历史上不断上演，宋元明清概莫能外，实在发人深思。

赠 罗卫东 老师

原道溯源求治道，
亚当斯密最相亲。
理财治国义先利，
不忘民生情自真。

2015年11月9—13日，亚当·斯密读书研讨会在浙江大学之江校区成功举行，来自北京大学、浙江大学、中国社会科学院、香港大学、中国政法大学、北京航空航天大学、中国青年政治学院、首都经济贸易大学、湖北大学、浙江工商大学、浙江外国语学院、浙江广播电视大学的学者及博士生参加了此次研讨会。

此次研讨会由浙大高研院主办。在为期五天的读书会中，每位领读者带领大家对亚当·斯密的文本从不同的主题进行解读。除了最后一日的自由讨论之外，每日的读书会各有一个主题，分别是：人性论与道德哲学、国家理性与国家法学说、文明帝国与历史哲学、经济与市民社会理论四个主题。每个主题由一位老师领读，然后进行深入讨论。

罗卫东，浙江淳安人，民盟盟员。杭州大学经济系本科、硕士研究生，浙江大学人文学院外国哲学专业博士研究生。浙江大学经济学院教授、博士生导师。研究方向：政治经济学，西方经济学，经济学思想史。现任浙江大学副校长，兼任浙江大学光华法学院院长、浙江大学社会科学院院长、浙江大学人文高等研究院院长。在《经济研究》《中国社会科学》《学术月刊》《经济学动态》《中国社会科学文摘》等杂志发表各类文章和课题报告百余篇，20余篇论文被中国人民大学书报资料中心出版的专题复印资料全文转载或索引。出版《比较经济发展》《经济增长与反通货膨胀的国际比较》《比较经济体制分析》《浙江现代化道路研究》《制度变迁与经济发展：温州模式研究》《经济思想通史》《情感、秩序、美德：亚当·斯密的伦理学》《走向统一的社会科学》《人类的趋社会性》等多部学术著作。

1840年，英国人用炮舰轰开了中国的大门，也开启了中华民族改弦更张、救亡图存的百年革新之路。但和日本、印度乃至南非相比，老佛爷主持下的改革大业，似乎一开始就走错了方向。张之洞主张的中体西用，既包括制度文明的建设，也包括科学技术的更新，并不比福泽谕吉弱智。而在老佛爷的心目中，祖宗家法依然艳若桃花，要保住大清的江山，所缺少的只是坚船利炮而已。所以大清虽然和日本同期派遣学生留欧，其目的却大不相同。"日人之游欧洲者，讨论学业，讲求官制，归而行之；中人之游欧洲者，询某厂船炮之利，某厂价值之廉，购而用之。"（梁启超《论变法不知本原之害》）同样的道理，中国学者对西学的接受也有明确的选择性，看得见亚里士多德，看不见柏拉图；看得见赫胥黎、斯宾塞、卢梭、康德、尼采、凯恩斯，看不见笛卡尔、洛克、孟德斯鸠、休谟、哈耶克；看得见科学理性，看不见宗教神性；看得见主张人性邪恶的契约论，看不见主张人性善良、同情互利的古典经济学。这就出现了一个非常奇怪的现象：翻译《天演论》的严复注意到了亚当·斯密，把他的《国富论》译为中文（名为《原富》），却没有翻译这部书的姊妹篇《道德情操论》。百余年来，《国富论》几乎家喻户晓，亚当·斯密也被推尊为市场经济之父，而《道德情操论》似乎从来没有进入过国人的视野。直到1997年，才出现了《道德情操论》的第一个汉文译本，译者就是罗老师的导师。2004年，才出现了第一篇而且是迄今为止唯一的一篇研究《道德情操论》的博士论文，作者就是罗老师。至此我们才知道，亚当·斯密不仅仅是一位财神爷，也是一位伦理学家；市场经济不是唯利是图、巧取豪夺，而是同情合作、互利共赢；资本的本性不是利润最大化，而是风险最小化、效益（包括社会效益和经济效益）最大化。在此之后的10多年里，《道德情操论》井喷式地出版了50多个译本（据国家图书馆馆藏），以《道德情操论》为篇名的论文有80篇，以《道德情操论》为主题的论文居然多达2000多篇（据知网），恶补伦理经济学的动因，实在耐人寻味。

说到这里，罗卫东老师的博士论文《亚当·斯密的伦理学——〈道德情操论〉研究》的价值与意义，已经用不着多加介绍了。

在参加亚当·斯密读书研讨会之前，我刚刚定稿了一部新著《韩愈思想研究》。其中的一章"性、道、教三位一体：韩愈《原道》内圣外王的国家治理学说"，就将韩愈与亚当·斯密的经济思想进行了粗略的对比，所以我对罗卫东老师的这个工作坊抱有强烈的兴趣。我在会上的发言谈及韩愈《天之说》有关天与人利益相悖、相仇相残的天人关系学说，也引起了在场学者的浓厚兴趣。我之所以选择亚当·斯密来比对韩愈，是因为我对韩愈《原道》的主旨有一个与众不同的判断：与伊川、紫阳将《原道》所原之道解读为天道完全不同，我将《原道》所原之道解读为治道，这是我多年研究韩愈的独得之秘。韩愈以《礼记·中庸》"天命之谓性，率性之谓道，修道之谓教"纲维《原道》全篇：以"仁义"为天命之性，"正心诚意将以有为"为率性之道，"礼乐刑政"为修道之教，构建出一套性、道、教三位一体、内圣外王的国家治理学说。韩愈经济思想的基本框架，是君臣民相生相养。而不同的社会群体能够做到互利共赢，必然有其内在的逻辑，《原道》所要解决的，就是为相生相养的市场交换模式寻找其内在的逻辑。用现代学术语言来表述，就是在不同社会群体之间寻求国民分配的最大公约数；或者说，寻找市场经济的政治法则。所以我判断，《原道》所推原的"道"是治道即国家治理之道，也就是我们今天所说的政治经济学。在我的心目中，《国富论》讲"君子爱财"，《道德情操伦》讲"取之有道"；《国富论》为市场经济制定法则，而《道德情操伦》的任务，则是为《国富论》寻求内在的依据，其性质也属于政治经济学。这一点，正是《原道》与《道德情操伦》的契合点。我具体比对了以下三个问题：

其一，对市场交换环境中人类本性的基本评估。韩愈以博爱之仁作为人类的先天道德理性，以仁、礼、义、智、信的充实与缺失解释人格的类型差异，这是相生相养得以实现的根本保证。亚当·斯密同样以仁慈或仁爱作为人类所禀赋的神性亦即先天道德理性："在神的天性中，仁慈或仁爱是行为的唯一规则，神的行为所表现的全部美德或全部道德最终来自这种品质。美德存在于仁慈之中，这是一个被人类天性的许多表面现象所证实的观点。"①同时，亚当·斯密将"仁慈感情的缺乏"视为"道德上的缺陷"②，也和韩愈的观点相当接近。以此为基础，韩愈高度肯定人自爱自利的本能，并将"求禄利"认定为正当的生存诉求，将"行道"认定为自我完善的诉求；在人生这两个基本诉求中，前者主张个体权利，后者履行群体责任，并以此作为个性解放、人格独立的必不可少的大前提。和韩愈一样，亚当·斯密并不一般性地反对自爱与自利，他认为，"每个人生来首先和主要关心自己，是恰当和正确的"③。"自爱是一种从来不会在某种程度上或某一方面成为美德的节操。当它除了使个人关心自己的幸福之外并没有别的什么后果时，它只是一种无害的品质。虽然它不应该得到称赞，但也不应该受到责备。"④同时，儒家主张推己及人，既然人人都具备自爱的本性，所以推延开来，人人都能够理解他人的自爱。亚当·斯密把这样的本性称为同情："人的天赋中总是明显地存在着这样一些本性，这些本性使他关心别人的命运，把别人的幸福看成是自己的事情，这种本性就是怜悯或同情。"⑤通过"同情"，亚当·斯密把自爱与爱人、利己与利他联系到一起。当然，自爱与自利在前，爱人与利他在后，这就

---

① 亚当·斯密：《论认为美德存在于仁慈之中的那些体系》，《道德情操论》第二卷，蒋自强等译，商务印书馆2003年版，第395—396页。

② 亚当·斯密：《论认为美德存在于仁慈之中的那些体系》，《道德情操论》第二卷，蒋自强等译，商务印书馆2003年版，第397页。

③ 亚当·斯密：《论对正义、悔恨的感觉，兼论对优点的意识》，《道德情操论》第二卷，蒋自强等译，商务印书馆2003年版，第101—102页。

④ 亚当·斯密：《论认为美德存在于仁慈之中的那些体系》，《道德情操论》第二卷，蒋自强等译，商务印书馆2003年版，第399页。

⑤ 亚当·斯密：《论同情》，《道德情操论》第一卷，蒋自强等译，商务印书馆2003年版，第5页。

是亚当·斯密先写作《道德情操论》后写作《国富论》的根本原因。简而言之，构建现代思想体系，必须以人格独立、个性解放为基础；构建现代社会经济秩序，必须以个体权利保障为基础。没有完善的个体就不会有完善的社会，两者的序位不能颠倒。亚当·斯密的这一思想，和韩愈的"义而宜""义而公"的义利观也有相通之处。

其二，对市场交换环境中人类行为方式的要求。在这一方面，《原道》与《道德情操伦》完全一致。韩愈认为，人类的行为需要用"义"加以节制，这就是"行而宜之之谓义"。这里的"行"，指行为。"宜"，指矫正、修饬、整饬、裁制、品节，都具有强制性。"宜之"，使之合宜，即矫正人性使之恰如其分。归纳起来说，博爱是人的本性，遵循这样的本性而前行就是正道；反过来，五常的缺失就是不仁，行为不符合仁义之道就是邪道，就需要矫正、修饬、整饬。这样的修饬，就是政治教化。"行而宜之"，也就是禁民为非，使之合宜。合宜，即行为方式恰如其分。在《道德情操论》中，合宜的思想贯穿全书。合宜是什么："美德存在于行为的合宜性之中，或者存在于感情的恰如其分之中。"[1]合宜，就是感情的恰如其分。《原性》也说："情之品有上中下三，其所以为情者七：曰喜，曰怒，曰哀，曰惧，曰爱，曰恶，曰欲。上焉者之于七也，动而处其中。"韩愈的"动而处其中"，就是亚当·斯密的"感情的恰如其分"，两者的基本精神如合符契。同时，亚当·斯密以"行为的合宜性"为"邱必特为了指导我们的行为而提供的法则"[2]，视"合宜"为人类禀赋的先天道德理性，也与韩愈的人性理论性质相同。与此相适应，《原道》和《道德情操论》都强调对不合宜行为的矫正诛责。韩愈要求君、

---

[1]亚当·斯密：《论认为美德存在于合宜性之中的那些体系》，《道德情操论》第七卷，蒋自强等译，商务印书馆2003年版，第352页。

[2]亚当·斯密：《论认为美德存在于合宜性之中的那些体系》，《道德情操论》第七卷，蒋自强等译，商务印书馆2003年版，第361页。

臣、民都必须恪守自己的本分，履行自己的社会责任。对君臣民的不合宜行为，韩愈都进行了严厉的诛责。对"失其所以为君"者，如桀、纣、周穆王、汉明帝、梁武帝以及宋、齐、梁、陈、元魏诸帝。韩愈都一一批评。其批判的重点，则是秦皇、汉武的穷兵黩武、暴力治国以及贪得无厌、追求长生。当朝君主唐德宗在政治上侵夺相权、姑息藩镇，在经济上垄断市场、侵害民生，唐顺宗的"微信尚浮屠法"，唐宪宗的供奉佛骨、迷信丹药、纵容宦官、屠戮朝臣，唐敬宗的食盐官卖政策，韩愈都正面批评，丝毫不假辞色。对"臣焉而不君其君"者，如吴元济、梁崇义、陈少游、刘辟、李锜、王廷凑，以及裴延龄、李齐运、王绍、李实、韦执谊、韦渠牟、柳冕、张平叔等，前者为大搞分裂割据的藩镇，后者为昏佞相济的聚敛之臣，都是韩愈"辅以政刑""锄其强梗"的对象。对"民焉而不事其事"，不能履行自己社会职责的"民"，韩愈也进行了严厉的诛责。佛、道二家，不事生产，不纳赋税，逾越了为"民"的本分；贱民阶层，包括宫廷里的宦官、宫市上的"小儿"、军队中的"牙兵"，这几个血腥的暴民群体，导演了从安史之乱到陈桥兵变长达两个世纪的动乱历程。韩愈对这批"民焉而不事其事"的社会蠹虫的高度警觉，体现了韩愈高度的社会责任感和敏锐的危机洞察力。亚当·斯密也认为，对于不合宜的行为，人们理所当然有权表达自己的愤恨，也有权加以惩罚。锄其强梗，就是正义："愤恨之情似乎是由自卫的天性赋予我们的，而且仅仅是为了自卫而赋予我们的。这是正义和清白的保证。"[1]正义是一种美德："对它的尊奉并不取决于我们自己的意愿，它可以用压力强迫人们遵守，谁违背它就会招致愤恨，从而受到惩罚；这种美德就是正义，违背它就是伤害。这种行为出于一些必然无人赞同的动机，它确确实实地伤害到一些特定的人。因此，它是愤恨的合宜对象，也是惩罚的合宜对象，这种惩罚是愤恨

---

[1]亚当·斯密：《两种美德的比较》，《道德情操论》第二卷，蒋自强等译，商务印书馆2003年版，第97页。

的自然结果。"①正义的惩罚，不排斥以眼还眼、以牙还牙："以其人之道还治其人之身和以牙还牙，似乎是造物主指令我们实行的主要规则。应该使违反正义法则的人自己感受到他对别人犯下的那种罪孽；并且，由于对他的同胞的痛苦的任何关心都不能使他有所克制，那就应当利用他自己畏惧的事物来使他感到害怕。"②以暴易暴的最终目的是制止暴乱，止戈为武，中西思想自有相通之处。

其三，韩愈以"仁义"为天命之性，"礼乐刑政"为修道之教，而沟通"性""教"的，就是"正心诚意将以有为"的率性之道。主张以个人的身心修养作为由"天命之性"到达"修道之教"的桥梁，这就是大学之道："古之欲明明德于天下者，先治其国。欲治其国者，先齐其家。欲齐其家者，先修其身。欲修其身者，先正其心。欲正其心者，先诚其意。"从"正心""诚意"到"治国""平天下"，个体的自我实现与群体的社会责任完美地结合到了一起。与此相对应，《道德情操论》则以"自我控制"解决同一个问题："崇高、庄重、令人尊敬的美德，自我克制、自我控制和控制各种激情——它们使我们出乎本性的一切活动服从于自己的尊严、荣誉和我们的行为所需的规矩——的美德，则产生于当事人努力把自己的情绪降低到旁观者所能赞同的程度之中。"③亚当·斯密所说的"自我控制"，其性质类似于《中庸》的"慎独"。《道德情操论》第六卷第三篇《论自我控制》，用整整一篇的篇幅具体讨论自我控制。按照亚当·斯密的理解，影响美德的主要是激情："按照完美的谨慎、严格的正义和合宜的仁慈这些准则去行事的人，可以说是具有完善的美德的人。但是，只靠极其正确地了解这些准则，并不能使人以这种方式

---

① 亚当·斯密：《两种美德的比较》，《道德情操论》第二卷，蒋自强等译，商务印书馆2003年版，第97—98页。

② 亚当·斯密：《两种美德的比较》，《道德情操论》第二卷，蒋自强等译，商务印书馆2003年版，第101页。

③ 亚当·斯密：《论和蔼可亲和令人尊敬的美德》，《道德情操论》第一卷，蒋自强等译，商务印书馆2003年版，第24页。

行事：人自己的激情非常容易把他引入歧途——这些激情有时促使他、有时引诱他去违反他在清醒和冷静时赞成的一切准则。对这些准则的最充分的了解，如果得不到最完善的自我控制的支持，总是不能使他尽到自己的职责。古代的一些最优秀的道德学家，似乎曾经把这些激情分成两种不同的类型来研究：第一，要求作出相当大的自我控制的努力来抑制的激情、甚至是片刻的激情；第二，容易在转瞬间、甚或在较短的时期内加以抑制的激情。"①而控制激情的能力来自于学习："真正坚强和坚定的人，在自我控制的大学校中受过严格训练的聪明和正直的人，在忙乱麻烦的世事之中，或许会面临派系斗争的暴力和不义，或许会面临战争的困苦和危险，但是在一切场合，他都始终能控制自己的激情；并且无论是独自一人或与人交往时，都几乎带着同样镇定的表情，都几乎以同样的态度接受影响。"②和亚当·斯密的思考几乎完全一致，韩愈的"率性之道"也取决于学习。所谓"率性之道"，指遵循本性而前行的行为方式。人的本性是博爱之仁，对于五常充实的人而言，率性而行当然就是仁义之途；对于五常缺失的人，就需要通过学习"化性起伪，知所措履"，"上之性，就学而愈明；下之性，畏威而寡罪"。对于孔子"惟上智与下愚不移"，《论语笔解·阳货篇》有自己独特的理解："上文云'性相近'，是人可以习而上下也。此文云'上下不移'，是人不可习而迁也。二义相反，先儒莫究其义。吾谓上篇（《季氏篇》）云：'生而知之上也，学而知之次也，困而学之，又其次也，困而不学，民斯为下矣。'与此篇二义兼明焉。"学习，是"移"与"不移"的枢纽。所以，韩愈教育思想的立足点是"为己"而不是"为人"，教育的根本目的不是知识的灌输、技能的培训而是人格的培养：反身而诚，立身为本；存养正性，本乎斯文；化性起伪，知

---

① 亚当·斯密：《论自我控制》，《道德情操论》第六卷，蒋自强等译，商务印书馆2003年版，第308页。
② 亚当·斯密：《论良心的影响和权威》，《道德情操论》第三卷，蒋自强等译，商务印书馆2003年版，第177页。

所措履。通过"反身而诚",体认"万物皆备于我",认识自己的"正性""至德",唤醒自我,建立自信;化性起伪,认清自我的本来面貌,明确自己的社会责任,改造自我、完善自我。完成了自我实现,才能具备独立之人格、自由之思想,才谈得上履行社会责任与义务。

我最后的结论是:人类社会由中世纪向近现代转型,归根结底是由自然经济向市场经济转型。成熟完善的市场经济不是巧取豪夺而是公平竞争,不是权力至上而是优胜劣汰,不是坑蒙拐骗而是信用第一,不是零和博弈、你死我活而是相生相养、共存共赢。市场经济体制的成熟,公平竞争、优胜劣汰的自由竞争机制是不可回避的大前提;自由竞争机制的形成,则以个体的自我完善以及个体与群体之间相互理解、相互同情为大前提。韩愈的《原道》与亚当·斯密《道德情操论》的创作宗旨,都是为即将由中世纪向近现代转型的人类社会寻求社会治理之道,为人类社会的相生相养寻求内在的依据,为即将到来的新时代构建理性的政治经济新秩序。说得更明白一点,韩愈以"天命之性"作为"修道之教"的内在依据;亚当·斯密以《道德情操论》作为《国民财富的性质和原因研究》的内在依据。所以,他们同样以先天道德理性即"仁爱"作为人类所禀赋的天性,以"同情"沟通自爱与爱人、利己与利他,以"仁慈""正义"区分道德教化,以"合宜"作为价值判断的标准与社会行为的尺度。作为近现代社会政治经济的规则、秩序,两者的总体构架以及理论性质、思辨形式都高度近似。甚至后人对他们的误解、曲解都如出一辙:朱熹批评韩愈"考其平生意向之所在,终不免于文士浮华放浪之习,时俗富贵利达之求"(《王氏续经说》)、"退之则只要做官"(《朱子语类》卷第一百三十七);所谓"斯密问题"则将《道德情操论》与《国富论》对立起来,以为前者为利他,后者为利己。凡此,都可以印证人类社会发展规律以及理性思维的共通性。

赠 张光 老师

古有巫官司纪实，
著明行事胜空言。
他年得领董狐笔[①]，
莫让祖生先着鞭[②]。

　　2015年11月10日上午，浙大高研院学术报告会第28讲在浙江大学之
江校区举行，来自厦门大学政治系的张光老师就"从革命党到执政党：
基于8—18届中共中央委员年龄分布和代际更替的经验研究"主题做了
报告。

　　新中国成立后，中国共产党上层领导干部的更替逐渐呈现出有序化、

张光，1956年生。三亚学院财经学院教授，院学术委员会主席。美国肯特州立大学政治学博士（2002）。曾
任厦门大学公共事务学院教授、博士生导师（2009—2016）；南开大学周恩来政府管理学院教授、博士生
导师（2004—2009）；任教于美国沃尔什大学（2002—2003），并在新加坡国立大学东亚所（2012）、日本
静冈大学社会科学学部（1991—1992）做访问学者，东京大学法学部（1992—1993）担任访问研究员，在新
加坡南洋理工大学（2014）、上海财经大学公共经济与管理学院（2011）、南京大学—霍普金斯大学中美
文化研究中心（2013）担任访问教授，曾经于2004—2009年在南开大学日本研究院担任兼职研究员。目前
兼任中山大学公共管理研究中心、清华大学中美中心研究员，《公共行政评论》专栏编辑，*The Journal of
Chinese Political Science*审稿人。学术专长为比较政治和公共财政。发表的学术著作包括《为分税制
辩护》（2013）、《解构国会山：美国国会政治及其成员涉华行为》（2013）、《美国国会研究手册（2007—
2008）》（2008）、《日本对外援助政策研究》（1996），译著包括《明治维新》（2013）、《主权债务与金
融危机》（2014）。学术论文发表于*Asian Survey, The Australian Journal of Public Administration,
The Journal of Chinese Political Science*，《政治学研究》《社会学研究》等重要杂志，近来在《南风
窗》《东方时报》《金融时报中文版》等媒体发表有关中国财政经济的文章。
① 《左传》宣公二年："秋九月乙丑，赵穿攻灵公于桃园。宣子未出山而复，盾出奔，闻公弑而还。大史书
曰：'赵盾弑其君。'孔子曰：'董狐，古之良史也，书法不隐。'"
② 《晋书·刘琨传》："与范阳祖逖为友，闻逖被用，与亲故书曰：'吾枕戈待旦，志枭逆虏，常恐祖生先吾
着鞭。'"

制度化的趋势。张老师认为，分析8—18届中共中央委员的年龄分布和代际更替情况，可以为理解上述趋势提供一个很好的观察视角。张老师提出了"年龄—时期—代际"（APC）的分析框架，并且指出了成员的年龄均值和年龄标准方差对团体特征的影响。

我对张老师的报告有两个判断。其一，报告以数据库为基础，以量化分析为手段，在人文社会科学尤其是中共党史的研究领域内应该是先行者。司马迁引孔子之言曰："我欲载之空言，不如见之于行事之深切著明也。"（《史记·太史公自序》）党史研究最根本的课题，是史料的发掘与保存。其二，张光老师的报告以"年龄-时期-代际"（APC）为分析框架，讨论执政党代际更替上制度化以及非制度化因素所起的作用。整个论文的研究方法，我觉得很有说服力。为什么？因为他引用的是一个成熟的、完整的研究模式，在学理上完全能够成立。

赠 陈文龙 老师

秦汉酬功职事豪，

周隋封建爵封骄①。

任他弱水三千丈，

且往莆田看月宵②。

2015年11月17日上午，浙大高研院学术报告会第29讲在浙江大学之江校区举行，来自华中科技大学历史研究所的陈文龙老师就"五代时期的'内职'与中央权力结构"这一主题做了报告。

陈老师报告分三部分。第一部分介绍了三种古史分期法：其一是康有为、章太炎、阎步克基于官阶的分期法，其二是京都学派的唐宋变革论，其三是魏晋封建论和南朝化学说。

基于官阶的分期法：章太炎是古文经学家，康有为是今文经学家，这影响他们对历史的评判。康有为对中国古代历史进行时代划分：周制时期，官、爵分开，是一种爵本位体制。战国及秦汉尚功，谁有功绩就任用谁。战国和秦汉还存有一个爵本位的尾巴，即所谓的二十等爵。六朝时期，官、爵合二为一。康有为对唐宋制度评价非常高，他认为唐制形式多样，比如说有检校官，有行、守、试，宋朝又继承唐朝的制度，官爵分属

陈文龙，北京大学历史学博士，华中科技大学人文学院历史研究所讲师。

① 爵封，赐爵封邑。《后汉书·光武十王列传》："昔周之爵封，千有八百。"参见阎步克：《品位——职位视角中的传统官阶制五期演化》，《历史研究》2001年第2期。

② 月宵，元宵。宋戴栩《上丞相寿序》："仰惟宝庆三禩，王正既月，少师枢使大丞相国公先生初度载临。"诗云："雪晓万家沾麋玉，月宵九陌涌灯山。"（《浣川集》卷二）自唐代以来，莆田就有闹元宵的习俗，其民俗活动丰富多彩，具有浓郁的地方特色。莆田之游，文龙缘定三生，可喜可贺。

两方，两者之间存在差异：一个人的事权看他的差遣，而地位则看官位。康有为对这个制度的评价非常高："善哉，复古之制未有如宋祖者也。"章太炎主张"法周"和"从秦"，肯定秦朝。他认为应该采用秦汉的制度，是因为秦废掉爵位，但对有功之人酬以爵，任事则安排官职，所以能够"不次用人"，最后因此得以称霸。汉朝延续了秦朝的一些制度，因此章太炎对秦汉的制度评价非常高。北周宇文泰沿袭《周官》，将卿、大夫等全都复原，因此当时的官阶非常复杂，章太炎说"陵夷至于唐世"，可知，他对唐朝的官僚制度评价也不高。唐朝官职分职事官、散官、勋官这三科；宋朝制度更糟糕，当时一些朝臣即使是病了，在家里躺着，官位还能不断地升迁，章太炎的评价是"郑声猥号，视唐益流滥矣"，在他眼中宋朝制度最不好。

第二种古史分期法是日本京都学派的唐宋变革论，代表人物有内藤湖南、宫崎市定、谷川道雄。他们认为：政治方面，六朝、隋唐是贵族政治，宋朝是一种君主独裁；社会方面，科举制度使平民官员增多，加上当时比较开放的婚姻，宋朝的民众更为自由，和西方的文艺复兴引起的社会文化变化有类似之处；经济方面，中世是自然经济，近世为货币经济；兵制方面，唐朝是府兵制，而宋朝是募兵制，政府用财政雇人当兵；民族自觉意识的兴起，也是一个很大的变化，比如说当时形成了近代的王权国家，宋朝以后就再也没有大规模的分裂了。

第三种古史分期法是魏晋封建论和南朝化学说，"南朝化"最早由陈寅恪先生提出，代表作是唐长孺先生的《魏晋南北朝隋唐史三论》。这一学说认为：秦汉时期是奴隶社会，魏晋时期继承了后汉以来的发展趋势，出现了新的变化。南北朝时期，因北方少数民族入主中原，中国的道路就发生了改变。唐朝从武则天到唐玄宗时期发生的变化是从北朝道路扭转过来，又重新回到"南朝化"方向。期间的魏晋时期，才是封建社会。

第二部分考察了五代宋初的"内职"与中央权力结构的关系，宋代有一个很重要的职官制度，即有官、职、差遣：官员的主要待遇和上朝班位由"官"来决定；职是用来待文学之选的，文章写得很好的，或者对国家的决策有很大贡献的，就是文学之选；管理具体事情由差遣决定。至宋代，内职慢慢变成了阶官，宋真宗时期内职大部分阶官化，北宋前期的内职是一个综合的概念，是唐代文职事官和内职的综合。

第三部分简单介绍了唐宋告身制度。告身不仅仅是一个官员的委任状，同时也是官员获得诸多特权的依据。告身的历史可以追溯到北朝后期的勋告，发展到唐宋时期即为告身，直到元朝灭掉南宋，告身也被废除了。废告身看起来很简单，是官员任免形式的一种变化，但其实是象征着官员特权变化的一个凭证。

我个人的看法是：文龙的报告重点是介绍了三种古史分期法中基于官阶的分期法，尤其注意根据爵位的虚实考察官僚特权的演变。当代史学思想相当活跃，史学研究方法也颇有出新。文龙的归纳，值得注意。

基于官阶的古史分期法，其着眼点在制度史，即便是站在当代史学研究的高度，这样的研究视角也属于前沿。至于周隋、秦汉官爵体制乃至康有为与章太炎官制思想，实际上似异而实同。说到底，就是在新建立的权力体系中，如何安排那批打天下的英雄。"马上得之宁可以马上治"（《汉书·陆贾传》），这是大老粗刘邦也能够听懂而且不得不接受的常识。于是用"歌儿舞女以终天年"置换权力，就成为历朝历代安置功臣的金科玉律。至于先秦的官爵本位制，也并非没有一点道理。夏、商、周开国功臣大多是奴隶主贵族，本身就具有社会管理的经验与能力，官爵一体，理所当然。何况这一时期，最高统治者并没有排斥底层的贤能之士，伊尹、傅说、太公望、百里奚就是证据。到秦、汉以军功策勋，建功者非异族夷狄即底层流氓，此辈的勋爵自马上得之，宁可以马上治天下？于是就有了"关内侯"之类的虚爵："列侯出关就国，关内侯但爵其身，有加异者，与关内之邑食其租税也。"（《史记·吕后本纪》集解引如淳曰）

到魏晋南北朝时期，天下纷争，烽烟遍地，出门无所见，白骨蔽平原。结寨自保，才是乡绅、草民共同的求生之路。在这个体制下，贵族就是将军，草民就是士兵，以家族、种姓为纽带结成的生存共同体，就是官爵一体、军政一体的来源，也是均田制、府兵制的来源，这就是魏晋封建制的真正源头。说得更明白一点，世家贵族不仅仅享有官僚特权，还同时肩负着保家护民的责任。山东贵族，关陇贵族，江南王、谢、刘、萧、陈，无不如此。更何况与月旦制度并行的，还有土地私有、"有地者皆曰君"（《仪礼·丧服》"君至尊也"郑玄注）、魏晋风度、玄学风流，这也是一个思想解放的时代。至于晚唐五代以后贵族阶层的消亡与平民阶层的兴起，那是以安史之乱后农民大规模进城导致乡绅文化解体、城镇要塞功能消减而坊市功能强化为前提，郡望被坊望取代就是明显的标志。现代史学家看到了九品中正制背后的簪缨世袭，却没有看到刀光剑影、血雨腥风中百姓的生存诉求，岂非咄咄怪事！北周、隋、唐，其皇室、权臣本来就是关陇贵族，临民莅政，自其本分。何况唐代不仅爵位虚化，官位也开始虚化，三省长官不再直接莅政，"同中书门下三品"才是真宰相。中唐以后，职事官开始领差遣；至宋代，差遣才是职事；官位尚且虚化，更无论爵位了。所以，周、隋与秦、汉，其爵位虚实各有内情。周、隋的官爵一体与秦、汉的官爵分离，其实质并无根本区别。

至于文龙对唐宋变革的质疑，我也有认同的一面，那就是内藤假说乃至陈寅恪中唐转型说至今仍然是假说，要想正式立说，还需要坚实的史料发掘乃至制度层面的严密考证提供证据，而我最近20多年所从事的正是这样一份工作。另一方面，"唐宋变革认为中国的社会性质从中世转入近世，这是一种根本性的变革。唐宋变革既然已经进入了近世，那宋元变革的性质是什么"？推而广之，元明变革、明清变革又是什么，却是不必要的担忧。历史永远不会终结，西方文艺复兴一向被视为资本主义思想启蒙运动，而其后相继出现的狂飙突进乃至"二战"之后的人文主义思潮，新思想、新范式、新变革层出不穷，西方思想界从来没有出现过类似的担心。而且我一向认为，中国社会变革的传统模式，始终是进一步，退两步。北周均田、中唐两税、熙丰变法、明末一条鞭法、清末乃至洪宪的君主立宪，莫不如此。归根结底，一切向钱看的变革，其最终的归宿必然是唯功利原教旨主义的利出一孔、权归一家。下次变革的空间比上次变革更为广阔，不必担心捅破三种或者五种生产方式的美丽框架。

赠 来国龙 老师

群莽称蚕独者蜀，
初文蜀弋蜎蜎蠋①。
中庸老子本相通，
抱一功夫即慎独②。

2015年11月17日上午，浙大高研院学术报告会第30讲在浙江大学之江校区举行，来自佛罗里达大学艺术史系的来国龙老师就"从出土战国秦汉简帛看儒家'慎独'的渊源"这一主题做了精彩的报告。会议由高研院暑期驻访学者浙江工业大学刘成国老师主持。

"慎独"，是战国秦汉间儒家修身的重要方法，也是儒家文献中的一个重要哲学概念。"慎独"一词见于《荀子》，《礼记》中的《礼器》《大学》《中庸》三篇，《淮南子》和《文子》等早期文献。传统的解释来看，从东汉郑玄以来，就把"慎独"理解为在没有外在监督的情况下，谨慎独处、道德自律。但是20世纪70年代初湖南长沙马王堆汉墓出土的帛书《五行》篇（有"经"有"说"）和90年代湖北荆门郭店楚墓出土的竹简《五行》篇（有"经"但无"说"），使我们对先秦思孟学派的思想有

来国龙，艺术史学博士，美国佛罗里达大学艺术史系副教授。主要研究领域为中国艺术史及青铜时代考古学、出土简帛与古文字学、文化遗产保护、考古学史、博物馆学史。曾在《浙江大学艺术与考古研究》《饶宗颐国学院院刊》《中国语言学报》《简帛》《简帛研究》，*Early China*, *Asia Major*, 等国内外学术期刊发表论文多篇。著有《楚地宗教的考古学研究》。

① 《说文》："弋，古文一。"杨雄《方言》："一，蜀也。南楚谓之独。"《广雅·释诂》："雍蜀壹，弋也。"《诗·豳风·东山》："蜎蜎者蠋，烝在桑野。敦彼独宿，亦在车下。"毛传："蜎蜎，蠋貌，桑虫也。"

② 《老子》："少则得，多则惑，是以圣人抱一以为天下式。"《管子·形势》"抱蜀不言"，惠栋《周易述》以为"抱蜀，即《老子》抱一"。

了新的认识。报告会上，来老师紧紧围绕"慎独"这一概念，指出"慎独"的根源，是战国时期的内修养气之术，思孟学派较早援引当时流行的内修养气之术。来老师通过出土的文献来解读古代文本，理解古代文字，以了解古代的思想文化。报告主要从相关字词的文字训诂和文本本身及思想脉络的义理梳释等方面来阐释"慎独"，认为"慎独"的本义是"慎一"，是指内心专一的冥想修行。

来国龙老师的报告根据帛书《五行》篇，认为"慎独"的本义是"慎一"，是指内心专一的冥想修行。因未见全文，国龙老师的推导思路不得而详。但在传世文献中，"一"与"独"本来就可以相通。甲文"一"即"蜀"，杨雄《方言》："一，蜀也。南楚谓之独。"甲文有"𧒽"（铁五·三）、"𧒽"（乙六八二六），象二虫相并，表众多，即《说文》"䖵"字，其字当为"蚕"。篆文"䖵"，即甲文"八"（甲二九七），形省作"八"。任乃强先生以为象二蚕对望待饲，读蚕音，并举《汉书》《后汉书·桓帝纪》《后汉书·西南夷传》中"蚕陵县"，《后汉郡国志》作"八陵"为例，可谓确凿不移。参见《华阳国志校补图注》（上海古籍出版社1987年版）。"蜀"字义为"独"，甲文"𧐍"（明二三三〇）字妙得神解。《尔雅·释山》："独者蜀。"郝懿行《尔雅注疏》："蜀本桑虫，其性孤特，故诗言蜎蜎者蜀，以兴喻敦彼独宿。是蜀有独意。"综上所述："蜀"字指独处的野蚕，甲文作"𧐍"（铁一八五·三）、"𧐍"（明二三三〇）、"𧐍"（乙九九）、"𧐍"（铁一七八·三）、"𧐍"（乙八七一八），形省为"一"。"蚕"字指群养的家蚕，甲文作"𧒽"（铁五·三）、"𧒽"（乙六八二六）、"八"（甲二九七），形省为"八"。以上考证，参见岳珍《蜀蚕辨》（华中科技大学出版社2009年版《音乐与文献论集》）。今臆解如次，郢书燕说，切望国龙老师有以教我。

赠 马得勇 老师

天下英雄皆入彀①，
非龙非虎霸王师②。
公推直选不唯票，
执政为民托付谁？

　　2015年12月1日上午，浙大高研院学术报告会第31讲在浙大之江校区
四号楼304会议室举行，马得勇老师做了"社会演化范式下的当代中国政
治制度变迁——两个案例的分析"的主题报告。

　　马老师的报告围绕着直选乡长在四川遂宁发生的原因，批评了结构
主义的解释，即因为当地的政治生态环境恶劣，官民矛盾非常尖锐；理性
选择的解释，即地方政治精英为了出政绩，在西部地区无法如东部地区一
样通过发展经济、提高GDP获得升迁机会的情况下，只能搞一些政治上的
创新去博取眼球，通过这种方式来获得晋升的机会；精英价值论的解释，
即认为是个别精英出于一种价值上的追求去做这样的事情。他综合考察了

马得勇，政治学博士，南开大学政府管理学院教授。在《政治学研究》《中国行政管理》《经济社会体制比
较》等期刊上发表过多篇论文。曾主持过教育部"新世纪优秀人才支持计划"、欧盟"玛丽·居里"研究项
目、教育部人文社科规划等研究项目，目前主持国家社科基金一般项目"中国网民的政治态度与公共舆论
形成机制实证研究"。著有《中国乡镇治理创新：10省市24乡镇的比较研究》。主要研究方向为比较政治、
社会资本与政府治理、朝鲜半岛政治与外交、政治文化等。

①王定保《唐摭言·述进士上》："唐太宗尝私幸端门，见新进士缀行而出，喜曰：'天下英雄入吾彀中
矣！'"

②殷帝武丁梦见圣人赐给他一个贤臣，于是画像访求，在虞虢之界傅氏之岩得版筑刑徒傅说，立作相王，
置诸其左右。见《尚书·说命上》。周文王将出猎，卜之曰："所获非龙非彲，非虎非罴，所获霸王之辅。"果
遇太公望于渭水之阳，载与俱归，立为师。参见《史记·齐太公世家》。

理性选择制度主义、历史制度主义、社会学制度主义和新近受到较多关注的社会演化论之后，认为社会演化范式在分析制度变迁方面具有强大的解释力。报告以社会演化论作为分析框架，以乡镇公推直选制度创新和铁道部体制的演变两个案例为分析对象，试图揭示当前中国政治性制度变迁中"环境-观念-权力-行为者-制度"之间构成的动力机制，探索中国政治制度变迁的逻辑和规律。

马老师认为，中国的政治制度变迁不同于经济制度变迁，带有明显的外生性特征，变革往往来自变革单位之外或系统之上的外力推动。但是，维持制度延续的力量则更多的是内生性的。按照权力自我强化的逻辑，初始权力分配的不平等，加剧了后来的资源分配不平等，并导致了经济制度的效率下降和政治制度的合法性流失。打破现有权力格局可能才会打破这种恶性循环，而主体的能动性——有能力打破权力格局的强势行为者不仅仅是理性选择理论意义上的行为者。

我个人的看法是：自1998年四川遂宁步云乡直选乡长开始，公推直选成为20世纪80年代农村基层民主制度建设入宪以来最重要的实质性进展。至2004年乡、镇长直选被叫停，2012年之后公推直选全面停摆，其间诸多问题值得研究。马得勇老师选择这样一个课题进行讨论，眼光独到，勇气可嘉。在传统文化系统中，上述问题表现为人才选拔机制：神权时代，人才的选拔依托于上帝的意志，伊尹、傅说、姜尚、百里奚的脱颖而出只能通过卜筮、占梦才能获得社会认同；皇权时代，皇族与世家贵族共治天下，九品中正、科举考试通过推荐选拔发现人才就成为必然；民权时代，公权来源于公民个体权力的让渡，选票成为权力合法性的根本标志。十多年的公推直选，必然会成为未来中国社会史研究的重要课题。

关于中国传统的干部选拔制度的问题，过去讲封建制、门荫制、九品中正制到后来的科举制，包括乡绅文化问题，就是地方基层官员选拔的问题，我觉得这个历史在中国是一贯的。尽管我们现在批判它是一个落后的制度，但是它既然存在就有存在的道理，它维持着中华民族这几千年的稳定，一定有正面的东西。比如说贵族时代的世袭制度，门阀时代的察举制度，其中就有一个选拔的标准在里面。史学讲"月旦"，文学讲魏晋风度，无论饮酒、服药、清谈和纵情山水，讲究的都是清静无为、洒脱倜傥、率直任诞、清俊通脱，是学识、才华、精神、气韵、胸怀、教养，这些都是选择精英队伍的标准。唐宋以后，身言书判、诗文策论，人才选拔始终与文化教养联系在一起。乡绅文化讲究的也是仁义道德、诚信廉耻，这些，维持了上千年基层社会的管理和控制。到了当代，情况就不一样了。记得1960年我考初中，四十几个人的一个班，只淘汰了几个人，其中我印象最深的，就是我们班成绩排名第一的一位孙姓同学。1964年我考高中，全班四十几个同学，也只淘汰了几个，包括男生前两名和女生前两名，其中就有我。考上高中的同学中，录取到最好的学校、毕业就有工作的，有全班排名最后而且声名狼藉的一位同学。这位同学总是向班主任打同学的小报告，而且编造的故事完全不靠谱，连老师都难以相信。他能够入选，我们之所以落选，不是偶然的，都取决于当时的选拔标准，也就是大家都熟悉的政审标准：机密专业、普通专业、降格录取、不予录取。这位同学毕业后当了一年小学教师就进了监狱，因为强奸猥亵女学生。所以说，同样是选拔制度，还存在一个选拔标准的问题。我不怀疑马老师的理论框架体系，我也不怀疑马老师资料的可靠性和整个文章的说服力，我只是怀疑一点：今天的中国能不能适用这个体系，能不能用这个体系来衡量？会不会张家湾选举选张家，李家沱选举选李家？张书记主持选张家，李乡长主持选李家？自家的孩子最可靠，也不能说没有一点道理。就这个报告而言我还有个疑问：马老师讲到制度不能延续的理由是既缺乏制度层面的支撑，也缺乏下层民众的支持，这个我不赞同。后面的调查材料显示：无论现在存在什么问题，赞同者都在一半以上，那为什么没能延续下去呢？这个问题，还值得进一步思考。

赠 靳希平 老师

赋形赋音各立身，

思维言语本难分，

谈经问道得邻比①，

希腊语对甲骨文。

2015年12月8日上午，浙大高研院学术报告会第32讲在浙大之江校区四号楼304会议室举行，靳希平老师做了题为"谈海德格尔"的精彩报告，主要介绍了海德格尔思想对于非哲学领域影响较大的几个观念。

1.本体论差异：海氏重新启动了亚里士多德《物理学》中指出的自然存在和非自然存在的区分，提出了影响深远的本体论差异的思想。靳老师举例说，针对西方人把所有的存在都理解成物理的being，海德格尔称这种非物理的being为nothingness，德文叫Nichts。他并不是说存在不是物理的，而是强调存在不仅仅是物理的。而且对人来说，首先和经常在意的，往往都是非物理的（存在），我们关注的是建立在物理being之上那个非物理的being。海德格尔反复说，只有当东西坏了，我们才会关注它

靳希平，1949年生于西安，1953年迁到北京。1968年北京外国语学校毕业后，自请出京，落户延安渠家坬坮村，乐为农夫。1970年任渠家坬坮生产小队长，1972年被选拔为农民学员，入北大哲学系。在校期间学农学工学军，鲜及理论。蒙老先生私下点拨，偷学外语，毕业后留校教授西方哲学至今。后任北京大学哲学系教授、中国现代外国哲学学会常务理事、北京大学希腊研究中心副主任、北京大学现象学中心主任。主要研究古希腊哲学、德国哲学，重点研究现象学，尤其胡塞尔、海德格尔思想，因海德格尔而"言必称希腊"，曾于1981年在联邦德国图宾根大学进修4年，始悟何为"爱智"，哲学绝非政治。后经常驻研德、美哲学系，前后凡十年有余。主要学术著作有《海德格尔早期思想研究》《亚里士多德传》《洛克》《十九世纪德国非主流哲学》；译著有《海德格尔传》《另类胡塞尔》等。现退休，但仍因学术及儿女往返于东西半球间。

①邻比，比邻、近邻。三国魏嵇康《家诫》："自非知旧邻比，庶几已下，欲请呼者，当辞以他故勿往也。"

的物理存在，就像我的眼镜，我刚才没想拿它做例子，因为我对它的物理存在没有意识，不关心；等到我看不清了，才把它对象化，它的物理存在才显示于我面前，我才在意它。等我把它擦一擦重新戴上以后，一讲课，一看稿子，就又把它的物理存在忘了。这就是被海德格尔激活的亚里士多德关于being的最基本的区别。

2. 拓宽了西方传统哲学中的真理概念：aletheia的原初意义是"去蔽"，传统科学的"认识与对象的一致性"的真理观就成为真理的特例。"诗言志"也是对志的揭示，所以，也是真理的一种。历史、文学、艺术都有了真理价值。后期海德格尔更强调：希腊文letheia的中性意义——没被看见。没被发现，甚至可以有积极意义：汉武帝陵寝未被（盗墓者）发现，成了好事；还可以有消极意义，借此批评科学技术的真理观的狭隘性，以及可能有的消极意义。

3. 后期对科学技术的不断深入的批评，海德格尔指出"科学不思想"，破除了对科学技术的迷信和霸权，为环境意识的建立准备了条件。

4. 国人喜欢海德格尔，因为他是西方大哲学家中，唯一把中国传统思想（老庄）——当作宝贵的哲学资源加以吸收、直接引用的哲学家。后期海德格尔的许多思想与我国传统有着相同的倾向，尽管本质不同。

5. 对人生做了颠覆性重新解读：人生就是死亡过程。死亡作为人生最深沉最底层的样态，决定着表层的人生过程的各种形态，是人的历史性、选择性、责任心的来源。

6. 自我被革命性地解释为：超越忘情于外。陶醉、忘情于外是自我最内在的本质。

7. 人生积极肯定的真实现实是：带着过去（已经不是=无）冲着未来（尚且不是=无）的当下活动（无+无=无），所以，人生不仅是物理生理过程，更是"无着的"活动，因此人生而自由，时时处处必须选择。

靳老师今天讲的东西，我觉得在我思想当中有一定共鸣，比如说第一个问题，关于本体论的差异，尤其是海德格尔对老庄的认同，我也有这样的感觉。比如报告讲道：物质坏了，我们才能意识到物质的转变，这就是物理存在与非物理存在的关系，这种思维在老庄思想里非常突出。要是说跟海德格尔这个描述最接近的，在我的印象当中，应当是苏轼的一首诗《书焦山纶长老壁》："法师住焦山，而实未尝住。我来辄问法，法师了无语。法师非无语，不知所答故。君看头与足，本自安冠屦。譬如长鬣人，不以长为苦。一旦或人问，每睡安所措？归来被上下，一夜着无处。展转遂达晨，意欲尽镊去。此言虽鄙浅，故自有深趣。持此问法师，法师一笑许。"这首诗说，我们平常生活中头戴帽子、脚穿鞋子，帽子合身、鞋子合脚，我们就不会有什么感觉。一个胡子很长的人，平常很自在、很舒服，直到有一天一个人问他："你这么长的胡子，晚上睡觉怎么办，放在什么地方？"当天晚上他就睡不着了，第二天早上起来就干脆拿剪刀把胡子剪掉了。这个故事很有意思，跟靳老师讲的内容非常接近。这种物理存在与非物理存在，这种本体论的差异，它真实的指向是什么？按照我的理解，那就是自由。庄子特别讲究"坐忘"，"坐忘"是什么：第一，忘掉仁义，忘掉内在的真假、善恶、美丑；第二，忘掉礼乐，忘掉外在世界的一切秩序、规矩、荣辱、得失、是非；第三，堕肢体，黜聪明，离形去知，同于大通，连自己本身的存在都忘掉了，这就是"坐忘"的最高境界。其实，《庄子·大宗师》的"坐忘"，也就是《逍遥游》所说的"无功""无名""无己"。对应现代观念的"自由"，也就是自主、自足、自在。上引东坡诗所追求的，就是庄子自由的最高境界"自在"。辨析物理存在与非物理存在，其指向就是自由，我这样理解，不知道对不对。

苏轼还有一些诗词也涉及了类似的思考。苏轼晚年的一首诗，讲他自己的人生境界："梦里青春可得追？欲将诗句绊余晖。酒阑病客惟思睡，蜜熟黄蜂亦懒飞。"（《送春》）人活到他这个境界，就像喝醉了酒的人，除了睡觉什么都不想；就像蜂巢里面装满了蜜以后，蜜蜂就懒惰了，不想飞了，甚至飞也飞不起来了。这首诗所追求的，就是庄子自由的第二层境界"自足"。又如苏轼给朋友的一幅画，画的是大雁，自由自在的大雁，画得很生动，于是他就写道："野雁见人时，未起意先改。君从何处看，得此无人态。无乃槁木形，人禽两自在。"（《高邮陈直躬处士画雁二首》）意思是说：大雁对人类的干预保持着高度的警惕，你是在什么地方观察，能够不惊动大雁，而看到大雁这自由自在的意态。这就是一个境界的问题，也就是《庄子·山木》"入兽不乱群，入鸟不乱行"所描绘的境界。这种自得的境界、自在的境界，也就是自由的境界。我不知道这种说法，和靳老师今天讲的内容，是不是有一定的契合之处。

在求是村，我住59幢204室，靳老师住206室，我们做了将近一年的邻居。日常接触，受益多多，只言片语的交谈，常常触发我思维的灵感。印象最深刻的一段话，是靳希平老师认为：中西方思维的差异与中西方语言文字之间的差异存在密切关系。西方文字首先是记录语音，由语音而记语义；中国古代的文字首先是记录语义，兼及元音（韵），很少有语音的完整记录。也许这造成了汉语形式上的曲折变化的流逝，增加了汉语整体思维逻辑的难度，这也许是抽象思维方面中西差异的原因之一。西方重视语言学习，几乎等同于语文（中国无人号召学山东话以理解孔子，学两湖方言以理解《离骚》）。文艺复兴以后，教古希腊语的老师被人称为"humanist"，不仅是内容上，古希腊语本身就比拉丁语更有人气。威廉·洪堡提出，学习说一种语言，等于为人打开了一个新世界。语言与思想是一张纸的两面，有什么样的语言就有什么样的抽象的理论思维形态。

在我的学术生涯中，语言学是我特别有兴趣的一个领域。但苦于外语水平有限，且没有接受过严格的语言学专业训练，不少问题困惑于心，长期纠结。这次来高研院，接触了不少高人，靳老师和冯克利老师、张卜天老师都是著作等身的翻译家，吕大年老师家学渊源深厚，语言学理论造诣尤为专精。和他们的交谈，时常能给我灵光一现的感觉。靳老师的这段谈话，促使我对心中两个长期疑而不决的重要问题进行了重新思考：其一，思维与语言的关系问题；其二，中西语言文字系统的差异以及由此形成的思想文化差异的问题。

关于思维与语言的关系问题，我曾经有文章进行过专门的讨论，我是这样认识的：西方语言学很早就存在两种针锋相对的意见。赫拉克利特认为："词是大自然创造的。"他的学生克拉底鲁认为："每一个事物，大自然都赋予它一个专门的名字，就像把专门的知觉赋予每一个被感知的物体一样。"这是语言思维统一论的观点。[1]与此相反，德谟克利特则认为：名称是根据习惯规定的，所以是不正确的，并引用了四条证据来加以证明[2]，这就比较接近工具论的观点。在近现代西方语言哲学诸多流派中，海德格尔认定"文学以命名的方式把握真理"，"语言，凭借给存在物的首次命名，第一次将存在物带入语词和显象。这一命名，才指明了存在物源于其存在并到达其存在"。[3]美国结构主义语言学家萨丕尔认为：语言是可以随手把思维包装起来的胶囊，语言决定思维乃至先于思维。布龙菲尔德甚至认为：人并没有"思想"，所谓"思想"，只不过是一种语言形式，一种无声的语言。莱布尼茨、洛克、罗素等也都特别强调意义与指称的统一。另一方面，索绪尔认为：语言符号连接的不是事物和名称，而是概念和音响形象，索绪尔称之为"能指""所指"。而"能指"与"所指"的联系是约定俗成的、任意的。换言之，语言与思想之间，不存在任何内在的必然联系。后期的维特根斯坦、奎因等也特别强调意义与指称的区别，现代符号学对意义的消解，更将工具论的思路推向了极端。

中国古代虽然没有系统的语言哲学理论，但并不缺乏类似统一论或

---

①转引自柯杜霍夫：《普通语言学》，外语教学与研究出版社1987年版，第9页。

②《古希腊罗马哲学》："德谟克利特在肯定文字有一种约定俗成的性质时，用四个论证来加以证明：一、不同事物可以用同一名称来指称；二、不同的名字可以用在同一事物上；三、改变名字；四、没有名字。因此，名称有约定俗成的而不是自然的性质。"生活·读书·新知三联书店1957年版，第106页。

③海德格尔：《诗·思·语言》，文化艺术出版社1991年版，第69页。

工具论的思想。《易·系辞》所谓"圣人立象以尽意""系辞焉以尽其言",肯定"象"可以尽"意","辞"可以尽"言";《诗大序》"诗者志之所之也,在心为志,发言为诗,情动于中而形于言",承认"诗"即是"志";杨雄肯定言为心声,书为心画(《法言·问神》)。这些都具有语言思维统一论的倾向。魏晋玄学的主要论题之一是言意之辨。欧阳建《言尽意论》肯定"言""理"不二,如影随形。北齐刘昼的说法则较为辩证:"言以绎理,理为言本;名以订实,实为名源。有理无言,则理不可明;有实无名,则实不可辨。理由言明,而言非理也;实由名辨,而名非实也。今信言而弃理,非得理者也;信名而略实,非得实者也。故明者课言以寻理,不遗理而著言;执名以责实,不弃实而存名。然则言理兼通,而名实俱正。"(《刘子·审名》)虽然以"理"为本,以"言"为从,但承认"言理"可以"兼通""名实"可以"俱正",仍然属于语言思维统一论的范畴。至于语言工具论的观点,古代文献中似乎更为丰富。老子就说过:"道可道,非常道;名可名,非常名。"真正的大道是不可言传的。《庄子·齐物论》:"天地与我并生,而万物与我为一。既已为一矣,且得有言乎?既已谓之一矣,且得无言乎?一与言为二,二与一为三。自此以往,巧历不能得,而况其凡乎。"庄子的"一"即是宇宙的本体,"言"本来就是"一"的组成部分,自然有存在的理由(且得无言乎);但既然已经"为一",又有什么必要分离"为二"(且得有言乎)?"一与言为二",两者又怎么可能统一?"筌者所以在鱼,得鱼而忘筌;蹄者所以在兔,得兔而忘蹄;言者所以在意,得意而忘言",语言只不过是传达意义的工具,就成了顺理成章的结论。在儒家方面,《易·系辞》"书不尽言,言不尽意",认识到语言与思想之间,并不存在必然的统一关系。荀子也认为:"名无固实,约之以命实,约定俗成谓之实名。"那么名、实之间,也不存在必然的联系。荀子的思想,与索绪尔最为接近。陆机"恒患意不称物,文不逮意",已经注意到语言表述思想的局限性。魏晋玄谈的言意之辨中，王弼进一步推出了"得意忘言"的主张，其说重意轻言，甚至取消语言存在的必要性，可以视为宋代道学家"作文害道"说的先驱。我在讨论韩愈文道一体观念时，引用过以威廉·洪堡为代表的语言思维统一论的观点[1]，所以对靳老师的说法，很有认同感。

关于中西语言文字系统的差异以及由此形成的思想文化差异的问题，我的认识经历了一个较长时期的变化。语言学界有一个不证自明的公理：语音是语言的物质外壳。自从读研期间第一堂课听陈克农先生以"更""改""革"为例讲授阴阳入三声对转开始，我对上述的论点就深信不疑。所以我的治学，是从音韵学开始。不过，对文字、音韵、训诂之学的长期浸润，也让我产生了不少疑惑。在我看来，西方语言系统以长短不一的音节组合为本体，字母只是标识语音的工具，语音才是语言的核心内涵。定义语音为语言的物质外壳，顺理而成章。中国语言系统以一字一音的方块文字为本体，形音义三位一体。但音有古今之变、方域之别，义有繁衍、引申、转注、假借，相对稳定的唯有字形。考察各地古今方言的存在状况可以发现，不少方言在发音部位、发音方法、音值、音调等许多方面与官话存在重大差异，但他们的语言系统都能统一在同一个文字系统内，形成一个个方言区；推而广之，上千年来一直使用汉字的日本、朝鲜、越南等，在广义上也相当于汉语文化圈内的一个方言区，直到平假名、片假名、甲寅字等文字符号出现并部分取代汉字之后，其语言系统才走上独立发展的道路。所以我的感觉是：西方语言系统中，语音是语言的

---

[1] 刘真伦《从明道到载道——唐宋文道关系理论的变迁》："明者，彰显也。这就是说：文辞的功能，是彰显真理。从语言哲学的角度考虑：文与道的关系，是语言和思维的关系。语言是思维的物质基础，思维是语言的运动过程，没有任何思维能脱离语言(这里指广义的语言)而存在。在语言哲学的诸多流派中，这是语言思维统一论的观点。正如西方现代语言学的奠基人洪堡特所说：'语言是构成思想的器官，智力活动与语言是一个不可分割的整体。'(《论人类语言结构的差异及对人类精神发展的影响》)在这一意义上，文道本属一体，不存在孰先孰后、孰本孰末的问题。"(《文学遗产》2005年第5期)

物质外壳；汉语语言系统中，文字才是语言的物质外壳。

考察汉语的现状可以发现：汉语的音素本来就相对有限，再加上一字一音的限制，同音字之多，多得难以想象。1999年版《新华字典》的"汉语拼音音节索引"包括音节416个。1996年版《现代汉语词典》的"音节表"包括音节总数1338个。这样的音节组合数量，显然难以满足正常社会生活的需要，所以通过字形的差异区分语义，就成为必然的选择。汉语系统异体字之丰富，诸如古今字、通假字、正俗字、同形异构字等数不胜数，原因即在于此。古今字书的丰富，也能够印证我的判断。《仓颉》《博学》《爰历》三篇共有3300字，汉杨雄《训纂篇》有5340字，许慎《说文解字》有9353字，梁顾野王《玉篇》有16917字，司马光《类篇》有31319字，《康熙字典》有47000多字，1990年的《汉语大字典》有54678字，1994年的《中华字海》有85000多字。现代社会知识爆炸，语言作为人类认识世界的主要手段，其需求量已经远非茹毛饮血时代、田园牧歌时代可比。须知人类思想发展到今天，认识论问题早被归结为语言问题。哲学不是理论，而是对思想进行逻辑阐释的语言分析与语言批判过程。所以，一个正常的现代民族国家，一个博大精深的文化系统，需要一个同样博大精深的语言系统加以支撑。这是文化传承的需要，也是生活交流的需要。今天的学生都知道，考托福、雅思，1万单词是道门坎，过不了这道门坎，就难以满足文化传承甚至生活交流的需求。汉语是单音节语言，其音节组合本来就相对贫乏，全靠字形、语义的变化来弥补其缺陷，以表达丰富多彩的情感生活以及深邃精微的理论思维。外语词汇的丰富可以接受，母语文字的繁复却难以容忍，这是一个非常奇怪的双重标准。以照顾工农大众为借口，人为地将汉字的使用量限定在1500字、3000字、4000字，实在是太过荒唐。实际上，那些鼓吹"汉字不亡中国必亡"的爱国者们，似乎从来都没有下过车间、地头。工人、农民语言的生动风趣，思维的丰富深刻，绝非此辈所能想象。用扫盲的标准限制民族文化的发展，实在是民族国家的悲哀。认识到汉语的物质外壳是一字一音的方块文字而不是26个字母、21个声母、35个韵母，乃至数百个、千余个音节组合，尊重民族语言文化的客观规律，对今后的语言文字改革或许不无意义。回到我们今天的主题上来，对于思维与语言的关系问题、中西语言文字系统的差异以及由此形成的思想文化差异的问题，我持这样一个态度：我能够接受工具论的观点，因为语言本来就是人类思维的工具；我同时也能接受语言思维统一论的观点，因为没有任何思维能脱离语言（这里指广义的语言符号）而存在。在我看来，这两种观点并不矛盾。语言是人类创造的，其基本规律也逐渐为人类所认识，视之为工具，并非毫无根据。但人类对世界的认识毕竟有自身的局限，绝对真理远在彼岸，人类只可能无限接近它，而不可能最终掌握它。人类智慧的最高境界，是对未知世界保持应有的敬畏。大自然赋予每一个事物一个专门的名字，你可以将其理解为上帝的恩赐，也可以将其理解为不可抗拒的自然规律；《淮南·本经》说，仓颉作书，而天雨粟、鬼夜哭，看来中国的方块文字也是上天的秘密。我们今天都已经知道，最终组成这个世界的不是占有时空的物质微粒，而是不占有时空的夸克。终极真理并不藏身在物质世界，而是藏身在我们尚未认识的神秘世界。因为它本来就不是一个自然科学的问题，而是一个语言哲学的问题。韩愈所说的"修辞以明道"，用现代学术语言来表述，就是定义现象、认识世界。要认识它，恐怕得依靠哲学和宗教，而不是现成的教科书体系。这就是我对思维与语言的关系问题、中西语言文字系统的差异以及由此形成的思想文化差异的问题的解读。

赠 赵鼎新 老师

蒙昧野蛮生物人，
好生恶杀谓之仁。
多元要素齐推动，
孰主孰从须较真。

2015年12月9日上午，浙大高研院学术报告会第33讲在浙江大学之江校区高研院会议室举行，来自芝加哥大学的赵鼎新老师就"宏观社会变迁的'动力学'及规律"这一主题做了精彩的报告。

赵老师报告的主要内容是其新著《儒法国家：一个解释中国历史的新视角》的理论框架。他对当前中国盛行的线性史观和西方盛行的多元史观做了介绍，并试图在这两个史观之间走出一条不同道路。他指出了人类有政治、地域、经济和意识形态的四个基本本性，并且会在这四个层面上展开竞争。人类的这四个本性构成了社会权力的来源。他在报告中详细介绍了这四类竞争所具有的不同性质乃至这些性质对历史发展形态的型塑作用，分析了政治权力的特性和先决性以及意识形态和权力关系的重要性，并重新定义了区别于马克斯·韦伯的人类理性形式，并着重强调了集体导向工具理性和个人私欲导向的工具理性之间的区别以及历史理性的重要性。

赵老师强调：我们往往会从理论上来讨论政治、经济、军事、意识形态权力的先决性，或者说这四个力量哪个对历史发展最具决定性的作用。他认为是政治，为什么呢？

赵鼎新，芝加哥大学社会学系终身教授，浙江大学人文高等研究院首席指导专家。主要研究领域为历史社会学、社会运动、社会变迁、经济发展与民主转型。

第一，政治和军事权力都是向心性和强制性的，而经济和意识形态权力则是弥散的和非强制性的。因此，当经济/意识形态行动者和政治/军事行动者直接产生对抗时，他们往往会处于下风。

第二，相对于经济权力和意识形态权力而言，政治权力有着向心性和强制性的优势；相对于军事权力而言，政治权力具有绩效合法性优势。这两个优势给了政治权力以先决性，但是不稳定的。一个政治稳定的国家除了绩效外还需要意识形态。

赵老师还说，他原先是生物学家，成为社会学家后一直想人到底和动物有什么区别。后来想清楚了这两者的区别就是人是有思想的猴子。猴子有地域性，控制了一个地域就不会让其他猴子过来，人也是；猴子有政治性，A当了猴王，B就不能当；有些猩猩还有经济性，能生产简单的工具。人与猴子的唯一区别就是人会强词夺理，而猴子不会。人就是猴子+意识形态，或者说人同时是政治动物、经济动物，地域性军事动物和意识形态动物。

我个人的看法是：赵鼎新老师以生物学的背景研究社会学，其视角自然与众不同。韩愈的《原人》区分"禽兽""夷狄""人"，讨论人的生物进化、社会分化与人的现代化，实质上是讨论人类社会文明进化的过程与途径，与赵老师的观点有所交集。赵老师认为，人类有政治、地域、经济和意识形态的四个基本本性，尤其强调政治权力的特性和先决性，并以之作为人类社会发展演变的第一推动力。韩愈则认为，相生相养的生存需求才是人类社会得以产生的根本原因，也是人类文明发展演变的根本动力。二者的差异，值得认真思考。

赠 吕正惠 老师

太白直斋加纳兰，

语言通俗意蕴单。

天才不屑掉书袋，

统计应能解此难。

2015年12月15日，浙大高研院学术报告会第34讲在浙江大学之江校区四号楼304举行，高研院邀请了重庆大学高等研究院的吕正惠老师做学术报告："李白问题的新诠释"。

关于李白出身的问题，一直以来都是中国古代文学研究的一个争论点。由于李白生于西域碎叶城（今吉尔吉斯斯坦托克马克附近），有可能是西域粟特胡商的后代，李白独特的诗风，或者与此有关。吕老师从两方面来报告。

第一部分，从粟特的胡商背景来说明李白有可能是粟特人。吕老师首先分析了粟特商人在唐代的活动情况，指出唐代是粟特商人活动的黄金时期，不少军队将领都有粟特背景，这给李白的出身提供了可能性。李白儿子叫"颇黎""明月奴"。颇黎就是玻璃，明亮的意思。从粟特族言跟粟特宗教观点来解释李白这两个儿子的命名，很容易讲得通。李白最喜欢用的意象是明月，"床前明月光"，这个当然最有名。李白的明月的意象很多，大家读一下李白的诗就知道了。

第二部分，李白诗风的特质，从李白的诗歌意象，用字跟意象来论

吕正惠，1948年生，台湾嘉义人。先后任台湾清华大学与淡江大学中文系教授，专治唐诗与台湾现代文学。主要著作《战后台湾文学经验》《诗圣杜甫》等。

述。吕老师进而对李白诗作的诗风进行了剖析。1. 文字简明、意象简单，但让人印象极其深刻。2. 李白可以用非常口语化，非常简单的文字，非常简单的意象写出让我们觉得很意外的诗。李白这些诗的汉语程度大概是1000个汉字，用1000个汉字就可以写出这么好的诗。3. 吕老师指出，模仿是李白一些诗的重要特点，李白拟乐府加拟古两类作品加起来有200首。李白现在全部留下的诗作不到1000首，诗集里面模拟的作品有五分之一。模仿而能写出经典好诗，是值得研究的一个问题。

吕正惠老师的报告认为：由于李白生于西域碎叶城，有可能是西域粟特胡商的后代；李白独特的诗风，或者与此有关。所谓李白的独特诗风，是指其诗大多意象简单、文字通俗，这样的作品，大约有800首之多。上述的两大结论，与会者大多表示质疑。来国龙老师认为若缺乏直接的证据，在文学层面难以解决李白的出身及血统问题。李人庆老师就李白的种族背景与诗证之间的关系表达了自己的见解。张亚辉老师认为粟特与渔猎民族女真不同，是一个区域性的经商民族，应该考虑纳兰容若与李白之间是否存在可比性。卢盛江老师指出，李白研究的重点应在于分析其诗歌风格与异域文化之间的关系，而非讨论其血统出身。

我认同吕老师的研究思路，觉得挺好。他有一些比较特殊的思考，还是有一定道理的。既然是特殊，那一般的人可能不太熟悉。学术研究是作为一种可能性在讨论，还是可以存在的。实际上吕老师所讲问题的三个部分，一是粟特的问题，二是语言的通俗白话的问题，三是拟作的问题，实际上是一个问题——文化的问题。他的总体思路就是从外族进入汉文化的系统之后，成为一个伟大的文学家，他必然会多一些外来文化的痕迹，如语言的通感、模拟，都是可以思考的问题。

这个问题是李白研究当中的热门话题，相关的文章不下百篇。挑起这个话题的就是郭沫若的《李白与杜甫》，在他之前陈寅恪先生就有一些非常重要的文章《李太白氏族之疑问》。其中讲到李白应该不是汉人，为什么？他就有关李白生平的三个主要的关键材料，就是魏颢的序、李阳冰的序、范传正的墓碑。除了魏颢《李翰林集序》"因家于绵，身既生蜀"之外，李《序》、范《碑》都明确记载李白先世被谪于条支碎叶。其中大家耳熟能详的两句话，陈寅恪认为从史学家的角度看是不太可能的，一个就是李阳冰所说的"中叶非罪，谪居条支"，还有范传正所说的"隋末多难，一房被窜于碎叶"。条支碎叶这个地方没有问题，条支是国名，碎叶是地名，是同一个地方没有问题。陈寅恪怀疑的是什么？怀疑的是"谪居"这两个字。因为按照唐代的制度，贬官是有制度的，按照《周礼》，在五百里一圈，再一千里，再三千里，对不对？不管谪多少里都谪不到条支，唐代的谪官谪不到条支。所以他认为谪官的说法是一个托词。陈寅恪解读出来之后，他认为不是谪居条支，就是条支，就是碎叶人。所以陈寅恪下了一个断语：李白是胡人。

这个是陈寅恪先生下的结论，后来挑起这个争论的就是郭沫若。郭沫若的《李白与杜甫》以陈寅恪为主要对象，到处挑刺。说实在话，这是我比较早接触的研究李白的著作，我当时还是很接受这本书的，但是他这本书对陈寅恪的挑刺有一点意气用事。这个大家都知道。陈寅恪，民国年间的史学界第一号人物、领袖。郭沫若，1949年以后的史学界的第一号人物、领袖。他有一句话很著名的话："陈寅恪有什么了不起，他无非就多读了几本书而已嘛？我们史学所200多个人，我们每个人多读两部书，我们就超过他了。"当然了，200个人读的书当然是可以超过陈寅恪，跟你一个人读的书超过陈寅恪那是一回事吗？

有关这一问题的讨论非常多。有几个比较靠谱的证据，这三个文献都是来自李白本人，一个是李白本人口授，一个是李白儿子所述，应该是有根据的。他从碎叶城迁居到四川，这个靠得住。从碎叶城迁居到四川有三种可能。第一，汉族人到碎叶居住了，然后回到了中国。第二，他本来就是碎叶当地人。第三，当地人还有汉族跟异族的区别。这三种可能都存在，那么现在的问题在什么地方？从李白本人的作品中寻找证据，比如说相貌，这一点很重要，因为粟特人是白人，他有没有这方面的描绘？有的。魏颢的序就描绘了李白的相貌："眸子炯然，哆如饿虎。"还有李白的《上云乐》就描绘了一个白人的形貌，基本上算是其自画像："金天之西，白日所没。康老胡雏，生彼月窟。巉岩容仪，戍削风骨。碧玉炅炅双目瞳，黄金拳拳两鬓红。华盖垂下睫，嵩岳临上唇。不睹诡谲貌，岂知造化神。大道是文康之严父，元气乃文康之老亲。"这都是很重要的证明。郭沫若还提出李白出生于一个经商的家族。所以他估计李白是波斯商，做珠宝生意的，这当然是带了点推测。郭沫若的发挥也算一家之言吧。

除此之外就是他的姓氏，他回到四川以后，"指天枝以复姓"（范传正《唐左拾遗翰林学士李公新墓碑并序》），"指李树而生伯阳"（李阳冰《草堂集序》）。那就是明白无误地告诉你，李家不姓李，而是生了李白以后才姓李，才指李为姓，指李树给你一个姓，可以肯定地说李家之前不姓李。很明显，他是异族的姓，这个有点类似贯云石本名小云石海涯，父名贯只哥，即以贯为姓。廉惠山本名廉惠山海牙，即以廉为姓。刚才提到陈垣的《元西域人华化考》，我曾经跟这本书结缘，我用10年的时间专门搞元代。元代有一部分异族的诗人，其中有一些像萨都刺这一类，我专门考证过他们的姓氏。萨都刺姓萨吗？它是一个截取，截取他姓氏的第一个字，用汉语来说是萨姓。李白的家族姓氏不知道，但是肯定不姓李，我估计它是一个异族的姓。现在学术界关于这些的讨论都没有最终确切的定论，只能说是一个揣测，包括他的家族居住地、姓氏等。

还有一点，大家可能没注意，李白一辈子没参加过科举考试。大家都说李白这种人怎么会去参加考试？他瞧得起考场吗？哪个考场能容得下李白？不对，实际上他是没有资格参加考试，因为考试是要推荐的。考试是要户口的，没户口不能参加，这是李白不参加考试的真正原因，他根本就没有户口。我把这作为一个猜想，而不是作为一个结论，是可以讨论的。

第二个问题，吕老师提到李白诗歌的口语化程度和他的模拟之作。我曾经有10年的时间专门研究元代少数民族，像马祖常、萨都剌这些人。他们诗歌的用字相对集中在一个比汉族诗人要小得多的范围之内。像韩愈的诗，我搞了一辈子，到现在至少有数以百计的字在汉语字典上查不到，还有电脑的字库里面也没有的上百字。需要注意的是，这些外来的民族不是说一定比汉族的人强，而是说他们为汉族文化注入了一些新鲜的东西。所以像李白、萨都剌、纳兰性德这些人，进入汉文化系统之后，成就往往还高于同时代的汉族人，因为他们带入了一些新东西。

归纳来说，本人认同吕老师的研究思路：李白的族属问题，自陈寅恪、郭沫若以来已经成为李白研究的一个热点问题，可以做更深一层的讨论；至于联系族属以考察其诗风，这样的思路也有可取之处。如此判断，是因为本人曾经做过元代华化西域人尤其是萨都剌的研究，萨都剌诗风与李白相近，也有明显的口语化倾向。更重要的是，他们较少用典，或许是出身异族读书有限的缘故吧。对照时代相近的诗人，杜甫以"应须饱经术""熟精文选理"训诫其子，所以杜诗无一字无来处。韩文出于经，柳文出于史，其议论化、散文化的诗风，也以掉书袋为标志。再回头去看李白、萨都剌、纳兰性德，或许会觉得吕老师提出的问题，确有认真思考的必要。

赠 张睿壮 老师

睿知如颖壮如牛，
谈笑风生亚美欧。
曾记碧波同击水，
天风海雨一麾收。

2015年12月22日，浙大高研院学术报告会第36讲在浙江大学之江校区四号楼304举行，来自南开大学国际问题研究院的张睿壮老师做了主题报告，题为"中美共建'新型大国关系'的可能性与前景"。

张老师首先介绍什么是"修昔底德陷阱"，该理论源自古希腊历史学家修昔底德的著作《伯罗奔尼撒战争史》。书中讲作为盟国的雅典和斯巴达，一个是新兴国家，另一个是原来的强国。当初斯巴达和雅典结盟对抗波斯，但在希波战争结束之后，斯巴达发现雅典的实力增长很快，同时还有一些"异动"，如和周围的小城邦结盟，等等。作为守成大国，斯巴达认为不能坐看雅典这一新兴大国壮大，因此就要先发制人，率先发动战争。修昔底德在他历史著作当中总结出国际关系里的许多规律性，例如强者可以随心所欲，弱者只能逆来顺受，因此，守成大国和新兴大国之间的战争很难避免，就像陷阱一样，两个国家的关系发展到这个程度之后，似乎就很难逃出历史的宿命。美国另有一部关于"修昔底德陷阱"的著作，

张睿壮，美国伯克利加州大学政治学博士。南开大学国际关系学系教授、国际问题研究院院长、美国研究中心主任。中国国际关系学会副会长；曾任北京大学、美国明尼苏达大学、美国弗吉尼亚大学、韩国天主教大学客座教授以及挪威诺贝尔研究所、以色列本古里安大学、美国约翰•霍普金斯大学国际问题高级研究院访问学者。主要研究领域有：国际关系理论与当代国际关系、美国外交政策与中美关系、社会科学方法论等。

该书中研究了过去500年里世界上出现过的15对"新兴大国-守成大国"的关系，发现其中的11对都是通过战争解决的，这就是"修昔底德陷阱"。

对于中美共建"新型大国关系"的可能与前景，张老师认为，一方面不能忽视人的主观能动性的重要作用，另一方面还要考虑到中美之间有着长期的合作历史和比较良好的合作机制，而且中美当前国力差距仍然悬殊，在国际问题上也尚未遇到针锋相对的利害冲突，因此构建不冲突不对抗、相互尊重合作共赢的中美"新型大国关系"是可能的。同时，在中美MAD（互相确保摧毁）均势之下，两国之间基本不存在大战爆发的可能，如能按部就班、一慢（中）一快（美）地按照两国实力对比的变化调整全球利益分配，便有可能实现向中美"新型大国关系"的和平过渡。

张睿壮老师的报告中，本人最有兴趣的话题，是"修昔底德陷阱"。不过在本人看来，"修昔底德陷阱"的根源是"中等收入陷阱"，这一陷阱并非存在于新兴大国与守成大国相互交往的道路上，而是埋藏在民族国家生存需求受到威胁、民族经济受限于资源匮乏与财政困境的发展中国家的发展道路上。本人认为，在中世纪，由于中国经济体制成熟完善的程度高于西方，所以由中世纪向近现代转型的起点，中国也要早于西方，中唐的城市化进程以及儒学革新运动就是明显的标志。不过，中唐至两宋的政治变革选择了由集权到专制的道路，中唐至两宋的经济变革选择了利出一孔、官商一体的道路，才导致了上述的转型历经1200年而每况愈下。中唐两税法、熙丰变法，比南美模式、东南亚模式更早地显现了这一陷阱。内因是变化的依据，外因是变化的条件。没有竭泽而渔造成的阶层对立、族群对立的困境，就不会有挑动外衅转移矛盾的冲动与需求。"边庭流血成海水，武皇开边意未已"的唐玄宗如此，"天下叛之"的唐代宗、唐德宗如此，郭药师、韩侂胄、贾似道无不如此。1200年改朝换代的历史乃至我们这一代人的亲身经历，没有一个能逃脱这一规律。本人之所以判断"修昔底德陷阱"的根源是"中等收入陷阱"，上述的历史教训就是无可辩驳的证据。当然，对于睿壮老师的报告而言，我的理解有点郢书燕说、离题万里了。

赠 傅俊 老师

原生档案现龙泉，

楮墨丹朱万万千。

柴米油盐酱醋茶，

民情世态最为先。

2015年12月29日，浙大高研院学术报告会第37讲在浙江大学之江校区四号楼304举行，来自浙江大学地方历史文书编纂与研究中心的傅俊老师做了主题报告，题为"龙泉司法档案简介与个案举例"。

2007年，龙泉市档案馆发现了长年庋藏在库的一批珍贵档案文献——民国时期龙泉地方法院档案（浙江省龙泉市档案馆藏M003号全宗）。同年，经由包伟民教授发起，浙江大学历史系着手开展浙江地方文书整理工作，拉开了龙泉民国司法档案整理与研究的序幕。龙泉司法档案目前所知保存最完整、数量最大的民国时期地方司法档案。傅俊老师从档案特点、学术价值、档案现状、整理工作等几个方面对龙泉司法档案进行了比较全面的介绍，并通过四个不同时期、不同类型的案例具体展示了这份档案的史料价值和独特魅力。

龙泉司法档案独特的学术价值，至少体现于以下几个方面：其一，时间连续完整；其二，内涵丰富多元；其三，史料基层原始。这批文献不仅具有相当高的学术价值，更具有无可替代的社会价值。由于历史及地理

傅俊，历史学博士。曾在《浙江大学学报》《福建论坛》《中国档案报》《浙江档案》《唐宋历史评论》等刊物发表过多篇论文。合著《宋代社会史论稿》；主编《龙泉司法档案选编》（第二辑）、合编《浙江历史文化研究论著目录》等。主要研究领域为地方文书研究、乡村社会史、宋史。

因素的影响，龙泉地区在近现代很少受到战乱波及，因此当地的晚清至民国时期的司法档案得以完整地保存了下来。龙泉司法档案数量庞大，共17333个卷宗，文书种类繁多，涵盖的案件类型也比较丰富，展现出时间连续完整、内涵丰富多元、史料基层原始等特点，清晰记录了中国法律制度和司法实践，从传统到近代的完整过程，同时也记录了近代地方社会结构、经济形态、家庭婚姻、民众观念等方面的变迁，实际涉及民众生活的几乎所有内容，展现出一幅生动的清末民初东南地区底层民众的生活图景。

史学界一向认为，传统的历史就是一部帝王将相史。这样的判断虽然稍显绝对，但基本情况，八九不离十。近现代以来，下层民众的日常生活开始进入史家视野，相关史料的重新发现，也逐渐引起了史家重视。龙泉司法档案包含了1858（咸丰八年）至1949年90年间17333个卷宗，88万余页原生态手抄文档。为研究近代中国江南地区的民间生活与社会变迁提供了丰富的第一手数据，具有独特的史料价值。傅俊老师初入学界，有机会接触并整理研究如此珍贵的原始资料，入门既正，起点亦高，专业前景，可以预期。

赠 朱天飚 老师

澳洲美国到英国，

比较政经管理学。

北大清华浙大牛，

名门子弟自超卓。

2016年1月17—19日，定性研究工作坊在浙江大学之江校区成功举办。此次工作坊主要围绕定性研究以及相关问题和主题进行了研讨。参与此次工作坊的学者来自北京大学、对外经济贸易大学、复旦大学、华东师范大学、华南理工大学、华南师范大学、南京大学、清华大学、上海财经大学、上海交通大学、厦门大学、新加坡国立大学、浙江大学、中国科学院大学、中山大学等学术机构，共30余名学者以及10多名博士生参加此次工作坊。

工作坊由浙大高研院常务副院长朱天飚老师组织，由浙大高研院主办。会议主要有三个议题，分别是针对国家能力问题的专题讨论、针对与

朱天飚，1987年考入中国政法大学经济法系，完成第一年学业后于1988年秋赴澳大利亚留学。1990年年初开始在悉尼大学政府及公共管理系继续攻读本科。先进入人文学院学习，1992年初转入经济学院。主修科目为政治学及经济学。1993年年底获得经济学（社会科学）学士学位。1994年8月开始在美国康乃尔大学政府系攻读博士学位，主修科目为国际及比较政治经济学。1997年年初获得政治学硕士学位及博士候选人资格。1998年9月在博士论文写作过半时进入英国剑桥大学管理学院攻读管理学硕士学位。于1999年8月获得该学位。又于2000年6月获得康乃尔大学博士学位。2000年8月成为澳大利亚国立大学亚太研究所博士后研究员，并在研究结束后加盟清华大学公共管理学院。后于2003年2月转入北京大学政府管理学院，任副教授，同年8月任新成立的政治经济学系主任（至2007年3月），并在清华大学和南开大学兼课。2004年秋被学生选为政府管理学院最受学生爱戴的教授、北京大学第十届十佳教师，2009年当选北京市优秀教师。2006年7月至2015年3月任政府管理学院副院长。现任浙江大学人文高等研究院常务副院长，社会学系副系主任。

会者提交论文的方法论深度讨论和针对定性研究与教学的主题讨论。其中对论文的方法论深度讨论是一项新的尝试。参会学者提前两周提交论文，会上不再做专题报告，只对自己论文的背景、方法和缺陷做10分钟的说明，然后与固定评论人和特邀评论人等进行1个小时的深度讨论。这种方式得到了与会者的一致好评。

对于朱天飚老师的教育背景，我只能用三个词来概括：羡慕、嫉妒、恨。尤其遗憾自己在求学的道路上历尽坎坷，却没能得到天飚老师那样的机会。不要说北京大学、清华大学、悉尼大学、剑桥大学、康奈尔大学，就算所学专业——政治学、经济学、比较政治经济学，就已经是我朝思暮想始终不得其门而入的圣地了。多年研究韩学，目标是韩愈的思想。而定义韩愈思想的前提，是中唐的社会、政治、经济、文化的复原与定位。我也研究国学，致力于传统文化与现代文明的对接。所以我的思想研究，习惯于中西对比。研究自由，我将庄子与舍勒对比；研究形象思维，我将严羽与克罗齐对比；研究相生相养，我将韩愈与亚当·斯密对比；这是我30多年学术研究的一个思维定式。因此，我对比较政治经济学有着特殊的兴趣。来到浙大高研院，才见到专攻这个专业的第一尊真神，所以朱老师的几个工作坊，我都有着浓厚的兴趣。至于在日常工作与生活方面，朱老师率领他的行政团队为驻访学者们提供的工作方面的支持以及生活方面的照顾，细心周到，无微不至，更让我发自内心的感激佩服。在我38年的高校生涯中，这样的行政风范，仅此一家。谓予不信，立此存照。

赠 张卜天 老师

古有张衡测地动,
浑仪未足识方圆①。
左持科学右宗教,
今日张生敢卜天。

2016年3月1日,浙大高研院学术报告会第39讲在浙江大学之江校区四号楼304会议室举行,来自中国科学院大学的张卜天老师做了"科学与宗教概念的演变——评彼得·哈里森《科学与宗教的领地》"的主题报告。

张老师认为:"宗教"和"科学"这两个文化范畴对于理解现代性的本质及其遗产最为重要,但我们现在理解的"科学"与"宗教"都是相对晚近的观念,是在过去300年里在西方出现的,是在漫长的历史过程中逐渐形成的。"科学"和"宗教"这两个概念起初都是指个体的内在品质或者说"德性",到了16世纪则渐渐成为通过教理和实践来理解的东西,成了命题式信念系统,这种客观化过程是科学与宗教之间关系的前提。关于科学与宗教的传统叙事,无论是冲突、独立、对话和融合,都无法刻画

张卜天,北京大学科技哲学博士,现为中国科学院大学哲学系副教授。研究方向为西方中世纪和近代早期科学思想史。著有《质的量化与运动的量化——14世纪经院自然哲学的运动学初探》,"机械论的起源、演变及其问题研究"课题获得2011年国家社会科学基金青年项目资助,主编和翻译"科学源流译丛",主要译有《大问题——简明哲学导论》《韦洛克拉丁语教程》《世界图景的机械化》《现代性的神学起源》《科学革命的编史学研究》等30余部著作。

①张衡(78—139),字平子。东汉南阳西鄂人。安帝时,公交车特征拜郎中,再迁为太史令。作浑天仪,著《灵宪》《算罔论》。顺帝初再转,复为太史令。阳嘉元年,复造候风地动仪。后迁侍中,永和初出为河间相,征拜尚书。永和四年卒,年六十二。张衡为天文学、地震学的发展做出了杰出贡献,其浑天仪、地动仪,是古代科技史上最重大的发明。参见宋范晔《后汉书·张衡传》、梁刘昭《后汉书·律历志》注。

"科学"与"宗教"的关系。因为"科学"和"宗教"并非划分文化领土的自明方式或自然方式，它们既不是人类的普遍倾向，也不是人类社会的必然特征，而是因为独特的历史情况而形成的。无论是持冲突观点，还是持融合观点，都同样巩固了"科学"与"宗教"的现代边界。"科学"与"宗教"这两个概念的演变都有学者研究过，但是将两者结合进行研究，并且对两者的关系做出独特而新颖的诠释，彼得·哈里森应是第一个①，《科学与宗教的领地》一书所表达的观点，代表了科学与宗教领域国际最前沿的成果。

对于科学与宗教的关系，科学史上一种常见的简单化叙事是，"科学起源于古希腊—在中世纪因为基督教而遭受挫折—16、17世纪科学摆脱宗教"，这种叙事使得"科学"从一开始就被置于与宗教的某种关系中。彼得·哈里森通过对"宗教"和"科学"概念的演变进行梳理、论证，对二者的关系做出了一个新的判断：不同于以往对"科学"与"宗教"或冲突或融合这两种极端关系的定位，二者既不是"冲突"的，也不是"和谐"的，而是有着非常复杂的形成过程。"科学"与"宗教"并非自然种类，不能代表人类的某种普遍特征。张老师认为，彼得·哈里森对科学与宗教关系的阐述及其研究方法，对我们更好地理解现代社会，更好地认识中国有着重要的指导意义。

张卜天老师的报告通过"宗教"和"科学"这两个文化范畴理解现代性的本质及其遗产，于我心有戚戚焉。科学与宗教的关系到底是什么？这当然可以有多种不同的解释。我对张老师报告印象最深的一句话就是："道德秩序内嵌于宇宙结构。"这句话对我来说为什么印象这么深刻？因为它刚好跟我的研究对象和研究领域基本一致。我曾写过一篇文章，和

---

①彼得·哈里森曾任牛津大学神学与宗教学院安德烈亚斯·伊德里奥斯科学与宗教教授（2006—2011），牛津大学伊恩·拉姆齐中心（Ian Ramsey Centre）主任和高级研究员，目前是昆士兰大学高等人文研究院院长。他是国际科学与宗教协会的创始人之一，也是奥地利人文科学院院士。

张老师的报告讨论同一个内容,讲道德秩序与宇宙结构的关系,题目是《天、地、人三位一体:韩愈的宇宙本体观念——兼论中国古代宇宙本体理论的三大系统及其发展演变》①,讨论多元宇宙本根理论。与现代物理学界将粒子与波并列为物质结构一样,张老师有关"道德秩序内嵌于宇宙结构"的判断,和我的"天地人三位一体",同样将人的因素与基本粒子并列为宇宙的基本结构。我那篇文章讲的是中国古代的宇宙本体理论。中国古代有三个不同系统的宇宙本体理论,第一就是老子的道本体论,第二就是《易经》的阴阳合一的二元本体论,第三是杨雄的天地人三位一体的三元本体理论。我比较接受杨雄的理论体系,因为他的这个理论体系不但把天地作为宇宙的本体,也把人作为宇宙的本体,这是非常重要的一个进步。而这个进步跟张老师的报告相通的就是这一句话,他把宇宙间的道德秩序作为宇宙的构成基本要素,这是个非常重要的进步。

将人与天地并列作为宇宙的本体,从科学常识的角度看来似乎异常荒唐,但实际情况并非如此。迄今为止,人类对客观物质世界的全部知识,都以人类的认识能力为限界。当人只能用眼睛观察时,红外线、远红外线就不存在;当人只能用耳朵倾听时,超声波就不存在;量子力学诞生之前,人类就只知道光粒子而不知道光波;广义相对论问世之前,物质结构就只有质量而没有能量;粒子物理学问世之前,反物质就不存在;宇宙膨胀理论问世之前,暗物质就不存在。总之,所谓的"客观物质世界"都局限在人类的认识能力之内,而且都受到人类认识手段诸如射电天文望远镜、电子显微镜、高能粒子加速器等外界因素的干扰,不可能绝对"客观"。人是万物的尺度,是万物存在的尺度,也是万物不存在的尺度。苏格拉底哲言所强调的,正是人类的主体意识。

世界的存在状态是什么样子?现代科技日新月异的进展时刻在修正

①参见罗家祥主编:《华中国学》第六卷,华中科技大学出版社2016年版。

着我们曾经自以为是的真理。最终的真相是什么，也许我们永远也不可能知道。但至少现在我们已经知道：宇宙的起源不是老子所描述的线性发展关系，也不是《易经》所描绘的二元对立的平面极坐标体系，有点像《太玄》所描绘的三位一体的三维立体状态，即二元对立的统一体。酷似太极的马卡良231星系的双黑洞结构，或许会给我们带来某些新的思考①。

从现代科学看问题，有与无之间并不存在一条不可逾越的鸿沟。量子力学出现，粒子与波可以并存；广义相对论出现，质量与能量可以并存；粒子物理学出现，正物质、反物质可以并存；宇宙膨胀理论出现，明物质、暗物质可以并存。构成强子的基本粒子夸克，其存在状态的基本特征就是不占有时空。无中生有、化有为无不再是天方夜谭，而是被实验物理学屡屡验证的科学事实。有关宇宙射线的研究、人造黑洞的研究、基本粒子生成的研究、基本粒子湮灭的研究，已经有不少的实验报告公诸于世。19世纪末以来，实验物理学有关量子力学的进展直到新近突破的引力波探测，都可以为之提供佐证。

把宇宙的本体分解为物质的最小微粒，长期接受唯物主义教育的我们很容易理解。这一层面之外同时并存着粒子层面、波的层面、能的层面乃至于正物质、反物质，明物质、暗物质的层面，那当然对唯物论和唯心论都会有一定的冲击。但是，就当代的多元文化和多元宇宙本体论而言，这是一个非常自然的进步。自从19世纪末量子力学出现之后，你一定要把物质的本体限定为一种占有时空的粒子，这是说不过去的。因为现代物理学家确定的物质的最小微粒，就是不占有时空的夸克。不占有时空，就是宇宙的本体最本质的属性。所以，张老师的选题，尤其是他的基本判断，深得我心。

---

① 中国新闻网：《NASA公布马卡良231星系近照：双黑洞旋转似太极》，2015年8月28日，http://www.chinanews.com/tp/hd2011/2015/08-28/557468.shtml，2017年。

赠 贺照田 老师

五四以还重启蒙，

八零年代最由衷。

从来世事多翻覆，

只在渔樵闲话中。

2016年3月8日，浙大高研院学术报告会第40讲在浙江大学之江校区四号楼304会议室举行，来自中国社会科学院文学研究所的贺照田老师做了题为"一个'新时期'还是两个'新时期'？——'文革'结束、1977年'新时期'开始的历史、观念、政治意涵"的主题报告。

贺老师首先对"新时期"这一词语的使用进行了讨论，指出了两种不同的用法。在通常的使用上，"新时期"开始被设定在十一届三中全会召开的1978年年末。与此相对，另外有人（主要是一些对历史有兴趣的人）则从语词事实出发，将"新时期"的开始设定在1977年8月召开的中共十一大。

贺老师认为，这两种说法或否定了思想解放运动与此前历史即连续又断裂、连续大于断裂的历史实际；或仅就词论事，缺少对词语所表征的历史、观念的理解。这两种观点看似对立，但实则"相辅相成"。

贺照田（1967—），黑龙江人。1985年考入北京大学力学系，第二年转入中文系。现为中国社会科学院文学研究所副研究员、复旦大学思想史中心学术委员会主席。曾在中国台湾东海大学（2007年）、台湾清华大学（2008年）、台湾成功大学（2009年）、日本东京大学（2013年）等校客座。主要研究领域为18世纪中叶以降中国思想史、政治史和中国现当代文学。著有论文集《当代中国的知识感觉与观念感觉》《当中国开始深入世界》，另编有《西方现代性的曲折与展开》《东亚现代性的曲折与展开》《后发展国家的现代性问题》等论文集10余种。

　　贺照田老师的报告，对于亲身经历过这一时代的人们而言，可谓心潮澎湃、感慨万端。《诗品·沉着》云："如有佳语，大河前横。"予于照田报告亦然。

赠 周明初 老师

废弃黄钟瓦釜鸣①。
鸡鸣狗盗一毛轻，
西溪自有根基在，
莫教明星浪得名。

2016年3月11日，浙大高研院学术报告会第41讲在浙江大学之江校区四号楼304会议室举行，来自浙江大学中国语言文学系的周明初老师做了题为"全明词重编中的几个问题"的主题报告。

周老师指出，现行的《全明词》出版到现在不过十几年的时间，就有好多人对它进行了批评。这部书是2004年4月份在书店面市的，我们在2004年5月份就开始了辑补的工作，发现遗漏的词作太多了。到8月份，大概三四个月的时候，我们就补了2000多首了。到2007年我们出版《全明词》补编的时候，补了5000多首。《全明词》本身的诗歌是2万首，我们补了5000多首。尽管开展过辑补工作，但效果不尽人意，重编《全明词》的工作正是在这样的背景下开展的。

《全明词》所收词家1390多人，词作19000多首，三分之二以上词作来自于《明词汇刊》。另外利用了当时新出来的影印文渊阁《四库全书》，又稍微地收录了一点别集，这样就编好了《全明词》。《明词汇

周明初，浙江大学人文学院中国语言文学系教授，博士生导师，主要从事中国古代文学元明清文学、先秦两汉文学、中国古典文献学方向的研究。
①黄钟毁弃，瓦釜雷鸣。比喻人才遭受打击，而庸才飞黄腾达，参见《楚辞·卜居》。《文选》五臣注李周翰注："瓦釜，喻庸下之人。雷鸣者，惊众也。"

刊》本身对于明词随得随刻，是个汇刊本，虽然经过了刊刻者赵尊岳的精心校勘，但它毕竟不能代替明代及清初的善本，事实上，刻入《明词汇刊》的词集，无论是别集还是总集，大多数有明代的版本存在于世，有的还不止一两个版本。所以我们要把所有收集到《全明词》里面的词作按照这个人的别集或者比较早的本子，一本一本的找出来重新校勘，不能依赖《明词汇刊》。

周老师着重阐述《全明词》重编的五个问题：一、词人作品存佚问题；二、现存词作校勘问题；三、易代之际词人词作如何处理问题；四、竹枝词和柳枝词要不要收入到词的总集里面的问题；五、明代小说戏曲中的词作如何处理问题。总之，比较详细地展示了《全明词》重编工作的样貌。

关于异代之际的词人的归属问题。元末明初的词人，究竟是归到明代还是归到元代？明末清初的究竟是归到明代还是归到清代？让人头痛。明清之际的词人，像屈大均、恽格、吴景旭、王夫之等都是属于遗民性质；贰臣我们一般算作新的朝代的人。对于易代之际的词人，根据传统的划分标准即以政治立场，就是说他有没有在新的朝代做官之类的，进行断代归属划分的总原则下，是否还应当根据他们的生活经历及创作实际等做些适当的灵活的变通。

周明初老师报告中讲的这些具体的东西，我也经常遇到，也经常思考，也经常烦恼。有的东西确实是无解，尤其是易代这个问题，这个恐怕是最无解的一个死结。我现在觉得，基本的标准就是学术界长期公认的标准：易代的诗人、词人、作家，他的关键在于他的政治取向。你看看陶渊明，大家都很熟悉，也就是陶渊明究竟是东晋的诗人还是南朝刘宋的诗人。现在大家都知道，陶渊明是不承认刘裕这个政权的，所以他易代之后不记年号，只记甲子，这是一个最明显的信号。何况陶渊明跟刘裕可不是一般的关系，刘裕当镇军将军，陶渊明就是镇军参军，那是老主顾了。用现在的话来说，给你当了这么多年的秘书，你当了皇帝没有一点好处吗？结果他反而不干了，回家了，政治取向非常明显。正是因为如此，所以在史家处理这些材料的时候，尊重他本人的意见。这个原则学术界基本上已经接受了，遗民还是新贵，尊重他本人的意愿。

但是这个原则在具体案例的处理中也会遇到不少难题。问题出在什么地方？在于很多隐秘的东西说不清楚。比如钱谦益，他是《贰臣传》里的人物，按照现在学术界公认的惯例，不承认他是明人而是把他归入清人。但是你要注意一个特殊现象，清人也是不承认他的。这个"贰臣"标签来自于什么地方？就来自于康熙，你投降了我，我也用了你，结果反而把他打成贰臣，就是我们现在所说的叛徒。第一个把钱谦益打入叛徒行列的，不是后代的史家，而是他当时的"老板"——康熙。这个问题就大了，近些年来，钱谦益研究进展非常明显，未经删削的《钱谦益全集》也已经被海外学者发掘出来，钱谦益易代之际的活动也逐渐清晰。现在，大家都知道他跟郑成功的关系，那不仅仅是师生的关系，郑成功能够进入长江，起主导作用的主要是两个人，其中的一个就是钱谦益，你还能说他是贰臣吗？易代之际的很多人，比如说宋元易代之际，有上百数的诗人组织月泉吟社，诗人都使用化名。为什么？因为这就是一个地下活动的据点，就是反抗组织的一种形式，所以我们不尊重他不行。但是要尊重他，那得进行大量的工作。而这些工作都是地下工作，暴露出来要杀头的，那我们怎么判断他是贰臣还是遗民？就正史而言，钱谦益进入贰臣了，他要真的是叛徒，就不会搞这些活动了，搞这些活动本身就是地下工作。当然，档案上是查不出来的，真要能查出来，他早就被砍头了。不过，也不是没有迹象，康熙把他贬为贰臣就是迹象。直到今天，钱谦益到底是贰臣还是遗民，还是没法断然肯定。所以我觉得要真让我来做这个事情，我就一刀切，不管是贰臣还是地下的工作者，都切掉了，以生卒年为准，他死在了哪一年，我就算作哪一年，虽然有很多不合理的地方，但是会免掉了很多麻烦。因为这种考证的工作，不是每一个问题都能得出答案。比如词的编年，这是最难的，诗文都经常会流露出背景，而词是很难流露出背景的。

在中国传统学术文化发展演变的历史进程中，古籍整理是历代先贤们治学的重要手段。它既是继承传统学术文化的出发地、立足点，也是孕育新思维、阐扬新学风、构建新学派的主战场。孔子整理六经，开发出一个儒家学派。刘向、刘歆校理七略，确立了古文经学的学术地位。郑玄注释五经，古文、今文得以融而为一。孔颖达疏解五经经注，融南、北经学于一炉，汇汉、唐经学为一体，传统经学由此规范定型。至中唐，啖助、赵匡、陆淳的《春秋集注》，韩愈、李翱的《论语笔解》，柳宗元的《天对》《非国语》，弃传宗经、疑古贵今，为宋学开辟了先路。朱熹对周、程乃至南轩、东莱文献的整理，奠定了朱学的基础，也推动程朱理学成为道统嫡传。黄宗羲的《宋元集略》催生了《宋元学案》，同时也吹响了陆王心学重新争取儒学正宗地位的第一声号角。从这一意义上讲，古籍整理是一项技术含量极高的严肃的学术工作，这样的判断是可以成立的。但长期以来，古籍整理的学术地位并未得到当代学界的普遍认同，我所在的学校就存在这样一个规定：古籍整理著作不属于科研成果。科研管理部门甚至不受理古籍整理著作的成果申报，更不用说奖励了。其间的原因之一，就是一批非专业的学术明星信口雌黄，严重损害了古籍整理的严肃性。诸如《道德经浅释》《论语心得》《孟子旁通》《易经杂说》之类的东西招摇过市，学界对古籍整理的鄙夷就难以避免了。周老师的工作不仅能为后学提供一个可靠的阅读文本，更为古籍整理工作的正本清源做出了一份贡献，值得每一个视学术为生命的读书人高度尊重。

附：周明初老师《奉答刘真伦教授》

本月十一日，应邀至浙大人文高等研究院做讲座，得识华中科技大刘真伦教授。刘教授有诗相赠。不才不擅作诗，勉为二绝敬答之。

其一

瓦釜黄钟任竞鸣，

是非得失自来轻。

前修典范曾追慕，

枉教西溪堕好名。

其二

八代文风各自鸣，

诗余宋后转为轻。

搜残辑佚愧难尽，

应是偏门易擅名。

赠 卢盛江 老师

踏遍东瀛高野山①，

千年秘府得真传。

切磋求是诗筒在，

重浊轻清细细颠②。

2016年3月15日，浙大高研院学术报告会第42讲在浙江大学之江校区四号楼304会议室举行，来自南开大学文学院的卢盛江老师做了题为"平声与唐诗声律"的主题报告。

卢老师指出，唐代文学研究在基本史料整理、基本问题考证、史和流派的研究、基于历史文化、思想文化角度的研究，文学艺术美本身的研究等几个方面，取得了很好的成绩。唐人作诗法是这其中的一个层面，也是自己目前思考研究的主要对象。

卢老师首先指出，永明时期提出"四声制韵"，不仅因此产生"八

卢盛江, 1951年生于江西南康。南开大学教授，博士生导师，中国唐代文学学会副会长，中国古代文学理论学会常务理事，中国《文心雕龙》学会常务理事。曾为日本立命馆大学高级访问学者、客座研究员；日本早稻田大学高级访问学者，韩国济州大学客座教授，台湾东吴大学客座教授，北京大学东方文学研究中心兼职研究员。出版有《文镜秘府论研究》《文镜秘府论汇校汇考》《魏晋玄学与中国文学》《闲话真假三国》等著作，在《文学评论》《文学遗产》等权威和核心刊物发表学术论文80多篇。四卷本《文镜秘府论汇校汇考》、二卷本《文镜秘府论研究》分获教育部高等学校科学研究优秀成果（人文社会科学）三等奖和二等奖，三卷本《文镜秘府论汇校汇考》（修订本）获"第二届全球华人国学成果奖"，主持国家社会科学基金、教育部等重点项目和一般项目七项。

①京都高野山为日本真言宗大本山，嵯峨天皇御赐空海传道弘法，即在此地。现存《文镜秘府论》藏本有三宝院本、宝寿院本、宝龟院本、莲金院维宝笺本，均在高野山。此外，正智院本、高山寺本、醍醐寺本、仁和寺本、六地藏寺本，均属真言宗寺院。

②颠，同"掂"，掂量、斟酌。

病"之说——特别是平头等声调之病——而且体现为五言一句中四声叠用和单句尾字四声叠用。在此基础上，卢老师分析南朝梁代刘滔提出的"平声有用处最多"，这句话怎么理解？第一，平声数量多，这是后面我们要讲到的。第二，调声比其他的三声"有用处最多"。这个思想很重要，后来的很多东西都是从这里出来的。"五言之内，非两则三"，是说五言诗里面平声，如果不是两个平声，就是三个平声，这句话包含一个趋向律化的意思。律诗的发展，从非律句到律句有一个过程。非律句可以非两则三，比如说下面这些句子，叫"平仄平仄平"，这肯定不是律句；然后"仄平仄平仄"，这也不是律句；它的平声一个是三个，一个是两个。但是入律之句，平声一定是"非两则三"，个别拗救除外。如果四个平声字怎么办？"若四，平声无居第四"，如果有四个平声字，这个平声字就不能放在第四个字，如果一个平声字，那多数是放在第二。这里包含一个什么思想？因为在一首五言律诗里面，第二个字和第四个字是不能同声的。这是由诗歌的节奏点决定的。"平平仄仄平"，二四是节奏点，节奏点不能同声，这是第一点。第二点，仄声是比较重的音，仄声比较重，它就应该在后一个节奏点吧？"若四，平声无居第四"，平声你不能放到后面一个节奏点。如果"用一，多在第二"，平声也不能放在第四个。所以，仄声比较重，它应该在后一个节奏点，这样音韵更加和谐，更加稳重，包含这么一层意思。

卢老师指出，这一思想为唐人所接受并有所发展，唐代元兢、王昌龄等在蜂腰、护腰、平头、相承术等问题上，都重视平声在调声中的作用。元兢提出几个新理论。其中一个"蜂腰平声非病说"，还有"护腰平声无妨""三平相承术""平头第一字同平声不为病"。接下来还有一种情况，不是换两个字，只换第二个字。可能对诗歌有些了解的可能会知道这一点，诗歌是讲"一三五不论，二四六分明"，"二四六分明"就讲第二个字，"二四六"是讲七律，"二四六分明"就因为它是节奏点。元兢有一句话："平声不成病，上去入是重病，文人悟之者少，故此病无其名。"但其实已经有名了，这里面同样是，同上去入这不行，同平声又可以。又是平声放得比较宽，又是"平声有用处多"。

卢老师分析了重视平声的原因，以为与近体诗律及声律发展的其他情况有关，也与平声的声音特性及南朝人的语言审美习惯有关。卢老师认为，"四声制韵"及平声有用处多的思想，连同近体诗律及其他声律思想，构成了六朝到唐代声律艺术追求丰富多彩的面貌。

在我看来，卢老师这个讲演，即便是在我们古代文学的圈内，也是非常高精尖的，它比普通的审美要求要细得多，也要严格得多。其实现代的人作诗，有一些不同的取舍，比如说声韵，学界的诗人，校园里老师作诗歌，一般比较讲究用古韵，但是这里的古韵不是上古韵，用的还是中古韵，基本上是用平水韵。但是年轻一代的诗人当中，又有很多用今韵，也就是元代以后的十三辙，用这个押韵。当然还有社会上的一批人，在诗歌领域被称为老干部体，也就是顺口溜。当然这不是瞧不起他们，只是因为他们不讲规矩。当然还有比这老干部体更不讲规矩的，那就是梨花体、羊羔体之类。就是说，他不但不需要什么声律对仗，甚至不需要用韵，就一些乱七八糟的口水话。但是严格来说，我写诗也没什么规矩，自己想怎么写就怎么写。美其名曰：不以文害辞，不以辞害志（《孟子·万章上》）。在声韵方面，古体、歌行，不妨用今韵甚至方言。毕竟王力先生才是内行，才是权威，他主张韵母相同就可以通押。按我的理解，韵腹相同就可以通押。古人的诗韵，从206部的切韵系统到106部的平水韵系统，到词韵十九部，到元曲十三辙，古人也是与时俱进的。但是写格律诗，用韵、声律、对仗还是要讲究的。出韵出律，也尽量救一救；实在救不过来，也只好坦率了[①]。

---

① 坦率，粗疏、粗心。唐李肇《唐国史补》卷下："宋济老于场，举止可笑，尝试赋，误失官韵，乃抚膺曰：'宋五又坦率矣！'"

　　我对这个问题的领会是：诗者，志之所之也。在心为志，发言为诗，情动于中而形于言（《诗大序》）。诗歌的内在本质是生命的冲动与灵魂的震颤，用普通的语言想说又说不出来然而又不得不说的话，蓄之既久，如火山爆发，喷薄而出，那就是诗；诗歌的外在形态应该符合历经千年的创作实践凝聚而成的民族文化审美规范。它应该植根于民族语言一字一音的独特形式，蕴含着华夏文明雍容大雅的风貌精神，体现出民族文化的骨气、风神、情调、韵味，使用规范典雅的语言词汇、吟诵节奏、声韵旋律、或骈或散的句法结构，以创造宜歌宜咏的审美韵文，情有情趣，理有理趣，景有景趣，事有事趣，这才算得上诗。讲到唐诗吧，近现代学者当中，讲唐诗讲得最好的，大家公认的就是闻一多先生。我也可以跟他拉上一点关系，因为我的老师郑临川先生就是他的弟子，所以我也就忝列再传弟子。唐诗美在什么地方？闻先生把唐诗之美分为三块：一个叫音乐美，一个叫建筑美，一个叫绘画美。对这个问题，我是这样理解的：由于汉字是一字一音的方块字，这就使得它可以象积木一样搭成方块图案。所以用汉语作成的诗歌，它有搭积木的功能，可以组成各种对称的美或不对称的美。格律诗讲求声韵，利用汉语平上去入四声调值的差异，形成对称或不对称的旋律感；利用轻音、重音，清声、浊声交替组合，形成轻重、长短变化的节奏感；这就是音乐美。凡是诉诸听觉形象讲求抑扬顿挫，利用重浊轻清、平上去入的变化构建出旋律之美、节奏之美，此之谓音乐美。格律诗讲求对仗，也叫对偶，那是对称之美，整练之美；不对仗的，那叫不对称之美、参差之美。凡是诉诸视觉形象讲求排列组合，如团体操，如阅兵阵，利用名词、动词，实词、虚词构建对称、不对称，整练、参差的队列之美，此之谓建筑美。格律诗讲求空间的布局，追求物象的配置协调、线条的刚柔有度、色泽的搭配映对、光照的层次晕染，调配以赤橙黄绿青蓝紫，交杂以烟云雾露、海雨天风，虚则实之，实则虚之，以强化诗歌画面的质感，渲染特定的意象，诗中有画，画中有诗。山水云石、花草树木、鸟兽虫鱼、痴男怨女，声息动态、色香嗅味，不仅图形写貌，尤重移情传神。凡是诉诸空间构图形象，讲求物象生动、虚实变幻，利用物象的布局、结构、色泽、线条、质感、形貌，实境、虚境构建空间画面之美，此之谓绘画美。

所以声律美也就是音乐美，音乐有抑扬顿挫之美、旋律变化之美、整练与参差之美，声律美就在这虚实变幻之间。所以卢老师做的这个工作，实际上已经非常的深入了。那么诗律这个东西，现在学诗的人大多采用是王力的系统，因为这个系统比较简易可行。但是简易它就一定省略了很多其他的东西，所以卢老师这个研究，实际上是对王力诗律的补充。王力的诗律讲的是一般性，卢老师讲的是特殊性，这两者结合到一起，以后作诗，调配的余地就更大一些了。我这样理解：整个永明以来的诗歌创作，它其实都在追求着一个东西，就是利用汉语的声调，它的音值的高低差异，和它的节奏的长短轻重，来构建一种既整炼又参差的旋律之美。前面讲的永明体，就是"一简之内，音韵俱殊，两句之中，轻重悉异。"它包括有声母和韵母的变化，长短的变化，轻重的变化，清浊的变化，它都在其中。音韵一个是声母，一个是韵母，清、浊、轻、重、长、短，它就是旋律，就是节奏。所以我们讲音乐美，音乐美在什么地方？音乐的构成有四个基本的要素：第一个是响度，也就是轻重；第二个是节奏，也就是长短；第三个是旋律，也就是高低；第四个是音品，也就是不同器乐、不同嗓子独有的音质。同样一首歌，不同的人唱出来味道不同，韵味不同，这个放在外面，现在不讲。前面这三个，就构成了整个诗歌音律的总体框架。永明体以后，它追求的是单字的变化，所以平上去入它都非常讲究，四声八病讲的就是这个；用积木来比喻，就是以一个积木为单位构建多种排列组合。近体定型以后，唐代格律诗追求双音节文字组合的变化，一三五不论，二四六分明；用积木来比喻，就是以两个积木为单位构建多种排列组合。这样的简化，就给一般的、普通的、大众的诗歌创作者，提供了一个更方便的模板。这种模板创作就比将每个字区分清楚简单得多，而且效果似乎还好得多。因为两个积木中的一个可平可仄，"一三五不论"，就给了积木图案以更多的排列组合的变化空间。当然，这只是我的一种理解。所以卢老师这项研究，它对整个诗律的研究，会有一个革命性的变化。我这一点都不夸张。为什么？尽管这些东西都是古人已经存在的东西，他只是把古人东西拿来研究。但是由于千年以来，已经成型固化的近体诗诗律已经深入人心，大家往往忽略了通用模式之外一些特定格式的研究。其实，杜、韩乃至宋代的江西派所尝试、所追求的，也正是这样一些东西。卢老师恰恰提供了一种完全不一样的思路，这样把大众化的、模板化的诗律，与这种个别的、特殊的格式结合起来，为我们的诗歌研究、创作，会提供更多的路径和选择。

至于近体诗偏爱平声，我是这样理解的：平声轻快悠扬，容易给人以轻松、闲适、愉悦的心理感受；仄声急促、沉重，容易给人以压抑、紧张、沉郁的心理感受。按亚当·斯密的说法，一般人的心理倾向于接受轻松、愉悦的东西，而排斥沉重、紧张的东西。所以，格律诗多用平声，也许是为了适应自己的心理需求。当然，为了发抒紧张、沉重的心理积郁，诗人也会有意识地多用仄声尤其是入声，杜诗、韩诗乃至江西派拗律就是最明显的例证。

卢老师长期从事《文镜秘府论》的研究，这部书是日本高僧遍照金刚于9世纪编撰的一部中国文论著作。遍照金刚(774—835)，俗姓佐伯，名空海，法号遍照金刚。他于唐贞元二十年(804)至元和元年(806)在中国留学约3年，以归国时带回日本的崔融《唐朝新定诗格》、王昌龄《诗格》、元兢《诗髓脑》、皎然《诗议》等书排比编纂而成。中国失传的六朝至唐的许多重要文献，依靠此书得以保存。

盛江老师两赴东瀛，入深山，访古寺，对日本所藏《文镜秘府论》的各种版本进行了细致的考察，搜集了大量的资料。又辗转于海峡两岸，查清现存传本，清理前人成果。20世纪90年代以后，发表了一系列对《文镜秘府论》本身进行探讨的文章，如《日本研究〈文镜秘府论〉概述》《日本人编撰的中国诗文论著作——〈文镜秘府论〉》《〈文镜秘府论〉"九意"作者考》《〈文镜秘府论〉日本传本随记》《〈文镜秘府论〉对属论与日本汉诗学》等。然后校檄文字，比勘辨订，考证原典，注释语辞，补旧说之疏误，出独立之见解。2006年，中华书局出版其四卷本《文镜秘府论汇校汇考》。其辑理考释之迹，遍及与《文镜秘府论》有关的文学、音韵学、日本昙学、汉诗学、歌学乃至考古学、民俗学等领域。作为校勘研究的总结性成果，本书所用的传本更齐全，文本更可靠，注释更为准确详细，资料更为完备丰富，是研究《文镜秘府论》及六朝至唐文学、语言学的必备书籍。

赠 李人庆 老师

利归一孔管商韩[1]。

权出一家民弱僻[2]，

国富人穷天下乱，

有谁能解九连环[3]。

2006年3月22日，浙大高研院学术报告会第43讲在浙江大学之江校区四号楼304会议室举行，来自中国社会科学院农村发展研究所的李人庆老师做了题为"乡村治理危机与结构性过载——中国治理危机的一个理论解释"的主题报告。

李老师认为：十八大首次将治理现代化问题提出来作为当前发展迫在眉睫要解决的一个核心议题，第一次将中国政治行政改革摆上中国改革的

李人庆，中国社会科学院农村发展研究所组织制度研究室副研究员、中国社会科学院研究生院农村发展系研究生导师。中国农村社会问题研究中心秘书长、中国社会价值投资联盟常务理事、科技部农村中心常年特邀专家、民政部基层政权建设项目专家、商务部对外培训部常年特邀专家。参与撰写《中国的村级组织与村庄治理》《农村金融与发展》《当代中国的村庄经济与村落文化》等书，并发表过多篇论文。承担国家社科基金、中国社科院、德国诺曼基金会等组织的多个研究项目。主要从事农村社会转型的社会问题和发展治理等政治经济学和农村社会学研究。

①《管子·国蓄》："利出于一孔者，其国无敌。出二孔者，其兵不诎。出三孔者，不可以举兵。出四孔者，其国必亡。先王知其然，故塞民之养，隘其利途。故予之在君，夺之在君，贫之在君，富之在君。故民之戴上如日月，亲君若父母。"安井衡曰："出于一孔，专出于君也。二孔，君与相也。三孔、四孔，则分出于臣民矣。"《商子·靳令》："利出一空者，其国无敌。利出二空者，国半用。利出十空者，其国不守。"《韩非子·伤令》："利出一空者，其国无敌。利出二空者，其兵半用。利出十空者，民不守。"

②《商子·弱民》："民弱国强，国强民弱，故有道之国，务在弱民。……利出一孔则国多物，出十孔则国少物。守一者治，守十者乱。治则强，乱则弱。强则物来，弱则物去。"

③《战国策·齐策六》："秦始皇尝使使者遗君王后玉连环，曰：'齐多知，而解此环不？'君王后以示群臣，群臣不知解。君王后引椎椎破之，谢秦使曰：'谨以解矣。'"

议事日程上来。但究竟什么构成了治理现代化，如何实现治理现代化，要解决什么问题才能实现治理现代化，其可操作的路径和实现方法等问题却少有深入的研究讨论，基于对治理现代化问题的追寻，李老师以跨时代跨地区的比较的宏观视角和自下而上的微观研究视角，切入中国治理现代化中治理结构和治理转型问题的讨论中。

李老师借用发展经济学中的"O环理论"中结构性过载的概念对这种政府失灵造成的治理危机进行了理论概括与解释。李老师最后总结指出，要解决这一问题首先要回归到其基本职能目的在于满足发展和维护公共利益与公共秩序上来，将包打天下的全能政府转变为有限政府，从单一治理结构转变为多元多中心治理结构；实行辅助性原则，社会和市场能做的就放手让其去做、下面能做的上面就不要做；规范明确政府行政职能和权限，实行政府行政清单改革，实现政府治理纵向体系之间、条块之间的责权利合理分工合作机制协调；与此同时，还需加强横向治理结构建设和自下而上的民主参与监督，大力发展各种类型不同的社会组织和社会合作协作机制平台，通过探索建立地方社会的公共利益表达、交流和参与机制，推进公共利益选择和公共决策机制的民主化建设，积极发展参与式预算，地方政府接受自下而上的人民公共利益的表达、参与和监督，完善人民和社会对于政府执政和公共利益满足情况的表达机制，并以此作为官员的考核评价机制；从对地方政府的分权转变为对地方人大的赋权，并加强地方人民代表和基层民众在监督地方政府行政的职能；将中央地方巡查制度常态化，通过赋权发展和限权改革基层治理，解决发展政策的最后一公里问题；下沉发展资源，改变基层社会的政治生态，加强地方社会组织和社区自治民主。

综上所述，李老师认为基于权力分享和权力监督的民主化、法治化构成了治理现代化的本质核心所在，只有通过建构满足公共利益，并回归到公共性和公共选择而不同传统的政府选择上来，实实在在践行为人民服务的宗旨，切实保证人民的当家做主的权力，接受和建立人民对政府在满足公共利益的民主表达、参与和监督机制渠道平台，改革政府行政考核评价体系，才能够实现中国国家制度的治理现代化转型和民族的伟大复兴。

我个人的看法是：李人庆老师的报告以实证案例判断，计划经济条件下的政府层级行政体制与伴随着转型经济成长起来的底层社会之间的内在冲突，导致了中国乡村基层的治理危机。并借用发展经济学中O环理论中结构性超载的概念，对这一危机进行了理论概括与解释。进而阐述了解决这一问题对于中国转型发展和治理现代化的意义和价值。其理论框架成熟且允当，理论思维敏锐而严谨。但解决问题的具体途径以及可操作措施，则令人期待。事实上，社会财富总量有限，民富则国用不足，国富则民生不安。司马光《迩英奏对》："天地所生，货财百物，止有此数，不在民间，则在公家。汉武帝末年群盗蜂起，非民疲极而为盗邪？"所揭示的，就是华夏民族历经3000年而无法解锁的国民分配悖论。

刘真伦报告自述

土田私有自由民，
古道古文双复兴。
莫忘中唐城市化，
三元合一服余膺①。

2016年3月29日，浙大高研院学术报告会第44讲，我的主题报告以"性、道、教三位一体：论韩愈《原道》内圣外王的国家治理学说——兼与亚当·斯密《道德情操论》比较为题，在浙江大学之江校区四号楼304会议室举行。

报告的背景是：传统文化中的"道"存在着多重内涵，韩愈《原道》所推原的究竟是什么道？《原道》一文的主旨是什么？长期以来，学界一直存在着严重的误读。程、朱认定《原道》所推为"道之大原"亦即宇宙的本根本体，并据此指责"《原道》只是见得下面一层，源头处都不晓"，以为《原道》只涉及了"用"的层面，没达到"体"的高度。其

刘真伦，重庆奉节人。中国古代文学专业教授、博士生导师。主要研究领域为古籍整理及古代文学、古典文献学。1982年毕业于南充师范学院中文系，获文学硕士学位。曾任教于重庆师范学院中文系、四川师范大学古代文学研究所、华中科技大学中文系。为中国唐代文学学会理事、中华文学史料学会常务理事、韩愈研究会副会长。在《文献》《文学遗产》《中华文史论丛》《古籍整理与研究》《中国典籍与文化》《唐研究》以及台北《中国文哲研究集刊》《中国文哲研究通讯》《孔孟月刊》《中国语文》等刊物发表过学术论文百余篇。有《韩愈文集汇校笺注》《韩集举正汇校》《韩愈集宋元传本研究》《昌黎文录辑校》《升庵词品校证》《石头希迁传》《笔记小说精华》等著述10余部。

①膺，服膺、信奉、信服。《尔雅·释言》："膺，亲也。"郭璞注："谓躬亲。"宋邢昺疏："服膺、身先，皆谓躬亲也。"《礼记·中庸》："子曰：回之为人也，择乎中庸，得一善则拳拳服膺而弗失之矣。"郑注："拳拳，奉持之貌。"朱熹集注："服，犹着也。膺，胸也。奉持而着之心胸之间，言能守也。"

影响延续至今，"《原道篇》与他文之辟佛之说，若只就其所及之义理而观，正如其诗所谓'蚍蜉撼大树，可笑不自量'"（唐君毅《中国哲学原论·原道篇》卷三），就是明证。实际上，韩愈乃至孔、孟儒学的"体"，指的是博爱之仁；程、朱乃至老、庄的"体"，才是自然之道、先天之理。韩愈将"博爱之仁"设定为人类本性，正是"道之大原"。韩愈所说的，何尝不是"上面一层"。《原道》所谓"由是而之焉之谓道"，"道"只是由"性"趋"教"的途径。性体道用，韩愈交代得明明白白。所以，《原道》所原的不是天道而是治道，亦即社会管理与国家治理之道。韩愈推原天道亦即人类本性的文章，是《原性》而不是《原道》。

《原道》一篇的义理结构是以《礼记·中庸》"天命之谓性，率性之谓道，修道之谓教"纲维《原道》全篇，以"仁义"为天命之性，"正心诚意将以有为"为率性之道，"礼乐刑政"为修道之教，构建出一套性、道、教三位一体、内圣外王的国家治理学说，并以此为人类相生相养的社会经济秩序提供内在的形上依据。

第一章讲"性"，韩愈的人性论以性三品为理论外壳，以孟子的人性本善为内涵实质。具体说来，孟子以先天道德理性作为人类与生俱生的本性，以"存""养""放""弃"区分现实社会的人格类型，认为人人本性都有善端，但存之、养之则为善，放之、弃之则为恶。韩愈《原道》以"博爱之仁"作为人的本质属性，《原性》以仁、义、礼、智、信五常为人性的内涵结构，同样将人性归结为道德理性。至于现实社会中善恶的分化，是因为"上焉者之于五也，主于一而行于四；中焉者之于五也，一不少有焉则少反焉，其于四也混；下焉者之于五也，反于一而悖于四"（《原性》），认为上品的"善"是五常完备的结果，下品的"恶"是五常缺失的结果，也就是孔子所说的"道二，仁与不仁而已矣"。以道德理性的完备与缺失来区分人性的善恶，在理论上是完全可以成立的。现代人格心理学有关人格缺失的理论正是这样诠释人格类型的差异，和韩愈的理论方法非常接近。除了接受孟子的"存养"以外，韩愈也接受了荀子的"化性起伪"。既然人性是邪恶的，善从什么地方来？荀子的办法是"化性起伪"，改变"性"当中邪恶的部分，而按照人的理想人为地塑造新的人性。解决这个问题的具体途径，就是学习，这就回到了孔子的理论。《原性》："上之性，就学而愈明；下之性，畏威而寡罪。是故上者可学，而下者可制也。"《论语笔解·阳货篇》释"性相近也习相远也""惟上智与下愚不移"云："上文云'性相近'，是人可以习而上下也。此文云'上下不移'，是人不可习而迁也。二义相反，先儒莫究其义。吾谓上篇（《季氏篇》）云：'生而知之上也，学而知之次也，困而学之，又其次也，困而不学，民斯为下矣。'与此篇二义兼明焉。"按韩愈的理解，解决"相近"与"不移"之间的矛盾，必须将《阳货篇》的两段文字与《季氏篇》这段文字结合起来才能够"兼明"。换言之，《季氏篇》的这段文字是解答"相近"与"不移"的一把钥匙。也就是说，所谓"移"与"不移"，其关键在于"学"与"不学"。"困而后学"尚且可移，何况"学而知之"者？至于"困而不学"者，其品不移，也在情理之中。这样看来，韩愈所谓的"不移"，也是有条件的。说得更明白一点，所谓"不移"，就是指"困而不学"者，身陷困境仍然不肯学习，他又怎么可能"移"？当然，如果他愿意学习了，他就成为"困而后学"的人，仍然是可以"移"的。人是否能够向善自新，取决于它自己是否愿意学习。"移"与"不移"，"足乎己无待于外"。化性起伪的手段就是学习，学习的目的就是改造自己的心性，提高自身的素质。通过学习改变一个人的本性，这就是韩愈提供的一种方法和途径。

第二章要解决的主要问题是人生的路径选择。"道"和"径"都是指人走的路。"道"是大路、正路，"径"是小道、捷径。放到政治社会学领域来讲，道、路就是指的人生的正道、正路；径，指小路，引申为人生的邪径。《离骚》："彼尧舜之耿介兮，既遵道而得路。何桀纣之昌被兮，夫唯捷径以窘步。"尧舜走的是康庄大道，桀纣走的是邪径小路。王逸注《离骚》："路，正也。言尧舜所以能有光大圣明之称者，以循用天地之道，举贤任能，使得万事之正也。夫先三后者称近以及远，明道德同也。捷，疾也。径，邪道也。窘，急也。言桀、纣愚惑，违背天道，施行惶遽，衣不暇及带，欲涉邪径，急疾为治，故身触陷阱，至于灭亡，以法戒君也。"

在中国历史上，走邪道的第一个人物是荣夷公，他的方法就是"专利"，垄断国家所有的经济资源、权力资源。后来把它理论化、系统化的是管子、商鞅和韩非，管子说"利出于一孔者，其国无敌。出二孔者，其兵不诎。出三孔者，不可以举兵。出四孔者，其国必亡"。如果这个国家的财富只有一条管道来控制的话，这个国家就非常强大；如果一个国家的财富有两个管道流失，它就不可称为一个强国；如果有三个管道流失，那国家肯定不能打仗；如果国家财富有四个管道流失，国家必亡。后人理解的也非常清楚：一孔者国君，二孔者国相，三孔者群臣，四孔者万民。如果让万民掌握了财富，那国家就必然灭亡。后来商鞅、韩非都发挥了管子的说法。这就是王逸所说的"急疾为治，施行惶遽"的邪道。

什么叫"正道"？个体的解放、个体的自我完善就是"正道"。原始社会是神权的时代，一切由上帝说了算。但是原始社会进入奴隶社会以后，有一个人他率先得到了解放，那就是君主。"普天之下，莫非王土，率土之滨，莫非王臣。"这种自豪和自信，说明他已经得到解放了。到中古社会，王与马共天下。一个君主不能掌控天下，必须要跟世家、贵族结合起来才能掌控天下。这是贵族和皇族共同管理天下的时期，他们都很自信，他们都得到了解放。到了近现代社会，普通的平民最终得到了解放。第一，土地产权自主的农民，有了土地就有了说话的底气。第二，用脚投票的城市劳动者，像韩愈、柳宗元笔下出现的圬者王承福、种树郭橐驼、梓人、宋清等，不同于依附宦官的国企使户，他们是真正的自由劳动者。
第三，摆脱官场束缚的读书人。唐宋社会转型时期最重要的社会现象，
是出现了一批脱离了对官方的依附地位，开始寻求自身独立存在价值的
知识分子。韩愈交游中，隐居盘谷的李愿、试大理评事王适以及韩门弟子孟
郊、刘轲，李翱笔下的侯高，都是这类人物。中唐以后的知识分子，从幕僚
开始，逐渐有了自身独立的人格。到了宋代，幕僚没有官阶、职位，跟曹雪
芹《红楼梦》中描写的清客一样，后人蔑称为帮闲、篾片，其实这正是知
识分子摆脱官场束缚的最重要的一步，千百年来依附于官场的知识分子开
始有了独立的人格、独立的意志，这就是知识分子的解放。韩愈说"由周
公而上，上而为君，故其事行；由周公而下，下而为臣，故其说长。"这
里讲的是"道统"。在周公以前"道统"属于国君，而周公以后"道统"
属于读书人，属于知识分子。所以体现国家的正统的，不是国王而是读书
人。这里的自信，正是平民的自信。韩愈认为，在这一时期最重要的就是
自身的身心修养。对于一个社会群体和一种体制，最重要的是个体的文化
素质，或者是个体的健康程度；健康的个体才能构成一个健康的社会。所
以在这个新的体制下，人的自我完善就成为最最重要的东西。没有个体的
文明与进步，哪来的独立思考？哪来的创新机制？一个社会要真正实现现
代化，首先要实现人的现代化；人实现现代化了，人自身文明进步了，才
会有一个良性的社会竞争机制；有了公平竞争的社会机制，才会有创造性
劳动，才会推动科学技术的进步。因此，韩愈选择的"正道"，是"古之
欲明明德于天下者，先治其国；欲治其国者，先齐其家；欲齐其家者，先
修其身；欲修其身者，先正其心；欲正其心者，先诚其意。"只有个人的
自我完善，才能造就一个文明的、优良的社会环境和社会竞争机制，才能
带来真正的技术的进步和生产的发展。这就是"正道"。

　　第三章落实到治国的具体措施"修道之为教"，也就是政治教化。
"修"就是"修饬"的意思，就是整饬、修治。说到底就是一种约束，而

约束不仅仅是针对普通百姓的，而是包括了君、臣、民三者："君者，出令者也；臣者，行君之令而致之民者也；民者，出粟米麻丝，作器皿，通货财，以事其上者也。君不出令，则失其所以为君；臣不行君之令而致之民，则失其所以为臣；民不出粟米麻丝，作器皿，通货财，以事其上；则诛。"诛：责让、责备。见《周礼·天官·大宰》郑玄注、贾公彦疏及《广雅·释诂》。诛责的办法，就是"人其人"。第一个"人"是动词，要让佛道二家复原为一个正常的人，这就是他的诛责。韩愈曾经做过两件事情。一个是贾岛，大家都知道贾岛出家了，他最后说服贾岛恢复了纶巾。还有一位，就是儒生吕炅出家当了道士，抛弃了母亲、妻子，他的母亲到衙门里告状，韩愈当时是河南县令，就把他抓起来，强迫他回家去。

"诛"包括君、臣、民三个方面，重心在"责君"。现存韩文中，诛责历代君主包括当代君主的文字，确实是数不胜数。在韩愈的笔下，"失其所以为君"者，有桀、纣、周穆王、汉明帝、梁武帝以及宋、齐、梁、陈、元魏诸帝。除了"桀之罪""穆王无道，好道士说"，汉明帝、梁武帝佞佛，韩愈一一批评之外，其批判的重点，则是秦皇、汉武。对秦皇、汉武穷兵黩武、暴力治国以及贪得无厌、追求长生的批判，"纪纲亡焉"的批判，"秦皇虽笃好，汉武弘其源，自从二主来，此祸竟连连"的批判，都尖锐而深刻。当朝君主德宗、顺宗、宪宗、穆宗，也没能逃脱韩愈的诛责。唐德宗的专制独裁、聚敛搜刮，唐顺宗的"微信尚浮屠法"，唐宪宗的供奉佛骨、迷信丹药、纵容宦官屠戮朝臣，唐敬宗的食盐官卖政策，韩愈都正面批评，丝毫不假辞色。其批判的重点，则在德宗。德宗"失其所以为君"，在政治上表现为侵夺相权、姑息藩镇，在经济上表现为垄断市场、侵害民生。《顺宗实录》直截了当地批评德宗"不假宰相权"，"自揽持机柄，亲治细事，失君人大体，宰相益不得行其事职"，《子产不毁乡校颂》批评德宗"有君无臣"。

责臣：在韩愈的笔下，"臣焉而不君其君"者，古人有叔鱼、杨食我、越椒、丹朱、商均、管叔、蔡叔、瞽叟、鲧等。当代则有吴元济、梁崇义、陈少游、刘辟、李锜、王廷凑，以及裴延龄、李齐运、王绍、李实、韦执谊、韦渠牟、柳冕、张平叔等。前者为大搞分裂割据的藩镇，后者为昏佞相济的聚敛之臣。这些人物，正是韩愈"辅以政刑""锄其强梗"的对象。

责民，诛责百姓：《原道》诛责佛家、道家，人所熟知。此外还有第三个群体，那就是宦官、使户小儿和衙兵等"民焉而不事其事"的无业游民。宦官，皇家奴才。使户小儿，宦官掌握的百二十使司，各司都领有使户，这些使户的儿子还没有到纳税的年龄就来参与公务活动，叫做"小儿"，就是宦官的狗腿子。衙兵，就是驻扎在衙门以内的那一支兵，一般有3000人左右。比如说一支部队有5万人，其中绝大多数是征来的农民，只有一支军队属于警卫部队，这是最有战斗力的一支军队，而且这支军队绝大多数都不是汉族，而是少数民族，就是以骑马打仗为生的，这就叫衙兵。韩愈对这个群体进行了非常尖锐的批判，他的理由是什么？就是"民焉而不事其事"。士农工商，如果无所事事、不务正业，那就应该受到责备，就应该受到责罚。唐代是一个贵族阶层逐渐退位，平民阶层逐渐登台的转折时期。从这个角度讲，后面三种人逐渐登上政治舞台的中心位置，在一定程度上意味着社会的进步。安史之乱以后尤其是德宗去世之后，所有皇帝的选举都是由宦官主持的，所有的皇帝都是由宦官选出来的，当然也都是他们干掉的。但是人们还没注意到，节度使的选举全部是由衙兵操控的，每一个节度使都是由衙兵拥戴出来、三五年后又被衙兵干掉的。这样的选举总是伴随着一场又一场的血雨腥风，所以中晚唐到五代以后的政治就是暴民的政治。这是中国历史上第一场真正的选举，选皇帝、选节度使。从安史之乱到陈桥兵变长达两个世纪的动乱历程中，几乎所有的动乱与血腥都由他们导演。所以我说200年的动乱孕育出来的暴民政治的基因，以及此后催生的宋明两代的独裁统治，持续千年的独裁专制，是陷中华民族于万劫不复的罪魁祸首。这就是韩愈对这个阶层诛责的原因，我觉得非常深刻。从这个意义上考量，韩愈《董府君墓志铭》《为分司郎官上郑余庆尚书相公启》《顺宗实录》等篇对太监、小儿以及乱兵的诛责，和对佛老的诛责一样，都体现了韩愈对"民焉而不事其事"的社会蠹虫的高度警觉，体现了韩愈高度的社会责任感和敏锐的危机洞察力。

这篇文章是我在高研院期间定稿的新著《韩愈思想研究》的一部分，该书的前提，是唐宋转型理论。百年以来，有关中国社会发展阶段尤其是资本主义生产方式萌芽的时间节点的理论主要有三种：斯大林学派认为，中国的资本主义生产方式萌芽于明代中后期隆庆、嘉靖年间，其标志是左派王学的兴起，这也是迄今为止官方教科书体系的正统观点；日本内藤湖南乃至京都学派认为，中国社会由中世纪走向近现代的转折点是宋代，其标志是平民社会的兴起；中国学者则认为，上述的社会转型，其起点在安史之乱，并明确地以韩愈作为"结束南北朝相承之旧局面"，"开启赵宋以降之新局面"的"承前启后、转旧为新关捩点之人物"，这是陈寅恪《论韩愈》继冯友兰《韩愈李翱在中国哲学史中之地位》之后提出的观点，此后钱穆、严耕望等先生又多有推进。在史学界有关这一问题的论争中，二战以前京都学派独领风骚，二战以后中国学者的观点成为主流。谢和耐的《中国社会史》、费正清的《中国：传统与变革》、施坚雅中唐城市革命的理论，都采纳了这一观点。上述观点各有侧重，或侧重思想启蒙，或侧重社会变迁。《论韩愈》则高踞于群峰之巅："一曰：建立道统，证明传授之渊源；二曰：直指人伦，扫除章句之繁琐；三曰：排斥佛老，匡救政俗之弊害；四曰：呵诋释迦，申明夷夏之大防；五曰：改进文体，广收宣传之效用；六曰：奖掖后进，期望学说之流传。"不过，尽管唐宋转型的理论已经具备了完整的理论框架，但具体的基础研究尚有待推进，所以无论热门到什么程度，它始终停留在理论假说的阶段。自从1996年发表《中唐户口流失试探》，我最近20年工作都集中在这一课题上。我的研究主要包括三个方面：中唐城市化进程、中唐社会经济制度变迁、中唐思想文化革新。归纳起来讲，人类社会由中世纪走向近现代有两大标志：城市化是物质文化标志，心性化即个性解放、人格独立、精神自由是思想文化标志。这两大标志体现了三个方面的解放：城市化意味着生产力的解放，中唐社会经济制度变迁尤其是土地私有和自由民的出现意味着生产方式的解放，心性化哲学成为思想文化的主流则意味着人自身精神的解放。用韩愈的语言表述，那就是"古之人""古之道""古之文"的实现。在1999年出版的《石头希迁大师传》、2002年出版的《昌黎文录辑校》、2004年出版的《韩愈集宋元传本研究》、2009年出版的《十年磨剑录——刘真伦学术论著序跋集》、2010年出版的《韩愈文集汇校笺注》中，我都反复表述了类似的观点。这次完成的《韩愈思想研究》，则是20年研究成果的阶段性汇总。

　　附：《韩愈思想研究·目录》

第十二章　文道一体：韩愈的文学思想

第十三章　道统：民族文化传统

第十四章　韩学的学术渊源：孟子

第十五章　韩学的时空背景

第十六章　韩学的历史地位及其影响

赠 陈正国 老师

同情理解出亲亲[①]，
正义合宜窥道真[②]。
各尽其才同取利，
相生相养别君民。

2016年4月1日，浙大高研院学术报告会第45讲在浙江大学之江校区举行，台湾"中研院"历史语言研究所的陈正国副研究员应邀前来高研院做学术报告，题为"亚当·斯密与商业社会的问题——从伊斯特凡·洪特（Istvan Hont）的《商业社会中的政治》谈起"。

陈老师首选阐明了自己对定义"商业社会"的基本态度，即从历史学的角度、从当时的人（18世纪）的角度来定义"商业社会"。从商业社会的定义出发，陈老师指出亚当·斯密和卢梭二者所持有的针对商业社会的观点存在矛盾，而矛盾的关键即是道德与社会的关系。

随后，陈老师从两个角度来理解亚当·斯密对商业社会的态度。一是从社会学以及自然主义的观点来看商业社会出现的基础以及合理性。另一层面是从道德家的观点来看商业社会的重要性与限制。在自然主义的观

陈正国，英国爱丁堡大学历史学博士。目前为台湾"中研院"历史语言研究所暨人社中心政治思想中心副研究员、台湾大学历史系兼任副教授。主要研究兴趣在于苏格兰启蒙思想与社会，涵盖当时的道德哲学、政治经济学、史学、政治、宗教、社会学等相关知识发展。

① 亲亲，爱自己的亲人。然后推己及人，乃有博爱。《诗·小雅·伐木序》："亲亲以睦友，友贤不弃，不遗故旧，则民德归厚矣。"孔颖达疏："既能内亲其亲以使和睦，又能外友其贤而不弃，不遗忘久故之恩旧而燕乐之。"《汉书·翼奉传》："古者朝廷必有同姓以明亲亲，必有异姓以明贤贤，此圣王之所以大通天下也。"韩愈《送浮屠文畅师序》："圣人者立，然后知宫居而粒食，亲亲而尊尊，生者养而死者藏。"

② 道真，道德、学问的真谛。《汉书·刘歆传》："党同门，妒道真。"颜师古注："妒道艺之真也。"

点下，法律与政治应该与商业社会进行协调，甚至应该给予帮助，而非阻碍。但在道德家的观点里，商业社会并没有无上的道德位阶。这是两条平行的观点，但不一定是矛盾或冲突。

一方面，亚当·斯密的《国富论》强调商业是人性的自然发展，同时强调国际贸易对所有民族与社会的正面意义。另一方面，诚如许多论者所言，斯密的《道德情操论》不乏对商业社会的忧心，以及人对物质需求的低度必要。我们该如何掂量这位古典政治经济学大家对商业社会的依违态度?商业社会可不可欲?演讲从重新省思这两个问题开始，最后由个人德性与社会安全两个面向提出自己的看法。

我个人的看法是：亚当·斯密一生的主要著述是《道德情操论》与《国民财富的性质和原因的研究》。自19世纪中叶德国历史学派经济学家提出所谓的"亚当·斯密问题"，即上述二书相互矛盾的问题，认为斯密在前书中把人们的行为归结于同情，而在后书中却把人们的行为归结于自私；前者把同情作为社会行为的基础，而后者则从利他的理论转向利己的理论。陈正国老师以为《道德情操论》不乏对商业社会的忧心，而《国富论》则强调商业社会的正面意义；前者体现了道德家的观点，后者体现了自然主义的观点。伊斯特凡·洪特老师的《商业社会中的政治》，正是"亚当·斯密问题"在政治学领域的阐释。上述观点的实质，是极端功利主义的时代思潮对亚当·斯密思想体系的曲解。实际上，《国民财富的性质和原因的研究》所构建的，是"富国裕民"的古典经济学体系；与卢梭主权高于人权、集体权力高于个人权力的社会契约理论完全不同。但德国历史学派直到清末民初以严复为代表的维新派曲解了亚当·斯密的思想体系，严复翻译《原富论》而不翻译《道德情操论》，《国民财富的性质和原因的研究》最终被翻译为《国富论》，就是确凿的证据。但事实上，现代学术界对德国历史学派的判断早有检讨。我的理解，《道德情操论》与《国民财富的性质和原因的研究》并不存在自相矛盾的问题：前者的道德主义原则，以同情、合宜为基础；后者的功利主义原则，以个体权利保障为基础。质言之，亚当·斯密在人类即将进入商业社会的前夕思考商业社会的经济秩序，即个体与群体之间的游戏规则。个体的权利保障是基础，群体的共同利益是目标。而沟通利己、利他的，正是同情与合宜。也就是说，没有人与人之间的相互理解，就没有人类社会的协同合作；而没有人类社会的协同合作，资本增值就是一句空话，一切经济利益——既包括个体的也包括群体的——也就不复存在。韩愈君臣民相生相养的社会经济思想以及性道教三位一体的国家治理学说所揭示的，正是这样一个道理。韩愈的《原道》与亚当·斯密《道德情操论》都是为即将由中世纪向近现代转型的人类社会寻求社会治理之道，为人类社会的相生相养寻求内在的依据，为即将到来的新时代构建理性的政治经济新秩序。回到今天的主题上来：《道德情操论》是《国民财富的性质和原因的研究》的内在依据，《国民财富的性质和原因的研究》是《道德情操论》的外化形态。两者之间当然"不一定是矛盾或冲突"，但绝不是"两条平行的观点"。这样的理解，不知陈老师能否考虑。

赠 赵声良 老师

宝象端严日月光，
千年十代耀敦煌。
艺才三绝诗书画，
赵氏声名贤且良。

2016年4月12日，浙大高研院学术报告会第46讲在浙江大学之江校区四号楼304会议室举行，来自敦煌研究院的赵声良老师做了题为"敦煌石窟隋代佛像样式——兼谈中国美术史研究的困境及敦煌石窟在艺术史上的意义"的主题报告。

赵老师指出，当前中国美术史研究主要面临着研究对象的实物调查不易、图录刊布不足、近代学术意义上的美术史研究起步较晚且基础薄弱三大困境，这些困境也凸显了敦煌石窟在美术史研究上的重要意义。

赵老师从艺术史的角度对隋代佛像的造型风格、袈裟形式、头光、佛座等方面进行了详细的考察，并与印度笈多时代佛像及中原北朝晚期至隋代的佛像做了简要的比较。

佛座在整个北朝时期的敦煌基本上没有怎么装饰，但到了隋朝以后，

赵声良（1964—），男，云南昭通人。1984年毕业于北京师范大学中文系，2003年获日本成城大学文学博士学位（美术史专业）。曾先后受聘为东京艺术大学客座研究员、台南艺术大学客座教授、普林斯顿大学客座研究员。现为敦煌研究院研究员、《敦煌研究》编辑部主任。东华大学、北京师范大学、兰州大学兼职教授，现任敦煌研究院副院长。从事敦煌石窟艺术及中国美术史研究，特别是对敦煌壁画中的山水画、故事画、飞天艺术以及敦煌写本书法艺术做过专门研究，在国内外学术期刊发表论文60余篇，出版个人著作10余部，主要有：《敦煌石窟全集·山水画卷》《敦煌壁画风景研究》《敦煌艺术十讲》《飞天艺术——从印度到中国》《敦煌石窟艺术总论》《敦煌石窟美术史（十六国北朝）》（该书获第四届中国大学出版社图书奖"优秀学术著作一等奖"）、《敦煌石窟艺术简史》（入选2015年度"中国好书"榜）。

结跏趺坐的情况就多了，露出的座位也带来了装饰的需求。比较典型的佛座就是须弥座。隋朝后期出现了八边形的须弥座，每一边都有一个小门，称为"壶门"。这里要说明一下，过去相当长的时间，我们把它称作"壸（kǔn）门"，然而我在研究中发现四库全书里的《营造法式》一书提到"用隔身版柱，柱内平面作起突壶门"，里面明确写作"壶门"。梁思成先生研究《营造法式》，他的文章有时候写"壸门"，有时候写"壶门"。后人再版他注解的《营造法式》，一概将"壶门"改为"壸门"。后来经过专门的考证①，我再对照着看《四库全书本》，这个本来就是"壶门"。我们在敦煌洞窟里看壶门，一般在什么地方呢？跟《营造法式》的说法一致，在建筑的下半部分，出现了好像是一个窗户一样露出来的装饰，可以在里面画画装饰。

赵老师最终认为：从造型上看，隋代莫高窟佛像的内在精神气质更多地体现着印度笈多艺术的特色，而在袈裟、头光及佛座装饰等外在形式上，则受到了北齐以来中原造像的较多影响。这反映了敦煌隋朝艺术在吸取东、西方的影响，并结合本地传统因素的基础上，形成了较为独特的风格特点。。

我个人的看法是：赵声良老师的报告首先谈及当代美术史研究的三大困境，其中原始资料搜集困难这一条，于我心有戚戚焉。在中国，无论是传世文献还是出土文献，都属于国家财产。学术为天下之公器，资料公有，照理讲应该比较有利于学术研究，而事实则大谬不然。以北图为例，1982年以前，善本书的使用需要国务院批件，普通学者难以问津。1982年以后，善本书的使用需要付费，而数十元一页的价格绝非月薪几十元的普通学者所能承担。20世纪90年代以后，这一价格上升到百元以上，学者的处境也就更加窘迫了。比这一情况更令人无奈的，是出土文献的管理制度。国有事实上成为

---

① 经明汉、刘文金：《传统家具文化文献中"壶门"与"壸门"之正误辨析》，《家具与室内装饰》2010年第7期。

单位所有乃至官员所有，不少出土文献几十年之后仍然处于封闭状态，而垄断这些文献使用权的人员大多不具备起码的研究常识。他们的办法，或封锁资料，或信口胡诌。着急的是科研人员，吃亏的是国家利益。

声良老师的报告从艺术史的角度，对隋代佛像的造型风格、袈裟形式、头光、背光、佛座装饰等方面进行具体的历时考察，并与印度笈多时代佛像及中原北朝晚期至隋代的佛像做了简要的比较，最终认为从造型上看，隋代莫高窟佛像的内在精神气质更多地体现着印度笈多艺术的特色，而在袈裟、头光及佛座装饰等外在形式上，则受到了北齐以来中原造像的较多影响。这样的研究方法，踏踏实实，不尚空谈，体现了扎实的学术功底和良好的学术风范。

关于佛座装饰"壸门"还是"壶门"的歧异，声良老师根据四库全书本《营造法式》定作"壶门"，似有未安。其理由有三。其一，梁思成整理本"壸""壶"并存，绝非偶然，不宜贸然否定。其二，《营造法式》为宋李诫所作，其宋元刻本三十卷，每半叶11行，行22字，细黑口，左右双边，原本尚存北京国家图书馆。以库本为据，不妥。其三，《诗·大雅·既醉》："其类维何，室家之壸。"毛传："壸，广也。"《尔雅·释宫》："宫中衖谓之壸。"郭璞注："衖，阁门道也。"《说文》："𡆥，宫中道。从口，象宫垣道上之形。"就语义而言，"壶门"语义不明。壸，即"巷"。壸门，即巷门。就字形而言，篆体"𡆥"与佛座装饰图案神似，这是一个非常可靠的证据。简述于此，仅供声良老师参考。

赠 陈静 老师

鹏翼难张九万里^①，

学鸠矜伐困于心^②。

御风列子恶乎待^③？

姑射之山无处寻^④！

2016年4月14日，浙大高研院学术报告会第47讲在浙江大学之江校区四号楼304会议室举行，来自中国社会科学院哲学所的陈静老师做了题为"逍遥与自由——《庄子》阅读的一个现象解释"的主题报告。

陈老师指出，现在人们讨论庄子，言必称"自由"，但是《庄子》

陈静，中国社会科学院哲学所研究员、博士生导师。《中国哲学史》常务副主编，《道家文化研究》副主编。参与《儒藏》编纂，任四书类部类主编。主持国家社科基金项目"注释、诠释与建构——四书学与宋明理学的发展"。主要研究成果：《秦始皇评传》（专著，1997；2002年韩文版）、《自由与秩序的困惑——〈淮南子研究〉》（专著，2004）、《试论王充对天人感应的批判》（论文，1993）、《吾丧我〈庄子·齐物论〉解读》（论文，2001）、《黑水城〈吕观文进庄子义〉研究》（论文，2009）、《自由的含义：中文背景下的古今差别》（论文，2012）、《自由与权力——以严复为中心的观念考察》（论文，2015）等。其中，《吾丧我——〈庄子·齐物论〉解读》获2004年哲学所优秀论文一等奖，《自由与秩序的困惑——淮南子研究》获云南省2006年图书一等奖。

① 《逍遥游》："北冥有鱼，其名曰鲲。鲲之大，不知其几千里也。化而为鸟，其名为鹏，鹏之背，不知其几千里也。怒而飞，其翼若垂天之云。是鸟也，海运则将徙于南冥。……鹏之徙于南冥也，水击三千里，抟扶摇而上者九万里，去以六月息者也。"

② 《逍遥游》："蜩与学鸠笑之曰：我决起而飞，抢榆枋。时则不至，而控于地而已矣，奚以之九万里而南为？"

③ 《逍遥游》："夫列子御风而行，泠然善也，旬有五日而后反。彼于致福者，未数数然也。此虽免乎行，犹有所待者也。若夫乘天地之正，而御六气之辩，以游无穷者，彼且恶乎待哉！故曰，至人无己，神人无功，圣人无名。"

④ 姑射（yè），山名，在北海中，又一说在汾水之阳。《逍遥游》："藐姑射之山，有神人居焉，肌肤若冰雪，绰约若处子。不食五谷，吸风饮露。乘云气，御飞龙，而游乎四海之外。其神凝，使物不疵疠而年谷熟。"

一书中并无"自由"一词，历史上对《庄子》的解读也很少用到"自由"一词。为了解释这个现象，陈老师考察了"自由"一词的中文词源，指出"自由"在东汉末年郑玄注释《礼记》时，就已经出现了，基本含义是个人行为在不涉及他人和礼制规范的情况下"自我做主"。这个含义的"自由"与庄子的"逍遥游"是相通的。严复的《庄子评语》开启了用"自由"解读《庄子》的传统。但是，严复的"自由"已经不是传统的含义，而是与权利、责任、制度、自我约束相关的西方近代观念。所以严复是用庄子的"无为"来接引"自由"，表达的是古典自由主义的不干涉立场，对《庄子》做了政治学的解读。

报告涉及了这样几个方面。

一、《庄子》解读的一个现象对比：古代少用"自由"，而现代则言必称自由。"自由"出现在中文里的时间，可以追溯到东汉末年，郑玄在注释《礼记》的时候，三次用到了"自由"。与郑玄同时代的赵岐在注释《孟子》的时候，也用到了"自由"。郑玄解释《礼记》"帷薄之外不趋"："不见尊者，行自由，不为容也。""不为容"，是不必做出"趋"的姿态。郑玄注《礼记》"请见不请退"："去止不敢自由。"这两个语例里的"自由"，都是行为方式上的"随心所欲，自己做主"的意思。"自由"最初出现在中文里，基本含义就是行为上的"自己做主"。

二、在庄子的"逍遥游"和"人间世"之间，明显有一个对比言说的关系。逍遥游是自在的，人间世是无奈的。正是在这个意义上，我们可以看到传统中文里的"自由"与逍遥游的含义是一样的，都在描写一个人独处时候的自在随意。追溯"自由"的历史语境我们可以看到，"自由"在传统中文里的含义，恰好是与"自我约束"相反的，是与"权利"毫不相干的。

三、近代西方思想的传入，"自由"成为通行的观念。这影响到了对《庄子》的现代解读。在严复的《庄子评语》中，大概有七条批语用到了

"自由"。他的"自由"，已经不是"自由"的中文传统含义，而是，或者说主要是来自西方近代的自由主义传统的含义。

四、"自由"与《庄子》文本的联系，一是解释"无为"，一是解释"逍遥"，两种不同的文本对应方式，所涉及的"自由"有不同的含义。严复用"自由"来解读《庄子》的时候，他在《庄子》中找出来接引"自由"的，是"无为"的概念，他用"无为"与"自由"的连接，要表达的，主要是一个政治上不干涉的主张。但是，当用"自由"来解读《庄子》成为习惯之后，更多的解读是用《庄子》的"逍遥游"来与"自由"连接，在这个时候，"自由"所表达的意思，其实更多地回到了传统的语义上。

我个人的看法是：陈静老师报告的最终目的，是辨析中国传统文化语境中"自由"一词的含义，并与西学东渐赋予"自由"一词的新内涵进行比较。鉴于当代学术界在思想史研究中对这两个"自由"往往混用不辨，陈静老师的辨析就显得尤为必要，也很有见地。报告从"自由"一词的语源入手，列举《礼记》郑注："不见尊者，行自由，不为容也"，"去止不敢自由"，"欲濡欲干，人自由也"以及《孟子》赵注"居师宾之位，进退自由，岂不绰绰然舒缓有余裕乎"，解剖传统文化语境中"自由"的含义。由字义训释追求思想义理，颇有乾嘉遗风，非浪言浮说者比。

陈老师认为："历史上在阅读庄子和解读庄子的时候，并不像我们现在这样言必称自由。"从历代《庄子》解读的角度考察，这个判断是可以成立的。《庄子·田子方》："吾一受其成形，而不化以待尽。"唐成玄英疏："夫我之形性，禀之造化，明暗妍丑，崖分已成，一定已后，更无变化，唯常端然待尽，以此终年。妍丑既不自由，生死理亦当任也。"此"不自由"，即不由自主。那么反过来，"自由"即自主。此后《庄子》注提及"自由"者，宋林希逸《庄子口义》5条，明焦竑《庄子翼》3条，宋褚伯秀《南华真经义海纂微》5条，明沈一贯《庄子通》2条，其含义均为"自主"。

25年前,我发表有《逍遥游:人格自由的三重境界》一文①,从无功、无名、无己三个角度,讨论人身的自由、心理的自由、身心自由亦即意志乃至生命的自由。现在重新思考这个问题,对陈静老师的选题非常认同。在我看来,传统文化语境中"自由"一词的三层含义:自主、自足、自在,正是至人、神人、圣人的精神境界。"消摇""逍遥",古今字。消摇,联绵字,又作襄羊、相羊,缓步行走貌。《礼记·檀弓上》:"孔子蚤作,负手曳杖,消摇于门。"《楚辞·九章·哀郢》:"去终古之所居兮,今逍遥而来东。"王逸注:"遂行游戏,涉江湖也。"支道林释"逍遥"云:"夫逍遥者,明至人之心也。庄生建言大道,而寄指鹏鷃。鹏以营生之路旷,故失适于体外;鷃以在近而笑远,有矜伐于心内。至人乘天正而高兴,游无穷于放浪。物物而不物于物,则遥然不我得;玄感不为,不疾而速,则逍然靡不适;此所以为逍遥也。"逍、遥对举,或解为时空无际,或解为动静不常,此逍遥游本旨。用现代学术语言来表述,身之自由为逍,心之自由为遥;逍遥游,即身心自由。此说自有文字训诂依据,《说文》:"逍,逍遥,犹翱翔也。从辵,肖声。遥,逍遥也,又远也。从辵,䍃声。"逍者适于体,无往而不适;遥者适于心,无远而弗届。这就是逍遥与自由的契合点。

从汉语史的角度考虑,"自由"出现在汉代的时候还不能被称为一个词。这是中国语言发展的一个规律性的现象:语言当中的双音节词大规模使用的时间比较晚,至少在中古以后才出现。但是也不是说汉代以前没有双音节词,但它们大多都是因为音韵上双声叠韵的联系才组合在一起,我们称之为联绵词。当时社会通用的是单音节词,汉语双音节词的大量孳生,应该在中古时期。陈静老师所举郑玄和赵岐等人作品里的

---

① 参见《重庆师院学报》1991年第3期。

"自由"，在严格意义上还不能认定为双音节词。在郑玄和赵岐那里，"自"和"由"不过是两个单音节词的组合。但其语义为"自主"，应无疑问。按我的理解，希望能够进一步追索"自""由"二字的本义。以其中的一个字——"由"为例，《说文》无"由"字，出土文献中，🔲（孙子一三八）、🔲（定县竹简九六）、🔲（武威简·燕礼三一）、🔲（衡方碑），均为"田"中一划，显示为路径指向，其造字原则为指事。《诗·小雅·宾之初筵》："匪言勿言，匪由勿语。"郑笺："由，从也。"《尔雅·释诂》："由，自也。"郭璞注："自，犹从也。"《方言》："由，式也。"《论语·学而》："观其所由。"何晏集解："由，经也。"《左传》襄公三十年："以晋国之多虞，不能由吾子。"杜注："由，用也。"以上"由"字诸义项，无论经、从、式、用，都隐含有指引、选择一义。就字形而言，它的下面是一个"田"字，如果想从田里面走出来，要有一个方向，"由"字告诉人们要从上走，可见"由"有路径选择的意思。而"自由"就是你自己自主选择的意思。陈老师列举的四个汉代例证，基本上都是这个意思。

在我看来，"由"为路径指向，最明确的表述是《大戴记》。《大戴礼记·曾子事父母》："曾子曰：夫礼，大之由也，不与小之自也。"礼法为大事指明路径方向，不干预小事自作主张。"小""大"对举，"自""由"对举，字义明确无误。在这里"自"和"由"不是被连在一起来讲，而是被对照起来讲的。它分析了什么是"自"和什么是"由"。然则"自由"云者，自我选择、自主选择也，这正是海德格尔所定义的"自由"。很明显，虽然在这里"自"和"由"没有被连在一起，但是它们的意思很相近了，而且可能更接近《庄子》所要表达的内容了。《庄子》所要表达的是什么？是自主、自足和自在，而《大戴·礼记》讲的正好就是这个意境："礼之大者"，"由"；"礼之小者"，"自"。前者遵从群体的要求，后者尊重自我的选择。到底是遵从群体的要求，还是尊重自我的选择？这是一个非常重要的问题。所以我觉得不妨把这两个字再分得细一点。至于现代的"自由"，那就是西方文明进入之后的事情了。但我认为"自由"的含义很难超出"自在""自足"和"自主"这三个层次。至于现在讲的个体自由或个人的自由，纯粹是西方哲学的内涵，其实已经把权利、人格独立和个性解放这些层次的内涵包括进去了。陈静老师所引郑玄、赵岐四例均有"自主"义，而逍遥游"自足""自在"两项"自由"不在其中，且现代"自由"应有的"不受限制的权利"以及"对必然的认识"两项含义亦不在其中。如果对庄子的"逍遥"以及传统文化语境中的"自由"是否包含了以上诸要素，此后又如何逐步蕴含以上诸要素等等历史演进问题进行更深入的考察，一定是一个很有趣味的课题。

赠 李玉珉 老师

一苇渡江为大悲[1]，
曹溪法脉传神会[2]。
单支别派走西南，
法统千年留遗蜕[3]。

4月21日，浙大高研院学术报告会第48讲在浙江大学之江校区四号楼304会议室举行，来自台湾大学艺术史研究所的李玉珉老师做了题为"以图证史：从《梵像卷》谈南诏、大理国的历史与文化"的主题报告。

李老师认为，在目前美术考古的文物里面，最重要的就是现在收藏在台北故宫博物院张胜温画的《梵像卷》，它是目前传世唯一的大理国画卷。因其形象具体地记录了南诏大理国的风土民情、宗教神话等，且图绘了数百尊的佛教尊像，无异于一部南诏大理国的图绘百科全书。它可以为填补这一研究空白提供珍贵的一手资料。

李老师介绍，此画由乾隆皇帝题签"宋时大理国描工张胜温画梵

李玉珉，美国俄亥俄大学博士，台北故宫博物院书画处前处长，于2015年退休，现任台湾大学艺术史研究所兼任教授，教授佛教艺术研究方法、南北朝佛教美术、北魏佛教艺术、敦煌佛教艺术等课程。从事中国佛教艺术研究30余年，著有《佛陀形影》《中国佛教美术史》《观音特展》，以及数十篇中国佛教美术学术论文。主要从事南北朝和南诏大理国佛教艺术研究。

[1]菩提达摩，南天竺人，婆罗门种姓，禅宗第二十八祖。南朝梁武帝时，达摩至建业面见梁武帝，相谈不契，遂一苇渡江，北上洛阳。后卓锡嵩山少林寺，面壁九年，传衣钵于慧可，成为东土禅宗始祖，禅宗谓之一花。后衍成曹洞、临济、云门、沩仰、法眼五派，谓之五叶。《景德传灯录·菩提达摩》："一花开五叶，结果自然成。"大悲，救人苦难之心谓之悲，佛菩萨悲心广大，故称大悲。《大般涅槃经》卷十一："三世诸世尊，大悲为根本。若无大悲者，是则不名佛。"

[2]曹溪，指惠能。神会为惠能大弟子，菏泽宗始祖。

[3]遗蜕，神灵遗留在人间的形质，这里指梵像。苏轼《祈雨迎张龙公祝文》："于赫遗蜕，灵光照帏。"

像"，底下有他的款印。这个画卷的时代大概是在利贞时期到盛德元年，也就是大理国皇帝段智兴，它的年代大概是1172—1176年。整个画卷本幅高为30.4厘米，长约1600厘米。此画卷原来的装裱形式为经折装册页，有136页，分为四段：第一段为第1—6页，长约72.2厘米，画大理国王以及扈从官兵等，第6页右上方榜书"利贞皇帝骠信画"，"骠信"又作"骠信"，南诏称帝曰"骠信"，人称"利贞皇帝礼佛图"。第二段为第7—128页，长1490.7厘米，画诸佛、佛会、菩萨、罗汉、祖师、明王、龙王、护法等，为全作的主体。第三段为第129—130页，长24.5厘米，绘"多心宝幢"与"护国宝幢"，幢上悉昙体梵文书《般若波罗蜜多心经》和《仁王护国经》的一段。第四段为第131—134页，长49.1厘米，画十六大国王众。在画幅后面，有一则大理国释妙光题的题跋，根据年款，我们知道他书于大理国圣德五年（1180）。此则题跋称："大理国描工张胜温，貌诸圣容，以利苍生，求我记之。"故知此画乃出自张胜温之手。

据李老师介绍，《梵像卷》分为四组，自右向左：利贞皇帝礼佛图、法界源流、梵文经幢、经变及南诏十六国王图。其中篇幅最大的法界源流又可以分为三个部分：正中南无释迦佛会，其右十六罗汉图，其左十六祖师图。李老师推测《梵像卷》可能是一幅寺院壁画粉本，正中南无释迦佛会、迦叶、阿难部分应该是祖师堂，中段释迦牟尼佛会、药师、弥勒应该是大雄宝殿。

李老师最后总结：自南诏晚期，佛教就成为云南文化的重要部分，信仰内容丰富，显教、密教与当地特有的佛教信仰无所不包。《梵像卷》第23—57页的十六罗汉、"释迦佛会"和十六祖师的组合，以及"释迦佛会"中主尊释迦牟尼佛以及南诏国王摩诃罗嵯胸口的心线相连，旨在说明南诏大理国所弘传的佛教就是正统佛教。

我对该报告的兴趣集中在三个方面。

其一，李老师发现，《梵像卷》正中释迦牟尼胸前有一道黄色细线，向下经过佛陀座下迦叶，连接右侧大迦叶座下摩珂罗嵯。大迦叶之右，向左分列阿难、慧可、僧粲、道信、弘忍、惠能等十六祖师。李老师将这道黄色细线称为"心线"。我觉得，这条心线所连接的，正是禅宗的传法人。佛陀说法灵山，唯迦叶拈花微笑，成就了禅门无上心法，所以禅宗的传法，称之为"以心传心"。迦叶至达摩二十八世，而中土禅宗以达摩为始祖。自20世纪30年代学界对《梵像卷》展开研究以来，尚无人提及"心线"。李老师的研究，应该是一个重大发现。

其二，李老师的报告提及，很难理解大理国人作《梵像卷》却画南诏君主。她认为乌蛮、白蛮关系融洽；南诏、大理两个政权并非直接替代，不存在强烈的对抗心理。我觉得还有一个因素可以考虑：《梵像卷》所画的不是一般的佛教尊像，而是传法统绪，用以显示法统的传承、法统的正宗。它所强调的不在于血缘种姓，而是民族文化的传承，是法统。南诏、大理两个政权都信奉禅宗，其法统是一致的，所以它更强调的是法统的传承，而不是强调种姓的传承。我在研究韩愈，发现他有一个观点，就是法统高于治统。过去大家都讲这个政权的传承，一家一姓的政权是至高无上的，安史之乱打破了这一点。所以到韩愈的时代，他在思考民族国家的本质是什么，不是一家一姓的权力延续，而是民族文化的世代传承。他把这个民族文化的传承看成高于政权的传承。我想这个是一个时代的差异，或者说是时代的进步。法统高于治统，在韩愈构建道统传承统绪"自周公而上上而为君，自周公而下而为臣"（《原道》）之后已经不成问题。而我之所以判断《梵像卷》是一幅传法统绪图，其主要依据就是李老师谈到的"心线"。《梵像卷》法界源流的总体构图：正中为佛陀布道图，右方为十六罗汉，左方为十六祖师。其间禅宗传法统绪以"心线"勾连，可以印证我的判断。

其三，惠能以下南宗的传法统绪，现代学界的认知，一般是通过两条线索延伸：自南岳怀让、马祖道一开临济一派；自青原行思、石头希迁开曹洞一派；然后五叶七宗，流传至今。但《梵像卷》以神会上接惠能，以南印上接神会，然后下传李贤者买罗嵯。惠能以下，六传至摩珂罗嵯。这一系统，闻所未闻。神会为惠能大弟子，也是惠能临终前的付法人。神会六问，可见其禅学修养。宗密《圆觉经疏抄》记禅门五家七宗，本有菏泽一宗。以神会上接惠能，绝非杜撰。以南印上接菏泽神会，有南印弟子宗密《圆觉经略疏钞》以及中唐裴休《大方广圆觉修多罗了义经略疏序》、白居易《唐东奉国寺禅德大师照公塔铭》的记载为证。摩珂罗嵯以佛教为国教，也有《南诏画卷》为证。至于宋代契嵩《高僧传·南印传》认为此神会并非菏泽神会，而是成都净众寺神会，一家之言，并未经过考证。何况宋人的影响之谈，还难以否定中唐人的直接记载。契嵩之言，难以凭信。在我看来，《梵像卷》记载的传法统绪，还不宜轻率否定。这一传法统绪中，最重要的连接点，是惠能、神会、南印、摩珂罗嵯。如果能通过考证落实惠能直至摩珂罗嵯一脉的传法史实，那么禅宗史乃至整个中国思想史研究或许会发生一场不小的震动。对李老师的后续研究，我报以热切的期待。

赠 陈少明 老师

忧患未来多洞想^①，

反思过往识祥殃^②。

认清当下即存在^③，

一体三身是佛光^④。

4月26日，浙大高研院学术报告会第49讲在浙江大学之江校区四号楼304会议室举行，来自中山大学哲学系的陈少明老师做了题为"作为儒学哲学的'乐'与'忧'"的主题报告。

陈老师指出："乐"跟"忧"是人类常见的心理现象。把这两种情绪

陈少明（1958—），广东汕头人，中山大学哲学系教授、中国哲学学科带头人，长江学者。曾于1998年11月至2000年4月，作为哈佛燕京学社客座研究员，在哈佛大学从事博士论文的写作。长期致力于中国哲学、哲学史方法论的教学与研究。现为中国哲学史学会副会长，国务院学位委员会哲学学科评议组成员。出版有《儒学的现代转折》《汉宋学术与现代思想》《反本质主义与知识问题——维特根斯坦后期哲学的扩展研究》（合作）、《被解释的传统——近代思想史新论》（合作）、《〈齐物论〉及其影响》《经典世界中的人、事、物》《做中国哲学———些方法论的思考》（2015）等著作。

①洞想，深思。宋钱鏐《钓台赋》："此志士所以洞想兮，矧精祠之可瞩。"

②反思（reflection），近代西方哲学中广泛使用的概念之一，借用光反射的间接性意义，指不同于直接认识的间接认识。在17、18世纪的西方哲学中，这个概念只指有较高价值的内省认识活动。康德认为，反思构成表象或概念在联结中归属何种认识能力的主观条件，特别是把审美与合目的性的认识能力明确规定为"反思的判断"，作为联结知性与理性的桥梁。黑格尔则认为，反思具有不同的层次：对于本质的认识，"设定的反思"停留在抽象的自身同一阶段；"外在的反思"则进展到把握区别与对立；只有"规定的反思"才能从联系上把握对立面的统一。

③存在（being）是一个哲学概念，是相对于思维而与物质同义的哲学范畴，是相对于无而与有同义的范畴，是一切物质现象和精神现象的总和。就时空维度而言，相对于过去、未来，它指向当下。现象学悬置过去、未来，所以存在就是唯一有意义的范畴。

④一体三身，或指法身、报身、化身，或指过去、现在、未来。过去佛为迦叶诸佛，现在佛为释迦牟尼佛，未来佛为弥勒诸佛。一说，指燃灯佛、释迦牟尼佛，弥勒佛。参见《法华经·方便品》。分而为三，合而为一，过去、现在、未来一体三身，是佛家的智慧。

或情感结合起来谈的，其实是儒家。我们也把这种结合理解为儒家关于人的思考范畴。陈老师首先对"乐"进行界定，区分了三种类型的"乐"，即"身之乐""心之乐""身—心之乐"；同时指出儒家所追求的"乐"是一种"共乐"，并将这种"乐"与庄子之"乐"进行对比分析。

随后陈老师从意识现象、空间向度、时间向度三个层面对"忧"进行了描述。

总体来讲，当儒家学者在说"忘忧"的时候，他们指的其实是个人，是就一个人自身范围之内的利益来说的；而孔子说的"忧道不忧贫"则是以集体为对象的，这句话是讲人会"忧"自己关怀的道，也即忧社会政治秩序的崩坏。在个人层面上，儒家学者其实是主张不"忧"的；但是在集体层面上，面对公众和社会的前途与命运时，儒家学者却有很深的"忧"。

最后，陈老师通过进一步揭示儒家哲学的"乐"与西方伦理学中"幸福"之间的相通关系，指出儒学应继续关心精神生活的必要性。

我个人的看法是：陈老师区分的三种类型的"乐"，即"身之乐""心之乐""身—心之乐"，其实就是《庄子·逍遥游》身之逍遥、心之逍遥、身心逍遥，或者说，身的自由、心的自由、身心自由。陈老师讲儒家的"乐"，采用的理论框架却是《庄子·逍遥游》，非常值得玩味。韩愈《送王秀才序》："盖子夏之学，其后有田子方，子方之后流而为庄周。"其后庄子出于儒家的说法代不乏人，如王安石《庄周论》、陈师道《策问十五首》以及近代以来钱澄之《庄屈合诂》、姚鼐《庄子章义序》、郭阶《庄子识小自序》、章学诚《文史通义》、康有为《孔子改制考》、刘文典《庄子补正》、朱文熊《庄子新义》、郭沫若《十批判书》等均持此说。庄子是否出于儒家尚可讨论，但两者颇多共同的关注点，其思想内核亦颇多相通，而并非《庄子》字面上显示出的针锋相对，也是不必怀疑的。

陈老师报告的重点，在于通过对相关意识经验的分析，努力揭示"乐""忧"这对概念各自内部及相互之间的结构关系，以便更好呈现这一儒家观念的思想价值。问题的焦点是哲学而非思想史，其核心内容，是从时空、身心等多个维度剖析"忧"的哲学意蕴。他认为，在儒学哲学语境中，"忧"的时空指向，主要是面向未来，只有对未来的"忧"才是有意义的。靳老师补充发言，古希腊哲学也具有类似的观念。上述的论点，在思想界应该已经相对成熟，我自己也能从中有所感悟。我认为，对未来的忧患意识固然包含有较为丰富的思想意蕴，但对过往的反思、忧虑，对当下的忧思、烦扰，同样也可以给人提供思考的空间。何况在中国传统文化的实际语境中，"忧"的时空指向并不仅限于未来，面向过去、面向当下的例证也十分丰富。这种情况，即便是在报告列举的例证中也不在少数。

"忧"字古体为"惪"，其本义为"愁"。《说文》："页，头也。从百，从几。"段注："忧，当作惪。惪，愁也。"心中所想形之于面，也就是操心。正如靳希平老师所言，"操心"有拉着过去、指向未来的隐含，与西文Sorge、Anxiety相同。古汉语的片语中，忧心、忧思、忧虑、忧愁、忧愦、忧患，在时空维度层面，也存在类似的隐含。但在古代汉语的实际语境中，上述片语的时空指向并非完全一致，而是各有侧重。

"忧"的时空维度侧重指向过去，义为忧思、忧心、忧虑。《尔雅·释诂》："悠、伤、忧，思也。"郭璞注："皆感思也。"有感而思，来自过去，指向当下。《诗·召南·草虫》："未见君子，忧心忡忡。亦既见止，亦既觏止，我心则降。"郑笺："未见君子者，谓在涂时也。在涂而忧，忧不当君子，无以宁父母，故心忡忡然。是其不自绝于其族之情。既见，谓已同牢而食也。既觏，谓已昏也。始者忧于不当，今君子待已以礼，庶自此可以宁父母，故心下也。"未见，过去时。既见、既觏，完成时。则此处"忧心"，发端于过去，完成于当下，并无未来指向。类似例证尚多，如《孟子·告子下》："入则无法家拂士，出则无敌国外患者，国恒亡。然后知生于忧患，而死于安乐也。"生、死，或为过往状态，或当下状态，则忧患、安乐，当为过去完成时或现在完成时。以上诸例，不能说都没有思想意蕴。

"忧"的时空维度侧重指向当下，义为忧心、忧愁、忧愤。《玉篇》："忧，于尤切，愁也。"忧心，忧愁的心，这是陈述当下状态的名词。《诗·邶风·柏舟》："忧心悄悄，愠于群小。"毛传："愠，怒也。悄悄，忧貌。"此处"悄悄"为"忧心"的状语，所谓"忧貌"，是一种状态，为进行时。《诗·卫风·竹竿》："淇水滺滺，桧楫松舟。驾言出游，以写我忧。"此处"我忧"，即我此刻的忧伤，现在进行时。《诗·卫风·有狐》："心之忧矣，之子无裳。"下文"心之忧矣之子无带""心之忧矣之子无服"义同。此处"忧是子"，为诗人在当下时空环境中的焦虑状态。《论语·述而》："其为人也，发愤忘食，乐以忘忧，不知老之将至云尔。"《论语·为政》："父母唯其疾之忧。"曹植《释愁文》："予以愁惨，行吟路边，形容枯悴，忧心如焚。"《朔风诗》："弦歌荡思，谁与消忧。"六臣注："忧，五臣作愁。"陶渊明《归去来兮辞》："乐琴书以消忧。"忧愤，忧虑烦乱。《法书要录》卷十引晋王羲之《右军书记》："疾久忧愦，当思平理也。"慧琳《一切经音义》卷五十一"忧愦"条引《文字典说》："忧，愁也。"范仲淹《岳阳楼记》："登斯楼也，则有去国怀乡，忧谗畏讥，满目萧然，感极而悲者矣。"此处"忧谗畏讥"与"去国怀乡""感极而悲"一样，明确限定在"登斯楼"的时空环境中。虽然来自过去，但侧重指当下，并无未来指向。以上诸例，也不能说都没有思想意蕴。

"忧"的时空维度侧重指向未来，义为忧患、祸患。《书·君牙》："心之忧危，若蹈虎尾，涉于春冰。"孔传："言祖业之大，己才之弱，故心怀危惧。虎尾畏噬，春冰畏陷，危惧之甚。"《管子·形势》："顾忧者，可与致道。"《论语·子罕》："子曰：知者不惑，仁者不忧，勇者不惧。"赵晔《吴越春秋·阖闾内传》："平王往而大惊曰：'宛何等也？'无忌曰：'殆且有篡杀之忧，王急去之。'"曹植《求自试表》："忧患共之者也。"《文选》张铣注："忧，患。"取义略同。

"忧"的时空维度，也有同时包括过去、当下和未来者。如《诗·邶风·柏舟》："心之忧矣，如匪浣衣。"毛传："如衣之不浣矣，"郑笺："衣之不浣，则愦辱无照察。"时间维度不确定，可以兼指过去、当下、未来。《诗·邶风·柏舟》："耿耿不寐，如有隐忧。"郑笺："仁人既不遇，忧在见侵害。"所谓"既不遇"，指过去。"见侵害"，指未来。《诗·邶风·绿衣》："心之忧矣，曷维其已。心之忧矣，曷维其亡。"此处"心之忧"，指当下。"曷维其已""曷维其亡"，指未来。

我们或许可以这样考虑："忧"的时空维度，包括过去、当下、未来。切割时空畛域，是古希腊的逻辑思维；打通时空限界，是古印度的轮回思维。前者为理性，后者为神性；前者为科学，后者为宗教。中国传统文化正好处于两者之间，执其两端，庸其中于民。在古代汉语包括儒学哲学的语境中，其时空指向并非完全一致，而是各有侧重。对于哲思而言，过去、当下、未来缺一不可。至于具体的语词、概念是否具有思想意蕴，应该依据具体的语境分析界定，不宜一概而论。这样考虑，并不影响思想界现行概念的使用，反而可以扩大视野，为相关的研究提供更丰富的语料乃至思维空间，不知是否可以得到少明老师的认同。

赠 丁雁南 老师

炎黄遗绪本州县[①]，
象郡安南旧冕冠。
藩国犹知奉正朔，
殖民遗产祸之端。

　　4月28日，浙大高研院学术报告会第50讲在浙江大学之江校区四号楼304会议室举行，来自上海交通大学人文学院的丁雁南老师做了题为"19世纪初的地理知识发展与传播——以南海研究为中心"的主题报告。

　　南海问题是当今中国与周边国家关系中的热点问题，在这种现实关怀的背景下，丁老师从历史地理学的学科属性问题、地图史上的南海地区、18—19世纪之交的地理知识状态等几个方面入手，对有关南海的地理知识发展与传播进行了比较翔实的介绍。

　　丁老师以16—19世纪的各类航海地图为基础，详细地介绍了西方对中国南海地区，尤其是西沙群岛的认识的变化与发展，以及西方地理学知识的传播过程。丁老师认为，关于现代早期地理知识的产生和传播过程，目前仍存在很多不清楚的地方，在这一过程中，当时人的谨慎考量可能是延续甚至放大错误知识的一个原因，但是我们仍应对18—19世纪之交的地理水平有充分的认可和更为公允的评价。最后，丁老师以著名地理学家亚伯

丁雁南，复旦大学中国历史地理研究所史学硕士、比利时鲁汶大学地球与环境科学系地理学博士，现任上海交通大学人文学院历史系讲师，2016—2017年牛津大学圣安东尼学院"太古－国泰"访问学者。在《南京大学学报》等期刊，以及Routledge, Springer等出版公司的图书中有所发表。主要从事历史地理学、地图史学等方面的研究。
①《大越史记》：炎帝三世孙明，生子泾阳王，为越南始祖。

拉罕·奥特柳斯的名言"地理是历史的眼睛"作为本次报告的结语。

丁老师的报告主要是从19世纪西方的上千幅地图当中来发现问题，这方面独立成篇是一点问题都没有的。我想了解的是：中国自己的地图，在这方面有没有一些可以使用的材料？据我了解，从西晋裴秀《禹贡地域图》以下，尤其是唐代的贾耽，他专门有《海内华夷图》《古今郡国县道四夷述》《皇华四达记》等交通图册，尤其后者中有广州通夷的海道图《安南通天竺道图》《广州通海夷道图》，对南海的岛屿进行了一些标注，那么这些材料对我们解决这个问题是不是有帮助？概括来说，就是中国传统的历史地理学海图当中，有没有可以利用的资料。

赠 胡可先 老师

正是江南杏雨天[①]，
之江高院聚群贤。
痴愚似我留争能[②]?
敏捷如君胡可先!

5月5日，浙大高研院学术报告会第51讲在浙江大学之江校区四号楼304会议室举行，来自浙江大学中国语言文学系的胡可先老师做了题为"新出文献与中古文学史的书写和建构"的主题报告。

中古文学是中国文学发展的一个特定阶段，现代意义上的文学史书写与建构已走过百年的历程，对于中古文学史研究的问题进行审视，仍然有一些弱点、盲点、偏颇和歧见，诸如文学自觉问题、单线思维问题、学科限制问题，都受到了学术界不同程度的质疑。尤其在百年文学史编纂中的单线思维，使得文学史的本来面貌得不到真正彰显；流行百年的魏晋时期"文学自觉"的观念，也受到了多层面的质疑。新出文献的逐渐繁盛，可

胡可先（1961—），江苏灌南人。浙江大学人文学院教授，博士生导师，中文系系主任。1982年毕业于徐州师大中文系，获文学学士学位。1999年毕业于浙江大学中文系，获文学博士学位。曾任日本大阪大学高级访问学者，台湾逢甲大学客座教授。兼任中国唐代文学学会常务理事、中国杜甫研究会常务理事、中国刘禹锡研究会副会长。著有《杜牧研究丛稿》《杜牧诗学引论》《中唐政治与文学》《唐代重大历史事件与文学研究》《出土文献与唐代诗学研究》《考古发现与唐代文学研究》《唐诗发展的地域因缘和空间形态》《欧阳修词校注》等。

①杏雨，即杏花雨，清明时节杏花盛开，所降之雨称杏花雨。（元）陈元靓《岁时广记》卷一引《提要录》："杏花开时，正值清明前后，必有雨也，谓之杏花雨。"（宋）志南《绝句》："沾衣欲湿杏花雨，吹面不寒杨柳风。"（宋）苏轼《墨花》："莲风尽倾倒，杏雨半披残。"

②争，犹怎。（唐）白居易《题峡中石上》诗："诚知老去风情少，见此争无一句诗？"能（nài），奴代切，技能。《广韵》去声代韵。

以在一定程度上改变旧有的研究模式，开拓新的研究空间，有些方面甚或可以重新书写和建构。

胡老师主要从中古文学史研究的四个方面详细论述了新出土文献对于中古文学史的书写和建构意义。其一，中古文学史研究的问题审视。对中古文学史研究的现有问题，胡老师概括为三个方面。文学自觉问题、单线思维问题、学科限制问题。其二，中古文学史内涵的呈现，包括新出墓志与文学内涵的蕴蓄、新出墓志与文学背景的呈现。其三，中古文学史书写的载体，包括敦煌写本和吐鲁番写本、日藏写本等。其四，新出文献与中古文学史的多元叙事。包括中古文学研究的空间拓展、女性书写、家族传承、体制演变等。

胡老师最后总结：文学史的书写与建构是中古时期文学研究的核心问题，也是一个世纪以来文学史研究取得显著成就的标志，以至自上一纪后半期以来形成了读书的文学史时代。但是这样一个时代也出现了文学史研究的弱点、盲点和歧见。中古时期是文学发展的特定时期，就写本文献而言，中古时期的写本主要有敦煌写本、吐鲁番写本和东瀛回传写本，这些文献成为中古文学史书写的重要载体。同时，中古时期石刻文献的大量出土，也给这一时段的文学史研究增添了新的内涵。石刻文献的最大宗是新出墓志，墓志作为一种特殊的文体，是当时人撰写而又镌刻于石上的人物传记。相较于传世文献，新出土墓志更能突出文学背景的呈现，能够以原始的实物形态和文字形态反映唐代家族文化的特点，集政治家和文学家于一身的士大夫阶层的墓志，则是政治与文学关系的集中体现，墓志又是文学和书法的结合体，有时在文学思想和书法思想方面的一致性也能表现文学发展的走向，比如盛唐以后墓志书体的复古与文章的复古是紧密相连的，这也为中唐古文运动的研究提供了新的视角。中古文学史的书写，一个重要途径是要从单线思维转向多元化叙事，要注重文学中心的凝聚与边缘活力的关系，关注中古文学中的女性书写以展现文学发展的特殊路径，通过文学家族传承的梳理构建中古文学的家族谱系，加强文学体制演变的研究以对文学本位研究的定位进行重新审视。

按照我的理解，胡老师的报告，是辨析文学史书写与建构中两种不同的研究模式：单线思维模式与多元叙事模式。前者以时间维度为经，作家作品为纬，这就是百年来文学史书写中传统的单线建构。后者除了时间维度之外，还要加上空间维度：例如长沙、碎叶、交趾等；同时通过对作家家族、政治乃至艺术如书法等相关情况的考察，推动文学的背景显现；进而通过地域研究、家族谱系研究、性别研究等多种途径，最终完成文学史的多元叙事。很明显，以文学的背景显现为目标的文学史多元叙事，承载有丰富历史信息的出土文献必将扮演重要的角色。

关于出土文献的辨伪问题，除了胡老师提到的"伪刻""翻刻"之外，还有一种就是半真半假、亦真亦假，比如说，我接触到的唐代裴复的墓志。因为现传的"裴复墓志"就是韩愈集墓志铭当中原石尚在的三篇之一，但是这一篇是假的，当然这是我个人的判断。为什么？因为他的文字采用的是朱熹校订后的版本。采用朱熹校订以后的文字，那至少可以肯定不是唐碑，唐碑的原文应该更接近监本的文字。它采用了朱熹校订以后的版本，那肯定是假的。除此之外，我对近些年来动辄上亿的出土文物交易也抱有深刻的怀疑。史学界其实是有规矩、规范的，不但要有发掘地而且重要的是有发掘报告，包括它的地层、伴随物和年代检测，要有详细的发掘报告才被认可。用这个标准来看，目前像"清华简""上博简"等，从严格意义上讲都是不太符合规矩的。鉴于蓝田人以下中国考古学界的不良记录，尤其是采用计划经济的手段开发什么什么工程之后，对考古成果、出土文献保持学术人应有的警觉，可能并非是杞人忧天。学术界已经揭示出来的，还有包括北京故宫收进来的书画，以及曹操墓，这是学术界已经揭开的，就是造假。其实这些造假已经形成了产业链，GDP确实诱人，也非常吓人。好像媒体报道有人去专门采访过这些技术工人，介绍过这个造假的方法，惊心动魄。

自从学界提出"重写文学史"以来，文学史书写与建构模式的变革就不可避免。胡老师的思考，与我的思考有相当程度的契合。不过我的切入点不是书写的模式，而是书写的对象。自林传甲《中国文学史》以来，百余年来的文学史书写都以单线建构为主。这是因为欧风东渐，"文学"被定义为语言的艺术，它以语言文字为工具，以虚构为手段，形象化地反映客观现实、表现作家心灵世界。它是一种将语言文字用于表达社会生活和心理活动的学科，属社会意识形态范畴。西化的文学观念，决定了文学史书写与建构的模式。而中国传统的文学观念与西方的文学观念截然不同，盖孔子所谓"文"，可以指文字、文章，也可以指儒家六经乃至于先王之道，亦即文化、文明。《论语·子罕》："文王既没，文不在兹乎？天之将丧斯文也，后死者不得与于斯文也；天之未丧斯文，匡人其如予何。"孔安国、马融、何晏解"斯文"为"此文"，亦即"文王之文"；皇侃解"此文"为"文章"；班固指实"此文"为儒家六经；以"道"拟"斯文"，并尊之为"生民"之"本""源"，始见韩愈。《太原王公神道碑铭》："生人之治，本乎斯文。有事其末，而忘其源，切近昧陋，道由是堙。"此处"斯文"，狭义地理解，指志道之文；推而广之，指先王之道，亦即中国传统文化乃至人类文明。孔门四科，文学子游、子夏，指的是文化与学术。正因为如此，中国的"文学"囊括了经、史、子、集，也就不奇怪了。"文学"囊括了经、史、子、集，"文学史"却限定在集部，而且还要剔除集部中大量应用性文字，这就很难说是"中国文学史"了。事实上，百年来的文学史书写以单线建构为主，而百年来的文学史研究却没有限定在这样一个狭小的范围内。相关的作家生平研究、家族谱系研究、地域文化研究、科举制度研究、官僚体制研究，乃至相关的政治、经济、社会、文化、艺术、思想研究，硕果累累，人才辈出，早已突破了单线建构的约束。所以我认为，要最终完成文学史多元叙事的目标，不仅

要突破以单线建构为主的书写模式，更应该突破"文学"的内涵构成，以
"中国文学"为对象构建自己的"中国文学史"。这样的思考，不知能否
得到胡老师的认同。

赠 张长东 老师

塞民之养隘其利,

予夺富贫任长酋①。

君若待民同土芥,

则民视尔若仇雠②。

2016年5月10日,浙大高研院学术报告会第52讲在浙江大学之江校区四号楼304会议室举行,来自北京大学政府管理学院的张长东老师做了题为"税收与威权主义韧性"的主题报告。

长东老师首先对威权主义韧性问题进行了简要的文献回顾:比较威权体制研究在最近十几年出现了一个"制度主义转向",包括政党、议会、司法等在内的各种制度都被用来解释为何一些威权主义国家能够维系多年的统治而没有在几轮民主化中崩溃。但是这些解释还存在着缺乏实证资料检验的共识、外生性太强、功能主义解释等多种不足。为此,有研究者呼吁应该将更多精力用在分析国家机构而非民主机构上。

长东指出,税收制度可能提供一个更好的解释。他从税收制度的视角切入,分析威权主义韧性得以产生和维系的具体机制。长东指出,除权力

张长东,北京大学政府管理学院讲师,西雅图华盛顿大学政治学博士。主要研究威权主义、制度主义、国家社会关系、财政社会学。出版中英文论文近10篇。

① 《管子·国蓄》:"利出于一孔者,其国无敌。出二孔者,其兵不诎。出三孔者,不可以举兵。出四孔者,其国必亡。先王知其然,故塞民之养,隘其利途。故予之在君,夺之在君,贫之在君,富之在君。故民之戴上如日月,亲君若父母。"长、酋,君长、君主。《广韵》:"酋,自秋切,长也。"《魏书·张伦传》:"夷虏之君,酋渠之长。"

② 《孟子·离娄下》:"君之视臣如手足,则臣视君如腹心;君之视臣如犬马,则臣视君如国人;君之视臣如土芥,则臣视君如寇雠。"焦循《正义》:"土芥,谓视之如土如草,不甚爱惜也。"

分享之外，威权统治者一般面临三大治理问题，即社会控制、合作和代理人控制。此三大治理问题体现在税收上，又隐含着两个统治悖论：经济增长悖论（如何在税收最大化和增长最大化二者中取得平衡）、代表悖论。通过对两大悖论的阐释，长东认为：只有当这两个悖论被较好地处理的时候，威权主义才能得以维系。

张老师的报告从税收制度入手认识、判定政治制度的性质及其治理走向，思维敏锐而且深刻。不过，从税收入手也存在一定的局限性。首先，现代国家与传统国家不同，由于承载的社会公共设施建设以及全民福利保障的责任不同，现代国家的税收远远高于传统国家，具有天然的合理性。唯其如此，只讲税收，不讲国家财政的支出，也是不全面的。更重要的是，站在国民分配的高度看问题，税收只是国民分配的调节手段——第二次分配，真正的大头在第一次分配。相对于自然经济与市场经济，计划经济体制中第一次分配的权重已经不是量变而是质变。

我梳理过古代的税收制度，从荣夷公的"专利"、管子的"利出一孔"、秦始皇的"头会算敛"，到汉武帝的盐铁官营、平准之术，唐德宗的两税法，再到王安石的"为国理财"，阿合马、桑哥的"专卖""变钞"，张居正的一条鞭，经济改革的目标高度一致，就是增加政府的财政收入。事实上，上述的改革都大幅度提高了中央政府的财政收入。解决政府的财政危机，是历史上所有经济改革的直接动因，本身就具有天然的合法性依据；府库充盈，林积山阜，经济效益也可以证实改革措施的有效性。唯一遗憾的是，上述改革形成的"上下交征利"（《孟子·梁惠王上》）的局面，对民族国家绝非吉兆。就具体的财政体制改革措施而言，管仲的榷盐，将盐税纳入盐价之中，就是间接税。汉武帝盐铁官营，就是国企垄断；平准之术，就是统购统销。唐德宗盐铁官卖，就是经营垄断加市场垄断；钱重物轻，就是价格双轨制；进奉、美余、日进、月进，就是转移支付。王安石青苗法，就是融资市场垄断。有了上述的几大法宝，直接税的征收，几乎可以忽略不计了。在这样的背景下讨论税收与治理，无论理论框架如何成熟完善、统计数据如何精确完备，得出的结论，都需要慎重对待。

归纳不增加赋税而增加财政收入的高招，无非就是间接税、国企直接经营、物价控制、融资市场垄断、转移支付。至于"民不益赋而天下用饶""民不加赋而国用饶"的说法，则出自桑弘羊与王安石。《史记·平准书》："元封元年，桑弘羊为治粟都尉领大农，筦天下盐铁。乃请置大农部丞数十人，分部主郡国，各往往县置均输盐铁官，令远方各以其物贵时商贾所转贩者为赋，而相灌输。置平准于京师，都受天下委输。召工官治车诸器，皆仰给大农。大农之诸官尽笼天下之货物，贵即卖之，贱则买之。如此，富商大贾无所牟大利，则反本，而万物不得腾踊。故抑天下物，名曰平准。一岁之中，太仓、甘泉仓满，边余谷诸物均输帛五百万匹。民不益赋，而天下用饶。"司马光《迩英奏对》记录了他与王安石在朝廷上的一场公开辩论："介甫曰：'善理财者，民不加赋而国用饶。'光曰：'此乃桑羊欺汉武帝之言，司马迁书之以讥武帝之不明耳。天地所生货财百物止有此数，不在民间则在公家。桑羊能致国用之饶，不取于民，将焉取之？果如所言，武帝末年安得群盗蜂起，遣绣衣使者逐捕之乎？非民疲极而为盗邪？此言岂可据以为实。'"对于上述的高招，司马迁的评价是："贵诈力而贱仁义，先富有而后推让。故庶人之富者或累巨万，而贫者或不厌糟糠；有国强者或并群小以臣诸侯，而弱国或绝祀而灭世。以至于秦，卒并海内。海内之士，力耕不足粮饷；女子纺绩，不足衣服。古者尝竭天下之资财以奉其上，犹自以为不足也。"司马光以为："善理财之人，不过头会箕敛，以尽民财。如此则百姓困穷，流离为盗，岂国家之利耶？"司马迁、司马光的评判，证之以历代王朝覆亡的惨痛教训，应该引起今人的足够重视。

赠 刘骥 老师

甲兵赋税靠丁口，
马尔萨斯禁欲求①。
打破连环得自在，
优生优育费筹谋。

2016年5月17日，浙大高研院学术报告会第53讲在浙江大学之江校区四号楼304会议室举行，来自华南理工大学的刘骥老师做了题为"计生与反计生——六组理念及其社会基础"的主题报告。

刘老师首先介绍了自己研究计划生育政策变迁的缘由。他指出，生育的事情涉及人对自己和社会最核心的判断，研究者管中窥豹可以借此解剖政策过程，暴露政策背后的机制与制度。而当前生育政策调整所引发的激烈争论也激发了自己对政策背后的价值与理念的好奇心。

随后，刘老师举例分析了关于计生研究的几个焦点问题，并进一步地介绍了计生与反计生常见的11种标签式的立场差异。刘老师认为，计生与反计生的立场分歧来源于各方价值观念的差异，这反映了整个国家在意识形态或者说政治经济理念上的分裂。为了更好地分析这种分裂，刘老师

刘骥，北京大学政府管理学院政治经济学系博士，现任华南理工大学公共政策研究院副研究员。主要从事央地关系与生育政策等方面的研究。

①18世纪英国经济学家马尔萨斯《人口原则》提出了"马尔萨斯人口论"，认为人类必须控制人口的增长。否则，贫穷是人类不可改变的命运。他提出两个公理：第一，食物为人类生存所必需；第二，两性之间的情欲是必然的，且几乎会保持现状。两个级数：人在无妨碍时以几何数率增加；生活资料只以算术级数增加。两个抑制：积极抑制，利用提高人口死亡率的办法来使人口和生活资料之间保持平衡；道德抑制，让人们通过各种主观努力在道德上限制生殖的本能，让人们禁欲、不婚、不育，以降低出生率。

将计生与反计生的理念分拆成具体的三组世界观（结构—意志、理性—经验、神定—人选）、三组原则性信念（国家—个人、男权—女权、民族国家—种族）和两组因果信念（革命—发展、计划—运动/市场）。

报告最后对计生与反计生造成的"分裂的社会、统一的国家"进行了概括分析：要深入反思计生的反对者与捍卫者的思想路径，研究者还需要做政治经济哲学的深入研究。通过调查与历史比较，我们可以得到两方面的图景：一是社会上计生与反计生话语的剧烈分化，二是国家人口治理思想的长期稳定。在社会上，各种话语观念的确在不断涌动，反计生的声音在民间舆论中占据了优势地位，支持计生的人过去占据意识形态领地，一言九鼎，现在大部分专家或意见人士在私人场合都已低声下气，不再高歌猛进。但是，在人口问题上，各级政府内部关键决策者的国家主义主张似乎仍然相对稳定。这一思想或明或暗地在各种配套政策中稳定地发力，无一例外地体现了下面这个中心：治理人口是国家治理的基础性能力，不管是发展经济还是重塑政府能力，都需要对人口实施管理，就如同对土地、资源的管理。不管日后是放开政策，还是鼓励生育，抑或只是单纯的服务，一个现代国家都需要对自己的人口做到心里有数。

我个人的看法是：有关计生政策执行层面的矛盾纷争，是目前相关研究的主流话题。刘老师从理念分裂的角度思考计生与反计生的立场分歧，其思辨性、理论性都更为深刻。所构建的三组世界观、三组原则性信念、两组因果信念，也颇有创见。将反计生与计生的立场分歧归结为政治、经济理念上的分裂，即前30年革命话语建构了鼓励人口理念，后30年发展话语建构了控制人口理念，其总体框架也能够成立。不过，作为经历过那个时代的老人，对如此清晰的理论分割反而不太适应。我个人的感觉是：将人口视为财富的纯创造者还是纯消耗者，催生了鼓励生育理念和控制人口理念。两种相互冲突的理念，在同一个时代同时存在，在政治、经济理念上也同样存在，其界限模糊不清，从来都没有达到如此泾渭分明的高度。前30年，"只要有了人，就什么人间奇迹都可以造出来"固然是革命话语；"中国人口要是少一半就好了"同样是革命话语。"人多好还是人少好，我看现在还是人多好"固然是发展话语；"要提倡节育，要有计划地生育"同样是发展话语。后30年，"只生一个好"当然属于发展理念；农村和少数民族地区可以生二胎乃至多胎，显然属于政治理念。我不明白，既然计划生育是利国利民的好政策，凭什么农民和少数民族就不能享受这样的利好？我的态度很明确，随着文明的进步，每一个人都应该有意识地为人类的繁衍承担自己的责任。从这个意义上讲，生育应该有计划。不过，这个计划的主体是个人，而不应该是管理部门；管理部门的责任，是提供系统的计生教育、完善的技术服务、配套的社会保障。从这个高度来检讨计生政策，前30年存在的问题是：控制人口的计生政策完败于鼓励生育的国民分配制度。人所共知，前30年的国民分配鼓励大锅饭。具体说来，农村分配以口粮为主；口粮分配之后的剩余，才考虑公分粮。在我的家乡，公分粮最少的每个劳动日只有7分钱。这样，家庭人口越多分配越多，单身汉分配最少。这样的分配政策，你不用鼓励，他也会拼命地生。后30年存在的问题是：计生政策只控制了城市工薪阶层的人口增长，而放任了农村尤其是少数民族地区的多生滥生。到后来，超生罚款甚至成为农村创收的重要手段。计生政策的目标，是优生优育，这是非常正确的。而最终的结果反其道而行之，越穷越生，越生越穷，人口素质的下降成为不可回避的现实。

事实上，人口既是社会财富的创造者同时也是社会财富的消耗者，二者的分野取决于两个条件：劳动力素质、劳动者所处的制度环境。就劳动力素质而言，具有独立人格、富于创新精神的现代自由人，所创造的财富必然超过所消耗的财富；这样的人口越多，人口红利越大。反过来，缺乏独立人格、只能依附于体制、寄生于体制而生存的奴才，也就是韩愈所说的"民焉而不事其事"者，如唐代依附于皇室的宦官、依附于宦官的使户、依附于藩镇的牙兵，所消耗的财富必然超过所创造的财富；这样的人口越多，人口成为社会的包袱、成为压垮财政平衡的最后一根稻草的机会也越大。就劳动者所处的制度环境而言，一个具有独立人格、富于创新精神的现代自由人，置之于公平竞争、优胜劣汰的现代市场环境中，他就有机会成为创造性的劳动者，成为社会财富的纯创造者；置之于唯官唯上、逆向淘汰的社会环境中，那么他追求真理、崇尚自由、特立独行、直率坦荡、诚实守信、嫉恶如仇、同情弱者、恪守底线的性格势必置自己于死地。同样的，一个缺乏独立人格、只能依附于体制、寄生于体制而生存的奴才，他察言观色、逢迎谄媚、弄虚作假、欺上瞒下、愚昧狡诈、懦弱贪婪、指鹿为马、翻云覆雨、助纣为虐、凶残暴戾的能力，就一定能保证他为所欲为、飞黄腾达，成为不劳而获的社会财富的纯消耗者；如果将其置之于公平竞争、优胜劣汰的现代市场环境中，除非他能改弦更辙，成为一个自食其力的劳动者，否则，这种不愿意通过自己的诚实劳动养活自己的无业游民，必将成为社会的巨大危害。韩愈笔下的白望、牙兵，托克维尔笔下丧失了公民意识"永远在奴性和任性之间摇摆"的暴民，乃至今天游荡在中东、北非、中南美，以及从高加索到南疆地区无所事事的无业游民，就是明白无误的证据。古今中西，概莫能外。所以，简单化地将人口视为社会财富的纯创造者或纯消耗者，都是不科学的。传统的鼓励生育理念和现代西方马尔萨斯的控制人口理念，都缺乏辩证思维，都存在绝对化的弊端。打破这一死结的唯一途径，就是韩愈、李翱的"人其人""复其性"；用现代学术语言来表述，也就是优生优育，提高劳动力素质，改善劳动者所处的制度环境。

赠 林岩 老师

《集陆游夔州诗句之一》
赤甲白盐天下雄，（《风雨中望峡口诸山奇甚戏作短歌》）
当年痛饮瀼西东。（《醉中到白崖而归》）
身如巢燕年年客，（《寒食》）
鱼复城边夕照红。（《晚晴书事呈同舍》）

《集陆游夔州诗句之二》
小雨如丝落复收，（《定拆号日喜而有作》）
脱巾扶杖冷飕飗。（《夏夜起坐南亭达晓不复寐》）
诗成谩写天涯感，（《乡中每以寒食立夏之间省坟客夔适逢此时凄然感怀》）
减尽腰围白尽头。（《九月三十日登城门东望凄然有感》）

2016年5月19日，浙大高研院学术报告会第54讲在浙江大学之江校区四号楼304会议室举行，来自华中师范大学文学院的林岩老师做了题为"从诗歌中发现历史——陆游笔下的浙东乡村社会"的主题报告。

林老师首先向大家简要介绍了此项研究的缘起：我在大学是专门教宋元文学史，但讲到陆游的时候，因为诗歌太多，我以前从来没有把它的诗歌整个读完。大概是在2012年冬天的时候，我开始系统地阅读陆游的诗歌，在读的过程中，我就发现里面有很多有意思的地方。因为我发现他晚年的诗歌中，很多不完全是爱国诗，而是纪录日常生活中一些非常琐碎的

林岩，复旦大学文学博士，现为华中师范大学文学院古代文学教研室副教授，主要从事宋代文学、宋代科举，兼及宋代社会史、思想史、区域史等方面的研究。

东西，我一直不太清楚把这些琐碎的东西写下来有什么意义，但在阅读的过程中，我发现陆游的诗歌写得很密集，几乎可以作为日记来阅读。这是我在阅读过程中一个基本的判断，这也是我后面要讲述的一个参考背景。由此确定了一个新的研究规划，即通过对陆游诗歌的翔实考察，来进行一个地域社会的微观研究，同时试图做出整体性的描述。

林老师确定它是可以作为日记来阅读，这主要是基于以下几个方面的考量：第一，有不少诗歌作品本身有明确的时间记载，表明作者实际上是有意识地告诉后人，他是在记录生活琐事。第二，诗歌的数量非常庞大，有6000多首，而且持续了20年，所以是一个连续性的整体。第三，陆游长期固定地生活在乡间，所以他所记录下来的都是他所看到的东西，他的反复吟咏给我们的研究提供了很大的便利。最后，对我们的学术研究非常重要的一点，是技术上具有可操作性，因为一些前辈学者已经对陆游的诗歌做了详细的系年，所以，我们现在可以很明确地知道他每首诗歌是写于哪个年月的，至少有四分之一的诗歌你甚至可以知道是哪一天写的。

林老师通过文献实证的方式，向大家呈现了南宋浙东乡村的农事节奏、耕作体系、租佃与佣耕情形、水旱灾荒与农业丰歉，以及农业丰歉如何影响乡村民众生活等多个方面。林老师认为，《剑南诗稿》涉及了浙东乡村社会的方方面面，勾勒出了12世纪浙东乡村社会的基本面貌，无论是在研究取径方面还是解释框架方面，都给人以启发性的思考，也使得微观史学研究成为可能。

对林岩老师的报告，我个人有如下一些感想：南宋孝宗乾道六年十月到乾道八年正月，陆游在我的家乡奉节县担任夔州通判，3个年头、14个月的时间，留下了59首诗作。这一组诗歌和杜甫的400多首夔州诗，伴随我度过了从小学到初中的5个年头。因此，冒认杜甫和陆游为我的启蒙老师，应该不算过分。杜甫和陆游的诗歌有一个明显的特点，就是利用诗歌记载自己的游迹行踪，时间、地点、天象、物候尽见于诗，所以后人称之为诗史。林老师以为陆游的诗歌可以作为日记来阅读，和我的看法不谋而合，所以我对林老师的选题，自然有一种特别亲切的感觉。此外，以集部文献与史部记载相互印证，即文史互证的研究方法，在史学界是早已成熟的研究模式，而集部文献采用这样的研究方法则起步较晚。近些年来，中国古代文学研究一直在寻求研究领域和研究方法的突破。在我看来，传统的中国文学从来就没有局限在西方现代文学所界定的"语言艺术"的范畴内，所以中国文学史研究突破文史哲的学科界限，应该是一个必然。从这个意义上讲，林老师的选题，还有着非常广阔的发展空间。

赠 彭国翔 老师

见佛忙烧一炷香，
耶回释道各成帮。
观音王母共妈祖，
搬演行头闹一场。

2016年5月26日，浙大高研院学术报告会第55讲在浙江大学之江校区四号楼304会议室举行，来自浙江大学哲学系的彭国翔老师做了题为"民国时期的'五教'观念及其实践——以冯炳南其人其事为中心"的主题报告。

对于该项研究，靳希平老师的意见是：论述显得有点粗糙，还需要进一步精致化。刘骥、丁义珏老师的意见是：为什么研究这个问题？研究的出发点还有待明确，还需要更鲜明的时代问题意识。

梁启超在写于1903年的《新大陆游记》中指出：华夏文明现代化进程中，最缺乏的东西就是"宗教之未来观念"，"故其所营营者只在一身，其所孳孳者只在现在，凝滞堕落之原因，实在于是"。我个人的看法是，

彭国翔，浙江大学求是特聘教授，兼任国际中西比较哲学学会（ISCWP）副会长以及多家国际学术期刊的编委。曾任北京大学、清华大学教授以及美国哈佛大学、夏威夷大学、德国波鸿鲁尔大学、法兰克福大学、马普研究院宗教与民族多样性研究所、新加坡国立大学、香港中文大学、台湾大学等世界多所大学与研究机构的客座教授与访问学者。曾获全国优秀博士论文奖等。主要研究领域包括中国哲学、思想史以及中西哲学和宗教的比较。著有《良知学的展开：王龙溪与中晚明的阳明学》（2003, 2005, 2015）、《儒家传统：宗教与人文主义之间》（2007）、《儒家传统与中国哲学：新世纪的回顾与前瞻》（2009）、《儒家传统的诠释与思辨：从先秦儒学、宋明理学到现代新儒学》（2012）、《近世儒学史的辨正与钩沉》（2013, 2015）、《重建斯文：儒学与当今世界》（2013）、《智者的现世关怀：牟宗三的政治与社会思想》（2016）以及中英文论文近百篇。

华夏文明的近现代转型只能依靠自己，而传统文化资源中从来都不缺少类似于宗教精神的社会关怀、终极关怀乃至人文精神，中华文化圈内也并不缺乏成功转型的先例。

赠 丁义珏 老师

皇室家奴领使职，
权归一己利归私。
官商合体无羁束，
卒使英雄长叹咨①。

2006年5月31日，浙大高研院学术报告会第56讲在浙江大学之江校区四号楼304会议室举行，来自苏州大学社会学院历史系的丁义珏老师做了题为"宋代官制中的'交错任用'现象"的主题报告。

丁老师首先介绍了自己对宋代官制中"交错任用"现象研究的缘起。他指出，对宋代政治，学术界存在着两种截然相反的概括，即"士大夫政治"和"君主独裁政治"，而对宋代官制，特别是北宋前期的官制结构并没有明晰的概括，往往以"分权制衡""防弊之政"等来说明宋代官制的特点，并不具体。

通过唐到宋，马政的演变与群牧司的建立，能够看到唐中后期的马政事务萎缩，北宋前期开始重建马政，虽然规模不能跟唐代相比。唐代中后期马政萎缩，最后由内诸司掌管，宦官来管理，其实最后是加强了唐后期的宦官专权。北宋前期没有放弃皇帝对于这个机构的直接管理，他也没有把这个机构直接推向外朝，而是利用"交错任用"的这么一个方式，他是内廷与外朝，文官与武官的一个"交错任用"，最后宦官、武官、文臣之

丁义珏，历史学博士，现任苏州大学社会学院历史系讲师，曾在《中华文史论丛》等杂志发表多篇论文，主持过国家社科基金青年项目。主要研究领域为宋史、中国古代政治制度史。
①叹咨，叹息咨嗟。宋苏洵《颜书》："此字出公手，一见减叹咨。"

间，互相制约，相互牵制。

丁老师据此总结认为，以往对宋代制度的概括，如"事为之防，曲为之制""分权制衡"只是总体精神，而对事务机构、专项事务中的"交错任用"机制则是北宋前期一项明确、具体、被系统贯彻的制度设计。报告最后，丁老师又就这项制度设计与皇帝、士大夫的关系等方面提出一些开放性的追问供大家讨论。

我个人的看法是：以"士大夫政治"和"君主独裁政治"之间的进退分合为切入点，考察唐宋之际"分权制衡"的实际状况，丁老师的研究视角独特新颖。其报告引证丰富，所制表格脉络清晰，可见成熟的研究方法、严密的思维逻辑与认真的工作态度。但"交错任用"只是描述了现象，这一现象背后所隐含的宋代官僚制度的性质及其历史走向，还需要揭示出来。我个人认为，考虑到唐宋政治体制由中央集权向君主独裁演变的历史趋势，是否可以从分权与集权的角度去定义这一现象。个人看法，仅供参考。

如果从报告提供的个案分析入手来讨论上述的命题，就会发现一个非常有趣的现象：宋代群牧司文官、武官、宦官"交错任用"的职官体制，与中唐宦官飞龙使独领马政的体制相比，反而是士人侵入了宦官的传统领地，与宋代君主独裁体制日渐强化的大趋势背道而驰。当然，以马政为个案讨论政治体制演变，未必典型，因为在皇权时代，马政即军政，属于皇家势必掌控的要害部门，具有一点特殊性。早在初唐贞观年间，六闲马即御马已在太宗贴身禁军飞骑的掌控之中（《通典·职官十·左右威卫》），此后的百骑、千骑、万骑乃至飞龙禁军，皇家禁卫军都直接掌控御马。所以，宦官领使的内飞龙使，其设置还要早于殿中监领使的闲厩使。《新唐书·百官志·殿中省》记载其事曰："武后万岁通天元年，置仗内六闲，以殿中丞检校仗内闲厩，以中官为内飞龙使。圣历中置闲厩使，以殿中监承恩遇者为之，分领殿中太仆之事，而专掌舆辇牛马。闲厩使押五坊，以供时狩。自是宴游供奉，殿中监皆不豫。"早期闲厩使虽然不是宦官，但也多是皇子或皇室亲信，如驸马都尉武承训、嗣虢王邕、平王隆基（玄宗）、宋王承器、新兴王晋，乃至皇室家奴王毛仲、李辅国、鱼朝恩等。宦官飞龙使独领马政虽然要迟至代宗大历以后，但皇室直接掌控马政的情势始终如一。所以《新唐书》记载闲厩使的设置，特别强调"以殿中监承恩遇者为之"。"承恩遇者"即皇上私人，只此一语，已经凸显了马政管理的特殊性质。不过，确认宋代群牧司文官、武官、宦官"交错任用"的职官体制，属于士人侵入宦官的传统领地，未必能否定宋代君主独裁日渐强化的传统结论。但它能使相关的研究更为深入，更为立体，更为全面，是可以肯定的。

赠 陈以爱 老师

生民之治本斯文，
文质彬彬道始浑^①。
知识皆知为力量，
通才教育铸灵魂。

2016年6月1日，浙大高研院学术报告会第57讲在浙江大学之江校区四号楼304会议室举行，来自东海大学通识教育中心的陈以爱老师做了题为"东海大学通才教育的文化理想和价值泉源"的主题报告。

台湾东海大学创立于1955年，其早期贯彻的通识教育理念和实践虽在政治氛围的改变和时代的发展过程中逐渐走向衰落，但这种致力于培育民主时代公民，强调创造性、参与、责任的理想主义精神却被后世的东海人承继，并有对创校理想的追溯和制度性的改建。

为了进一步探究东海大学创校之初坚持通识教育理念的动力源泉以及这种文化理想在后世的传承状况，陈以爱老师对东海大学的历史发展进行了追溯。在教育方针上，国民政府自1920年末以来的整个高等教育政策，是积极发展应用科学，培养专业人才，所以1949年以后台湾办大学就是围绕着这个重点开展的。但是在整个20世纪，尤其是面临新世纪的局势变化的时候，这所新的大学到底要怎么培养人才？要培养什么样的人才来回应

陈以爱，东海大学共同学科暨通识教育中心副教授。著有《中国现代学术研究机构的兴起——以北京大学研究所国学门为中心的讨论》，代表论文有《钱穆论人文主义教育的失落与重建》《从疑古到重建的转折——以王国维对傅斯年的影响为中心》《胡适的〈水经注〉藏本的播迁流散》等。主要研究领域为近代中国学术文化史、近代中国高等教育史。

①浑，完整。（汉）杨雄《法言·问道》："合则浑，离则散，一人而兼统四体者，其身全乎？"

这个时代的巨变呢？就是要通过通才教育，培养一个完整的或者是一个比较理想的人格，一个比较理想的公民。

在办学模式方面，东海大学重视的常常是一些所谓非实用的学科。在这方面，曾任东海大学中文系主任的徐复观先生扮演了相当关键的角色，他在首任校长曾约农校长支持下，确立了早期东海大学中文系的办学方针，也影响到通才教育的教学重心。

通过对早期东海大学的创办经费和教育理念来源、课程设计、师资储备、社会认同等方面的资料考察，陈老师指出，早期的东海大学极具理想主义的教育特质为当时的东海师生所认同。在后来的发展过程中，由于政治氛围和学校主导人理念的改变，东海大学逐渐丧失了理想主义的精神，学校教育面临着困境。陈老师认为，如何再现创校精神以及通识教育在当代能够在多大程度上被认可、贯彻，是值得思考的问题。

我个人的看法是：东海大学倡导的教育理念具有理想主义的特质。倡导通识教育的最终目的，是培植每个学生的人格。这样的教育理念，与通行的注重专业教育乃至职业教育的实用主义教育理念，无论教育目标还是教育手段，都有很大的不同。

对陈以爱老师的判断，我特别认同。我在驻访期间以高研院为署名单位发表的第一篇文章《传道、授业、解惑：韩愈的教育思想》[1]，就持有类似的观点。我一向认为，教育的终极目标，不是知识的灌输与技能的培训，而是人格的培养，这正是韩愈教育思想的核心观点。韩愈认为，老师的责任，在传道、授业、解惑（《师说》）。所谓传道，谓修己治人之道；所谓授业，谓古文六艺之业；所谓解惑，谓解此二者之惑（曾国藩《求阙斋读书录》）。在韩愈看来，传道处于首位。而修己治人的途径，在于反身而诚，立身为本；存养正性，本乎斯文；化性起伪，知所措履。

①参见《西华师大学报》2016年第2期。

通过"反身而诚",体认"万物皆备于我",认识自己的"正性""至德",唤醒自我,建立自信;化性起伪,认清自我的本来面貌,明确自己的社会责任,改造自我、完善自我。完成了自我实现,才能具备独立之人格、自由之思想,才谈得上履行社会责任与义务。韩愈一向主张文道一体,"道"意味着理性意识,"文"意味着人文精神。对韩愈而言,道即是文,文即是道。《太原王公神道碑铭》:"生人之治,本乎斯文。有事其末,而忘其源,切近昧陋,道由是埋。"此处"斯文",狭义地理解,即指志道之文;推而广之,应指先王之道。《论语·子罕》:"文王既没,文不在兹乎?天之将丧斯文也,后死者不得与于斯文也;天之未丧斯文,匡人其如予何。"孔安国、马融、何晏解"斯文"为"此文"亦即"文王之文"。何晏《集解》:"孔安国曰:'兹,此也。言文王虽已没,其文见在此。此,自此,其身也。文王既没,故孔子自谓后死也。言天将丧此文者,本不当使我知之。今使我知,未欲丧之。'马融曰:'如予何者,犹言奈我何也。天之未丧此文也,则我当传之。匡人欲奈我何,言其不能违天而害己也。'"皇侃解"此文"为"文章",《义疏》云:"兹,此也。孔子自此已也。言昔文王圣德,有文章以教化天下也。文王今既没,则文章宜须人传。传文章者非我而谁?故云'文王既没文不在兹乎',言此我当传之也。云'天之将丧'云云者,既云传文在我,故更说我不可杀之意也。斯文,即文王之文章也。"班固将"此文"指实为儒家六经,《汉书·叙传下》:"武功既抗,亦迪斯文,宪章六学,统壹圣真。"以"道"拟"斯文",并尊之为"生民"之"本""源",始见韩文。概括起来说,工具理性固然重要,价值理性同样重要。但人们往往重视前者而轻视后者,在这种情况下,人文精神的教育就尤其重要了。文学教育的功能是陶冶情性,培养审美意识与审美能力。懂得分辨美丑,才会懂得什么是羞耻、是非、荣辱、敬畏、气节、操守,看得清文明的指向、人类的未来。人的现代化,其标志是个性解放、人格独立、精神自由,人格品类的高下取决于精神素质的优劣，而精神素质的培养属于人文科学的范畴。这就是为什么欧洲的启蒙思潮发端于文艺复兴，中唐的儒学复兴表现为古文运动的原因；人类文明的航船之所以需要人文科学家掌握航向，原因亦在于此。

说到这里，就有必要检讨一下清末民初的废科举、兴学堂。按当时的说法，科举考试以诗、文、策论取士，考的全是没用的学科；而新兴的学校以学习西方现代科学为主，学以致用，救亡图存，其优越性不言而喻。声光化电取代子曰诗云，实在是不可阻挡的历史潮流。这样的思潮，当时的留学热表现得更为极端。梁启超曾引用德国宰相俾斯麦的话说："三十年后，日本其兴，中国其弱乎？日人之游欧洲者，讨论学业，讲求官制，归而行之；中人之游欧洲者，询某厂船炮之利，某厂价值之廉，购而用之。强弱之原，其在此乎？"（《论变法不知本原之害》）由容闳设计、清政府派遣的120名留美幼童，其遭遇同样如此。当时纽约时报一篇社论指出："令人不可思议的是，（清）政府认为这些学生花的是政府的钱，就应该只学习工程、数学和其他自然科学，对周围的政治和社会影响要他们无动于衷。这种想法是非常荒唐可笑的。中国不可能只从我们这里引进知识、科学和工业资源模式，而不引进那些带有'病毒'性质的政治上的改革。否则，他将什么也得不到。"更加令人叹息的是，9年之后，清政府中断了他们的学业，强行将其召回中国。他们成为传统的异端和同胞眼中的另类，成为关押在上海道台衙门后面一个废弃了的书院里的囚犯。对于这种功利主义的教育理念，后人往往以救亡压倒启蒙为之辩护。但他们忽视了关键的一点：西方的科技发达、船坚炮利，来源于优胜劣汰、公平竞争的市场机制；而市场机制，又只能依托于个性解放、人格独立、精神自由，完成了自我实现的现代文明人。没有人的现代化，就不会有社会的现代化，更不会有科技的现代化。同样被西方炮舰轰开国门的日本，和清政府同期派遣学生留学欧美。结果显而易见：直到今天，我们使用的有关现代科学技术、人文社会科学的专业术语词汇，十之八九来自日文西译；1894年的甲午海战，就是两种留学理念得失优劣的一场大考。对于教育而言，人格的培养比知识的灌输与技能的培训更为重要、更为根本。

说到这里，还可以重新检讨一下传统的科举制度。唐代科举考试以诗、文、策论为主要科目，人们往往以为，诗文无非是偶对押韵，策论无非是帖经记诵，都没有任何实用价值。但他们不知道，学诗就是培育文学素养，学文就是积累历史知识，学做策论就是锻炼用世的眼光与才干。这里的"文学""历史"，即是文明传统、斯道斯文。文质彬彬，然后君子，说的就是人格培养。宋代经议直至明清八股，形式虽异，而上述功能仍在。千余年来，每至国破家亡之际，奔走号呼、舍身报国、毁家纾难的，大多是科举制度培养出来的士人，文天祥、史可法、张煌言、顾炎武、黄宗羲就是代表；那些识时务的俊杰们高度理性，早已算计清楚，择木而栖，投效新君。所以，现代教育应该引进西方科技，却没有必要抛弃乃至摧毁传统的人文精神。

在我30多年古代文学专业的教学生涯中，学生提得最多的一个问题是：学习古代文学到底有什么用处？我只好无可奈何地告诉他们：古代文学就是一只花瓶，风花雪月，斑驳陆离，没有任何实用价值，更说不上经济效益了。这门课只有一个用处，就是它有两个学分，缺了这两分，有可能给你毕业带来麻烦，这大概就是它唯一的用处了。其实，不仅初进校门的少男少女们有这样的疑问，一些高高在上的大人物也会有类似的疑惑。记得有一次，一位校领导来中文系调研，给在座的教授们提了这样一个问题："幼儿园老师教会了学生怎样说话，小学老师教会了学生怎样识字，中学老师教会了学生怎样写文章，大学中文系的老师还能教给学生什么东西？"在座的教授们多少有几分尴尬，因为此前《光明日报》刚刚发表了一篇文章，说中文系是大学里最容易毕业又最难找工作的专业，言外之意是这个专业没有技术含量。我是这样回答的："幼儿园老师负责教学生爬起来，中小学老师负责教学生坐下来，大学老师负责教学生站起来。"我讲了一个早年听来的故事。在茫茫的大海上，一条大船正在努力地乘风破浪。船上活动着三群人，共同操纵着大船艰难前行：一群人负责为船只的前进提供动力，他们的领袖叫轮机长；一群人负责全船员工的组织协调、吃喝拉撒，他们的领袖叫水手长；一群人负责让船只保持正确的航向，并时时刻刻提高警惕，避开冰山、暗礁、惊涛骇浪，他们的领袖叫船长。在大学里，第一群人是自然科学家，他们追求效率，崇尚科学。第二群人是社会科学家，他们追求公平，崇尚民主。第三群人是人文科学家，他们追求人格独立，崇尚精神自由。科学、民主、自由，赛先生、德先生、费小姐，三者共同努力，才能建成现代文明。三缺一或者三缺二，都意味着人类的灾难。这一点，看看当年的德意志就可以知道了。只要赛先生不要德先生、费小姐的第二帝国将德意志带进了第一次世界大战；只要赛先生、德先生不要费小姐的第三帝国将德意志带进了第二次世界大战。通过德意志的惨痛教训，我们可以知道：科学、民主、自由不可分割，真、善、美不可分割。华夏文明要完成自己的近现代转型，要建成一个文明富强的现代中国，不仅仅需要赛先生、德先生，同时还需要费小姐。或许，这就是我们中文系乃至整个文史哲学科存在的意义。今天我们重提通识教育，其意义或许也在这里。

赠 田志光 老师

中书制宪国之本，
门下审查言路开。
仆射遵行不逾矩，
倒行逆取殆乎哉①。

2016年6月3日，浙大高研院学术报告会第58讲在浙江大学之江校区四号楼304会议室举行，来自河南大学中国古代史研究中心的田志光老师做了题为"北宋中后期三省权力运作机制"的主题报告。

田老师首先简要交代了北宋元丰改制的政治背景。随后，田老师引据史料文献，详细介绍了元丰改制后中书省、门下省和尚书省三省职权的初定与调整情况。他指出，三省改革主要是以《唐六典》为效仿和参考对象，由宋神宗主导，宰职重臣参与，改革之后形成了"中书省取旨，门下省覆奏，尚书省施行"的运作机制，北宋由此进入中书省权重的时代。

通过进一步对中书省权重时代的三省权力格局及其对皇权政治的影响的分析，田老师总结认为：在士大夫与君主共治的政治环境下，士大夫认可并接受了主要出于皇帝意志的官制改革设想，并具体付诸实施。跟《周

田志光，南京大学历史学博士、河南大学中国史学博士后、首都师范大学中国史学博士后。现任河南省高校人文社科重点研究基地——河南大学中国古代史研究中心执行主任、副教授、硕士生导师，河南大学黄河文明协同创新中心研究员，教育部人文社科重点研究基地——河北大学宋史研究中心兼职研究员，河南省高校哲学社会科学创新团队——"河南大学宋代历史文化"团队负责人，中国宋史研究会河南省联络人。主要从事宋代政治制度史、社会史研究，出版学术专著一部，点校一部，在《中国史研究》《文史》《史学月刊》《史林》《史学集刊》《北大史学》等史学核心期刊发表论文50余篇，并完成人文社科项目多项。
①《晋书·曹志传》："晋朝之隆，其殆乎哉！"

礼》的官制设计一样，三省制其实是一种理想化的静态设计，理想的制度一旦付诸实施，便加入了人的因素，增添了很大的变数。正是这些变数让理想的制度变形、扭曲，无形中遵循力学原理，为强力所牵引。元丰改制实施在一个特殊的背景——充满争议的王安石变法之后。一个理想化的制度投入到多菌而活跃的党争背景之下，其施行状态可想而知。士大夫政治的模式是君臣共治，各种政治力量获取皇帝的支持是至关重要的。

北宋神宗元丰官制改革以后，宋朝中枢机构由"中书门下——枢密院"体制转变成为"三省——枢密院"体制，改制后的"三省"代替了之前的"中书门下"，成为宋廷主管民政事务的最高政务机构。随着政治环境、人事安排、派系斗争的变化，三省的权力运作与决策机制不断调整，而机制的变化也在促动着人为政治的发展。神宗时期由于中书省掌握取旨权，在三省中权力最大；元丰八年（1085）以后开始由中书省权重转向三省同进拟同取旨；哲宗元祐三年（1088）吕公著任平章军国事后，三省权力运作呈现出一体化的趋势；北宋末期权相当政，不断打破原有的三省权力布局，三省沦为宰臣专政的工具。

我个人的看法是：高研院好几位史学专业的青年才俊都从事职官研究，注重从制度的层面把握历史的进程和走向，这样的研究方法让我颇受启发，受益多多，这是我对田老师报告的直观感受。田老师讨论的重点，在元丰改制。田老师认为：元丰改制后，左仆射兼门下侍郎为首相，右仆射兼中书侍郎均为次相，左尊于右。但由于右仆射兼中书侍郎，有取旨之权，也就获得了更多的与皇帝商议政务的便利，形成了次相实际权力重于首相的局面。在改制之初，王珪为左仆射，蔡确为右仆射，蔡确实权在握。王珪去世后，蔡确成为左仆射，韩缜成为右仆射。蔡确明升暗降，失去实权。在党争的背景下，权重的中书侍郎成为各派角逐的对象，看重的即是中书省的单独取旨权。

在我看来，元丰改制的实质不在中书权重，因为汉唐三省六部体制中，中书省作为立法机构，其权势本来就重于门下省、尚书省。中唐以后门下权力超过中书，一方面是因为中书立法权大部分被翰林学士侵夺，另一方面则是人事斗争的结果。我以为，元丰改制的要害，是左右仆射兼领门下、中书，也就是行政部门的权力超过了立法、审议部门。这一变化，意味着君主跨越立法、审议直接指挥行政，同时也意味着立法权、审议权的虚化。三省相互协调、相互制约的局面不复存在，这才是由中央集权走向君主独裁的关键一步，非常值得注意。当然，人治社会中，一切制度都可以形同虚设，一个铁腕人物的出现就可以突破制度约束，应该是常态而非意外。制度与强权人物之间的博弈，构成一个时代权力中枢的动态平衡，这才是考察元丰改制最恰当的视角。

中国传统文化曾经以完备的制度文明著称于世，不少优秀的制度设计包括政治制度设计也直接影响了人类文明的进程。塞缪尔·芬纳《统治史》列举各大文明对人类政治制度的贡献，就列举了中国的科举制、官僚制和常备军制度。人所共知，现代公务员制度来源于英国的文官制度，而英国的文官制度来源于中国的科举制度；现代社会三权分立的制度，则来源于汉唐的三省六部制度。若干年来，中国人将自己的传统文化弃之如屣，而人类文明的建设却从来没有抛弃过他们。伏尔泰《论孔子》、法国《人权和公民权宣言》《法兰西共和国宪法》之于"己所不欲，勿施于人"，海德格尔、马斯洛之于老子、庄子，都是典型的例证。今天，立法权为一切权力之本、立法机构为国家最高权力机构，已经成为尽人皆知的常识。而早在北宋中期，行政权却开始凌驾于立法权之上。元丰改制的实质，难道不值得今天的中国人深刻反思？

赠 刁培俊 老师

机阱在前犹不顾，
天资刚劲敢为先。
醉翁风骨亘千古^①，
莫向蔡门祈唾涎。

2016年6月3日，来自厦门大学历史学系的刁培俊老师为大家做了"欧阳修的官僚本相与北宋'公议'的转向——以范仲淹神道碑为中心"的主题报告。

刁老师以欧阳修为范仲淹撰写神道碑的公案为例，通过援引史料，论证揭示了欧阳修官僚本相的一面。欧阳修受嘱撰写的范仲淹神道碑，竟延宕约15个月方才完成，且未被范家子弟接受。其实，皆因纠葛于范仲淹、吕夷简两位多年政坛对手究竟是否和解。欧阳修既要推测吕、范两家后人政治发展前景，韩琦等当事人及其周边的反应，以满足构建一己未来政坛关系网的需要；又须忖度帝王的意旨，方有和解之说。这是士大夫处身官场固有之常态。宋真宗晚期至宋仁宗天圣、明道年间，范仲淹等欲大有为于天下的士大夫引领了天下"公议"，借由欧阳修的这一历史书写，"公议"的抒发发生了由士大夫到朝廷的转变。

刁老师的报告引来一片质疑：刘成国老师提出，以欧阳修撰写《神道

刁培俊，河北大学本科、硕士，南开大学博士，首都师范大学博士后。曾任职南开大学历史学院暨中国社会史研究中心，现为厦门大学历史学系副教授。主要研习两宋史，已在《中国史研究》《文史》等发表各类文稿60余篇。
①韩愈《伯夷颂》："若伯夷者，穷天地、亘万世而不顾者也。"

碑》过程中展现的政治张力作为史料来论证其人格属性是否合适。陈静老师针对刁老师报告中对欧阳修投机官僚形象的界定，提出应以同情理解的态度看待以欧阳修为代表的传统士大夫的处境。李人庆老师认为欧阳修撰写《神道碑》的历史事件并不足以充分论证当时政治文化的转换。贺照田老师就刁老师报告的说服力问题提出质疑，同时质疑将政治等公共事务过度道德化可能产生的后果。林岩老师就刁老师报告中的论证史料提出了几点具体质疑。朱天飚老师质疑是否能以某一个案例评价一个人的一生，并对个人行为动机考察的困难性提出了自己的看法。凡此，都充分体现了高研院实事求是、畅所欲言的学术风气，在学术批评难以充分展开的当下尤为难得。

该报告陈述了三个判断：欧阳修为范仲淹撰写神道碑，为了窥测方向，有意延宕约15个月方才完成；因为忖度帝王意旨，编造范、吕"和解"之说，遭到范氏子弟的批驳反对；借由欧阳修的这一历史书写，"公议"的抒发发生了由士大夫到朝廷的转变。并据此得出结论：欧阳修是"一位官僚阶层的投机分子，一位政客"。我个人的看法是：这三个判断都很难成立。

欧阳修是庆历新政的主要参与者、熙宁变法的重要反对者，毁誉所集，千奇百怪的诬陷之词层出不穷，所谓"盗甥"之说、帷薄不根之谤，早已被官方正式辟谣追究。其立朝风范天资刚劲，见义勇为，虽机穽在前，触发之不顾，放逐流离，至于再三，志气自若（《四朝国史》本传），史家也早有定论。没想到千年之后，仍有沉渣泛起，实在令人匪夷所思。

首先，刁老师说："皇祐四年（1052）五月，范仲淹去世，范仲淹的儿子范纯仁兄弟请孙沔、富弼与欧阳修分别撰写行状、墓志铭、神道碑。孙沔和富弼于当年如期完成。15个月之后，欧阳修方才完成'作业'。"按：皇祐四年三月，欧阳修丧母丁忧，至和元年（1054）五月服除。六月，范仲淹神道碑完稿。所谓"15个月"，是皇祐五年（1053）欧阳修《与姚编礼书》中语。所以，欧阳修完成"作业"，应在丧母之后27个月、范仲淹去世之后25个月。这篇文章为什么会拖这么长的时间？刁老师的解读是：因为当时"吕许公客尚众""吕家子弟亲戚布满中外""范仲淹的四个儿子则显得力单势孤"，所以欧阳修需要"用较长时间来观察当时的局势走向，以求个人政途风险的最小化"。对这个问题，欧阳修本人又是怎样解释的："希文得美谥，虽无墓志亦可，况是富公作，必不泯昧。修亦续后为他作神道碑，中怀亦自有千万端事待要舒写，极不惮作也。只是劣性刚褊，平生吃人一句言语不得，居丧犯礼，名教所重。况更有纤毫，譬如闲事，亦常不欲人拟议，况此乎！然而不失为他纪述，只是迟着十五个月尔。此文出来，任他奸邪谤议，近我不得也。"（《与姚编礼书》）范仲淹去世时，欧阳修正在办理母亲丧事，其丁忧守丧，不得低于25个月。欧阳修四岁而孤，母郑守节，亲诲之学。家贫，以获画地学书。欧阳修对其母感情深挚，不言自明。"居丧犯礼，名教所重"，欧阳修的解释光明正大，应该能得到范氏子弟的体谅。以谨守礼法著称的范氏子弟，也绝不可能在欧阳修居丧期间反复催稿。"欧文忠作《范文正神道碑》，累年未成，范丞相兄弟数趣之"的说法，绝不符合范纯仁兄弟的风范。除此之外，神道碑竖于墓园，其上石立碑的时间安排，大致与墓园建设的进度相联系，不必一定非得要作于下葬之前。神道碑作于葬期之后若干年的实例比比皆是，如欧阳修《余襄公神道碑铭》作于"既葬于曲江之明年"，范仲淹《宋故太子宾客分司西京谢公神道碑铭》作于宝元元年（1038）后，较谢涛薨日景祐元年（1034）已达4年，胡宿《赠吏部侍郎蒋公神道碑》作于"既葬十年"，韩琦《赠左仆射张公神道碑铭》"自葬距今历年久矣"。凡此都可以证实，"有意延宕"以"观察当时局势走向"的说法不能成立。

　　其次，欧阳修编造范、吕"和解"，遭到范氏子弟的批驳、反对的说法同样不能成立。宋李焘《续资治通鉴长编》卷一百二十七："初，仲淹与吕夷简有隙。及议加职，夷简请超迁之。上悦，以夷简为长者。既而仲淹入谢，帝谕仲淹使释前憾。仲淹顿首曰：'臣向所论盖国事，于夷简何憾也。'"宋陈均《九朝编年备要》卷十一、宋彭百川《太平治迹统类》卷八、宋徐自明《宋宰辅编年录》卷五乃至《宋史》均有记载。这些记载尤其是《宋史》的记载，都必须以日历、实录为依据，并非受欧阳修的影响，这是史书撰写的常识。吕夷简、范仲淹确为政敌，此前互有攻讦，同遭贬官。但仁宗宝元、康定年间，元昊入侵，时吕夷简为相，韩琦为枢密直学士陕西都转运使，范仲淹为龙图阁直学士并为陕西经略安抚。大敌当前，大战在即，二府不谐、宰臣帅臣不和，内乱不已，何以对外？仁宗亲自出面调解，是以大局为重。何况此前吕夷简请超迁范仲淹，已经做出了和解姿态；范仲淹的表态，也是出以公心、大义凛然。总之，吕、范和解，属于朝廷大政方略；史家记载，属于政治纪律。熟悉史书撰写体例的史学家不会出现误解，范氏子弟更不会对此质疑。至于"范家按照自己的意愿删减神道碑数处文字，刻石入土"，以及欧阳修"态度强横，十分恼怒，拒绝修改，甚至斥责范氏兄弟'年少未更事'"，坚持修改后的碑文"非吾文也"的说法，更属儿戏。范仲淹下葬在皇祐四年十一月，此时欧阳修《神道碑》尚未着墨，范氏子弟到什么地方去"删减数处文字"？神道碑竖于墓园，墓志铭才埋于圹中，此谓"刻石入土"，又从何说起？至于范仲淹"面临西夏犯边之帝国危局，为取得吕夷简在朝堂内外的支持，而婉转表达示好，如此用心，抑或难免"。吕夷简"奏请超擢范仲淹职次，难免没有为了投合皇帝心思、高姿态虚意表示和好，也应是官僚们常有的做法。再者，吕夷简难免不会心存别念：宋朝立国以来，与契丹、党项的多次对决，胜少败多。文臣为帅，纸上谈兵，胜算更少。范仲淹此次西去，倘若胜利而回，则我有举奏超擢之功；一旦失败而回乃至战场死难，则可借此扫清一个政坛敌手。其心思所在幽微，或难排除"。凭空揣测，毫无根据，实在太不严肃，不是史学家应有的治学态度。

最后，刁老师说，欧阳修撰写范仲淹《神道碑》最严重的后果，是导致北宋"公议"的抒发发生了由士大夫到朝廷的转变。用现代语言来表述，欧阳修就是千年前从事舆论导向的一个人。他认为：真宗时期，士大夫"公议"取代、超过了朝廷公议；仁宗拟欲操控"国家天下公议"，欧阳修则观望揣测仁宗皇帝的意见而曲意逢迎；并通过范仲淹神道碑的撰写，使"公议"的归属发生转变。其后果则无比严重，最终导致了蔡京时期的"士大夫无耻"。说得更明白一点，欧阳修就是导致北宋王朝国破家亡的罪魁祸首。这一系列判断，没有提供一条史料依据，也没有进行具体的逻辑推导。刁老师的研究方法，可谓雄辩。不过有必要指出的是：按照现有的史料记载，早年的欧阳修支持范仲淹革新朝政屡遭贬斥，其《与高司谏书》指责朝廷鹰犬"不复知人间有羞耻事"，所代表的，正是士大夫公议；晚年的欧阳修没有趁自己的学生王安石主持朝政的机会攀缘附会、谋取好官，反而辞去官职，离京隐居，他和同期离京的周、张、程、苏以及司马光等人对时政的批评，才是士大夫公议的代表。相反，编造谣言诬罔元祐诸君子的朝廷鹰犬蔡京门下，才代表了"朝廷公议"。不过蔡京门下万万没有想到这样一个高招：将"朝廷公议"强加给在野的元祐诸君子头上，而依附朝廷的蔡京门下自居于"士大夫公议"的地位。指鹿为马，颠倒是非，一至于此，令人瞠目结舌，唯有浩叹。

《避暑录话》卷上："欧文忠作《范文正神道碑》，累年未成，范丞相兄弟数趣之。文忠以书报曰：'此文极难作，敌兵尚强，须字字与之对垒。'盖是时吕申公客尚众也，余尝于范氏家见此帖。其后碑载初为西帅时与申公释憾事，曰：'二公欢然，相约平贼。'丞相得之曰：'无是，吾翁未尝与吕公平也。'请文忠易之。文忠怫然曰：'此吾所目击，公等少年，何从知之。'丞相即自刊去二十余字，乃入石。既以碑献文忠，文忠却之曰：'非吾文也。'"而且《四库提要》评叶梦得"本为蔡京之门客，不免以门户之故，多阴抑元祐而曲解绍圣"，可供印证。

赠 冯克利 老师

生存幸福自优游，
天赋人权不可偷。
让渡私权保私利①，
利维坦做一笼囚②。

2016年6月7日，浙大高研院学术报告会第59讲在浙江大学之江校区四号楼304会议室举行，来自山东大学政治学与公共管理学院的冯克利老师做了题为"《独立宣言》的双重话语"的主题报告。

冯老师指出，自己一直致力于西方政治学和政治经济学领域学术作品的翻译，目的是使人们通过这些作品去重新认识西方，此次报告的主题——"《独立宣言》的双重话语"正是该研究计划的一部分。

冯老师首先指出：把"传统"和"权利"这两个概念放在一起，难免会给人带来一些疑惑。在现代政治话语中，除非作为一对对立的范畴，它们通常很少被放在一起讨论。今天人们一想到个人权利，会习惯性视为一

冯克利，祖籍山东青州，1982年毕业于武汉大学信息学院，曾任山东省社会科学院儒学研究中心研究员，现任山东大学政治学与公共管理学院研究员、博士生导师。主要研究领域为近代思想史。有译著《民主新论》《乌合之众——大众心理学》《致命的自负》《经济、科学与政治》《古代人的自由与现代人的自由》等。

①《独立宣言》："我们认为下述真理是不言而喻的：人人生而平等，造物主赋予他们若干不可让与的权利，其中包括生存权、自由权和追求幸福的权利。为了保障这些权利，人们才在他们中间建立政府，而政府的正当权利，则是经被统治者同意授予的。任何形式的政府一旦对这些目标的实现起破坏作用时，人民便有权予以更换或废除，以建立一个新的政府。"

②《旧约圣经》记载：上帝造人之后，鉴于人的弱小，所以又创造了一个半神半兽的利维坦来保护人类。但利维坦在保护人类的同时也会吃人，于是人们造了一个笼子把利维坦关起来，让它既能保护人类又不能吃人。在英国哲学家霍布斯的著作《利维坦》里，利维坦用来比喻强势的国家。强大的政府有双面的性格，它在保护人的同时又在吃人。所以现代社会的最高理想，就是把利维坦关进笼子里。

个现代概念,它不是传统的产物,而是反抗传统,至少在很大程度上是脱离传统的结果。传统是一种时间中的现象,必与特定的历史过程相关,而现代人所说的自然权利,由其自然法学说的来源所决定,是一个超时空的普适性概念。美国1776年《独立宣言》中的"人人生而平等"的宣示,以永恒不变的"自然法"作为基础,便是体现这种观点的近代文献之一。据此,人类的政治共同体是一种以个人享有的平等的天赋权利为基础自愿达成的契约关系,这使他们在一定条件下可以自愿解除政治联系,以平等身份重新组成一个新的独立国家。

冯老师认为,要想全面准确地理解《独立宣言》的重要意义,需要从自然法和英国习惯法两个角度出发,不能偏于任何一端。为此,冯老师对《独立宣言》的文本进行了分段式的解读,并较为详细地阐述了对英国国王的17条指控。通过解读,冯老师进一步指出,《独立宣言》前两段还只是对民主自由"信念"的口号式宣示,而指控则上升到"事实"陈述层面。因此,可以说《独立宣言》实际上包含着两种话语系统,即自然法语言和普通法语言,它们联袂上演了一场现代政治革命。自然权利是现代最重要的政治哲学概念之一,《独立宣言》则是采用这一概念最著名的一篇近代文献。但它的主体内容,即对英国国王的17条指控,多被后人忽视。本文首先回顾自然法向自然权利的含义变化,继而认为《独立宣言》包含两种话语,一为自然法学说的权利观,一为继受自英国普通法的权利传统。前者作为政治哲学概念一向缺少明确含义,后者则将传统习俗视为权利之重要来源,它不以宣示权利为重,而以权利救济见长。仅用自然权利学说解释《独立宣言》,有可能使它失去意义。将《独立宣言》与法国《人权宣言》做一比较,对此可有更好的理解。

冯老师认为,一方面,自然权利是一个超时空的普适性概念,美国1776年《独立宣言》中的"人人生而平等"的宣示,以永恒不变的"自然法"作为基础,便是体现这种观点最著名的近代文献之一。另一方面,

《独立宣言》对英国国王的17条指控，却不是从"前政治状态"发出的，而是遵循了另一种传统，即受英国宪法和普通法保护的各项权利与特权。这表明，真正促使殖民地人民反抗英国统治的力量，不仅有来自他们对自然权利的信仰，也有他们对英国法治传统的遵从。

比较法国的《人权与公民权利宣言》17条，法国的革命者虽然同样抱有对自然权利的信仰，但是它完全不包含对既有权利受到践踏的申诉，这就为这种改头换面地以自然法之名践踏生命开了方便之门。《独立宣言》与《人权与公民权利宣言》的差别，正是权利宣示与权利救济之间的差别。单讲权利，它作为纯粹的哲学概念当然有其存在的正当性。但一说到权利救济，则若无司法过程，权利的概念便成无用之物。在这一点上它类似于罗马法的一个特点，即权利是因有救济之依靠而成立，而不是救济手段因权利而存在。所以英国人将全副精力用于权利的救济方法。像《权利请愿书》和《权利法案》，甚至像《大宪章》这些文献，其主要意图不在宣示权利，而是规范君权。用今天的话说，它们都是"负面清单"：规定权力不能做什么。其实，对于美国宪法中著名的第一修正案，也应当这样来理解："国会不得制定关于下列事项的法律：确立国教或禁止信教自由；剥夺言论自由或出版自由；或剥夺人民和平集会和向政府请愿申冤的权利。"——这并不是有关公民权利的正面宣示，而是对政府权力的规制。可见现代自由并不是始自明确权利，而是来自于规范权力。

按照我的理解，冯老师所说的《独立宣言》的双重话语，指的就是自然权利与法治传统；换一种说法，即是明确权利与规范权力。对于这一观点，我是百分之百的赞同。1200年前，韩愈《原道》曾经从相生相养的角度规范过君、臣、民的权力与权利："君者，出令者也；臣者，行君之令而致之民者也；民者，出粟米麻丝，作器皿，通货财，以事其上者也。君不出令，则失其所以为君；臣不行君之令而致之民，则失其所以为臣；民不出粟米麻丝，作器皿，通货财，以事其上：则诛。"韩愈对君、臣、民生存权利的认同，即是明确权利；韩愈对君、臣、民的诛责，即是规范权力。不过韩愈对权利与权力的明确与规范，都同时包括了君、臣、民三者，与《独立宣言》明确民生权利、规范君主权力有一定区别。二者相同的是，权利与权力相互依存、相互制约，共同构建起近现代的政治文明。

补录一

"会通视野下的唐宋文学研究"学术研讨会赞

唐诗庄重宋词妖，
骈赋古文争比高。
一脉会通新视野，
龙山论剑领风骚。

由浙大高研院主办，中国社会科学院文学研究所"汉唐文学思想与儒道演变"创新项目组和浙江大学出版社协办的"会通视野下的唐宋文学研究"学术研讨会，于2016年11月23—24日，在浙江大学之江校区举行。这是一次会通唐宋文学研究的盛会。唐宋文学是中国古典文学的核心领域，以会通的视野观察唐宋文学之变，对于深入推进古典文学乃至中国文化研究有着重要意义；长期以来，受学科分化的制约，唐宋研究领域的学者，缺少足够的交流。此次研讨会，中国唐代文学学会和宋代文学学会首次联合开展讨论，中国唐宋文学研究的重要学者汇聚一堂，研讨胜义纷披。

参加研讨会的有：唐代文学学会会长、复旦大学资深教授陈尚君先生，宋代文学学会会长、南京大学资深教授莫砺锋先生，唐代文学学会副会长、长江学者、武汉大学尚永亮教授，南开大学卢盛江教授，首都师范大学吴相

洲教授，苏州大学罗时进教授，宋代文学学会副会长、四川大学周裕锴教授，武汉大学王兆鹏教授，杭州师范大学沈松勤教授，复旦大学朱刚教授，以及中国社会科学院文学研究所刘宁研究员、邰同麟副研究员，复旦大学查屏球教授，华中科技大学刘真伦教授，福建师范大学郭丹教授，美国西华盛顿大学俞宁教授，浙江大学江弱水教授、叶晔副教授，华东师范大学刘成国教授，郑州大学刘志伟教授，杭州师范大学张兴武教授，北京语言大学郭鹏教授，华中师范大学林岩副教授，上海财经大学李贵教授，首都师范大学郭丽副教授，浙江大学出版社宋旭华先生、张小苹女士。

　　与会学者指出，会通，既是通晓，又是贯通。既是唐宋会通，又是

文史哲，中西古今会通，在此视野下考察唐宋文学。要拓展视野，察其变化，细处用力，综合思考。要变坐标式为过程式，变追求结果为现场感的表达，变精英式为多层次变化，变纯文学为多学科交融，要注意研究新技术的交叉，注意由唐到宋心态内柔化，文人学者化，队伍南方化，作品传播及时化的几大变化。要突破类型化研究的框框，注意诗歌、散文、宗教文学、乐府等方面唐宋会通的问题，注意唐宋复古观念的变化，注意唐宋转型的复杂情况，要结合出土文献考察唐宋会通问题，关注史学界、哲学

界关于会通问题的讨论和思考，关注新诗界观念的变化。与会学者认为，会通视野下的唐宋文学研究，具有重大学术意义，今后还要继续进行探讨，推进相关研究向纵深发展。

我提交的会议论文题目是《唐代"古文"义界及其演变》，提纲如下：

作为文字的"文"，其本义指彩色交错，引申为"文字""文辞""文章""文籍""文献""华美""美善""美德""典章法度""礼仪制度"，这是先秦至汉代"文"字的主要义项。作为语词的"古文"，自汉至隋，主要包括四大义项：古文字、古文献、古文经、古礼制。唐代文献中，这四大义项仍然在正常使用。

自中唐韩愈始，"古文"衍生出两个新的义项：古之道、古文体。这一演变，对认识唐宋古文运动的性质至关重要。质言之，将"古文"认知为与"骈文"相对应的奇句单行的散体文，从而将"古文运动"定义为反对骈体、提倡散体的文体革新运动，虽然不能说是错误，但至少不够全面、准确。因为韩愈虽然批评六朝浮艳文风，却从来没有批评六朝文体；他自己的创作亦诗亦赋亦文，骈散交杂，韵散同体，诗文合一，既有诗之优美，复具文之流畅，不名一体，自成一家；更重要的是，他所倡导的"古文"，重心在对"古之道""古之文""古之人"的呼唤，所追求的，是人文价值的回归。说得更明白一点，韩愈复古的实质，是对理想的追求：理想的人格境界、理想的治国之道、理想的灿烂文明。韩愈的"古文"，已经由"文字""文辞""文章""文籍""文献"上升到"文化""文明"的高度。而这一切的起点，就在于他本人对"古文"义界的拓展与改造。概括起来讲，韩愈所倡导的"古文"并不是一般的文章、文辞，而是特指整合"古之人""古之道""古之文"为一体的"斯文"，也就是中华民族传统文化的核心价值。

韩愈始终将"古之人""古之道""古之文"视为一体，《题欧阳生哀辞后》云:"愈之为古文,岂独取其句读不类于今者邪?思古人而不得见,学古道则欲兼通其辞。通其辞者,本志乎古道者也。"此外,《答陈生书》云:"愈之志在古道,又甚好其言辞。"《答尉迟生书》云:"所能言者皆古之道。"对这一观点反复陈述。韩愈之所以不厌其烦地反复强调上述的观点,就是为了告诉世人:他所倡导的"古文",并不是一般的文章、文辞,而是特指合"古之人""古之道""古之文"为一体的"斯文"。

正面揭示上述观点的,是《太原王公神道碑铭》:"生人之治,本乎斯文。有事其末,而忘其源。切近昧陋,道由是堙。"此处"斯文",狭义地理解,可以指志道之文。但文中明确判断:"斯文"之"源"为"道",则此处"斯文",应指先王之道。这一判断,正好回归了"文"的早期涵义。《论语·子罕》:"文王既没,文不在兹乎?天之将丧斯文也,后死者不得与于斯文也;天之未丧斯文,匡人其如予何。"孔安国、马融、何晏解"斯文"为"此文"亦即"文王之文"。何晏《集解》:"孔安国曰:'兹,此也。言文王虽已没,其文见在此。此,自此,其身也。文王既没,故孔子自谓后死也。言天将丧此文者,本不当使我知之。今使我知,未欲丧之。'马融曰:'如予何者,犹言奈我何也。天之未丧此文也,则我当传之。匡人欲奈我何,言其不能违天而害己也。'"皇侃解"此文"为"文章",《义疏》云:"兹,此也。孔子自此已也。言昔文王圣德,有文章以教化天下也。文王今既没,则文章宜须人传。传文章者非我而谁?故云'文王既没文不在兹乎',言此我当传之也。云'天之将丧'云云者,既云传文在我,故更说我不可杀之意也。斯文,即文王之文章也。"班固将"此文"指实为儒家六经,《汉书·叙传下》:"武功既抗,亦迪斯文,宪章六学,统壹圣真。"而自汉至唐,以"道"拟"斯文",并尊之为"生民"之"本""源",始见韩文。

韩愈对"古文"义界的拓展,在韩门内部得到了积极的响应,李翱、皇甫湜、李汉、赵德对此都有正面的呼应。晚唐、五代至北宋，李商隐、杜牧、皮日休、牛希济直到欧阳修，韩愈对"古文"义界的拓展得到了学界的全面响应，"古文"特指整合"古之人""古之道""古之文"为一体的"斯文"，从此成为宋人的共识，宋学的主体。

浙大高研院"集部文献整理之经验与问题"学术研讨会开幕式致语

乾嘉经史导夫先，

集部须当快着鞭。

若占钱塘花雨梦，

清明时节最堪怜。

2017年4月15—16日，浙大高研院在浙江大学之江校区小礼堂成功举办了"集部文献整理之经验与问题"工作坊。

工作坊共收到论文25篇，分别从文献流传、版本、校勘、注释、考证、笺疏以及古籍整理的学术体例与学术规范等角度展开讨论，其中一半以上的文章围绕专书进行讨论，学风征实，不做空谈；同时又不乏视野开阔的宏观思辨。学者们针对集部文献整理的现状、价值与意义，诗文总集的编撰，写本到刻本，传世文献与出土文献，本校与理校，音切的处理，虚词的玩味，本事考证及其边界，义理笺疏及其体例，集部文献整理中的伪校、伪注、伪典等问题，进行了深入且不乏理性的探讨。

参加此次工作坊的来宾包括陈尚君（复旦大学）、傅刚（北京大学）、高克勤（上海古籍出版社）、邰同麟（中国社会科学研究院）、胡可先（浙江大学）、李成晴（湖南大学）、李剑亮（浙江工业大学）、刘明（中国国家图书馆）、刘宁（中国社会科学研究院）、刘真伦（华中科技大学）、卢盛江（南开大学）、罗宁（西南交通大学）、孟国栋（浙江师范大学）、陶然（浙江大学）、王基伦（台湾师范大学）、王荣鑫（浙江大学出版社）、王雨吟（浙江大学出版社）、咸晓婷（浙江大学）、叶晔（浙江大学）、查屏球（复旦大学）、张廷银（《文献》杂志编辑部)、张燕婴（《文献》杂志编辑部）、周明初（浙江大学）、张高评（香港树人大学）、周相录（河南师范大学）等长期从事集部文献整理与研究的专家学者和从事古籍出版的专业工作者，以及相关专业的硕博研究生。

我在开幕式上发表了题为"关于集部文献整理的几点思考"的致语，发言提纲如下：

有关古籍整理的价值与意义，我在周明初老师学术报告会的发言中曾经有过这样的表述："在中国传统学术文化发展演变的历史进程中，古籍整理是历代先贤们治学的重要手段。它既是继

承传统学术文化的出发地、立足点，也是孕育新思维、阐扬新学风、构建新学派的主战场。孔子整理六经，开发出一个儒家学派。刘向、刘歆校理七略，确立了古文经学的学术地位。郑玄注释五经，古文、今文得以融而为一。孔颖达疏解五经经注，融南、北经学于一炉，汇汉、唐经学为一体，传统经学由此规范定型。至中唐，啖助、赵匡、陆淳的《春秋集注》，韩愈、李翱的《论语笔解》，柳宗元的《天对》《非国语》，弃传宗经、疑古贵今，为宋学开辟了先路。朱熹对周、程乃至南轩、东莱文献的整理，奠定了朱学的基础，也推动程朱理学成为道统嫡传。黄宗羲的《宋元集略》催生了《宋元学案》，同时也吹响了陆王心学重新争取儒学正宗地位的第一声号角。从这一意义上讲，古籍整理是一项技术含量极高的严肃的学术工作，这样的判断是可以成立的。"

在古籍整理的领域内，还有一个尚未引起学界注意的现象：集部文献尤其是别集的整理总是滞后于经部、史部乃至子部的整理。如果以孔子删定六经为古籍整理之始，那么可以判断：中国的古籍整理首重经学。《七略》以《六艺》居首，《诸子》次之，《诗赋》又次之，也体现了这一观念。就注疏而言，经部注疏，孔门弟子诠释阐述经义的传、记、训、故、说、解等发其端，秦汉经生继其后。隋唐之间，陆德明、孔颖达继先达之绪，集群贤之力，经传注疏得以大成。史部注疏，自东汉宋衷注《世本》，赵烨注《吴越春秋》，三国吴韦昭注《国语》，晋孔晁注《逸周书》、南朝刘宋裴松之注《三国志》，裴骃注《史记》，郦道元注《水经》，至唐颜师古注《汉书》而趋于大成。子部注疏，自西汉河上公注《老子》，东汉赵岐注《孟子》，高诱注《淮南》《吕览》，曹操注《孙子》，晋王肃注《家语》，司马彪、郭象注《庄子》，至南朝萧梁刘孝标注《世说》而趋于大成。

集部之文，世多轻视。枚乘以为"为赋乃俳，见视如倡"（《汉书·枚乘传》）。司马迁以为"倡优所畜，流俗所轻"（《报任少卿书》）。杨雄以为"劝百讽一，郑卫之声"（《汉书·司马相如传赞》）。班固则以为"侈丽闳衍，杨子悔之"（《汉书·艺文志序》）。至曹丕《典论·论文》，始以文章为"经国之大业，不朽之盛事"。东晋李充《元帝四部书目》更定经、史、子、集，始有集部之名。梁昭明太子《文选序》定义集部："若其赞论之综缉辞采，序述之错比文华，事出于沈思，义归乎翰藻，故与夫篇什，杂而集之。"这就是我们经常讲的"文学自觉意识的萌生"。集部注疏亦始于总集，王逸《楚辞章句》开其先，李善《文选注》总其成。至于别集注疏，千家注杜、五百家注韩，其进程约略相近：中唐肇其端，东京成其体，南渡臻其盛。其他唐人别集，除李白、柳宗元、李贺以及樊宗师《绛守居园池记》有少量宋元旧注之外，余者渺渺。

以韩愈集校注为例，在李汉编次本之前的"贞元本""古本"已有题注，包括作品系年，也包括创作背景的考订。李汉所编原本已有句中夹注，交代作品涉及的人物及背景，也注释音切，引见《文录》。最早笺疏单篇韩文作意的，应该是柳开开宝初年所作的《双鸟诗解》。北宋蔡齐本录存有唐令狐本澄本异文，可知此本有校语。集本中最早出现句读者，是吕夏卿本。刘烨本增补《集外篇》38篇，此为韩集有外集之始。最早疏释地名的，是欧阳修本。最早训释语义的，是张载本。吕大防《韩吏部文公集年谱》，为传世韩谱之始。蒋灿本的特点，在疏解韩文本事。真正全面地考订作年、笺疏本事、训释语词的笺注本，应该以洪兴祖为最早。王安石、洪兴祖所引北宋监本，大约成书于北宋中期，这是韩集的官刻定本。韩集有《附录》，始见于徽宗大观年间刘允潮州刻本。南宋监本正集实存703篇；外集10卷，除《顺宗实录》外，共存诗文35首，遗文18首，总756篇；这是一个收罗较为完备、文字较为谨严的官刻版本，也是南宋诸本的祖本。南宋前期，韩集笺注异常兴旺，大规模的校本、注本，数量不少。如李邴校本是韩集校勘标注版本之始。樊汝霖谱注本是韩集的第一个编年本。程敦厚《韩柳意释》是韩集的第一个笺疏本。吕祖谦本题下引"洪曰"等，可以视为韩集最早的集注本。祝充《音注韩文公文集》编次与南宋监本基本一致，是最接近南宋监本原貌的一个版本；其文字校勘和语词训释及篇末附录征引了不少文献，其中属于中唐以下的典籍即多达83种；此外，祝本还著录石本14种，其中出校异文8种，是韩集第一个完备的集注本。文谠《新刊经进详注昌黎先生文集》收遗文25篇，较南宋监本多7篇；此本注文颇为详赡，石本16种之外，所引用的中唐以下文献多达193种，是宋代韩集注本中篇幅最为浩繁集注本；同期刊刻的柳集题作"百家注"，揭示了此本的性质。方崧卿是宋代韩集整理的集大成者，从事韩集笺校讨论殆40年：淳熙十六年南安军刻本《昌黎先生集》，今实存7卷，藏日本静嘉堂文库；其《韩集举正》录存中唐至南宋初年文献多达90余种，出校异文上万条，具有很高的文献价值，是韩集校勘的集大成之作；其《韩集附录》，集韩愈相关史料传赞后序为一编，与樊汝霖、文谠《韩文公志》约略相近；其《增考年谱》1卷，为辨证吕、程、洪三谱之疏失而作；其《韩文年表》系年作品多达441篇，在今传各本中，以此表作品系年为最多；此外，方氏晚年曾别撰《笺校》10卷，奥义隐轶，搜求殆遍，时时发明韩公为文之本意，非但志其所出而已（周必大《京西转运判官方君崧卿墓志铭》），这是韩集的笺疏本，惜原本久佚，残文尚待稽考。到南宋后期，魏仲举《新刊五百家注音辨昌黎先生文集》以集注的形式汇集了多家笺注成果，成为韩集笺注中影响最大的集注本。

近代西风东渐，科学昌明，古籍整理也逐渐步入了现代学术的轨道，乾嘉朴学就是代表。乾嘉朴学首重经书的校订疏解，《十三经注疏》《皇清经解》就是代表。其治学由文字、音韵、训诂入手，下及史籍、诸子的校勘、辑佚、辨伪，考究金石、地理、天文、历法、数学、典章制度。在经学、史学、子学以及文字、音韵、训诂乃至金石、地理、天文、历法、数学等诸多方面，都达到了后人难以逾越的高度。值得注意的是，黄宗羲《宋元集略》以下，顾炎武、阎若璩、胡渭、惠栋、戴震、钱大昕、段玉裁、王念孙、王引之等人，除了戴震《屈原赋戴氏注》之外，基本上没有人从事过集部尤其是别集的整理。而现存的清人别集整理，基本上沿袭前人旧轨。以韩集整理为例，不要说达不到戴、段、钱、王的高度，距离洪兴祖、方崧卿的深度都相去甚远。今人的韩集整理，真正达到了现代学术高度者为数仍然有限：吴闿生、林纾的韩文理论批评现代意识较为浓厚，体现了20世纪前半期理论思维的高度。高步瀛《唐宋诗举要》《唐宋文举要》，其体例的严谨、辨析的详赡，远远超越了同时代的其他韩文注本，体现了20世纪学术研究的科学规范与学术水平。童第德《韩集校诠》长于训诂，且引证赅博。其文字诠释多用通假之法，不少结论颇具深度。钱仲联《韩昌黎诗系年集释》第一个全面征引《举正》，为韩集文本研究指出了向上一路；其作品系年考订，大多能原原本本，以方还方（世举）、以王还王（元启），且不乏自出手眼者；其注释引证精详，不在高步瀛以下。

纵观上文的现象，我们可以发现：无论是集部的成立，还是文集的笺注，乃至古籍整理步入现代学术轨道之后集部文献整理的兴盛繁荣，似乎都和思想解放的时代潮流密切相关。汉末动乱，儒学崩溃，玄学兴起，魏晋风流，文学自觉观念的萌生是集部成立的先决条件。安史乱后，中唐城市爆炸，土地国有的均田制被产权自有的两税法取代，劳役地租、实物地租被货币地租取代，皇族政治、贵族政治被平民政治取代，自然哲学、伦理哲学被心性哲学取代，集部注疏也就应运而生。仔细想想，其间也不无道理：集部尤其是别集本来就是个体创造性劳动的产物，在人格独立、个性解放、思想自由的环境下得以勃兴，实在是顺理成章的事情；反过来，个体的创造性劳动得到社会的认同与尊重，也必然会助推思想解放的时代潮流。就个体的创作而言，个性的表达就意味着人格的独立；就别集笺疏而言，个性的呈现就意味着思想的解放。春江水暖鸭先知，近些年来集部整理异军突起，似乎是在向我们提示：又一波思想解放的暗潮正在无声地涌动，中华民族或许正在迎来自己新的崛起。如果这样的判断并非天方夜谭，那么作为从事华夏文明核心价值观建设的人文科学工作者，我们能够为这个令人期待的未来贡献些什么？这一些，就是我坚持从事韩集整理近30年的动力，也是我发起并参与组织这场学术研讨会的初衷。

关于《韩愈集》整理学术体例的几点思考

杜韩格律宋诗芽^①，

韩柳文章八大家。

明道识仁尊本性^②，

伊川格物重皇华^③。

分肌擘理季申慎^④，

抉隐发微元晦夸^⑤。

百代韩江流不尽^⑥，

晨钟暮鼓伴瑜伽。

①格律，格诗、律诗，格韵声律。芽，发芽、萌生。晋江统《函谷关赋》："遏奸宄于未芽，殿邪伪于萌渐。"

②（宋）程颢，字伯淳，学者称为明道先生。明道之学，上承韩愈"博爱之谓仁"，以"识仁"为本："学者须先识仁。仁者浑然与物同体，义礼智信皆仁也。"又云："仁义礼智信五者，性也。仁者全体，四者四支。仁，体也；义，宜也；礼，别也；智，知也；信，实也。"其理论来源正是韩愈的"主于一而行于四"。又云："医书言手足痿痹为不仁，此言最善名状。仁者以天地万物为一体，莫非己也。认得为己，何所不至，若不有诸己，自不与己相干。如手足不仁，气已不贯，皆不属己，故'博施济众'乃圣人之功用。仁至难言，故止曰：'己欲立而立人，己欲达而达人。能近取譬，可谓仁之方也已。'欲令如是观仁，可以得仁之体。"由此演绎出宋明理学的一个新命题，即所谓"仁者觉也"。主张此说者有谢良佐、张九成、李衡、杨简、陆九渊、王阳明，最终发展为宋明理学的心本体论，倡言尊德性、致良知，成就心学一派。心学主张个性解放、人格独立、精神自由，是韩愈人文精神的继承者。

③（宋）程颐，字正叔，学者称为伊川先生。伊川之学，上承韩愈"行而宜之之谓义"，以"理"实"性"，主张"去人欲，存天理"。其学自"格物"入手，以"穷理"为本，下传至朱熹，倡言道问学、理一分殊，成就理学一派。程朱理学主张格物致知，以为"天下之物皆能穷，只是一理""一物之理即万物之理"，是韩、柳理性精神的继承者。其根本性质是以皇家意志为天理，以皇家利益为天道，维护皇家大一统秩序的权威性，成为元、明、清三代王朝的正统思想。皇华，皇家使臣，引申为皇家使命。《诗·小雅·皇皇者华·序》："《皇皇者华》，君遣使臣也。送之以礼乐，言远而有光华也。"

④（宋）方崧卿（1135—1194），字季申，莆田（今属福建省）人。宋孝宗隆兴元年（1163）进士，官至京西转运判官。方崧卿是宋代韩集整理的集大成者，其校勘思想求真、求雅，有《韩集举正》传世。

⑤（宋）朱熹（1130—1200），字元晦，又字仲晦，号晦庵，晚称晦翁。祖籍徽州府婺源县（今江西省婺源县），出生于南剑州尤溪（今福建省尤溪县）。宋朝著名的理学家，宋高宗绍兴十八年（1148）进士，官至焕章阁待制兼侍讲。朱熹在《韩集举正》的基础上完成《韩文考异》，其校勘思想求通俗、求实用，对韩集的流传有重大影响。

⑥广东潮州有韩山、韩江、韩木、思韩楼、侍郎亭、韩愈祠，均为纪念韩愈而命名。赵朴初《访韩文公祠口占》："不虚南谪八千里，赢得江山都姓韩。"

2017年4月15日，我在"集部文献整理之经验与问题"工作坊做了题为"关于《韩愈集》整理学术体例的几点思考"的发言，发言提纲如下：

古籍整理历来有两条不同的思路：《文选》李善注偏重典实，被讥为释事而忘义；《文选》五臣注偏重章句，被讥为荒俚而浅陋。《韩愈集》的整理同样如此：方崧卿的韩集整理求真、求雅，表现为多用版本对校，多用古字，力图再现韩文的本来面貌，近乎我注六经；朱熹的韩集整理求通俗、求实用，表现为多用理校，多用俗字，力图疏通韩文的文理文气，近乎六经注我。现代的韩集整理仍然如此：我本人参与整理的四川师大《韩愈全集校注》注重文字的校勘与训释，历代批点，概不揽入；罗联添先生主持的《韩愈古文校注汇辑》则注重批评，致力于历代批点的汇辑。我的韩集整理取其中道，既注重文字、音韵、训诂、目录、版本、校勘，也注重理论批评，尤其注重思想义理的发掘与梳理；始于我注六经，终于六经注我；立足文献考据，面向义理辨析，以梳理唐宋之际由韩学到宋学的学术演变历程作为韩集整理的终极目标。具体做法如下。

一、韩愈文集汇校笺注之前的先期工作

在我看来，韩集文本整理的根本任务，是辨章学术、考镜源流。无论是校勘还是注释、笺疏，都应该立足于实证，着眼于源流梳理。为达成这一目标，笔者在本书撰著之前，先期完成了以下工作。

1.全面鉴定宋元时期各种类型的韩文传本，厘清宋代各种韩集校本、注本之间纷繁复杂的源流关系，撰写了《台湾"故宫博物院"藏本〈昌黎先生集〉考述》《宋淳熙南安军原刻本〈韩集举正〉考述》《韩愈〈昌黎先生集〉编次考》《〈韩集举正〉文献来源考实》《朱熹韩集校理文献来源考实》《论朱熹对方崧卿〈韩集举正〉的批评——方崧卿、朱熹校勘思想比较研究》《韩集五百家注引书考》等30多篇韩集版本考证系列论文，为韩集文字校勘梳理出一个可靠的历史文献序列。

2.对宋元时期各种形式的韩文传本进行实证性考察，完成《韩愈集宋元传本研究》。全书分为五编：第一编"集本"，考察现存宋元时期韩集刻本13种、失传集本102种；第二编"选本"，考察宋元韩文选本50种；第三编"诗文评"，考察批评韩文的宋元诗话、笔记、杂著310种；第四编"石本"，考察韩文石本74种；第五编"《顺宗实录》考实"，对长期争论不休的《顺宗实录》的作者问题及其繁本、简本的流传进行考证。全书考察了不同形式的韩愈集宋元传本500多种，为韩集整理提供了大批新史料。

3.《韩集举正》是南宋方崧卿整理韩愈集的一部校勘专著，其中录存中唐至南宋初年文献多达90余种，出校异文上万条，具有很高的文献价值。南宋以后的韩集传本大多为此本流裔，对现代的韩集整理而言，其文献价值无可替代。但由于《举正》独有的一套校勘符号较为复杂，原刻本失传之后，现存诸传本又存在着各不相同的种种讹误，所以迄今为止，以此书为基础进行的韩集文本整理都程度不同地存在种种问题。该书自身符号、文字的脱讹衍倒、混杂淆乱不在少数，而对该书校勘符号的误读所导致的判断失误，在传世的《韩昌黎诗系年集释》《韩愈全集校注》等著作中都普遍存在。本人以宋淳熙十六年方崧卿南安军原刻本为底本，采用现存九部钞本中的七部作为参校版本，并以《韩文考异》以及潮本、祝充本、文谠本、南宋浙本、南宋江西本、南宋闽本、南宋蜀本、魏仲举本相参证，对《举正》的校勘符号进行了系统的释读，对《举正》的文字进行了综合校理，完成了《韩集举正汇校》，为韩集整理提供了一个坚实可靠的工作平台。

4.全面梳理前人尤其是宋人有关韩愈生平以及诗文系年研究的相关成果，撰写了《韩愈家世辨疑》《韩愈"南行逾六旬"考实》等系列论文；今存五百家注所收《韩文类谱》并非完本，本人采辑现存佚文对该谱文字进行增补、修订，完成了《韩文类谱订补》。我的韩集整理中有关韩愈生平以及诗文系年的考证，采用的就是《订补》。

5.对具有多种传本的旧注进行了系统疏理，整理出能够更完整更准确地反映旧注原貌的新文本。如祝充注有绍兴末张构原刻本与绍熙重刻本之别，前者为繁本，后者为简本。本人以简本为基础，采用五百家注征引的繁本文字相互参证，完成了祝本的校补。除此之外，该书采用的不少宋元文献，都经过了自己的增补、修订。

6.在上述工作的基础上，我初步确定了韩集的校注体例，并撰写了《韩愈集汇校前言》《韩文义理笺疏示例》《韩愈〈贞曜先生墓志铭〉语词训释解难》《朱熹〈韩文考异〉摘疵》等专题论文；并完成了《昌黎文录辑校》。一方面将其作为韩集校注的试编稿，同时也希望由此得到学术界的反馈意见。

总而言之一句话：笔者心目中的韩集校注，应该能够条分缕析地展现1200年韩集文本整理的历史面貌，真正具有现代科学意义上的学术史高度。在我看来，这才是古籍整理的终极追求。

二、韩愈诗集汇校笺注之后的后续工作

　　我的韩集整理原计划诗文一体，为了等候静嘉堂文库所藏方崧卿南安军原刻本残卷，只好将诗集延后，先出文集。一些后续项目只能在全书完成之后才能着手。以下，是我在韩愈诗集汇校笺注初稿完成之后所做的一些的后续工作。

　　1.文字处理是韩集整理的一大难点。韩愈本人对篆籀古文下过特别的功夫，韩集整理必须直面韩愈本人有意采用的古字、生僻字，在这一方面，方崧卿已经进行了卓有成效的工作。乾嘉以后，文字学、音韵学、训诂学以及出土文献发掘等研究方法逐步进入了现代科学研究的轨道，相关的成果非常丰富，但进入集部领域者为数渺渺。就韩集整理而言，高步瀛、童第德算是其中的翘楚。此外，韩愈还特别善于自造新词，其造词又特别注意其文字训释依据，绝非望文生义、瞎编乱造。所以我注释韩集语词，既注重讨源，寻求典故出处；也注重溯流，考察新词在后代的接受和流传情况。全书出注的新词、成语为数上千，最终汇集为《韩愈集语词研究》。相关的情况，请参见《韩文语词孳乳释例》。

　　2.韩愈生平以及诗文系年，宋人六谱之外，清林云铭、顾嗣立、方世举、黄钺、方成珪、蒋抱玄又续有增补。前人的成果我在韩集整理中已经采用，我自己对韩文系年又有不少新的收获。但前人年谱有一个共同的缺陷：只考虑谱主的生平行实，不考虑其学问进益以及思想系统成熟发展的进程。为此，我专门撰著了《韩愈学行谱系》一文，以展现韩愈作为一代大儒的成长历程。

　　3.韩愈的交游，是韩学研究的一个重要课题。今人讨论其事者，如钱基博《韩愈志》记"韩友四子"及"韩门弟子"10人，张清华《韩愈大传》记"韩愈四友"及"韩门弟子"8人。刘海峰《韩门弟子与中唐科举》记"韩门弟子"37人。我考察了中唐至晚唐五代学者与韩学交集的情况，确认在中晚唐学术界存在一个以韩愈为领袖，有着共同的学术话题、学术关怀、学术活动，同时得到了一定程度的社会认同的学术群体。这样的学术群体虽然只是学术共同体的雏形，还达不到学术共同体的高度，但韩门的出现，为宋代学术的繁荣开辟了先路，其意义仍然不可低估。通过实地考证，我初步拟定韩门师长31人、韩门学友228人、韩门弟子69人、韩门后学23人、韩门续传11人，参见《韩门师友弟子考索》。谨按：韩门诸君子多亦师亦友，上列数据包含重出。

4.在当代学术界，韩愈作为文学家的地位无法撼动，但作为思想家则少有认同。实际上，唐宋时期的韩愈首先是思想家，然后才是政治家、文学家，韩门弟子赵德选编的《昌黎文录》就是明确的证据。为了呈现韩愈的思想文化造诣，我从《韩愈集》中选择了能够体现韩愈思想成就的诗文80余篇进行了简明注释，完成了独具特色的《韩愈选集》。

5.义理笺疏是韩集文本研究最为突出的薄弱环节。这一缺陷，既影响了学术界对韩文思想文化价值的准确定位，也影响了当代思想文化建设对传统文化资源的整合与吸收。为此，我曾以思想范畴为单位，对韩文中理论价值较为集中的重点篇目进行过专门的笺释疏证。结果仅《原道》一篇就将近10万字，收入本书，显然不太合适。诸如以"相悖相

仇"为特征的天人关系理论，以"性体道用"为特征的心性本体理论，以五常的存养放弃为标准的性三品理论，以"利民为公"为特征的义利观，以教道兼重、理事兼重为特征的政治思想，以内圣外王并重为特征的践履思想，以"反身而诚"为途径的践形之道，以学统、治统分立为特征的终极关怀要求，以文道一体为特征的文道关系理论，以及备受争议的"道统""纪纲""尊孟""尊王攘夷""尊君诛民"等问题，都尽力考索，汇集为《韩文义理笺疏》。

6.韩学批评，宋人别集及笔记中甚为丰富，明清批点尤火。现存韩集整理本中，马其昶本、钱仲联本大量收录明清批点，我本人参与整理的《韩愈全集校注》以为校注与批点异流，原则上不收此类文字。本书取其中道，有选择地收录韩学批评，汇集为《韩学批评文献汇编》。

7.韩学在宋代就已经成为显学，并直接影响了宋学的兴起与发展。但自从朱熹、严复辟韩以来，韩学晦而不彰。韩愈作为文学家的地位如日中天，作为思想家的地位却没能得到学界的认可。有鉴于此，本人撰写了《天、地、人三位一体：韩愈的宇宙本体观念》《情性三品：韩愈的人性理论》《性体道用：韩愈的心性本体理论》《禽兽、夷狄、人：韩愈的人论》《性、道、教三位一体：韩愈〈原道〉内圣外王的国家治理学说》《君、臣、民相生相养：韩愈的社会发生、分化与合作理论》《君、臣、民的权力分割：韩愈的政治思想》《君、臣、民的利益分配：韩愈的经济思想》《传道、授业、解惑：韩愈的教育思想》《文道一体：韩愈的文学思想》《道统：民族文化传统》《韩学的学术渊源：孟子》《韩学的历史地位及其影响》等系列论文，完成了《韩愈思想研究》。

三、《韩愈集汇校笺注》校勘体例

本书用作版本对校的韩愈集宋元善本多达14种，远远超过此前的《韩愈集》马其昶（1种）、钱仲联（4种）、屈守元整理本（8种）。其中台北"故宫博物院"所藏南宋孝宗淳熙元年锦溪张监税宅翻刻潮州本《昌黎先生集》、日本静嘉堂文库所藏方崧卿淳熙十六年南安军刻本《昌黎先生集》残卷、方崧卿《韩集举正》淳熙十六年南安军原刻本等珍贵版本,诸本均未采用。除此之外,该书还采用了历代出土的数十种韩文石本以及50多种宋元总集,以汇校的形式对韩集异文进行综合校理。其体例如次。

1.底本选择:自宋末以来,韩集整理本大多采用朱熹整理本为底本,而本书则选择了属于两宋监本系统的潮本、祝本作为底本。这一选择,有利于摆脱800年的思维定式,从新的角度重新审视朱熹的韩文校理。这一考虑,完全符合现代西方史学研究的证伪原则,符合现代学术规范。

2.通校与参校:本书以"汇校"为名,目的是尽可能完备地搜罗宋元以前的相关文献,对韩集文本进行综合校理。但由于韩文传本太多,全书对所采文献的处理分为三种情况:两宋监本系统诸本,全书采录通校;《文苑英华》《唐文粹》以及韩文石本,全篇采录通校;朱熹系统诸本,王伯大本、张洽本、廖莹中本全文照录朱熹本,不具有独立的文献价值,本书原则上不出校;但少量不同于朱本且确有文献价值的异文不在此限;自《古文关键》以下其他宋元选本,只采录与监本不同的文字有选择地出校,宋代以后的韩文传本,无论是别集本还是总集本,亦比照上述原则处理。既保证有价值的异文不致遗漏,又避免校语冗杂之弊。

3.全书采录的文献,在各卷卷首注明其存佚状况,各篇内不再一一出注;凡收录韩文全篇并被本书全文采录通校的文献,在相关篇目题注中标明。所据版本,参见"引用书目及其简称"。只采录特定异文的文献,在相关条目校语中标明。所据版本,参见卷末附录的"主要参考文献"。

4.版本对校与他校:在校语排列上,先列版本校,对参校版本的源流关系逐一进行实地考证的基础上,按时间先后有序排列,源流分明,有条不紊;次列校勘专著,首《举正》,次《考异》,均全文录入,清人专著,只选取与宋本不同的异文;最后列他校,无论宋元选本还是明清注本,都只选取与监本不同的异文,按时间先后排列。

5.校改原则：底本正确，只出校参校诸本有价值的异文；底本错误，出校诸本异文。改定正文之后，选择出处最早者作为校改依据。凡明显属于音讹、形讹的错字，如已、己、巳，戊、戌、戍等，原则上直接改正，不出校；但前人已经出校者不在此限。

6.异体字处理：凡常用异体字、通假字、古今字、正俗字，原则上选择通行体，不出校。但以下两种情况不在此限：专名用字，如人名、地名、书名、年号等；语义、语感或修辞效果存在差异或前人已出校者。

7.讳字处理：凡常见讳字，无论宋讳还是清讳，原则上直接回改，不出校。但唐讳、前人已经出校者以及四库本擅自改动内容者不在此限。

8.韩集正文间有小字侧注，此为韩文原注。本书正文保留此类注文，外加圆括号以示区别。

四、《韩愈集汇校笺注》注释体例

本书较为全面地汇集了宋元旧注、宋元及近代学术笔记，以及10多种明清至近代韩集注本和韩集校勘专著中的相关内容；并对韩集的文字训释和语词溯源进行现代意义上的语言学研究。其注释体例如次。

1.本书的注释主要包括三项内容：文字训释、典制名物训释、人物生平考证。

2.本书采录旧注的原则是：宋元旧注搜罗力求完备；明清以下，择善而从。

3.各条注文中，旧注按时代列前，新增的引证材料列后。对旧注的辨析梳理以及按断列于该条注文之下，并加"谨按"二字以资识别。

4.前人旧注，辗转钞撮者多。本书的处理原则是：逐一考证众多注家的时代先后，并根据其传承关系安排注文的序次。雷同的注文，原则上选用最早的注家。但后出注文内容更为完整，或文字较为优长者，则录存此注，并记录前此注家名目。这就有效地解决了旧注辗转钞撮造成后人取舍失当、编次失序的问题，使有所发明者不致埋没，简单重复者不致滥登。

5.旧注征引文献，率多节录，繁冗一省，眉目自清。本书征引文献，亦循此例。

6.旧注征引文献节录得当者，本书照录原文。凡节录失当或文字错讹太甚者，本书另行节引，标示为"某注引某书云"。存"某注"字样，表明旧注已引及该书，标示名目，以示尊重；"某注云"不在引文之内而在引文之外，表明所引内容为本书另行节录。

7.有关语词训释，在广泛追溯韩文语源出处的同时，特别注意考察韩文的造词法以及宋元明清对韩文语汇的接受，以便进一步窥测近代语言系统的演变规律与发展轨迹。这样的研究思路，在过去的古籍整理著作中并不多见。

8.有关典章制度，尽量采用《唐六典》《通典》《唐会要》的相关记载，尽可能反映中唐的实际体制。

9.韩文涉及的相关人物，本书逐一为之撰写一则简明传记，史料来源优选墓志、碑传，其次史传、谱牒，再次杂传、笔记。尽可能广泛钩稽，尽力勾画出每一位相关人物的基本面貌，并一一夹注史料依据。同卷中多次出现的人物，传记置于首见处。

10.有关职官，优选《新唐书·职官志》，同时参稽相关史料，尽可能简明地交代其职衔、品级、职事等基本信息。

11.相关地名，优选《元和郡县志》，同时参稽两《唐书·地理志》《太平寰宇记》《元丰九域志》等，尽可能简明地交代其地理方位、道府州县、赤畿望紧上中下、古今地名对照等基本信息。

五、《韩愈集汇校笺注》笺疏体例

传统的笺疏，针对注文而发。本书的笺疏，则针对韩愈其人、其文的社会文化环境而发。其目的是厘清韩文的发生背景，定义韩愈思想文化的理论价值与历史地位。

1.本书的笺疏包括四项内容：韩文本事考证、相关史实考证、韩文义理笺疏、韩学批评文献节选。

2.凡旧注中讨论作品创作背景及创作年代的文字，无论是否在题注之中，本书均移入题注之内。

3.前人旧说，辗转贩掠者多。本书的处理原则是：凡内容相近者，只录存时代最早的一家，其余各家概从删削，不做记录；但后出文字观点更为警策，或思想更为明晰者，则录存此文，并记录前此诸家名目。

4.凡针对韩文的具体章句进行批评的文字，均列于该条文字的笺疏之内。

5.凡针对作品全篇的主题意旨、创作手法以及艺术成就、思想义理进行评论的文字，无论是题注、夹注还是旁批、眉批，均移入篇末注中。

6.有关韩文本事，以本集和《类谱》为基础，详细考察事件的发生发展及其相关背景。在此基础上，考明韩愈行踪及作品系年。考察的目标，是韩愈思想的渊源及其发生、发展、成熟、完善的历程，同时将这一历程置放于中唐社会历史文化环境之中，借以评估其时代意义及历史意义。相关的结论，本书仅作简明表述；而详细具体的文献引证与理论分析，收入《韩愈学行谱系》。

7.有关韩文的相关史实，重点考察中唐贞元、元和、长庆年间政治、经济、思想、文化诸方面最集中、最突出的焦点问题，诸如德宗朝侵夺相权、姑息藩镇的重大事件，月进、日进、税间架、税漆木茶竹麻、除陌钱、宫市等经济措施；顺宗朝的永贞革新、八司马事件；宪宗朝的平定西蜀、淮南，宦官专权，南北司之争；敬宗朝的榷盐，经营岭南，平定镇州，以及逐渐成形的牛李党争。上述的一切，构成了韩学发生、发展的社会基础；而韩愈本人对应对这一系列焦点问题的政治态度以及理论思考，构成了韩学的主体。相关的结论，本书仅做简明表述；而详细具体的文献引证与理论分析，收入《韩愈思想研究》。

8.韩文涉及的相关人物，除在注文中逐一撰写小传之外，凡与韩愈本人有学术交往者，尽力考明二者之间的交往史实、学术观点及其时代背景。相关的结论，本书仅做简明表述；而详细具体的文献引证与理论分析，收入《韩门师友弟子研究》。

9.本书对义理笺疏的处理原则是：对韩文的思想内涵及其对宋明学术界的影响，点到即止，不做分析引证。相关的结论，本书仅做简明表述；而详细具体的文献引证与理论分析，收入《韩文义理笺疏》。

10.本书有选择地收录韩学批评文献。选择的重点，在时代上以宋元为主，在内容上以思想文化批评为主。明清批点严格择取，凡印象式浮言套话一概摒除。节引入选的文字，本书录入篇末注中；而篇幅较大的理论文章，收入《韩学批评文献汇编》。

六、结语

除了《韩愈文集汇校笺注》《韩愈诗集汇校笺注》之外，我的韩集整理还包括《顺宗实录汇校笺注》《论语笔解汇校笺注》。早在20世纪90年代初完成《顺宗实录校注》之初，我就启动了《实录》的笺疏工作，目的在于勾玄索隐、发微起覆，钩稽出《实录》文字之外湮没的永贞一朝的历史真相。至于《论语笔解》，现存传本10余种我已经全部汇齐，其中包括南宋孝宗乾道、淳熙间蜀刻本《新刊唐昌黎先生论语笔解》10卷，南宋孝宗淳熙前蜀刻本《论语笔解》2卷，明嘉靖间四明范氏天一阁刻本《论语笔解》2卷等珍本。《笔解》笺疏的重点在思想义理的辨析梳理，这是不言而喻的。其最终的成果，将汇入《韩文义理笺疏》中。

之江梦忆录

JUAN ER

ZHIJIANG MENGYI LU

卷首语

　　白居易"江南忆，最忆是杭州"（《忆江南》）。对我而言，杭州最值得怀念的，是之江。

　　浙大高研院办公地点之江校区，1952年以前是之江大学所在地，比较完好地保留了一批清末民初的老建筑，2006年公布为全国重点文物保护单位。这里南对钱塘江，北靠秦望山，东临月轮山、六和塔，西接九溪十八涧。临流俯瞰，天高水远；搜奇寻胜，鸟语花香。除了自然风光的宁静幽雅，之江大学还具有深厚的人文传统。西学东渐自然会带来思想文化的新潮，之江大学又特别重视中国传统的格物致知的理性精神。优美的自然风光，中西合璧、古色古香的历史文物建筑，加上深厚的人文传统，之江大学被誉为"东方剑桥"（张志渊《之江大学校史》），应该是实至名归。盘桓其中将近一年，之江之美，如梦如幻，如诗如画。相信以后的日子里，她的一沟一壑，一草一木，还会久久地留在我的梦境之中。本卷题名《之江梦忆录》，用意在此。具体内容分为三组。

　　其一曰"之江十二景"。早在20世纪20年代之江大学建成之初，学校景观就有了"之江十二景"之名：钱塘江、六和塔、双龙瀑、小桃源、情人桥、小盘谷、临江亭、佩伟斋、健美谷、培园小筑、上清池、秦望顶（《之江大学前传》）。流连其中，寻幽访胜，拈花一笑，悠然心会。然亦有时移世易，陵谷变迁，盛事难常，胜境不再。遂重选"之江十二景"，各题一诗，各摄一照。非敢冒觊，期于永远。

　　其二曰"之江十二钗"。之江大学建校之初，校园里就已经栽种了4000多株桃树和梅树，6200多株松树和6000多株日本杉木（队克勋《之江大学》），主楼前两株200年以上树龄的大香樟，至今仍然郁郁葱葱。如今的之江，月桂与红叶李交杂环绕，玉兰、辛夷竞相开放，樱花、李花、桃花、梨花、红梅、白梅、腊梅、海棠，还有四季不败的山茶、雏菊。绿荫环合，覆蔽路衢；姹紫嫣红，香飘四季；莺鸣蝉唱，水激石响；逍遥徜徉，陶然忘机。俨然就是一座小桃源、大花园、植物园、森林公园。今就步履所及，随机选择，作小诗12首，名之曰"之江十二钗"。其余名花尚多，限于才力，不能一一笔录。龙山之英，之江之灵，知我罪我，一任诸君。

其三，杂记之江的日常生活，姑且名之曰"之江十二梦"。庄生梦蝶，彷徨于真幻；长吉梦天，迷茫于云烟；黄粱、邯郸，知富贵若浮云；梦虎、梦狼，识善恶在一念[1]。我所向往的之江梦，应该是华胥氏之梦。《列子·黄帝》："昼寝而梦，游于华胥氏之国。其国无师长，自然而已。其民无嗜欲，自然而已。不知乐生，不知恶死，故无夭殇；不知亲己，不知疏物，故无爱憎；不知背逆，不知向顺，故无利害：都无所爱惜，都无所畏忌。入水不溺，入火不热。斫挞无伤痛，指擿无痟痒。乘空如履实，寝虚若处床。云雾不硋其视，雷霆不乱其听，美恶不滑其心，山谷不踬其步，神行而已。"无嗜欲、无爱憎、无利害、无畏忌，自然会有人间真情。

1951年，最后一批离开之江大学的美籍教师队克勋在火车驶离杭州的时刻记录了自己对之江大学的最后一瞥："经过校园东侧四分之一英里处的钱塘江大桥时，我们从车厢房间里走出来。透过走廊的窗子，我们最后一眼看到天下最美的大学。下午的阳光闪耀着光芒，照在校园的红色建筑上，就像一颗颗宝石镶嵌在龙山的浓浓绿色中。当火车经过大桥进入萧山境内的群山时，校园消失在视野里，美景萦绕心头——江边大学的美景和杭州西湖以及四周群山的美景，这已被中国的诗人、艺术家称赞已久——中国最美的风景区，这是一个任何有机会住在这里的人所得到的最珍贵的回忆。"[2]我可以为队克勋作证：作为有机会住在这里的人，之江确实是我一生最珍贵的回忆。

---

[1]羊狼狼贪，凤仁虎义。《聊斋志异》有《梦狼》，写贪官化虎，酷吏为狼，噬人而肥。《太平广记》卷四百三十三"刘牧"条引《独异志》："刘牧，字子仁，常居南沙野中。乐山鸟之啼，爱风松之韵，植果种蔬。野人欺之，多伐树践囿。牧曰：'我不负人，人何负我。'有一虎近其居作穴，见牧则摇尾。牧曰：'汝来护我也？'虎辄俯首。历数年，野人不敢侵。后牧卒，虎乃去。"
[2]参见队克勋：《之江大学》，刘家峰译，珠海出版社1999版，第135—136页。

之江校区所在的秦望山，坐落在钱塘江之江段北岸，位于六和塔西、九溪以东。五道隆起的山冈，如同伸向之江的五个龙头。最东的第一个龙头是六和塔所在的月轮山，最西的第五个龙头是九溪十八涧。中间的三个龙头就是之江大学所在地，自东向西称作头龙头、二龙头、三龙头。在二龙头与头龙头之间有一个山涧，一座天桥架设在两山头之间，这就是情人桥。情人桥下，则是著名的情人谷。整个校园绿荫覆蔽，鸟语花香，风景宜人，是一座实实在在的大花园。

校园主建筑慎思堂、经济学馆、图书馆、东斋、西斋等均位于二龙头，家属宿舍大部分位于头龙头，少数在二龙头。三龙头在整个校园的西面，一座体育场沿三龙头山脚往北与二龙头相接。从西门进入校园后，右边是一排学生公寓，包括13、12、11、10、8号宿舍等，除8号楼是浙江师范学院时期建造外，其余都是20世纪90年代的建筑。早年这里曾盖了一些教职员平房宿舍。左边是食堂、浴室、李作权学生活动中心，也都是20世纪90年代后期建造。半山腰上的一座招待所是1950年前后建造。其东北向有一座教授别墅绿房，即9号楼，建造于1920年左右。在二龙头与三龙头的结合处还有一幢7号楼，是浙江师范学院时期建造的。整个校园早在20世纪40年代就已是树木繁茂，经过上百年的经营管理，优美的环境不仅在国内、甚至是国外也实属不多。据说，40年代之江大学就曾被评为世界最优美校园的第二名（第一名为土耳其的伊斯坦布尔大学）[1]。

近些年，之江校区的环境建设日新月异，不少民国建筑陆续得到修葺，钟楼、灰房、小教堂即将投入使用。周末节假日，成群的游客无偿进入校园观光；不时有身披婚纱的姑娘像轻盈的蝴蝶，穿梭在花丛绿叶之间。春天，又一次回到了之江。

---

[1]参见李乐鹏：《之江大学旧址追忆》，转自浙江大学离退休工作处和离休党工委网页。

费佩德摄①

①图片出处，沈弘：《之江大学前传——费佩德与之江大学》。

之江十二景·之江大学

紫气东来秦望山①，
布衣帛冠一薪传②。
致知格物此其用，
诚意正心彼已天③。
世界潮流浩荡荡④，
文明进步草芊芊⑤。
之江自有仪型在⑥，
莫教后生愧往贤⑦。

之江大学⑧

---

①秦望山，之江大学所在地。《两朝国史志》："钱唐有秦望山。旧志云：在钱唐县旧治之南一十二里一百步，高一百六十丈，周回一百步。晏元献公《舆地志》：秦始皇东游登此山，欲度会稽。后唐同光中，钱氏于秦望山建上清宫。有巨石二十余株，自然成行，名曰金洞门。晏公云：近东南有罗刹石，大石崔巍，横截江涛，商船海舶经此，多为风浪倾覆，因呼为罗刹。每岁仲秋既望，必迎潮设祭，乐工鼓舞其上。唐李建勋诗曰：'何年遗禹凿，半里大江中。'白居易诗曰：'嵌空石面标罗刹，压捺潮头敌子胥。'后改名镇江石，五代开平中为潮沙涨没。罗隐诗'罗刹江边地欲浮'，即其地也。"见宋潜说友《咸淳临安志》卷二十三。

②布衣帛冠，粗布衣服，指艰苦创业。《左传》闵公二年："卫文公大布之衣，大帛之冠。务材训农，通商惠工，敬教劝学，授方任能。"杜注："大布，粗布。大帛，厚缯。加惠于百工，赏其利器用。方，百事之宜也。"薪传，喻师生传授，代代流传。《庄子·养生主》："指穷于为薪，火传也，不知其尽也。"成玄英疏："穷，尽也。薪，柴樵也。为，前也。言人然火用手前之能尽然火之理者，前薪虽尽，后薪以续，前后相继，故火不灭也。"

③彼己，彼其（jì），那、那个、他，代词。《诗·王风·扬之水》："彼其之子，不与我戍申。"郑笺："其，或作记，或作己，读音相似。"

④1916年9月15日，是阴历八月十八观潮节。孙中山乘火车来到海宁盐官，观看钱塘江大潮。钱塘大潮激发了孙中山先生的灵感，写下了千古警世名言："世界潮流，浩浩荡荡，顺之则昌，逆之则亡。"

⑤白居易《赋得古原草送别》："离离原上草，一岁一枯荣。野火烧不尽，春风吹又生。"芊芊，草木茂盛貌，引申为蔓延、繁盛。《列子·力命》："美哉国乎，郁郁芊芊。"唐张耒《余瑞麦》："仁风吹靡靡，甘雨长芊芊。"

⑥仪型，楷模、典范。苏轼《次韵张安道读杜诗》："简牍仪型在，儿童笔刻劳。今谁主文字，公合把旌旄。"

⑦杜甫《戏为六绝》："庾信文章老更成，凌云健笔意纵横。今人嗤点流传赋，不觉前贤畏后生。"

⑧图片出处，洪保平：《浙江大学之江校区今昔》。

之江大学前身为1845年开办的宁波崇信义塾，1867年从宁波迁到杭州的育英义塾，1897年美国教会南北派创建的教会学校育英书院。1911年2月正式迁入新校舍，取名之江学堂。1914年定名之江大学。1951年被浙江省文教厅接管，1952年因中国高校院系调整解散，之江大学宣告结束。1958年划归浙江大学。

宁波崇信义塾，是清道光二十五年（1845）由美国基督教长老会麦卡第等人创办的，其基本科目有经学、作文、书法、算数、地理、天文、音乐，其学历相当于现在的小学程度。1867年崇信义塾从宁波迁到杭州，改名为育英义塾，分正、预两科，各4年，1880年由美国传教士裘德生任校长，以英文课为主、中文为次之，规定圣经为必修课，学生必须做礼拜，课程有中国经学、教义问答、圣经见证、哲学、算术代数、几何、历史、地理、化学、作文、辩论、音乐，这是那一时期一所高中所要求的完整课程，后来又增添了工艺科。1887年秋天，育英义塾举行第一次毕业典礼。1880年开始注重理科、搞科学实验，举办通俗科学知识讲演，传授西洋科学知识。1895年甲午战败之后，学校开始设立新学，特别注重数学、物理，增添了大量试验设备和教学仪器。1897年，正式改为"育英书院"，六年学制，学生人数增加到近百人。从1890年起增设英文科为学生深造作准备，至此，正式开设了英语专业。由于原来校舍狭小，从1907年起，在杭州秦望山麓二龙头修理建新校舍，经过3年规划经营，主要建筑如教学大楼、宿舍、图书馆、实验室先后落成。该处三面环山，面临钱塘江，又当六和塔西侧，地势开阔，江山如画，学校占地面积20余公顷。从1910年起南北长老会合作共组校董会，其中有叔美容、艾斯北等代表北长老会；司徒雷登、布林恩等代表南长老会。1911年2月正式迁入新校舍，因地处钱塘江湾曲处，成"之"字形，故取名之江学堂。1914年正式改名为之江大学，由美国传教士王令赓为校长。1912年12月10日，孙中山先生曾到校讲话，他非常感激传教士在他们所创办的学校里所做的工作，并同师生合影留念。1912年，一座天文台建在山脊完工，也称作为"费城观象台"。1920年，之大为两年制专科开设了天文学、生物学、化学、中国语言与文学、数学、现代欧洲语言、哲学、物理学、宗教学、社会学。1922年，之大为五年制大学本科开设的课程，包括9门国文、7门生物学、4门化学、5门教育学、13门英文、2门地理、8门数学、7门物理学、2门法语、2门德语、1门希腊语、2门西方哲学。之江大学是近代美国人在中国创办的教会学校，以宗教的形式推广教育，却不是中世纪的神学院，而是在尘世中践行上帝宗旨的清教徒传统，充满了格物致知的理性精神[1]。

原之江大学英文系主任队克勋所著《之江大学·校园素描》记载校

西德尼·甘博摄[2]

园的布局：龙山是众多山丘朝南的一只巨大马蹄状的手臂，朝东方展开，像一块巨大的磁铁把西湖和城市吸进她环绕的臂膀中。在南面，这些山呈扇状展开五座山脊，延伸到钱塘江北岸。你从东沿着河堤走，经过六和塔，它高高地建在蜿蜒起伏的第一个山脊上；接下去你就到了叫"头龙头"的悬崖，这儿建了第一批三位中国教员宿舍，后来又建了几座。正下方是一座天然梯状剧场，叫"下龙头"，这里为小学所在地，后来又建了一座小型宿舍、机械车间和铸造工厂。一条很深的峡谷把宽广的悬崖切割出一块四方叫"二龙头"，学校主要建筑都在这里。沿着这条峡谷，你就来到高高低低的蓄水池，这儿供给全校用水，一座高高架起的天桥连接起这两座龙头，并架起一根水管通向头龙头的房舍。在学校建筑上面有五座原先建造的宿舍，一个比一个地势高。最

---

①参见队克勋：《之江大学》，刘家峰译，珠海出版社1999年版。
②图片出处，沈弘：《西湖百象》，山东人民出版社2010版

上面是一座天文台，建在通向山峰的山脊的半路上。"三龙头"在学校的西侧，这里建有更多的宿舍，还有一片茶园和竹园。它与二龙头之间有一道峡谷穿过，这儿有体育馆、体育教学楼和露天游泳池，最后是操场。第五道山脊在大西边，不属本校所有，有一座大的私人住宅，这些年学校把它租下来作教师和工人的宿舍。

队克勋这样描绘校园的风貌：1908年，这里种上了将近4000棵桃树和梅树。后来又种植了一片茶树、一片竹子。1928年，又种上了6200多株松树和6000多株日本杉木。买下校园后的40年里，树木繁盛，覆盖了大部分空地，为鸟类与其他野生动物包括狐狸、眼镜蛇、野兔和鹿等创造了良好的生存环境，实际上，各国旅行者已把本校园列为全世界最美的风景之一。从山上俯瞰，钱塘江从白雪覆盖的山上蜿蜒冲向西南，很像在罗伯特大学俯瞰海尔斯旁特，或像凯于格湖上的康奈尔大学①。

①参见队克勋：《之江大学》，刘家峰译，珠海出版社1999年版，第32—33页。

之江十二景·慎思堂

朝南坐北慎思堂，
目送钱江入大荒。
东去征程千万里，
慎思明辨勿相忘[1]。

林扬子摄

慎思堂是学校主楼，这是原之江大学的总讲堂，又名赛佛伦堂，由美国俄亥俄州赛佛伦斯夫妇捐资5500美元兴建，是原之江大学的首座教学大楼。1911年2月落成，作为之江大学行政办公楼，位于校园广场中间，现为浙大光华法学院办公大楼。主楼共三层，屋顶原有东方式的两层飞檐角，后修复成简洁的四坡顶，坡顶较为简单，下面则有点缀式的圆拱形窗户，底层是多立克石柱的门厅，台阶下还有一对石狮。此楼的前面有两棵大香樟树，树龄有200多年。慎思堂南、钟楼北的校园广场是一座田字形的草坪花园，慎思堂与钟楼遥相呼应，布局略显美国大学风格。草坪通往主楼的道路两侧摆放着的两尊石虎，这是慎思堂土建施工中出土的，据考证是南宋时期的遗物。1912年孙中山先生来之大参观，曾在这大草坪前与师生合影。

---

①慎思，谨慎思考。《礼记·中庸》："博学之，审问之，慎思之，明辨之，笃行之。"明王守仁《传习录》卷上："博学、审问、慎思、明辨、笃行者，皆所以惟精而求惟一也。"忘，同"亡"，遗忘、丧失。《书·大诰》："敷前人受命，兹不忘大功。"王引之《经义述闻》："忘，与'亡'同，言不失前人之大功也。"《汉书·戾太子刘据传》："子胥尽忠而忘其号，比干尽仁而遗其身。"颜师古注："忘，亡也。吴王杀之，被以恶名，失其善称号。"陆机《叹逝赋》："乐隤心其如忘，哀缘情而来宅。"《文选》李善注："忘，失也。"

之江十二景 · 上红房

万里迢迢一瓣香[1]，
为伊辛苦为伊忙。
二龙头上萤灯亮[2]，
千古不泯留此房。

别墅建筑上红房、下红房约建于1902—1903年，圆拱门廊，雕花柱子，有古罗马建筑痕迹。相传上红房是之江大学历届校长居住过的地方，包括裘德生、王令赓（1914—1916）、司徒华林（1916—1922）、费佩德（1922—1931）、李培恩（1931—1949）等。

赵敏俐摄

---

[1]王十朋《行可生日》："祝公寿共诗书久，一瓣心香已敬焚。"心香，佛教语。谓中心虔诚，如供佛之焚香。南朝梁简文帝《相宫寺碑铭》："窗舒意蕊，室度心香。"唐韩偓《仙山》："一炷心香洞府开，偃松皱涩半莓苔。"
[2]浙大之江校区所在的秦望山，有三道隆起的山岗，如同伸向之江的龙头，自东向西称作头龙头、二龙头、三龙头。上红房是二龙头上地势最高的一座别墅。

之江十二景·下红房

绿荫覆蔽下红房，
日影斑斑月桂香。
百祀之江型范在[1]，
燕园羡煞读书郎。

　　相传司徒雷登曾在下红房居住过。司徒雷登，美国基督教长老会传教士、外交官、教育家。1876年6月生于杭州，父母为在华美国传教士。1904年开始在中国传教，曾以执行董事会负责人的身份参与之江学堂的组建。1906年，参与当时杭州育英书院（即后来的之江大学）新校址勘定和兴建校舍的工作。1908年，司徒雷登执教之江大学，在之江大学的校园里先后生活了10年。1919年起任燕京大学校长、校务长。1946年任美国驻华大使，1949年8月离开中国。1962年9月19日病逝于华盛顿。

刘真伦摄

赵敏俐摄

---

[1]祀，年、岁。《书·伊训》："惟元祀，十有二月，乙丑，伊尹祠于先王。"蔡沈《集传》："夏曰岁，商曰祀，周曰年，一也。"型范，典范、法式。明谢廷杰《诚意伯刘文成公集序》："光昭往训，树之风声，为世型范，何敢让哉。"

之江十二景·情人桥

情人桥上彩云飘，
瞿髯风襟高自标①。
听水听风听蛐蛐②，
放飞暮暮与朝朝③。

　　情人桥位于情人谷上，头龙头与二龙头之间。溪水沿山谷而下，长流不竭。1911年之江大学于此建造校，头龙头为教师宿舍区，二龙头、三龙头为教学和学生宿舍区。两山相隔，教师每日上课和师生往来，十分不便。1912年校方在两山之间建造了这一座木桥，长约60米，宽2.5米左右，桥面用条木板铺就，桥中心距溪谷最深处约40米，桥用油漆涂为绿色，和四周风景交相辉映，因桥建在情人谷上，遂取名为"情人桥"。夏承焘先生曾有诗云："山色浓于人有情，无诗也不厌径行，谁能清咏如琴筑？且倚危栏听水声。"

　　夏承焘（1900—1986），字瞿禅，晚年改字瞿髯，别号谢邻、梦栩生，室名月轮楼、天风阁、玉邻堂、朝阳楼，浙江温州人。浙江大学、浙江师范学院、杭州大学教授，中国社会科院文研所特约研究员、《文学评论》编委、浙江省作家协会理事。毕生致力于词学研究和教学，有专著

---

①风襟，襟怀、胸襟。唐释皎然《五言酬乌程杨明府华将赴渭北对月见怀》："风襟自潇洒，月意何高明。"髯，而艳切，去声艳韵；又汝盐切，平声盐韵；义并同，见《广韵》。
②蛐蛐（儿），方言，指蟋蟀。清张之洞《光绪顺天府志》卷十八《风俗》引《都门纪略》："京师市，在德胜门内者曰要货市，在花儿市西者曰油葫芦市，并卖蛐蛐、蝈蝈。十月盛行，以竹筒贮之，纳入怀中听。以鼠须探之，即鸣。"富察敦崇《燕京岁时记·蛐蛐儿》："七月中旬则有蛐蛐儿，贵者可值数金，以其能战斗也。至十月，一枚不过数百文，取其鸣而已矣。"
③宋玉《高唐赋》："妾在巫山之阳，高丘之阻，旦为朝云，莫为行雨。朝朝莫莫，阳台之下。"

《唐宋词人年谱》《姜白石词编年笺校》《龙川词编年笺校》《词源注》《瞿髯论词绝句》《月轮山词论集》《白石歌曲旁谱辨》《唐宋词论丛》等传世，是现代词学的开拓者和奠基人。20世纪30年代，瞿髯曾执教于此，其《日记》载："夜与雍如何情人桥听水，繁星在天，万绿如梦，畅谈甚久。"情人桥风情，于此可见。

      附：卢盛江老师和诗

      情人谷上恋人桥，

      情侣相随暮与朝。

      多情唯有之江水，

      双照鸳鸯听紫箫。

赵敏俐摄

之江十二景·情人谷

一湾清碧一池凉，
绿树环拥花草香。
倒影流晶光不定，
惊飞几对小鸳鸯。

林扬子摄

头龙头和二龙头之间夹有一谷，如情侣相爱拥抱，所以被称为情人谷。20世纪70年代改建钢筋水泥情人桥，采用圆拱形构架结构，并且在桥下筑坝拦水，情人谷变成了一个小湖泊。因四周为石灰岩砂岩体，湖水呈深蓝色，清澈见底，犹如一块翡翠镶嵌在山间，类似九寨沟，所以被称为"小九寨"。又一说：相传情人桥是之江大学第三任校长，司徒雷登的弟弟司徒华林所建，建成之后渐成学生的约会胜地，于是桥被称作情人桥，谷也就成为情人谷了。

刘真伦摄

之江十二景·图书馆

大学优先在此楼，
风流文采一囊收。
百年老校底蕴在，
坐压东南第一州。

清华大学校长梅贻琦
有一句名言："所谓大学
者，非谓有大楼之谓也，

林扬子摄

有大师之谓也。"不过，大学毕竟还是需要大楼的。如果学校财力有限，那么首先应该盖什么楼？钱穆先生筹办新亚书院，四处筹款，捐资人的第一项质询，就是这样一个问题。钱先生的回答是：办公楼可以租用，甚至连教室都可以租用，唯有图书馆必不可少。可见大学图书馆的地位。之江大学图书馆，1932年7月落成，由当时之江大学同学会捐资兴建。位于慎思堂与都克堂之间，三层红砖清水外墙，红瓦披顶，内部装饰讲究，有500座的阅览室。除了外文藏书之外，曾国藩的孙子曾捐献了数千卷有价值的历史、政治中文书籍，藏书总量一度高达6万册[1]。它曾是当时远东地区最好的图书馆之一，也是之江校园里最具装饰色彩的建筑。

---

[1]参见队克勋：《之江大学·大学重新开学》，刘家峰译，珠海出版社1999年出版，第108页。

之江十二景·育英堂

> 江南才子玉壶冰，
> 吴越女儿多有情。
> 缘定三生化蝶梦，
> 双双对对结鸳盟。

育英堂，又名礼拜堂、都克堂，在慎思堂西北。由美国新泽西州都克家族捐资兴建，是教会大学的象征。1917年6月20日奠基，1919年1月11日竣工，由威尔逊负责完成。原为校内教堂，作祷告用，规模为500座位。它不以红砖为外墙材料，而是用石料，块石外墙，青色瓦楞大坡屋顶，原屋顶上还有一个醒目的十字架，"文革"中被拆除。形态粗犷尖矗，色彩深沉，为哥特式建筑，其建造时间是1917年，这是当年校园里唯一的一幢宗教建筑。目前正在翻修，据说打算用作报告厅，兼作校友举办婚礼的礼堂。

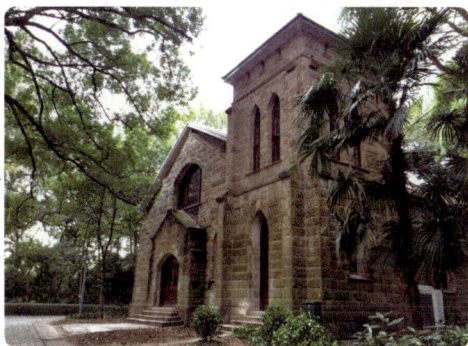

陈静摄

赵声良手绘

之江十二景·钟楼

钟楼不见撞莲钟，
醒世何须靠铸铜。
积雪满山压不住，
腊梅已送一阳风①。

钟楼是之江大学最醒目的建筑，
又名同怀堂。始建于1943年，由《申
报》创始人史量才捐资4万元建造。
钟楼巍峨高大，棕红色的立面、朱红
色的木楼梯，特别引人注目。据说此
楼是为了纪念抗日时留守学校的教师
而建。这是一座中西合璧风格的建
筑，钟楼前后有拱形门贯通，三层高
的红色楼房，顶部安放着一只巨大的

学生助理摄

赵声良手绘

罗马字圆形时钟，四个方向均能看到，庄重典雅，充满浓郁的西方风格。
该建筑摒弃了烦琐的花纹，线条简洁，是典型的近代建筑。钟楼周围绿树
环绕，绿草如茵，环境优美，是浙江大学之江校区标志性建筑。2000年，
钟楼被杭州市政府列为市级文物保护单位。2006年6月，成为国务院第六
批全国重点文物保护单位。

---

① 《周易·系辞上》"一阴一阳之谓道"，郭京注："在阴为无阳，阳以之生；在阳为无阴，阴以之成。十月纯
阴用事，是在阴为无阳；冬至一阳生，是阳以之生也。四月纯阳用事，是在阳为无阴；夏至一阴生，是阴以之
成也。"

之江十二景·灰房

一树菩提一炷香，
当年校长叩头忙。
如今教育公司化，
多少虎蝇蹲狱房[①]。

灰房，又名康沃斯楼，建成于1911年。灰房采用的是清水青砖墙，外墙搓毛。主立面为对称外廊，呈现为外廊式建筑风格。灰房西式建筑风格极为明显，同时还具有中西杂糅建筑风格的特点。四周围以铁栅栏，院内种植各式草木，幽静清凉。相传这里是之江大学第四任校长费佩德曾经居住过的地方。

费佩德出生在中国上海，从小跟随着当传教士的父母迁徙于上海、苏州和宁波等地。大约在1890年，他被送回美国，在俄亥俄州的伍斯特学院读完大学本科之后，又到西部神学院读了4年神学方面的课程。1898年费佩德从美国回到宁波，出任美国北长老会在当地一个中学崇信义塾的校长。1907年，教会派费佩德赴美国筹集新校区的建设资金。1908年，费佩德完成在美国筹款的使命，回到杭州并任教于育英书院，承担物理、英语和音乐3门课程的教学工作，同时负责监理新校区建设。1910年，新校区的第一批房子按计划完工，建校资金许多来自私人捐款，首批落成的建筑中有两幢学生宿舍楼，其中靠近六和塔的东斋是费佩德好朋友甘博的父亲先后两次捐赠7500美元、5500美元建成的，故称"甘卜堂"；另一座

---

① 《旧五代史·刑法志》："狱吏逞任情之奸，囚人被非法之苦，宜加检察，勿纵侵欺。常令净扫狱房，洗刷枷匣。"

赵敏俐摄

西斋是宾州惠勒、纽约惠勒和德森伯里捐款16800美元建成的，又称"惠德堂"。1911年2月，育英书院迁入了新校区，因地处钱塘江弯曲处，成"之"字形，故取名之江学堂。1915年和1918年，费佩德为了筹款曾两次回美国作巡回讲座。1922年，费佩德出任之江大学校长。但是，由于学校建设规模巨大，经费依然紧缺，重任在肩的费佩德不得不在1923—1925年再次回到美国，继续筹集学校建设基金。到了1928年，之江大学的校园建设得更加美丽。6200多株松树和6000多株日本杉木在校园里郁郁葱葱，学校游泳池也顺利完工并投入开放使用。此时的之江大学，校园环境极其优美，钱塘江、六和塔、双龙瀑、小桃源、情人桥、小盘谷、临江亭、佩伟斋、健美谷、培园小筑、上清池、秦望顶并称"之江十二景"，为时人所称道，预示着之江大学即将迎来一个崭新的发展阶段。1931年，国民政府的教育部为了收回教育权，下令外国人不得担任大学校长，他因而改任副校长，直到1945年离开中国。抗日战争期间，他因同情中国人民而被日军长期关押，身心受到了很大的摧残。1954年，逝世于美国加利福尼亚州[1]。

---

[1] 参见《之江大学前传——费佩德与之江大学》，转引自《杭州日报》2011年12月1日。

之江十二景·天文台

下知地理上天文，
格物致知能正身[1]。
今日文科不识数，
理工气盛少精神。

西德尼·甘博摄

之江大学天文台坐落于秦望山二龙头山顶，建成于1912年。它是由费城的特纳夫人捐资1000美元建成的，所以被称作费城观象台。其设备从美国进口，用于天文气象观测和天文学教学，是杭州最早的天文台。抗战期间之江大学被迫迁离杭州，1938年，天文台被日本兵毁坏。抗战胜利后之江大学返杭复校，而天文台再也没有恢复。至今二龙头山顶还残存着看似碉堡的东西，断垣残壁中露出钢筋混凝土结构，据说是早年天文台的遗迹。

---

[1]《礼记·大学》："古之欲明明德于天下者，先治其国；欲治其国者，先齐其家；欲齐其家者，先修其身；欲修其身者，先正其心；欲正其心者，先诚其意；欲诚其意者，先致其知；致知在格物。"

之江十二景·之江潮

> 曾为伊人三折腰，
> 于今始见浙江潮。
> 初惊素练卷坤轴①，
> 复震雷霆下旋飙②。
> 文种豪情千迭浪③，
> 子胥心气半丝箫④。
> 何当化作天河水，
> 一为人间洗溽歊⑤。

浙江秋涛是元代钱唐十景之一，泛指钱塘江一带夏历八月观潮景观。观潮之风，始于唐，盛于南宋，以每年夏历八月十八为最。南宋时观潮以江干至六和塔、凤凰山、吴山为观赏佳处，明代以后逐渐东移，近200年来以海宁盐官镇一带最盛，在江干至之江口和萧山沿江一带都可以欣赏到浙江秋涛的壮观。

---

①素练，白色绢帛，这里比喻席卷而来的一线潮。苏轼《催试官考较戏作》："八月十八潮，壮观天下无。鲲鹏水击三千里，组练长驱十万夫。红旗青盖互明灭，黑沙白浪相吞屠。"《墨子·节葬下》："文绣素练，大鞅万领。"坤轴，即地轴，大地的轴心。晋张华《博物志》卷一："地有三千六百轴，犬牙相举。"唐张嘉贞《北岳庙碑并序》："其顶也，上扶干门黑帝之宫观；其足也，下捺坤轴元神之都府。"
②旋飙，旋风、暴风。元宋聚《朝元官白牡丹》："瑶圃廊落昆仑高，霓旌豹节凌旋飙。"
③文种，春秋越国大夫。越灭，勾践入臣于吴，文种上破吴灭敌九术，勾践卧薪尝胆，终于灭吴。参见《史记·越王勾践世家》《吴越春秋》。
④《史记·范雎蔡泽列传》："伍子胥橐载而出昭关，夜行昼伏，至于陵水，无以糊其口，膝行蒲伏，稽首肉袒，鼓腹吹篪，乞食于吴市。"
⑤溽（rù）歊（xiāo），即歊溽，湿热熏蒸。欧阳修《与开封知府吕内翰启》："始兹歊溽，宜乃高明。伏惟上为邦家，精调寝膳。"

　　之江校区南门临江一带均可观潮，新建曾宪梓教学大楼地势高峻，且南侧有护栏一线，应该是最佳的观潮位置。队克勋这样描绘之江潮：当你在春分或秋分眺望钱塘江时，你也许会看见著名的钱塘潮掠过江河，逐渐形成白色的泡沫，再撞到对岸破碎。杭州湾逐渐变窄，延伸大约30英里，直到钱塘江口。海潮暂时被沙坝拦住，最后涨成高达十到十五英尺高的水墙，接着以令人震撼的速度挟带着浪头冲向三角洲。这种力量直到它经过六和塔才耗尽，兴建六和塔即是为了消除"潮中龙"这一灾害[1]。

张长东摄

---

[1]参见队克勋：《之江大学》，刘家峰译，珠海出版社1999年版，第33页。

之江十二钗·月桂

不避炎寒不问天，
月宫伐桂几千年。
任他斧斫与刀砍，
花益清香干益坚。

刘真伦摄

月桂，月中桂。《锦绣万花谷前集》卷一引《本草》："月桂子，今江东诸处每至四五月后，每于衢路得之。大如狸豆，破之辛香。古老相传是月中下也，余杭灵隐寺僧云种得一株。"宋之问《灵隐寺》"桂子月中落，天香云外飘"当即指此。唐李德裕《月桂》自注："出蒋山，浅黄色。"诗云："何年霜夜月，桂子落寒山。翠干生岩中，金英在人间。幽崖空自老，清汉未知还。惟有凉秋夜，嫦娥来暂攀。"可见其花色为金色，得名于月中。唐段成式《酉阳杂俎续集·支植上》："月桂叶如桂花，浅黄色，四瓣，青蕊，花盛发如柿叶蒂棱。"描摹月桂，形神俱佳。

桂花是杭州的市花，桂花中的杭州黄，即是月桂。每当金秋时节桂花开放时，杭州满城弥漫着桂花的芬芳，令人愉悦舒畅、心旷神怡。若深究其内涵，还不仅仅在于香气浓郁，优雅怡人。唐段成式《酉阳杂俎》卷一："月中有桂，有蟾蜍。故异书言：月桂高五百丈，下有一人常斫之，树创随合。人姓吴名刚，西河人。学仙有过，谪令伐树。"古希腊神话中有个类似的故事：科林斯的建立者和国王西西弗斯触犯了众神，诸神为了惩罚西西弗斯，便要求他把一块巨石推上山顶，而由于那巨石太重了，每每未上山顶就又滚下山去，前功尽弃，于是他就不断重复、永无止境地做这件事——诸神认为再也没有比进行这种无效无望的劳动更为严厉的惩罚了。西西弗斯的生命就在这样一件无效又无望的劳作当中慢慢消耗殆尽。

希腊神话所隐喻的，是大自然的暴虐与人类的无助、无奈，展现人类与命运抗争的大无畏精神，吴刚伐桂的神话同样如此。所以，我们能够从月桂的花语中读出这样的信息：四季常青的绿叶展示了生命的顽强，坚如磐石的枝干显示了意志的忠贞，优雅浓郁的芳香装点了生活的温馨，而月宫里千年不变的身影则意味着生生不息的奋斗精神。月桂，杭州的市花，也应该是之江的灵魂。

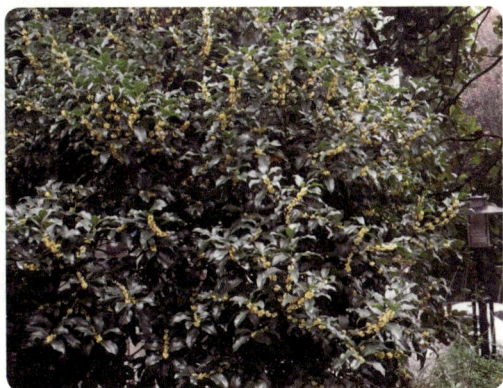

田稷摄

之江十二钗·玉兰

花落有声不自哀，
玉兰谢了碧桃来。
之江春水无穷尽，
姑射仙人莫遭徊[①]。

李菁摄

《广群芳谱》："玉兰，花九瓣，色白，微碧，香味似兰，故名。丛生，一干一花，皆着木末，绝无柔条。隆冬结蕾，三月盛开。花大而香，花落从蒂中抽叶，特异他花。"玉兰，别名白玉兰、木笔、望春、应春、玉堂春。花苞初出枝头，其长半寸，而尖锐俨如笔头，因而俗称木笔。

李菁老师有之江校园风景照四帧，题曰"花落有声"。按：花落无声，王摩诘"人闲桂花落"最得神韵。此云"有声"，施之月桂则俗，施之秋菊则伪，唯施之玉兰，则熨帖惬当。盖玉兰瓣大且肥厚，宜其有声。第观玉兰怒放，繁花似锦，春光烂漫，春情无限。而落英满地，古人又多联想为韶华流逝。"有声"二字，无异于暮鼓晨钟，让人惊心动魄。稼轩

①《庄子·逍遥游》："藐姑射之山，有神人居焉，肌肤若冰雪，绰约若处子。"遭徊，犹"遭回"，徘徊迟疑、艰行不进貌。汉严忌《哀时命》："车既弊而马罢兮，塞遭徊而不能行。"遭，张连切（zhān），平声仙韵；持碾切（zhàn），去声线韵；除善切（zhǎn），上声狝韵；义并同，见《广韵》。

有词云："惜春长怕花开早，何况落红无数。"卢盛江老师赠诗"月轮山上独徘徊"，境界清逸，情韵具足，亦微露惜春之意。次卢盛江老师韵，以"之江春水无穷尽"宽解之。

附：卢盛江老师《咏李菁摄影画意》
花落有声随梦去，
诗情无限唤春来。
最是莺歌燕舞处，
月轮山上独徘徊。

之江十二钗·辛夷

江南二月数花期，
木笔樱花细叶梨。
谁教女儿怨且慕？
含苞欲吐是辛夷。

刘真伦摄

《广群芳谱》："辛夷，一名辛雉，一名侯桃，一名木笔，一名迎春，一名房木。梁州川谷，树似杜仲，高丈余，大连合抱，叶似柿叶而微长，花落始出。正二月花开，初出枝头，苞长半寸而尖锐，俨如笔头，重重有青黄茸毛，顺铺长半分许。及开，似莲花而小如盏，紫苞红焰，作莲及兰花香。有桃红及紫二色，又有鲜红似杜鹃，俗称红石荞是也。"

辛夷，即紫红色木兰，其花期较玉兰略晚。其花紫苞红焰，有深红、浅红、紫红诸色，色泽鲜艳，花蕾紧凑，鳞毛整齐，芳香浓郁。《楚辞·九歌·湘夫人》："桂栋兮兰橑，辛夷楣兮药房。"洪兴祖补注："《本草》云：辛夷，树大连合抱，高数仞。此花初发如笔，北人呼为木笔。其花最早，南人呼为迎春。"明田汝成《西湖游览志馀》卷二十四："辛夷花，鲜红似杜鹃、踯躅花，俗称红石荞者是也。白乐天有《灵隐寺红辛夷戏光上人》诗云：'紫粉笔含尖火焰，红胭脂染小莲花。芳情乡思知多少，恼得山僧悔出家。'又《踯躅花》诗云：'玉泉南涧花奇怪，不似花丛似火堆。今日多情惟我到，明年无故为谁开。'此二诗者乐天咏物一时之作耳，岂意遂为湖山故实。"之江校区钟楼北大门两侧花圃间并列两株辛夷，与钟楼墙面相对，明紫暗红，相映成趣。

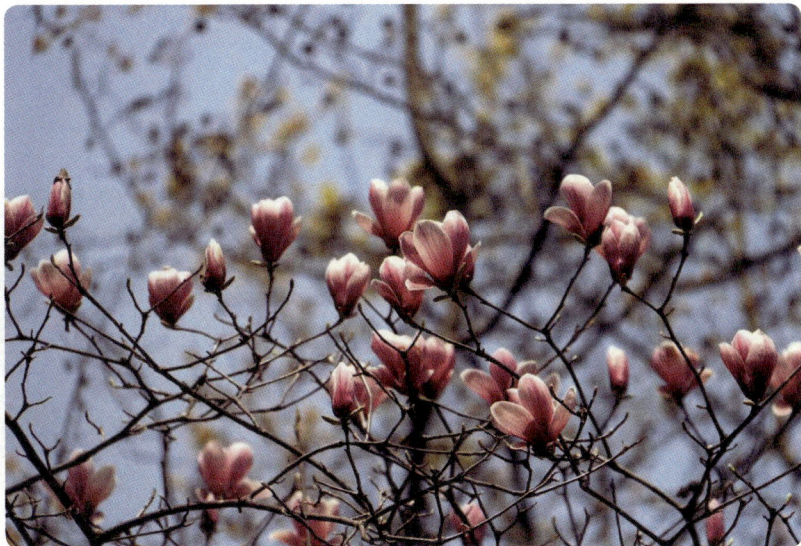

林扬子摄

之江十二钗·海棠

春下女儿懒着装，
红云半掩小窗廊。
鬓丝一缕娇无力，
独对菱花看海棠。

《广群芳谱》："海棠，根色黄
而盘劲，木坚而多节，外白而中赤。
其枝柔密而修畅，其叶缥绿色，小者
浅紫色。其香清酷，不兰不麝。海棠
有四种，皆木本：贴梗海棠、垂丝海
棠、西府海棠、木瓜海棠。其株翛然
出尘，俯视众芳，有超群绝类之势。
而其花甚丰，其叶甚茂，其枝甚柔，
望之绰约如处女，非若他花冶容不正
者比。盖色之美者惟海棠，视之如浅
绛，外英英数点如深胭脂，此诗家所

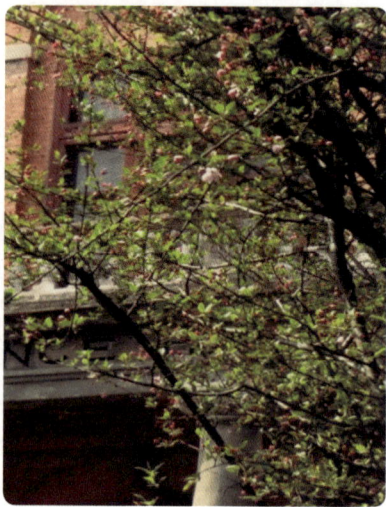

刘真伦摄

以难为状也。以其有色无香，故唐相贾耽著花谱，以为花中神仙。"

海棠花姿潇洒，花开似锦，自古以来是雅俗共赏的名花，有"国艳"
之誉，在皇家园林中常与玉兰、牡丹、桂花相配植，形成"玉棠富贵"的
意境。之江校区主楼前有垂丝海棠一株，依依袅袅，凭窗而立，娇慵之
态，惹人怜惜。

之江十二钗·山茶

秋冬春夏尽相宜，
唯有山茶待露晞。
姹紫嫣红开不尽，
陶然无意自忘机①。

刘宁摄

《群芳谱》："山茶，一名曼陀罗，树高者
丈余，低者二三尺，枝干交加，叶似木樨，面深
绿，光滑，背浅绿，经冬不脱。以叶类茶，又可
作饮，故得茶名。花有数种，十月开至二月。有
鹤顶茶、玛瑙茶、宝珠茶、杨妃茶、焦萼、白宝珠、正宫粉、赛宫粉、石
榴茶、海榴茶、菜榴茶、踯躅茶、真珠茶、串珠茶。又有云茶、磬口茶、
茉莉茶、一捻红、照殿红、千叶红、千叶白之类，不可胜数。就中宝珠为
佳，蜀茶更胜。宝珠山茶千叶，含苞历几月而放，殷红若丹，最可爱。闻
滇南有二三丈者，开至千朵，大于牡丹，皆下垂，称绝艳矣。"

之江校区选择的观赏花卉中，秋季、春季两个学期都竞相开放的，有茶
花与菊花。茶花以深、浅红色为主，也有白色茶花。花瓣丰沃，花冠肥厚，
无论在园圃还是山坡，无论是学期还是假期，它们都兢兢业业，争奇斗艳。
"欣欣此生意，自尔为佳节"（张九龄《感遇》），生命的自得与自在，让
人感悟多多。

---

①陶然，醉乐貌。晋陶潜《时运》："邈邈遐景，载欣载瞩。称心而言，人亦易足。挥兹一觞，陶然自乐。"无
意，泯灭意虑，没有意念。《列子·仲尼》："夫无意则心同，无指则皆至。"晋张湛注："意、心，同于无也。
忘指，故无所不至也。"忘机，消除机巧之心，指甘于淡泊、与世无争。王勃《江曲孤凫赋》："尔乃忘机绝
虑，怀声弄影。"

之江十二钗·碧桃

天上仙桃谪九溪[①]，
红深白浅压枝低。
之江春色浓于酒，
也为伊人醉似泥。

《广群芳谱》："桃，西方之木也，乃五木之精。枝干扶疏，处处有之。叶狭而长，二月开花，有红、白、粉红、深粉红之殊。他如单瓣大红，千瓣桃红之变也。单瓣白桃，千瓣白桃之变也。烂漫芳菲，其色甚媚。"

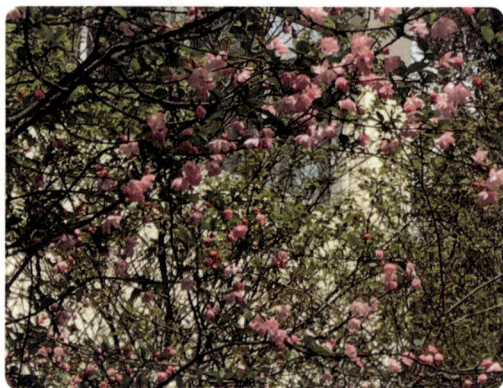
蒋玉婷摄

之江有垂枝碧桃，枝条柔软下垂，花重瓣，有浓红、纯白、粉红等色，骀荡春风，最为艳丽。除此之外，之江校园西侧的九溪以及东侧的虎跑、龙井，尤其是杨公堤到曙光路一线的路旁，红白碧桃成行排列。从之江到求是村的交通车上，红艳白娇，应接不暇。杜甫《江畔独步寻花》云"桃花一簇开无主，可爱深红爱浅红"，余于之江碧桃亦然。

---

①之江校区以东为六和塔，以西为九溪。九溪长10余里，发源于杨梅坞，入钱塘江。其间九溪十八涧，水石冲击，怪石折叠，为杭州名胜。

之江十二钗·梨花

凌霜蔽日倚云隈，
妆点春光肆意开[1]。
相对无言双白发，
刘郎能得几回来[2]！

罗宁摄

蒋玉婷摄

《广群芳谱》："梨树似杏，高二三丈，叶亦似杏，微厚大而硬，色青，光腻，有细齿，老则斑点。二月间开白花，如雪六出。春二、三月，百花开尽，始见梨花。靓艳寒香，罕见赏识。又一种千叶花，赋姿迥别。"

梨树春季开花，花色洁白，如雪六出，有淡淡香味。冰身玉肤，晶莹润泽，凝脂欲滴，妩媚多姿。盛开之时，繁花似雪，蜂飞蝶舞，带雨含烟，如梦如幻，如醉如仙。飘零之时，凌空飞舞，香雪遍地，给人以春意阑珊、美人迟暮之感。

之江校区咖啡馆对面有梨花一树，高达10余米，树冠覆盖倍之。独立不倚，傲然挺拔。早春二月，冠盖如雪，烟雾氤氲；微风轻拂，雪片

---

[1] (唐)冯贽《云仙杂记》"白羊妆点芳草"："午桥庄小儿坡，茂草盈里。晋公每使数羊散于坡上，曰：芳草多情，赖此妆点。"

[2] 刘禹锡《再游玄都观绝句》："百亩中庭半是苔，桃花净尽菜花开。种桃道士归何处，前度刘郎今又来。"

纷飞，生意盎然。余盘桓之江，最留恋此中境界。时或披露独坐，白头翁伴白头树，相依相惜，相对无言。《世说新语·雅量》载阮孚语："一生当着几量屐。"人生有限、宇宙无穷之感概，尽在其中。坡仙《东栏梨花》云："梨花淡白柳深青，柳絮飞时花满城。惆怅东栏二株雪，人生看得几清明。"有感于东坡诗意，续成一绝云。

之江十二钗·樱花

秾丽纷繁美艳香，
一番花雨一心殇。
花开花落等闲事，
要识人生无故常^①。

《广群芳谱》："樱桃木，多阴，不甚高。春初开白花，繁英如雪，香如蜜。叶圆，有尖及细齿。樱桃花有千叶者，其实少。"单瓣樱桃花，蔷薇科李属。千叶樱桃花，蔷薇科樱属，即樱花。

樱花原产喜马拉雅山地区，秦汉时期已在中国宫苑内栽培，唐朝时樱花普遍出现在私家庭院。日本遣唐使带回东瀛，成为日本国花。樱花叶后开花，花每

刘真伦摄

枝3—5朵，成伞状花序，花瓣先端缺刻。幼叶浅黄，花色多为白色、粉红色、深粉红。其花色幽香美艳、秾丽纷繁，常用于园林观赏。南朝刘宋王僧达诗："初樱动时艳，蝉噪灼耀芳。缃叶未开蕊，红葩已发光。"写的

---

①故常，旧貌。宋曾巩《瀛州兴造记》："凡圮坏之屋，莫不缮理，复其故常。"

就是她瞬间的辉煌。

之江校区多为日本樱花，樱花之所以成为日本的国花，是因为樱花的花期一般只有3—5天，生命的辉煌与凋谢尽在一瞬。我们在花瓣纷飞中感悟，为樱花的绚烂而感动，也为她的凋零而感伤。通过樱花的骤开骤谢，领悟人生的盛衰无常。在浩瀚的宇宙面前，无论是三五天还是一百年，人的生命都显得那么的短暂渺小。正因为如此，人更应该在片刻的辉煌中冲击自己生命的顶峰，体现自己的生存价值。正如日本谚语所说"花中樱花，人中武士"，人只要活着就应该像樱花一样，不在乎生命的长度，死也要奋力一搏。对中国传统文化而言，这就是血性，这就是仁者之勇；对日本文化而言，这就是"樱花情结"，也就是樱花精神；对现代文明而言，这就是个性解放、人格独立、精神自由、自我实现。能不能有所领悟，就得看你自己了。

蒋玉婷摄

之江十二钗·绿萼梅

傲雪凌霜独自开，

应无形迹印苍苔。

绿衣仙子月为伴，

夜半箫声和露来？

刘真伦摄

《广群芳谱》："梅先众木花，花似杏，甚香，杏远不及。老干如杏，嫩条绿色，叶似杏，有长尖。种类不一，白者有绿萼梅、重叶梅、消梅、玉蝶梅、时梅、冬梅，异品有墨梅，他如侯梅、紫梅、同心梅、紫蒂梅尚多，而重叶绿萼玉蝶，尤今人所尚也。"

梅花通常在冬春季节开放，先百花而得春意。与兰、竹、菊并称为"四君子"，又与松、竹并称为"岁寒三友"。以其高洁、坚毅、谦虚的品格，给人以立志奋发的激励。其花瓣娇小玲珑，红梅花色如烈焰般艳丽，白梅花色如雪花般皎洁，绿梅花色如碧玉般晶莹。范成大《梅谱》："绿萼梅，凡梅花绐蒂皆绛紫色，惟此纯绿，枝梗亦青，特为清高，好事者比之九疑仙人萼绿华。京师艮岳有萼绿华堂，其下专植此本，人间亦不多有，为时所贵重。吴下又有一种，萼亦微绿，四边犹浅绛，亦自难得。"此花有单瓣、复瓣或重瓣，白色或初开时为淡绿色，萼绿色，小枝青绿而无紫晕。之江亦有此本，其色泽清淡，格调清高，较少问津者。

之江十二钗·玉李

七号楼前雪乱飘，
随风摇曳太妖娆[①]。
春心束束束无住[②]，
化作梅花一梦遥。

《广群芳谱》："李树大者高丈许，树之枝干如桃，叶绿而多，花小而繁，色白。桃、李二花同时并开，而李之淡泊纤秾，香雅洁密，兼可夜盼，有非桃之所得而埒者。"

玉李，李花，即李树的花。又名郁李、玉梅、嘉庆子。花朵虽小而密集繁茂，素雅清新，以其洁白秀美，质朴清纯，气味芳香而深受喜爱。之江校区七号楼

罗宁摄

林扬子摄

前有李花一株，远观如云如烟，近看如霜如雪，吕温诗"夜疑关山月，晓似沙场雪"（《道州城北楼观李花》）最为神似。韩愈《李花》云："夜领张彻投卢仝，乘云共至玉皇家。长姬香御四罗列，缟裙练帨无等差。静濯明妆有所奉，顾我未肯置齿牙。清寒莹骨肝胆腥，一生思虑无由邪。"

①《礼部韵略》下平声三萧："娆，如招切，妍媚。杜甫诗：'佳人屡出董娇娆。'"
②无住，佛教语，实相之异名。谓法无自性，无所住着，随缘而起。佛教称"无住"为万有之本。唐张说《杂诗》："悟灭心非尽，求虚见后生。应将无住法，修到不成名。"

所谓"乘云共至玉皇家"，那就是李花的中国梦。东坡一梦化梅，尤得李花神韵。《次韵杨公济奉议梅花》云："缟裙练帨玉川家，肝胆清新冷不邪。秾李争春犹辨此，更教踏雪看梅花。"盖李花与白梅色泽相同，花瓣相近，纷飞如雪尤为神似。然而李花贱而梅花贵，李花俗而梅花雅，是以东坡有"诗老不知梅格在，更看绿叶与青枝"之叹。或者说，李花的梅花梦，也就是底层民众改变命运的上进之梦。之江大学带给我们的，不正是这样一个梦吗！

之江十二钗·腊梅

玉碟未苞宫粉惭[①]，
腊梅伴雪拂晴岚。
江南江北风光好，
领略春心细泳涵。

刘真伦摄

腊梅，落叶灌木，常丛生。冬末先叶开花，花瓣外层黄色，内层暗紫，即东坡所谓"玉蕊檀心"（《腊梅一首赠赵景贶》）；香气浓而清，艳而不俗，即山谷所谓"体熏山麝""时有暗香"（《戏咏腊梅二首》）。腊梅并非梅类，两者亲缘甚远。在植物分类学上，腊梅属腊梅科，落叶灌木，而梅花则是蔷薇科植物。腊梅因形似梅花，与梅花开花期又相接近，所以很多人将腊梅也当作梅花。

之江的雪景自有特点，江南草木，经冬不凋，皑皑雪堆中，透露出生命的顽强；以暗红为基调的民国建筑，随着山脊的起伏，钟楼、主楼、小教堂、上、下红房，赤白相间，错落有致，宛若一幅立体的画卷；更富于韵味的，是上下天光、寒气逼人的山谷间，不时透出几丝若有若无的暗香，那是腊梅的清氛。冬的精灵，为我们送来春天的气息，可千万不要辜负了她的一片心意。

---

①玉蝶梅，花头大而微红。宫粉梅，粉红色。

之江十二钗·红叶李

初春时节最披靡，
花白叶红多旖旎。
敢与樱花比应期[①]，
长开不败红叶李。

林扬子摄

之江校区种植红叶李不少，且多与月桂相间，形成校区内环绕道路、间隔小区的标志性隔离带。红叶李初春开花，红叶四季不败；月桂初秋发蕊，绿叶冬夏常青。春花、秋蕊，轮番开放，应该是有意布局。

红叶李，别名紫叶李、樱桃李，蔷薇科李属落叶小乔木，花白叶红，在青山绿水中形成一道靓丽的风景线。值得注意的是，红叶李与樱花花期相近，色泽、花形以及丛簇密集、叶片纷飞都非常接近，所以往往被误认为樱花。要辨认也很容易：樱花花瓣先端有缺口，红叶李花瓣完整无缺；樱花花期只有几天，而红叶李长达数月。但樱花风靡天下，而红叶李少有识荆者，实在令人叹息。

---

①应期，因仍自然，顺应期运。三国魏曹植《制命宗圣侯孔羡奉家祀碑》："于赫四圣，运世应期。"

之江十二梦·乙未仲秋访学浙大高研院抵达杭州火车东站

三十八年一梦消，
心魂犹系浙江潮①。
秋风秋雨秋娘墓②，
断壁断垣段家桥③。
天目云霞东海浪④，
南屏钟磬九天箫。
晚来得遂平生愿，
负笈杭城问九招⑤。

---

①浙江，即钱塘江。钱塘潮是天体引力和地球自转的离心作用，加上杭州湾喇叭口的特殊地形所造成的特大涌潮。钱塘潮与青州涌潮、扬州广陵潮并列为中国三大涌潮之一，与恒河潮、亚马逊潮并列为世界三大涌潮之一。相传春秋战国时期，吴王夫差打败越国。越王勾践表面上向吴国称臣，暗中却卧薪尝胆，准备复国。吴国大臣伍子胥多次劝说吴王杀掉勾践，吴王反而赐剑让伍子胥自刎，并将其尸首煮烂，装入皮囊，抛入钱塘江中。伍子胥死后9年，越王勾践灭吴。伍子胥的满腔怨恨化作滔天巨浪，形成了钱塘怒潮。
②秋瑾（1875—1907），字璿卿，号竞雄，别号鉴湖女侠，浙江绍兴人，辛亥革命时期同盟会浙江分会会长。1907年7月13日在绍兴大通学堂被捕，14日交山阴知县李钟岳审问，只书"秋风秋雨愁煞人"七字，别无他语。15日在轩亭口就义。因其生前有"埋骨西泠"的愿望，好友吴芝瑛与徐自华将其遗体安葬在西泠桥畔。墓正面有大理石墓碑，上刻孙中山亲笔题词"巾帼英雄"四字。背面立有吴芝瑛、徐白华所书的墓志铭原石。
③西湖断桥位于杭州北里湖和外西湖的分水点上，一端跨北山路，另一端接白堤。此桥早在唐朝就已经建成，宋代称保佑桥，元代称段家桥。其得名由来，一说孤山之路到此而断；一说段家桥简称段桥，谐音为断桥；一说白娘子与许仙在此断桥相会；一说南宋王朝偏安一隅，后人取残山剩水之意，拟出断桥之名。
④天目山位于杭州城北，其东、西峰顶各有一池，宛若双眸仰望苍穹，由此得名。杭州城内诸山，均为天目余脉。
⑤负笈，背着书箱，指游学外地。九招，亦作"九韶"，舜时乐曲名。《周礼·春官·大司乐》："九德之歌，九韶之舞。"《庄子·至乐》："奏《九韶》以为乐，具太牢以为膳。"成玄英疏："《九韶》，舜乐名也。"

　　1977年12月恢复高考，1978年5月恢复研究生考试，到1978年7月再次高考，半年时间内，我参加了三场考试。幸运的是，三次考试成绩上线；不幸的是，三次录取全部落榜。当时曾有诗自嘲云："一岁三登龙虎榜，半生长恋鹿麋群。柳郎不见见应笑，忍将诗酒换浮名！"最令人感动的是，研究生招生单位杭州大学曾派人来我当时的工作单位奉节机械厂调取档案。虽未成功，且事后得知，无济于事，但我对杭州大学始终抱有一份感恩之心。没想到38年之后，受聘为浙江大学人文高等研究院驻访学者。天道循环，感慨万端，缀成一律，以纪念这段难得的因缘。

赵敏俐摄

之江十二梦·春节贺岁

春节期间，驻访学者各自回家，分散在海内外不同地区。但除夕伊始，手机就响个不停，来自各地的拜年问候此起彼伏，倍感温馨。

其一，贺岁浙大高研院

浙大高研院，

温馨似一家。

新春同祝愿，

南斗耀中华①。

附：张长东老师《丙申孟春诗》

吾爱高研院，

风流天下闻。

斯文在之江，

群贤聚月轮。

高谈辩至理，

静思成雄文。

学术需涵养，

但使风俗淳。

---

① 按星次分野，杭州属南斗。《晋书·天文上》："自南斗十二度至须女七度为星纪，于辰在丑，吴越之分野。"《乾道临安志》卷二引《国史·地理志》："两浙路当天文南斗、须女之分。"参见《周礼·保章氏》《史记·天官书》《汉书·天文志》。

其二，乙未除夕依荆公韵赠高研院诸同仁

除夕先忙大扫除，

窗明几净得心苏。

鸡鹅鱼髈高粱酒，

灌得猴儿都姓胡。

其三，丙申元日贺岁高研院诸同仁

白云苍狗费乘除。

地斡天旋万象苏。

岁月能经几感慨，

心猿已换旧羊符。

其四，金猴献岁赠高研院诸同仁

三生石上旧精魂，

园里蟠桃又一春。

水火丹炉千百转，

金刚不败炼成真。

之江十二梦·中巴论坛

玉泉一路到之江，

论辩纷纷意气扬。

托克维而忧革命，

亚当斯密辨伦常。

老庄虚静无内外，

佛释色空含隐章。

窗外风光闲不住，

秋花已换夏荷香。

由驻访学者居住地浙大玉泉校区求是村到办公地浙大之江校区，高研院每天安排中巴车往返接送。在车上的这半个小时到1个小时，是驻访学者们非常兴奋的自由讨论时间，被大家戏称为中巴论坛。讨论的题目随机选择，不拘一格。大到天下国家，中美欧亚；小到琐屑饾饤，一笔一画。从藏地社会的二元结构，到藏、彝姑娘的服装首饰乃至花边新闻；从康有为、梁启超的维新变法，杨度、严复等筹安六君子，到海峡两岸新儒家华山论剑；从李白的出生地、族属、诗风，到富二代、波斯胡、明月奴；从宋末崖山之战，到元初征伐日本的九龙山之战；从"修昔底德陷阱"，到"中等收入陷阱"；从平头、上尾、蜂腰、鹤膝，到老干部体、回车键体；从乡镇长公推直选、乡村治理危机，到空巢老人、留守儿童。对我个人而言，印象最深刻的，是吕大年老师谈语言艺术的本质及其边界，李玉珉老师谈色空、轮回，张声良老师谈敦煌石窟艺术。卢盛江老师与陈静老师有关庄子《逍遥游》与《人间世》关系的争论、有关"吾丧我"的解读，涉猎广博，剖析深刻，发人深省。靳希平老师的一段谈话，尤其令我久久深思："我正在翻译的《黑皮本》有一句话，对我这个玩哲学史的甚有启发：'语言在本质上发生改变的，首先不是词汇，而是说与听的方式。'"意思是说：语言的发展变化，始于听说双方的关系尤其是态度的变化。信仰、接受与质疑、批判，影响着语言本身的发展演变。海德格尔思想的核心观点是：语言是存在之家，是存在、大自然、神性的本质显现。being（存在）不可言说，只有通过语言才能认识存在。据靳老师介绍：《黑皮本》的创作历经40年，代表了海德格尔晚年成熟阶段的思想，受东方文化尤其是老庄禅宗思想影响甚大。难怪靳老师的说法，给我以似曾相识的亲切感。6月13日中巴论坛的讨论留给我的印象尤为深刻。此前，靳老师刚刚在微信群上发出一个帖子："吟诵的方言性，更使我感觉，文字优先在中华文化中的重要性。我长期搞不清的是，我们讲话、思考中，字形到底起了多大作用，语音型相与文字形象的关系。"到了中巴车上，我试图对此做出自己的解读。我认为：中文形、音、义三位一体，统一在字形上，甲文、篆文尤为明显。训诂学中音训之外有形训一途，《尔雅》《方言》《说文》《释名》"某某，某也""某作某"最为突出。这些，都是拼音文字所不可能具备的特点。语言本来就是思维的物质载体，就广义的角度而言，不存在脱离语言而单独存在的思维。所以，中国文化的思维特点，与中国文字三位一体的特征应该是一体两面的关系。上古岩画与巴蜀图语、现代漫画与画书的文化意蕴，不识字的人都能有大致趋同的感悟。字形与思维的联系，可以从这个角度去领会理解。卢老师将上述的功能定义为中国文字的意象思维，我个人非常认同。赵鼎新老师补充说，美国一位心理学教授曾经设计过这样一个问卷调查：他根据不同文化背景提出不同的问题，比如根据中国文化背景提问："你认为应该赡养年迈的父母吗？"结果，不同文化背景的人答案大致趋同。他觉得，可以从这个角度去理解文化背景与思维的联系。通过上述讨论可以发现，中文字形本身的表意功能，还存在非常广阔的发掘空间。由此出发，中国文字的简化应该有自己的规矩，这就是形、音、义三位一体的造字原则，绝不可以随心所欲。凡此种种，都是中巴论坛留给我的宝贵财富，值得我在今后的岁月里慢慢咀嚼。

之江十二梦·堵车梅灵行

四点发之江，
取道梅灵行。
堵车在隧道，
五点见法净①。
六点下天竺，
遥遥望灵隐。
杨公堤未到，
七点已振铃。
幸得吾丧我②，
不怪挤二零。

由居住地浙大玉泉校区求是村到办公地浙大之江校区，全程约10千米。2015年时，这段行程不到半个钟头。2016年，这段行程一般需要1个多小时。4月1日，堵车严重，创下了一年来的最高纪录，耗时3个多小时。近日频频堵车，卢盛江老师与陈静老师多次聊及"吾丧我"。今日试用，果然有效，权作负日之暄、美味之芹，献诸高研院大雅君子。

---

①西湖西面，天竺山与灵隐寺之间，有三座天竺寺。法净禅寺，即中天竺寺。
②《庄子·齐物论》："南郭子綦隐几而坐，仰天而嘘，嗒焉似丧其耦。曰：今者吾丧我。"郭象注："吾丧我，我自忘矣。我自忘矣，天下有何物足识哉？故都忘外内，然后超然俱得。"

之江十二梦·赞高研院盒饭

清明时节雨霏霏，
遍地青苔行径微。
靓女帅哥催盒饭，
深情关爱暖心扉。

清明已还，连日多雨，天阴
路滑，神思郁郁。今日上楼，见
楼梯口有提示牌："地毯松动，注意安全！"蓦然心动。又接李菁老师微
信："最近开始雨水增多，之江校区的石板路可能会有青苔，雨天路滑，
请老师们出入注意脚下安全哦。"倍感温馨。将近午餐，又接高研院通
知："各位老师好，今天雨比较大，我们计划为各位老师预定盒饭做午
餐，请现在不在办公室，而中午会来用餐的老师回复我一下，我统计一下
人数哦，谢谢啦！"高研院办公团队热情周到的服务意识，让人感动。混
迹高校30多年，对这样的行政风范，实在感觉有几分"不习惯"。相信我
的个人判断，会得到诸位驻访同仁的认同。打油于次，盖纪实也。

之江十二梦·陈文龙郑静新婚志喜

缘定莆田五百年，
香江燕北路三千。
华工武大爱而远[1]，
红线要从浙大牵[2]。

丙申清明，驻访学者陈文龙大婚，成为高研院大喜的日子。文龙、郑静的结合，可谓传奇。文龙家在湖北黄冈，郑静家在福建厦门，相隔千里；但两家祖籍同为莆田，可谓宿缘。文龙求学北大，郑静求学港大，南辕北辙，相去愈远；但毕业之后，居然同时任教于武汉，可谓天缘。武汉大学、华中科技大学虽然相距不过几站路，但文龙、郑静却没能得到交集的机会，咫尺天涯，令人遗憾；而浙江大学的一场学术交流，却让有情人终成眷属，可谓奇缘。牵线的月老，就是浙大高研院。

附：卢盛江老师《贺陈文龙先生郑静女士新婚之喜》
文龙腾跃之江水，
静女其姝黄鹤林。
琴瑟从今相唱和，
吴天楚月有韶音。

---

[1]《诗·邶风·静女》："爱而不见，搔首踟蹰。"
[2]红线，即月下老人用来系定夫妻之足的赤绳子。唐李复言《续玄怪录》"定婚店"条载：杜陵韦固，元和二年旅次遇一老人，倚布囊，坐于阶上，向月捡书。固问所寻何书，答曰："天下之婚牍耳。"又问囊中何物，答曰："赤绳子耳。以系夫妻之足，及其生，则潜用相系，虽雠敌之家，贵贱悬隔，天涯从宦，吴楚异乡，此绳一系，终不可逭。"

之江十二梦·旋转书吧

旋转吧台绿映红，
披襟迎送八方风①。
百年三万六千日，
多少名家在卷中。

　　高研院三楼会议室茶叙隔断间有一
个旋转书架，上面陈列着驻访学者们赠送
给高研院的个人著述，其中包括各专业
的学术专著，还有驻访期间以各种方式署
名浙大高研院发表的学术论文。通过这些
著述，驻访学者可以加深对驻访同伴的了
解，包括对方的专业兴趣、学术专长和研
究成果，以及当下的研究课题、未来的发展走向。书架实行开架管理，驻
访学者可以随意浏览、阅读；如果需要借走，只要告诉办公室即可，无须
审批，也无须办理借阅手续。看完自觉归还，不用担心有去无来。如此开
放的图书管理，被学者们戏称为"旋转书吧"。

　　旋转书吧陈列的个人著述，除了我本人赠送的《韩愈文集汇校笺注》
《韩愈集宋元传本研究》《韩集举正汇校》《碧鸡漫志校正》之外，有靳
希平老师的《来自德国的大师——十九世纪非主流哲学现象学史前史札
记》《海德格尔及其思想的开端》《另类胡塞尔：先验现象学的视野》，

---

①披襟，敞开衣襟、敞开胸怀。宋玉《风赋》："有风飒然而至，王乃披襟而当之。"

赵声良老师的《敦煌石窟艺术总论》《敦煌石窟艺术简史》《敦煌壁画风景研究》，张卜天老师的《伊西斯的面纱：自然地观念史随笔》《爱因斯坦：相对论100年》《爱因斯坦传》，还有陈以爱老师赠送的英文版《之江大学》等。成套的学术期刊，有盛嘉老师主编的《厦门大学人文经典讲座演讲集》《人文国际》，贺照田老师主编的《人间思想》等。署名浙大高研院发表的学术论文，更是呼唤古今、汇聚八方，鱼鱼雅雅①，蔚为大观。假以时日，我们的旋转书吧，说不定会有诺贝尔奖厕身其中，我们期待着。

---

① 鱼鱼雅雅，雅，通"鸦"。鱼行成贯，鸦飞成阵，威仪整肃貌。唐韩愈《元和圣德诗》："驾龙十二，鱼鱼雅雅。"方世举注："鱼有贯，雅有阵，言扈从之象也。"

之江十二梦·茶叙

一罐咖啡一盏茶，
之江风物美如画。
书痴了却人间梦，
相约三楼侃八卦。

高研院三楼会议室有一台咖啡机，每天上、下午的工作休息时间，不少驻访学者都喜欢到这里冲杯咖啡，或泡杯绿茶，三三两两，相聚闲聊。闲聊的话题，大多随机起兴，天南海北，八卦秘闻，应有尽有。也有严肃的话题：或正式会议上发言未能尽兴，则不妨自行邀约，继续探讨，如卜天报告会后相约讨论科学与神学，天飚定性工作坊后相约讨论定性与定量；或交通车上的争论未能达成共识，则不妨易地再战，茶叙时间继续分辨，如陈静老师与卢盛江老师的"吾丧我"之争。这里的讨论，大多气氛热烈，襟怀坦荡，各出机杼，各抒己见。这里的茶叙还有一个功能值得怀念，那就是可以品尝各地名小吃：武汉鸭脖、天津大麻花、上海绿豆糕、美国黑巧克力，那都是高研院各位同仁贡献的哦。当然，少不了杭州的龙井茶，明前的哟！

之江十二梦·书法班

身端头正坐如松，
临帖描红童子功。
横竖点勾提撇捺，
一群白发老生童①。

林扬子摄

赵声良老师艺自家传，为书法名家。其作品端严浑厚，得颜体之精神。歆慕之际，不无效颦之念；三余之间，何妨描红之功。于是盛江老师倡言于先，诸位同仁附议于后，同拜声良老师为师，学习书法。少年失学，遂临渊而羡鱼；老来补课，乃伏案而结网。不图龙飞凤舞，但求平心静气。我的书法课，如此而已。

---

①生童，学童，刚入学的学生。宋彭百川《太平治迹统类》卷二十九："太学选置博士，许公卿大臣子弟补学生童。"

之江十二梦·佛经阅读班

佛乘妙道莲花经[①]，
不染纤尘本性灵。
凡我众生皆作佛，
会三归一识门庭[②]。

李玉珉老师精通佛学，众居士不愿入宝山而空回，乃泥定李老师，开办了佛经阅读班，每周读《法华经》两品。于是如我辈凡夫俗子，也就平添了几分仙风道骨、伽楠佛香。

[①]莲华，比喻出淤泥而不染。《妙法莲华经》是佛陀释迦牟尼晚年说教，宣讲人不分贫富贵贱，皆可成佛。

[②]大乘佛教有"三乘"之说，即声闻乘，缘觉乘，菩萨乘。声闻、缘觉为小乘，菩萨为大乘。佛演说正法，初时演说的是声闻乘，内容是苦、集、灭、道"四谛法"，以"究竟涅槃"为修习目标；中时演说的是辟支佛乘，即缘觉乘，认为人生痛苦根源于"十二因缘法"，使其听众能"自求涅槃"；最后说的是菩萨乘，以普贤所行"六波罗蜜"为内容，以获得"无上正等正觉"，成就"一切种智"为目标，一直到修习成佛，建立起自己独立的佛国境土。因为众生各有不同程度的"不善根"，佛根据众生不同的根性，采取方便灵活的说法，以便他们接受，乃分说为三，但目的均在于引导众生达到佛乘妙道。三乘最终归入一乘即佛乘，称为会三归一。

之江十二梦 · 四号楼闭门悟道联句

其一

清明时节雨纷纷，

门禁难开欲断魂。

借问锁师何处有，

群贤系念玉泉村。

翩翩两女来是谁，

对门舞卡亦无奈。

风雷一动春声起，

电闸两下学门开。

其二

昨日不得进，

今日不得出。

借问小二郎，

读书苦不苦？

二郎扬脸笑，

本来有点苦，

屡逢搞笑事，

苦亦不觉苦。

赵声良手绘

　　高研院办公区在浙江大学之江校区四号楼二楼、三楼，一楼是浙大图书馆法学分馆外文资料室。之江校区本来就是开放的旅游区，周末及节假日游客甚多。为了防止游客撞入，四号楼设置了门禁，老师们都有门禁卡。不过这门禁卡常常失效，有时候反复刷卡，它都显示为"未批准用户"，又屡屡将A用户显示为B用户。特别是下班时刻班车即将发车之际，这门却老是打不开，添了不少乱。最可笑的是清明节期间，因

陈静摄

为不是工作日，所以图书馆工作人员可能关闭了门禁。但他们不知道高研院驻访学者大多是工作狂，眼中从来没有节假日。所以4月3日早上7点不到，陈文龙就电话告诉我，他们已经到了之江，但大门打不开。我也帮他电话联系，但天色太早，找不到人。7点半以后，丁义珏开始在群里呼唤："大雨赶到四号楼，刷卡不灵干等候。"并且说："以前还显示'未批准用户'，现在没有。"于是群里纷纷出手，一边出谋划策，一边四处联系，一边诗兴大发，开始联句。卢盛江老师首唱"清明时节雨纷纷，门锁难开欲断魂"。我赓和云"借问开门人何在？之江遥指求是村"。卢老师改作"借问诗家何处有，行人遥指求是村"，丁义珏改作"借问锁匠何处有，保安遥指求是村"。卢老师改"匠"作"师"，说："'师'，平仄合。"最后通过保安找到图书馆负责老师，但对方要8点半上班，只好在大雨中静候。开门之后，丁义珏综合全诗为："清明时节雨纷纷，门禁难开欲断魂。借问锁师何处有，微群支招求是村。翩翩两女来是谁，对门舞卡亦何奈。风雷忽动春声起，电闸齐下学门开。"陈静老师以为"何奈"改为"无奈"更好，卢老师以为前四句从平仄考虑改为"清明时节雨纷纷，门禁难开欲断魂。借问锁师何处有，群贤系念玉泉村"更好。丁义珏

综合两位老师意见，修改为："清明时节雨纷纷，门禁难开欲断魂。借问锁师何处有，群贤系念玉泉村。翩翩两女来是谁，对门舞卡亦无奈。风雷一动春声起，电闸两下学门开。"卢老师赞曰："齐物好心态，困顿出诗人。"又解曰："丁老师雨中困顿而作诗，是视困顿与平日为一，是之谓齐物，是之谓无。'无'也者，困顿与平日无差别也！是之谓撄宁，是之谓逍遥游！是之为道，是为道通为一，是为道无所不在。今日就在之江门禁处，就在丁、陈二位心中。"赵声良老师赞曰："卢老师说得好。徘徊朝雨中，推敲难入室，齐物心若静，困顿出好诗。"卢老师解曰："庄子谓，圣人之心若镜，应之而已。就是说，一切外在的纷扰，虽撄乱而心宁静，都不在心里留下痕迹。"赵声良老师再赞曰："卢老师所言善哉！正如《心经》云：是诸法空相，不生不灭，不垢不净，不增不减。"张长东老师遂命名此诗为"闭门羹悟道诗"。

这场闹剧刚刚过去，没想到联轴好戏连台上演。4月4日下午6点，丁义珏再次发出求救信号："今天又可以写诗啦！我和林岩老师，被反锁在四号楼啦。门闩可能被游客插上了。"张长东马上建议："从厕所窗户跳出。"不过现在的丁义珏已经非常老练了，他立即向物业求救，问题很快得以解决。出门之后，他非常淡定地发出了自己的声音："昨日不得进，今日不得出。"我又赓和了两句："借问小二郎，读书苦不苦？"丁义珏回复："本来有点苦，下班遇到这么搞笑的事，不苦了。"然后陈静老师再续云："二郎扬脸笑，本来有点苦，屡逢搞笑事，苦亦不觉苦。"驻访期间糗事不少，记此一件，以博一笑。

蒋玉婷摄

之江十二梦·赠答酬唱

文人雅集，例多酬赠。"此地有崇山峻岭，茂林修竹。又有清流激湍，映带左右。虽无丝竹管弦之盛，一觞一咏，亦足以畅叙幽情。"（王羲之《兰亭集序》）"况阳春召我以烟景，大块假我以文章。不有佳作，何伸雅怀。"（李白《春夜宴桃李园序》）之江一别，海天茫茫，诗以志之，亦孔之将。或闭门觅句，或随意挥洒，打油涂鸦，取其自得其乐而已。

其一，假日值班赠李菁林扬子老师

十一长假，驻访学者刚到杭州，由于人生地不熟，不少具体事务的处理需要协助；还有学者陆续报道，需要接待。无论是白天还是晚上，无论在求是村还是之江，院办李菁、林扬子两位老师总是随叫随到，几乎是24小时值班。朱天飚老师甚至开玩笑说：深夜发微信都能及时回复，难道你们晚上不休息吗？

金秋时节到余杭，

桂子飘香月上窗。

假日值班忙不够，

深情厚谊满之江。

其二，乙未大寒后一日杭州至武汉一路大雪

冻雨冰风锁泰华，

昏霾毒雾夹尘沙。

玄冥不识人间苦，

也效天姝学散花。

附：胡可先老师《和刘先生乙未大寒诗韵时已雪后天晴》

雪后晴空映岁华，

雾霾净尽更无沙。

江南好景期君赏，

三月杭城满路花。

其三，次卢赵二老师晨雨中游苏堤韵

绕堤柳浪碧濛濛，

一抹晨曦破夜空。

蛙噪清明迎喜雨，

流莺送走落花风。

附：卢盛江老师原唱《晨雨中游苏堤》

水天一色漫绵蒙，

晨雨如烟远岭空。

犹恐小惊西子梦，

轻舟不动静湖风。

附：赵声良老师《和卢老师晨雨中游苏堤韵》

细雨轻舟雾迷蒙，

但见水色映天空。

何处芦花西子梦，

桨声摇曳如清风。

其四，和张长东老师夜雨行西湖集杜句

漫卷诗书喜欲狂，（《闻官军收河南河北》）

往来疏懒意何长。（《西郊》）

林花着雨燕脂落，（《曲江对雨》）

燕子衔泥湿不妨。（《即事》）

附：张长东老师《夜雨行西湖集东坡词句》：

8点40分离开高研院，因为不想晚上见小倩。结果滴滴趁雨打劫，于是坐四路车到苏堤，然后步行回求是村。路线没设计好，未经断桥，也没遇到白娘子和小青。

老夫聊发少年狂，

夜雨苏堤嗟路长。

莫听穿林打叶声，

徐行舒啸亦何妨。

其五，龙山骊歌①

高院游子唱离歌，南逾五岭北渡河，东跨台海西敦煌，臻臻至至何其多②。6月15日，是高研院2016年春季驻访学者项目结束离开杭州的日子，行色匆匆的学子们纷纷献出自己的诗作，以倾吐离别留恋之情。赵声良老师发其端，卢盛江老师承其后，张长东、丁雁南老师又继有赓和。老朽不敏，亦以《龙山骊歌》续其貂，卢盛江老师又以《之江歌》董其成。

①龙山，秦望山，即今龙井山。东起月轮峰，《方舆胜览》临安府："六和塔，开宝中建，在龙山月轮峰之开化寺。"《咸淳临安志》卷二十三："月轮山在龙山，左右形圆如月，故名。"西至十八涧，《咸淳临安志》卷三十六："十八涧在龙井山之西，后路通六和塔。"骊歌，告别的歌。南朝梁刘孝绰《陪徐仆射晚宴》："洛城虽半掩，爱客待骊歌。"
②臻臻至至，众盛貌。清张岱《陶庵梦忆·及时雨》："梁山泊好汉，个个呵活，臻臻至至，人马称娖而行，观者兜截遮拦，直欲看杀卫玠。"

文质彬彬，居然儒雅①。兰亭已矣②，金谷丘墟③，留此一篇，以为永忆。

> 江南五月芳菲歇，
>
> 一番风雨一灭裂④。
>
> 高歌欢会留不住，
>
> 又向人间伤离别。
>
> 别鸿一去失影踪⑤，
>
> 三十八年无用功。
>
> 初向东坡借三论⑥，
>
> 终归昌黎五原同⑦。
>
> 同来浙大高研院，
>
> 秋去夏还面对面。
>
> 天外始知更有天，
>
> 中西通贯得新变。
>
> 变躬迁席问自由⑧，
>
> 自主自足自在游。
>
> 无欲无求有闲暇，
>
> 靳师一语解疑忧⑨。

---

① 居然，俨然。明刘若愚《酌中志·各家经管纪略》："本政一断荤酒，皈依释氏，居然一头陀也。"

② 兰亭，亭名，在绍兴西南之兰渚山上。东晋永和九年，王羲之、谢安等同游于此，羲之作《兰亭集序》。

③ 金谷，晋石崇金谷园。石崇《金谷诗序》："遂各赋诗，以叙中怀，或不能者，罚酒三斗。"

④ 灭裂，败坏、毁灭。骆宾王《幽絷书情通简知己》："生涯一灭裂，歧路几裴徊。"

⑤ 沈约《八咏诗·登台望秋月》："寒阶悲寡鹤，沙洲怨别鸿。"

⑥ 东坡三论，指《东坡书传》《东坡易传》《东坡论语解》，我当年的硕士论文即以此为基础研究东坡思想。

⑦ 昌黎五原，指韩愈《原道》《原性》《原毁》《原人》《原鬼》，此次访学浙大，所带课题，即《韩愈思想研究》。

⑧ 变躬迁席，移动身体，离开席位，表示谦恭。《管子·霸形》："桓公变躬迁席，拱手而问。"

⑨ 陈静老师报告会上谈及《逍遥游》自由的含义，我以自主、自足、自在解读至人、神人、圣人的精神境界。靳老师补充说："希腊文中，自由即是有闲暇、没事干。"对我颇有启发。

忧思尤在责权利，

幸得冯师指端的①。

天赋人权无条件，

公权规范宜怵惕②。

怵惕然国仇与家恨③，

多数专权必暴政。

公德沦丧毓革命，

托克维尔何其圣④。

圣人忧患在黎民，

利己利他得双赢⑤。

治国理财明义利，

亚当斯密自多情⑥。

情理景事费踌躇，

八病四声任卷舒。

意象思维尤警策，

高标秘府四卷书⑦。

书法艺术擅声名，

---

①端的，真实、确切。宋晏殊《凤衔杯》词："端的自家心下、眼中人，到处里，觉尖新。"

②怵惕，戒惧、惊惧。《书·冏命》："怵惕惟厉，中夜以兴，思免厥愆。"孔传："言常悚惧惟危，夜半以起，思所以免其过悔。"

③惕然，惶恐貌。《晏子春秋·杂上九》："景公探雀鷇，鷇弱，反之。晏子闻之，不待时而入见景公，公汗出惕然。"

④此条参见盛嘉老师报告。《风俗通》："圣者，声也。言闻声知情，故曰圣。"

⑤按照我的理解，《道德情操论》与《国民财富的性质和原因的研究》并不存在自相矛盾的问题：前者的道德主义原则，以同情、合宜为基础；后者的功利主义原则，以个体权利保障为基础。质言之，亚当·斯密在人类即将进入商业社会的前夕思考商业社会的经济秩序，即个体与群体之间的游戏规则。个体的权利保障是基础，群体的共同利益是目标。而沟通利己、利他的，正是同情与合宜。

⑥此条参见罗卫东老师亚当·斯密工作坊。

⑦此条参见卢盛江老师报告。

考古敦煌举世惊。

一自描红受教后，

满腔浊气欣然平[①]。

平湖塔影伴痴心，

如血残阳暮色暝。

蝶梦难分真与幻，

至人犹且穷听荧[②]。

荧光一束入南陲，

曹溪法脉留遗蜕。

心线传宗明统绪，

李师识力自深睿[③]。

睿老当年振声华，

满园桃李美欧拉。

可怜夜半虚前席，

空见葡萄入汉家[④]。

家家养子望成龙，

功利为先一场空。

文质彬彬道始成，

通识教育欠东风[⑤]。

风度翩翩少年男，

---

① 此条参见赵声良老师报告。

② 此条参见《题陈静老师雷峰夕照》。《庄子·齐物论》："是黄帝之所听荧也，而丘也何足以知之。"《经典释文》："荧，音莹，磨之。向司马云：听荧，疑惑也。李云：不光明貌。崔云：小明不大了也。"

③ 此条参见李玉珉老师报告。

④ 此条参见张睿壮老师报告。李商隐《贾生》："可怜夜半虚前席，不问苍生问鬼神。"李颀《古从军行》："年年战骨埋荒外，空见葡萄入汉家。"

⑤ 此条参见陈以爱老师报告。

人品学问俱泓涵①。
执手相对别有赠②，
相赠以言励果敢③。
敢将虎须冒斧钺④，
男儿肝胆真如铁。
谁知百炼金刚杵，
也为离人寸寸折。
折梅折柳佩刀环⑤，
求是村头孤月残。
啼血杜鹃休聒噪⑥，
之江依旧绕龙山。

罗卫东摄

---

①泓涵，水深广貌，比喻学问渊博。韩愈《蓝田县丞厅壁记》："博陵崔斯立，种学绩文，以蓄其有，泓涵演迤，日大以肆。"

②杜甫《后出塞》："少年别有赠，含笑看吴钩。"

③《礼记·檀弓》："子路去鲁，谓颜渊曰：'何以赠我？'曰：'吾闻之也：去国则哭于墓而后行；反其国不哭，展墓而入。'谓子路曰：'何以处我？'子路曰：'吾闻之也：过墓则式，过祀则下。'"果敢，果决勇敢。《逸周书·谥法》："强毅果敢曰刚。"

④捋(lǚ)虎须，摸老虎的胡须，比喻冒险撩拨强者。《三国志·吴志·朱桓传》"臣疾当自愈"裴松之注引晋张勃《吴录》："桓奉觞曰：'臣当远去，愿一捋陛下须，无所复恨。'权冯几前席，桓进前捋须曰：'臣今日真可谓捋虎须也。'权大笑。"

⑤折梅、折柳，古典诗词中常见的留别、赠别意象。陆凯《赠范晔诗》："折花逢驿使，寄与陇头人。江南无所有，聊赠一枝春。"柳，暗射"留"。《三辅黄图·桥》："霸桥在长安东，跨水作桥。汉人送客至此桥，折柳赠别。"环，暗射"还"。柳中庸《征人怨》："岁岁金河复玉关，朝朝马策与刀环。"

⑥古蜀帝杜宇失国，流落西山，思念故乡，其魂化作杜鹃，终日啼叫，口吻流血。其啼声哀怨悲切，若云"不如归去，不如归去"，故又名子规。唐顾况《子规》："杜宇冤亡积有时，年年啼血动人悲。若教恨魄皆能化，何树何山着子规。"宋真山民《啄杜鹃》："归心千古终难白，啼血万山都是红。"

附：赵声良老师原唱

高院何处是，
钱塘近九溪。
归鸟喧林壑，
群贤乐相知。
切磋无芥蒂，
酬唱有新诗。
盛会惜难再，
唯留长相忆。

题赠浙江大学人文高等研究院
丙申秋日 赵声良

赵声良手书

附：卢盛江老师和诗

他年重逢话之江，
硕果累累有余香。
花落有声留梦久，
杨柳依依牵丝长！

附：赵声良老师再和

杨柳依依牵丝长，
玉兰灼灼吐芬芳。
切磋不觉天欲晚，
湖畔惜别多惆怅。

湖畔惜别多惆怅，
钱塘三月最难忘，
莫道云山隔万里，
他年重逢话之江。

附：张长东老师和诗

晨到之江沐朝阳，

切磋吟咏翰墨香。

春日迟迟寻思久，

仲夏时节别话长。

附：卢盛江老师再和

桂花方忆满城香，

又见芙蓉吐艳芳。

别梦一年三百次，

西湖几误是家乡。

附：卢盛江老师三和

高院尽才俊，

青年更可畏。

后浪推前浪，

希冀在晚辈。

新诗追旧诗，

何日重相会？

附：赵声良老师三和

新诗追旧诗，

细品愈有味。

何日返之江，

重开中巴会？

附：卢盛江老师四和

谈佛品书传古风，
诗家新秀有长东。
中巴论坛思梦里，
丁丁快车追忆中。

附：卢盛江老师五和

丁丁快车美名传，
车主翩翩美少年。
一笑双双眯缝眼，
再笑妙论语连篇。
俊男当有靓女配，
谁家娴淑有因缘。
问道丁丁今何在？
苏州一片艳阳天。

附：卢盛江老师《之江歌》

自古都说西湖好，
文士无数皆倾倒。
而今我谓之江美，
终南桃源谁可比？
松隐深闺蕴名秀，
花拥金屋贮玉娇。
头枕月轮千丈岭，
卧听钱塘万年潮。
一泓秋水如碧玉，

密林何处寻渔樵？
唯见鸳鸯成双对，
情人谷上情人桥。
虬枝擎天香樟树，
肥叶婆娑大芭蕉。
夏木阴阴飞白鹭，
冬雪皑皑静素绡。
春来林间轻燕舞，
秋季满山桂香飘。
桂香飘时仙侣至，
处处笙歌伴紫箫。
玉女三浆捧帝壶，
仙人神鼎六膳调。
苏堤晨风迎红日，
龙井晚霞沐青苔。
空蒙山色千村暗，
潋滟湖光水一篙。
九溪烟树存胜迹，
玉皇山庄度良宵。
裹携燕赵豪侠气，
时吟吴楚清歌谣。
廉颇宝刀犹未老，
潘郎俊逸自逍遥。
江山万里凭指点，
风云千古付闲聊。
登高远望小天下，

卢盛江手书

沉潜深处动长飚。

岂效鹪鹩蓬蒿里，

意追鲲鹏冲九霄。

热风吹雨洒四海，

五湖三江共闻韶。

杨柳依依牵丝永，

别绪如雾路迢迢。

花开有声留梦久，

诗情无限夕复朝。

附：丁雁南老师和诗

《分离：题爱德华·蒙克之画作Separation》

不睁开眼，听风

来从隐隐滑裂的冰川

甚至风也是活的，兼又更暖

万千变化且作涅槃

汽船推开了峡湾

高处对望，水底相连

黄昏的空气隔开了你我

你与我或不必再见

睁不开眼，奔逃

这遭伤亡为零的兵变

世事如此，海岸亦到了尽头

坍塌后还存了旧的明艳

何待细说，从前

装一颗心，如今乘一只手

林扬子摄

补录二

浙大高研院周年院庆礼赞

去年今日此门中，

桂子飘香枫叶红。

求是精神蹱旧武，

无功模式沐新风。

百场报告莫须有[①]，

五届学员将勿同[②]。

斗转星移多变幻，

之江依旧绕芳丛。

　　2016年10月16日，浙大高研院在紫金港校区举行周年院庆。从全国各地前来参加此次活动的高研院历届驻访学者和2016年秋冬学期驻访学者40余人齐聚一堂，同时，浙江大学副校长、高研院院长罗卫东，高研院院长、芝加哥大学教授赵鼎新，高研院学术委员会委员缪哲，浙江大学人文学院院长黄华新，浙江大学人文学院文物与博物馆学系系主任张颖岚，浙江大学社会科学研究院重点成果推广部部长方志伟，浙江大学公共管理学

---

①莫须有，恐怕有、或许有。《宋史·岳飞传》："狱之将上也，韩世忠不平，诣（秦）桧诘其实。桧曰：'飞子云与张宪书虽不明，其事体莫须有。'世忠曰：'莫须有三字何以服天下？'"

②从2015年暑期到2016年秋冬学期，高研院一共接待了五批学者，学者们将其与黄埔军校相比，自诩为之江一期至五期。将勿同，莫非相同、或许相同，此处解作"各具个性，绝无雷同"。马永卿《懒真子》卷五："仆尝与陈子真、查仲本论将勿同。仲本曰：此极易解，谓言至无处皆同也。子真曰：不然！晋人谓'将'为'初'，初无同处，言各异也。仆曰：请以唐时一事证之：霍王元轨与处士刘平为布衣交，或问王所长于平，曰：'王无所长。'问者不解，平曰：'人有所短，则见所长。'盖阮瞻之意，以谓有同则有异，今初无同，何况于异乎？此言为最妙，故当时谓之三语掾。二子皆肯之。"

院社会学系教授曹正汉，浙江大学人文学院历史系副教授吴铮强也参与了此次活动。

忝为高研院驻访学者，今日回访，尤为激动。学术访问为学界惯例，本无足为怪，但浙大高研院的驻访体制自成体系，令人印象深刻。其最为突出的特点，是不规定驻访任务，诸如项目、成果等，都没有硬性指标，由学者自主安排。罗卫东教授在驻访学者见面会上发言说："浙大高研院采用斯坦福模式，提供较长的一段时间，给学者一个完全没有功利压力的宽松自由、尊严体面的学术环境，让学者在淡泊、轻松的氛围中自由地思考。"这样的环境，对于在学位、职称、项目、课题、经费、奖项、SSCI等一系列量化考核指针的挤压下苦苦挣扎的高校教师而言，无异于人间天上、世外桃源。驻访学者们也没有辜负院方的期待，自去年暑期以来，五届来自海内外不同院校、不同专业、各具特点、风格迥异的驻访学者贡献了近百场学术报告，其专业分布之宽广，专业水平之精深，已经引起了学界的关注。在这样的驻访机制下，学者自身释放出来的开放的思维境界和开朗的精神面貌，表现为学术报告的个性发越、激情飞扬以及往复辩难中的碰撞交融，火花四溅。它告诉那些对中国学界现状忧心忡忡的人们：一旦摆脱了极端功利主义的桎梏与鞭策，和小岗村的农民一样，中国知识分子疲惫的身躯，仍然可以迸发出智慧的灵性与生命的冲动；他们的胸怀里，还保有一颗追求真理、向往自由、坦荡真诚、无欲无求的赤子之心。我相信，沿着这条道路走下去，浙大高研院的发展前景可以预期；创建世界一流大学，或许还真的不是一场春梦。

和赵敏俐老师《驻浙大高研院有感》

落拓平生蜀楚巴，
哪丝云影是吾家①！
之江夜色清如水，
好种心田昙钵花②。

此心安处是吾家，
晨接朝晖晚送霞。
一自心源疏凿后③，
之江开遍杜鹃花。

有土堪耕即我家④，

---

①成都望江楼有清末钟耘舫题崇丽阁对联。上联："几层楼，独撑东面峰，统近水遥山，供张画谱，聚葱岭雪，散白河烟，烘丹景霞，染青衣雾。时而诗人吊古，时而猛士筹边。最可怜花蕊飘零，早埋了春闺宝镜，枇杷寂寞，空留著绿野香坟。对此茫茫，百感交集。笑憨蝴蝶，总贪送醉乡中。试从绝顶高呼：问问问，这半江月谁家之物？"下联："千年事，屡换西川局，尽鸿篇巨制，装演英雄，跃岗上龙，殉坡前凤，卧关下虎，鸣井底蛙。忽然铁马金戈，忽然银笙玉笛，倒不若长歌短赋，抛撒写绮恨闲愁；曲槛回廊，消受得好风好雨。嗟予蹩躄，四海无归。跳死猢狲，终落在乾坤套里。且向危楼俯首：看看看，哪一块云是我的天！"
②心田，佛教语，即心。谓心藏善恶种子，随缘滋长，如田地生长五谷蔬稊，故称心田。昙钵花，梵语优昙钵花的音译，又译为优昙、优昙华、优昙钵罗、优钵昙华、乌昙跋罗。即无花果树，产印度及云南等地。佛教以为优昙钵开花是佛的瑞应，称为祥瑞花。宋李石《题师永锡知县画老竹枯木二首》："霜雪倚岩树，雾云秋水槎。且须高着眼，上有昙钵花。"
③心源，犹心性，佛教视为万法之源。《大方广佛华严经·入不思议解脱境界普贤行愿品》："明镜唯照形，不鉴于心想，我王心镜净，洞见于心源。"疏凿，开凿。唐皇甫冉《杂言无锡惠山寺流泉歌》："任疏凿兮与汲引，若有意兮山中人。"
④《仪礼·丧服》"君至尊也"郑玄注："有地者皆曰君。"

桑园五亩映丹霞①。

饱餐终日无牵挂，

赏罢风花赏雨花。

哪有自由哪是家，

公平正义灿如霞。

免于恐惧免饥饿②，

不要血花末利花③。

人生归宿即为家，

无雾无霾有彩霞，

人悉能言之谓信，

任他满口吐莲花。

附：赵敏俐老师《驻浙大高研院有感》

暂借之江筑小家，

窗前闲坐看流霞。

此身当与西湖老，

赏罢荷花赏桂花。

---

①《孟子·梁惠王上》："五亩之宅，树之以桑，五十者可以衣帛矣；鸡豚狗彘之畜无失其时，七十者可以食肉矣；百亩之田，勿夺其时，数口之家可以无饥矣；谨庠序之教，申之以孝悌之义，颁白者不负戴于道路矣。七十者衣帛食肉，黎民不饥不寒，然而不王者，未之有也。"

②美国总统罗斯福曾经说，每个人都享有言论自由、信仰自由、免于饥饿和免于恐惧的自由。

③美国总统杰斐逊曾经说，自由之花需要爱国者和暴君的鲜血来浇灌。晋嵇含《南方草木状》卷上："耶悉茗花、末利花，皆胡人自西国移植于南海。南人怜其芳香，竞植之。陆贾《南越行纪》曰：南越之境，五谷无味，百花不香。此二花特芳香者，缘自胡国移至，不随水土而变，与夫橘北为枳异矣。彼之女子以彩丝穿花心，以为首饰。"

赵敏俐摄

留别钱江疗养院

身中五龙头，

心期汗漫游。

多情十八涧，

万里送行舟。

丁酉清明时节，参加浙大高研院"集部文献整理之经验与问题"学术研讨会，下榻钱江疗养院。疗养院位于钱塘江畔之江路与九溪路交叉口，坐落在秦望山五龙头上。东望之江校区，北去九溪烟树，均不过三五百米。绿荫馥郁，流水潺潺，空气清新，环境幽静。4月16日会议结束，3个年头的之江因缘就此告一段落。临别依依，执手怅然。别了，我的之江十二景；别了，我的之江十二钗；别了，我的之江十二梦；别了，我的红墙、苔瓦、风花、雨花。不过我知道，我难以忘怀它们，它们也不会舍弃我。你看，那多情的九溪十八涧，絮絮叨叨，曲曲弯弯，如影随形，送客钱江。我还知道，从今往后，即便我远去五湖三江、天涯海角，它也会无远弗届、不离不弃。它已经融入我的生命，我的灵魂，陪我伴我，直到永远。

林扬子摄

西湖探胜录

卷首语

    东坡《和子由渑池怀旧》："人生到处知何似？应似飞鸿踏雪泥。泥上偶然留指爪，鸿飞那复计东西。"居留杭州期间，每天往返于玉泉、之江。2016年上半年，为了迎接G20，杭州满城修路，专车司机载着我们穿街走巷，反而成全我们游遍了杭州。不过主要的路径，基本上还是在西湖周边地区。有时晚饭后，我们会沿着玉古路，经青芝坞、植物园、玉泉路、曙光路散步。到周末，我们也会去西湖周边景区游览。将近一年的时间，虽然不敢说游遍了西湖，却也赏玩了不少景点。上有天堂，下有苏杭，不记录下来，怎么对得起辛苦跋涉的这一双脚！于是就有了《西湖探胜录》。除此之外，在杭州期间还有一些零星的活动超出了西湖的范围。不过为数有限，我也就干脆编入此卷之中，以免烦琐，特此说明。

    杭州是一座美丽的城市，而皇冠上的明珠则是西湖。西湖的美丽，其实用不着我来饶舌，早在南宋就已经有了西湖十景之名。宋吴自牧《梦粱录》卷十二"西湖"条："近者画家称湖山四时景色，最奇者有十：曰苏堤春晓、曲院风荷、平湖秋月、断桥残雪、柳岸闻莺、花港观鱼、雷峰落照、两峰插云、南屏晚钟、三潭印月。春则花柳争妍，夏则荷榴竞放，秋则桂子飘香，冬则梅花破玉、瑞雪飞瑶。四时之景不同，而赏心乐事者亦无穷矣。"又见《方舆胜览》《武林旧事》。其后又有元代钱唐十景、清初西湖十八景、乾隆时代杭州二十四景、20世纪80年代的新西湖十景、2007年的三评西湖十景。历代文人墨客咏歌西湖，名家辈出，如白居易、张祜、林逋、苏东坡等，清词丽句，传唱人间；描摹西湖胜状的专著，《西湖百咏》《西湖繁胜录》《西湖游览志》《西湖游览志余》《西湖志纂》《西湖梦寻》，可以说是数不胜数；集中歌咏西湖十景的作品，如南渡诗人王洧、陈允平、张盘、周密、奚㴱，元代诗人聂大年、尹廷高，明代诗人胡应麟、张宁、孙承恩、徐熥，清康熙品题、乾隆咏歌之后，和作尤多；此外明代马浩澜有《南乡子》、清代厉鹗有《清江引》咏西湖十景；同样数不胜数。

杭州也是一座英雄的城市，而英雄们的归宿地也大多选择西湖。古代的民族英雄岳飞、于谦、张煌言，近代的志士仁人秋瑾、章太炎、卫匡国、史量才，国民革命军陆军第八十八师淞沪抗日阵亡将士纪念坊，都选择在这里。地灵人杰，令人肃然起敬。

杭州还是一座文明的城市，而西湖则是杭州文明的名片。与武汉相比较，千湖之城武汉的湿地、湖泊受地产经济的影响，数量急剧减少，面积日益萎缩；而杭州的西湖则巍然如故。武汉湖泊的水质严重污染、臭不可闻；而西湖能定期换水，水质较有保证。武汉东湖湖面上架起了大桥、湖底挖掘了隧道；而西湖的湖面、湖底仍能保持原状。所以，杭州西湖的旅游已经规模化、产业化；而东湖湖面远远大于西湖，却很难开发旅游，也就不奇怪了。此外，杭州公交车上给老人让座比较普遍，而武汉则较为罕见；杭州司机停车等候路人并不少见，武汉则极少看到。说到这里，我想起了杭州历史上的一位当家人。相传吴越武肃王钱镠刚刚建国的时候，打算翻修宫殿。一位相士向他进言：“按原有的规模翻修，可以拥有一百年的天下。填西湖之半，可以拥有天下一千年。”钱镠笑了笑说：“世上哪里有千年不变的政权，我怎么能为自己的江山困顿百姓呢！”直截了当地拒绝了相士的诱惑（王世贞《弇州四部稿》）。看来，江浙的文明，有着深厚的历史文化底蕴，绝不是皇权时代那些打江山、坐江山、保江山的英雄们所能理解的。

题苏堤春晓

西湖一泓葑田积①，
全仗东坡浚污泥。
十里长堤千顷水，
阳光明媚晓莺啼。

张长东摄

《西湖志纂》卷一："宋元祐间，苏轼守临安，筑堤湖上，自南山至北山，夹道植柳，嗣守林希榜曰苏公堤。康熙三十八年南巡，御书'苏堤春晓'为西湖十景之首，爰建亭于望山桥之南。雍正八年，以亭隘不称瞻仰，改建岑楼，增培堤岸，补植桃柳，并构曙霞亭于左。榱桷凌云，檐牙浸水。春时晨光初启，宿雾未散，杂花生树，飞英蘸波，纷披掩映，如列锦铺绣。揽胜者咸谓四时皆宜，而春晓为最云。"

苏堤南起南屏山，北至栖霞岭，全长约3千米，苏东坡任杭州知州时疏浚西湖，利用挖出的葑泥构筑而成。沿堤建有六座单孔石拱桥，即映波桥、锁澜桥、望山桥、压堤桥、东浦桥、跨虹桥。堤旁遍植桃、柳，阳春二月，桃红柳绿，相映成趣。行走堤上，湖光山色，风情万种，是为"苏堤春晓"。

---

①葑(fèng)，菰根，即茭白根。葑田，湖泽中葑菱积聚处，年久腐化变为泥土，水涸成田，是谓"葑田"。《宋史·河渠志七》："临安西湖周回三十里，源出于武林泉。钱氏有国，始置撩湖兵士千人，专一开浚。至宋以来稍废不治，水涸草生，渐成葑田。"《宋史·苏轼传》："轼以余力复完六井，又取葑田积湖中，南北径三十里，为长堤以通行者。"

苏堤春晓集句

第一堤称玉局仙[1]，

一湖堤割两湖偏[2]。

卖花声里莺呼梦[3]，

最喜声声叶管弦[4]。

悬堤石洞遍桃花[5]，

日上云开散彩霞[6]。

一钩残月莺呼梦[7]，

六桥柳色带栖鸦[8]。

苏堤近接白公堤[9]，

赵敏俐摄

张长东摄

①乾隆《苏堤春晓》："西湖景自宋时传，第一堤称玉局仙。似恨先兹白少傅，绿杨只剩步沙篙。"

②（清）徐豫贞《苏堤春晓》："城补青山缺处圆，一湖堤割两湖偏，黄鹂晓唤游人出，个个青藜挂酒钱。"

③（清）阎沛年《苏堤春晓》："薄雾苍烟夹镜浮，疏林残月挂梢头。卖花声里莺呼梦，处处湘帘影画楼。"

④（清）黄图珌《苏堤春晓》："苏子湖边晓景妍，桃花凝露柳含烟。红遮绿掩娇无那，淡扫浓匀春可怜。映水粉脂何旖旎，迎风兰麝自盘旋。闻来的溜莺初啭，最喜声声叶管弦。"

⑤（明）孙鏊《苏堤春晓》："楼阁东风倚碧沙，藤堤深树翠烟遮。波开潋滟浮春鹜，松奏笙簧杂晓鸦。近水青帘沽竹叶，悬堤石洞偏桃花。六桥望入孤山迥，放鹤犹看处士家。"

⑥（清）徐豫贞《苏堤春晓》："云阴远抱古堤斜，日上云开散彩霞。西子晓妆犹未罢，一湖春水照桃花。"

⑦尹廷高《苏堤春晓》："翰苑仙人去不还，长留遗迹重湖山。一钩残月莺呼梦，诗在烟光柳色间。"

⑧（明）聂大年《苏堤春晓》："树烟花雾绕堤沙，楼阁朦胧一半遮。三竺钟声催落月，六桥柳色带栖鸦。绿窗睡觉闻啼鸟，绮阁妆残唤卖花。遥望酒旗何处是，炊烟起处有人家。"

⑨（清）德保《苏堤春晓》："苏堤近接白公堤，一路春风绿荫齐。无数啼莺无数柳，蒙蒙烟景画桥西。"

山暖晴光春正宜①。

莺梦初醒人未起②，

曈昽旭日正升时③。

白云缥缈迟湘君④，

春晓莺声着耳新⑤。

映水粉脂何旖旎⑥，

新铺草碧一堤春⑦。

罗宁摄

罨画林塘带竹庐⑧，

六桥一片晓模糊⑨。

青峰乱绾春云髻⑩，

细草缘堤绿意苏⑪。

---

① (清)胡荣《苏堤春晓次邑侯谢月湖韵》："山暖晴光春正宜，一堤新柳晓风披。桃开满县裁红锦，水涨平皋漾绿陂。帘卷朝融人尚醉，花含宵露蝶才知。而今重记苏公迹，雅化弦歌乐倍思。"

② (宋)王洧《苏堤春晓》："孤山落月趁疏钟，画舫参差柳岸风。莺梦初醒人未起，金鸦飞上五云东。"

③ (清)弘晓《苏堤春晓》："长堤数里柳枝垂，曙色分明映镜池。风送波纹游舫动，月临花影酒筹移。遥村烟树楼中画，近水晴光阁上诗。一带青山桥畔望，曈昽旭日正升时。"

④ (清)陈文述《秋夜湖上泛月》："笛声隔浦吹秋云，阑千珠斗横秋雯。四围山影若残画。白云缥缈迟湘君。"

⑤ (清)黄图珌《苏堤春晓》："苏堤曲曲锁芳春，春晓莺声着耳新。潋滟烟光迷过客，朦胧月色赚行人。柳腰摇绿临风舞，桃脸凝红带露匀。归路不知何处是，落花流水满前津。"

⑥ (清)黄图珌《苏堤春晓》："苏子湖边晓景妍，桃花凝露柳含烟。红遮绿掩娇无那，淡扫浓匀春可怜。映水粉脂何旖旎，迎风兰麝自盘旋。闻来的溜莺初啭，最喜声声叶管弦。"

⑦ (清)陈昌图《苏堤春晓》："春堤一碧草铺新，碧草铺新晓露匀，匀露晓新铺草碧，新铺草碧一堤春。"

⑧ (清)钱陈群《苏堤春晓》："春韶三月正昭苏，罨画林塘带竹庐。花柳犹传通守政，至今名姓占西湖。"罨(yǎn)画，彩色绘画。明杨慎《丹铅总录·订讹·罨画》："画家有罨画，杂彩色画也。"

⑨ (清)徐豫贞《苏堤春晓》："雨压春堤水涨湖，六桥一片晓模糊。两三篷艇撑依岸，小米当年旧画图。"

⑩ (清)徐豫贞《苏堤春晓》："间树桃栽间柳栽，一桥踏过一桥来。青峰乱绾春云髻，爱杀重湖晓镜开。"

⑪ (清)钱维城《苏堤春晓》："细草缘堤绿意苏，人家堤外结茆庐。澄泓晓色开明镜，个是东南第一湖。"

题张睿壮老师
转发友人所摄断桥残雪

天光惨淡雪初晴，
宝石孤山两莹晶①。
唯有此桥联复断，
斑斑残雪自分明。

张睿壮转发友人所摄

宋周密《武林旧事》卷五："断桥，又名段家桥。万柳如云，望如裙带。白乐天诗云：'谁开湖寺西南路，草绿裙腰一道斜。'"《西湖志纂》卷一："白沙堤第一桥曰断桥，界于前后两湖之间。水光潋滟，桥影浸水，如玉腰金背。凡探梅孤山，蜡屐过此，辄春雪未消，葛岭东西，楼台高下，悉琼林瑶树，晶莹朗澈，不啻玉山上行。每当六出飞霙，条风将至，寒岩深谷，尚积余光，塔顶峰头，犹余片白，诚熙时瑞象也。"

断桥残雪为宋代西湖十景之一，每当雪后初晴，从宝石山南望，孤山、白堤还在皑皑白雪的覆盖之下，而断桥的石桥拱面无遮无拦，在阳光下冰雪消融，露出了斑驳的桥栏。桥面的灰褐色与孤山、白堤的雪景形成强烈反差，远远望去，似断非断，似续非续，故称断桥。一说：孤山之路至此而断，故名。又一说：元代段氏夫妻建此桥，故称段家桥，讹称断桥。又一说：南宋王朝偏安一隅，画家取残山剩水之意作画，故拟此桥名。按：唐张祜诗已有"断桥荒藓合"之句，则所谓"段家桥"乃至南宋小朝廷"断垣残壁"之说，似无依据。

---

①莹晶，洁白光亮，袁宏道《虎丘》："一片千人石，莹晶若有神。剑光销不尽，留与醉花人。"

断桥残雪集句

断桥寒影为孤山[①]，

数板琼瑶踏未干[②]，

北岭乍听寒溜断[③]，

鹤惊碎玉啄阑干[④]。

瑶琼踏晓雪寒消[⑤]，

香送梅花十里遥[⑥]。

正欲摊书梅入屋[⑦]，

山深何处遇渔樵[⑧]。

---

① （清）阎沛年《断桥残雪》："素流琼玉映春颜，斜照疏林澹月间。招得梅魂诗不再，断桥寒影为孤山。"

② （元）尹廷高《断桥残雪》："数板琼瑶踏未干，沈吟不度据征鞍。孤山霁色无寻处，笑指梅花隔岁寒。"

③ （明）玄白子书《断桥残雪》："宝石山前雪欲晴，西泠西去绝人行。葳蕤竹栢丹梯路，隐映楼台白玉京。北岭乍听寒溜断，南陂犹见冻云平。瀛洲屿近香风满，不待攀林酒易倾。"

④ （宋）王洧《断桥残雪》："望湖亭上半青山，跨水修梁影亦寒。待泮痕边分草绿，鹤惊碎玉啄阑干。"

⑤ （清）陈昌图《断桥残雪》："瑶琼踏晓雪寒消，晓雪寒消半露桥。桥露半消寒雪晓，消寒雪晓踏琼瑶。"

⑥ （清）德保《断桥残雪》："柳荫长堤识断桥，来年残雪未全消。何须驴背寻诗句，香送梅花十里遥。"

⑦ （清）胡荣《断桥残雪》："雪花零落大寒消，小露青山难画描。正欲摊书梅入屋，才思呵笔酒盈轺。踏残银海当亭午，卷尽东风解冻朝。一望断桥披碎玉，沿塘春水渐平桥。"

⑧ （清）彭启丰《断桥残雪》："寒光一片遍空寥，万木权枒冻未消。欲向浮梁觅仙径，山深何处遇渔樵。"

孤峰残雪断桥西[1]，

银色楼台夹岸迷[2]。

仿佛辋川初霁后[3]，

灞桥诗思促归蹄[4]。

张睿壮转发友人所摄

岩间昔日梅争发[5]，

山石凝寒水咽流[6]。

一望林峦难着笔[7]，

几多诗料一囊收[8]。

---

[1]（明）胡应麟《西湖十咏》："缤纷桃李尽成蹊，夹岸晴沙送马蹄。远水落霞萧寺外，孤峰残雪断桥西。阑干半倚青林出，睥睨遥看碧树齐。小扇轻罗歌未阕，楼舠已到百花堤。"

[2]（明）聂大年《断桥残雪》："醉里曾登白玉梯，东风吹暖又成泥。玉腰蝤蛑垂天阔，银色楼台夹岸迷。九井晴添新水活，两峰浓压宿云低。冲寒为访梅花信，十里银沙印马蹄。"

[3]（清）钱陈群《断桥残雪》："断虹远亘雪飞余，界画楼台画不如。仿佛辋川初霁后，幅巾为盖笋为舆。"

[4]（明）孙鑛《断桥残雪》："石梁积雪似银梯，高士幽寻踏作泥。隐隐陇梅香不断，层层山桧翠将迷。铺成白地春光遍，影动黄昏月色低。夜半不顸移剡棹，灞桥诗思促归蹄。"

[5]（清）华长卿《游孤山路访巢居阁处士桥故址和林和靖孤山写望诗元韵》："湖山依旧景全非，草绿裙腰剩夕晖。柳径含烟新雨润，沙堤临水晚风微。岩间昔日梅争发，亭畔无人鹤自飞。忆否梦中曾到此，断桥残雪夜深归。"

[6]（清）黄图珌《断桥残雪》："雪天初霁望悠悠，淡着轻匀景倍收。卸却粉妆何袅娜，试窥绿鬓煞温柔。梅花吐暖香微送，山石凝寒水咽流。此际正宜投醉去，青帘摇曳画桥头。"

[7]（清）王岱《断桥残雪》："酒旗歌扇逐丝桐，湖上繁华岁岁同。一望林峦难着笔，应从风雪断桥中。"

[8]（清）黄图珌《断桥残雪》："跨驴偶过断桥头，日静天清漫自游。满地琼瑶谁踏破，数山烟霭我思投。渊涵明镜鱼相跃，梅试新妆香暗流。最喜风光维雪后，几多诗料一囊收。"

题陈静老师所摄雷峰夕照

残阳如血真邪幻？

灵蟒情深幻亦真。

梦蝶梦狼抑梦虎，

孰真孰幻孰分畛？

《西湖志纂》卷一："出清波门，过茶坊岭，有峰自九曜山来，逶迤起伏，盖南屏之支麓也。旧名中峰穹窿回映亦曰回峰。《咸淳临安志》又称郡人雷就所居，遂名雷峰。吴越王妃建塔于峰顶，林逋《中峰诗》云：'夕照前村见。'故十景有'雷峰夕照'之目。塔本七级，后止存五级。旧有重檐飞栋，窗户洞达。嗣毁于火，窣堵巍然，砖皆赤色。藤萝蔓引，苍翠欲滴。每当日轮西照，亭台金碧，与山光互映，如金镜初开，火珠将坠，虽赤城、栖霞，不是过也。"康熙改题"雷峰西照"。

日前在高研院交通车上与陈静老师谈及《南华》之"真"，敷衍成篇，以就教于陈老师。

陈静摄

雷峰夕照集句

窣堵峰头夕照披①，

远看黛绿镜中施②。

霞穿楼阁红光绕③，

图画园林映碧池④。

湖上轻舟荡碧霞⑤，

水边颜色晚来花⑥。

织成烂熳千梭锦⑦，

无意移来塔影斜⑧。

罗宁摄

---

①乾隆《雷峰夕照》："窣堵峰头夕照披，迹传南宋旧名垂。底知曾未经兵燹，层构依然无恙时。"

②(明)孙鏊《雷峰夕照》："雨霁岚光日夕宜，远看黛绿镜中施。参差峰岫飞霞断，多少渔舟落弃随。山鸟似呼人醉后，烟花能媚客归迟。雷峰塔倚青霄外，摇漾平波倒影奇。"

③(明)聂大年《雷峰夕照》："宜雨宜晴晚更宜，西湖端可比西施。霞穿楼阁红光绕，云卷笙歌逸韵随。山紫翠中樵唱远，树苍黄外马归迟。何人解画潇湘景，并与渔樵作二奇。"

④(清)陈锦《重九前一日郑谱香都转葺湖上历下亭邀同官会饮有作》："图画园林映碧池，雁来红到蓼花枝。桑沧几度碑阴字，萍水千人壁上诗。草泽萑苻新刈后，湖町菱芡有秋时。使君错认苏堤柳，萧寺雷峰夕照迟。"

⑤(清)张廷选《西湖杂咏》："湖上轻舟荡碧霞，小桃花外有人家。缘堤一带垂垂柳，遮住雷峰夕照斜。"

⑥(清)潘问奇《花朝红桥即事》："柘火阴阴未采茶，竹西烟景正无涯。旗亭卜昼烧新笋，柳浪闻莺坐浅沙。杖底园林春半路，水边颜色晚来花。同人恨不携衾至，蜡泪铜盘宿酿家。"

⑦(清)黄图珌《雷峰夕照》："红凝落日遍山林，独是雷峰出照临。挪影碧流何窈窕，射晖明月自幽深。织成烂熳千梭锦，飞散荧煌万缕金。频向烟霞相检点，画船箫鼓起残阴。"

⑧(清)黄图珌《雷峰夕照》："夕阳西下有人家，无意移来塔影斜。数点鸣鸦投远近，一群归雁落交加。明霞闪闪飞林际，淡月沉沉漾水涯。好景既逢堪索醉，樵歌渔笛起幽遐。"

依稀野烧入云中①，
千尺浮图兀倚空②，
万古一丸擎不去③，
半湖秋水落霞红④。

过雨雷峰夕照铺⑤，
西林晚日堕轮低⑥，
最怜人是江南柳⑦，
一抹暝烟树色迷⑧。

赵敏俐摄

---

① (清) 弘晓《雷峰夕照》："片片明霞丽远空，雷峰高照峙湖东。接天暮霭三山迥，倒影波光一镜红。好似丹枫攒树杪，依稀野烧入云中。何年古塔留今日，晚景留连兴不穷。"

② (元) 尹廷高《雷峰落照》："烟光山色淡溟蒙，千尺浮图兀倚空。湖上画船归欲尽，孤峰犹带夕阳红。"

③ (元) 方回《左顾保叔塔右顾雷峰塔并南北高峰塔为四》："四山角立四浮屠，绝似双林竞宝珠。万古一丸擎不去，夜深朗月浸澄湖。"

④ (清) 胡荣《雷峰夕照》："山山浮紫火云融，古塔光生绝顶中。暮景远横青嶂断，余晖斜射碧烟丛。犊穿堑径归苑屋，僧踏空林到梵宫。惟有雷峰占晚色，半湖秋水落霞红。"

⑤ (清) 张应昌《闰四月六日偕江都卢葵生栋游湖上口占十绝句》："过雨雷峰夕照铺，山明水翠稿难摹。朝登北塔暮南塔，看遍晴雨行遍湖。"

⑥ (清) 陈昌图《雷峰夕照》："西林晚日堕轮低，日堕轮低翠黛迷。迷黛翠低轮堕日，低轮堕日晚林西。"

⑦ (清) 张廷选《西湖杂咏》："十顷湖波一画桡，清游况复近花朝。最怜人是江南柳，淡雨疏烟锁六桥。"

⑧ (清) 阎沛年《雷峰西照》："一抹暝烟树色迷，南山游尽玉鞭低。芳尘陌上人扶醉，归路残晖送马蹄。"

题曲院风荷

古乐随心上七弦，

风荷著意舞翩跹。

红莲娇艳白莲净，

千顷绿波光接天。

《西湖志纂》卷
一："宋时取金沙涧
之水造曲以酿官酒，名

刘真伦摄

麯院。中多荷花，在行春桥西，灵竺路所从入也，旧称麯院荷风。康熙
三十八年构亭于跨虹桥之西，平临湖西环植芙蕖，御题'曲苑风荷'匾
额，建御碑亭恭摹宸翰。又东为迎熏阁，正东为望春楼，轩槛玲珑，池亭
窈窕。花时香风四起，水波不兴，绿盖红衣，纷披掩映，穆然如见南风解
愠时也。"

曲苑风荷在苏堤北端、北山路南，为西湖十景之一。现在的"曲苑风
荷"，南宋时称"麯院荷风"。"麯"原是指一家酿制官酒作坊使用的酒
麯。康熙年间，为迎皇帝巡游，特地在苏堤跨虹畔的岳湖里引种荷花，增
设水榭楼台，弹奏秦汉古乐。康熙改"麯（qū）院"为"曲（qǔ）苑"，正
"荷风"为"风荷"。夏日赏荷，水面分布着红莲、白莲、洒金莲、并蒂
莲，婀娜摇曳，千姿百态。造型各异的小桥，古香古色的水榭亭台，舒缓的
古代乐曲，再加上风中莲荷的声息动态，展现着"曲苑风荷"的独特魅力。

曲院风荷集句

虚堂四面枕湖光[①]，
曲院荷风正早凉[②]。
笑靥宛如人独立[③]，
香风珠露泻陂塘[④]。

荷花六月好风光[⑤]，
坐纳熏风爱日长[⑥]。
怪底湖名号西子[⑦]，
拂开水镜试新妆[⑧]。

赵敏俐摄

孟国栋摄

①（元）尹廷高《曲院荷风》："虚堂四面枕湖光，酝作芙蕖万斛香。独笑南薰更多事，强教西子舞霓裳。"

②（元）吕彦贞《池内荷花盛开怀家兄薪圃同济堂状园两兄作》："闲来信步到芳塘，曲院荷风正早凉。料得燕山频屈指，阑干人影满衣香。"

③（清）彭启丰《泛舟入曲院荷风处》："轻摇柔橹入湖心，绿沼雕阑映浅深，笑靥宛如人独立，凌波真似晓妆临。"

④（清）阎沛年《曲院荷风》："水面娉婷出艳妆，香风珠露泻陂塘。醍醐莫买西施醉，荷净田田好纳凉。"

⑤（清）裘曰修《同蒉林董浦诸君泛湖至曲院荷风》："荷花六月好风光，不独花香叶亦香。妙处忘言心自领，一番雨过得新凉。"

⑥（清）黄图珌《曲院荷风》："山窗水槛白云房，坐纳熏风爱日长。清远如闻君子气，温柔自袭美人香。拂开尘色生幽境，吹送歌声绕画梁。来往最怜无着迹，一回醉醒惠新凉。"

⑦（清）罗聘《西湖杂诗二十二首》："淡云微雨水仙祠，新绿成阴四月时。怪底湖名号西子，春山细细画修眉。"

⑧（清）黄图珌《曲院荷风》："少女何苏来画塘，拂开水镜试新妆。腰肢袅娜含娇舞，粉黛轻盈带笑香。愁杀隔溪人荡桨，喜添南院客传觞。清芬坐挹消长日，自是风归君子堂。"

芙蕖波面任纵横①，
荡漾湖光别有情②。
曲院荷花三四里③，
画船吹送按歌声④。

罗宁摄

十里明湖一院风⑤，
可知今昔乐非同⑥。
入城复有无边事⑦，
身在愁红醉艳中⑧。

---

①（明）孙鼒《曲院风荷》："芙蕖波面任纵横，恍耀朱旗练水兵。乱拂影随流水漾，轻摇香自曲塘生。翠擎似向雕盘舞，红坠还如绛雪倾。花畔荡舟多游女，晚来齐试采莲声。"

②（清）裘曰修《同蒉林董浦诸君泛湖至曲院风荷》："晚来光景最分明，荡漾湖光别有情。游舫尽归人影散，白鸥如雪点波轻。"

③（清）华长卿《湖上杂诗》："三潭印月水心亭，堤界湖光里外青。曲院荷花三四里，寻香飞出紫蜻蜓。"

④（明）聂大年《曲院风荷》："翠围红统战纵横，似看吴宫习女兵。飞雪翻空云影乱，游鱼吹浪水纹生。锦裳零落香犹在，铜柱敧斜露半倾。两腋新凉惊酒醒，画船吹送按歌声。"

⑤（清）李绂《曲院风荷》："败叶离披乱苇中，倚栏惟有夕阳红。我来秋老芙蕖尽，十里明湖一院风。"

⑥乾隆《曲院风荷》："宋时曲院此时风，荷岂分疏等灿红。不识吴民寻乐辈，可知今昔乐非同。"

⑦（清）裘曰修《同蒉林董浦诸君泛湖至曲院风荷》："隐隐南屏度远钟，涌金门跨断桥红。入城复有无边事，争似湖头作钓翁。"

⑧（清）德保《曲院风荷》："曲曲疏廊潚潚风，差差新绿上帘栊。何当小艇寻芳日，身在愁红醉艳中。"

题平湖秋月

秋水平湖接远山，
湖天一碧水潾潾[①]。
低头望月不时见，
隐隐粼粼莲叶间[②]。

赵敏俐摄

《西湖志纂》卷一："宋祝穆《方舆胜览》叙西湖十景，首平湖秋月。盖湖至秋而益澄，月至秋而逾洁，合水月以观，而全湖之精神始出也。宋时有水仙王庙，在苏堤三桥之南，明季移建于孤山路口，曰望湖亭，后圮。康熙三十八年圣祖仁皇帝巡幸西湖，建亭其址，前为石台，三面临水，题'平湖秋月'匾额悬亭中，旁构水轩，曲栏画槛，蝉联金碧，与波光互映。每当清秋气爽，水痕初收，皓魄中天，玻璃澄澈，恍神游于琼楼玉宇间也。"

平湖秋月，南宋西湖十景之一。秋月当空，湖波如镜，水月交辉，故名"平湖秋月"。南宋时平湖秋月并无固定景址，而以泛舟湖上浏览秋夜月景为胜。康熙三十八年圣祖巡幸西湖，御书"平湖秋月"匾额，从此景点固定在白堤西端，背倚孤山，面临外湖。此地唐代建有望湖亭，南宋又建望月亭。"望湖""望月"，为日后平湖秋月寻址于此埋下伏笔。

---

① 潾潾（lín），波光闪烁貌。唐温庭筠《三洲歌》："月随波动碎潾潾，雪似梅花不堪折。"潾，力闲切（lán），平声山韵；又力人切，平声真韵（lín）；义并同，见《广韵》。
② 粼粼（lín），水流清澈貌。《诗·唐风·扬之水》："扬之水，白石粼粼。"毛传："粼粼，清澈也。"

平湖秋月集句

月浸寒泉凝不流①，
春波澹澹縠纹柔②。
渔翁立月垂纶晚③，
天影波光一色浮④。

万顷寒光一夕铺⑤，
春和骀荡正油油⑥。
不须坐待银河迥⑦，
纵鹤鸣琴谁匹休⑧。

刘真伦摄

---

①（元）赵时远《平湖秋月》："月浸寒泉凝不流，棹歌何处泛归舟。白苹红蓼西风里，一色湖光万顷秋。"

②（清）钱维城《平湖秋月》："湖月如环水似油，春波澹澹縠纹柔。故应远胜秋江上，白玉盘随碧玉流。"

③（清）弘晓《平湖秋月》："风动微波皓魄移，楼台近水浸玻璃。渔翁立月垂纶晚，词客悲秋鼓棹迟。蓼岸夜浮初上影，柳堤光漏欲疏枝。澄鲜林壑饶清兴，一镜流辉对咏诗。"

④（清）黄图珌《平湖秋月》："无心误入境清幽，天影波光一色浮。漫检轻螺描远岫，细研淡粉画新秋。枫林色染杨妃醉，流水声含西子愁。满目残阳人散去，蒹葭玉露自悠悠。"

⑤（宋）王洧《平湖秋月》："万顷寒光一夕铺，冰轮行处片云无。鹫峰遥度西风冷，桂子纷纷点玉壶。"

⑥乾隆《平湖秋月》："春和骀荡正油油，远矣秋蟾弄影柔。却是平湖自千古，岂知今昔有迁流。"

⑦（清）钱陈群《平湖秋月》："镜面春波绿似油，轻划星艇浆牙柔。不须坐待银河迥，一样蟾光俯碧流。"

⑧（清）胡荣《平湖秋月》："极目湖平壹壹流，水清月落动高秋。冰壶泻影银为汉，宝镜凌空玉作楼。才绝有诗歌竹骑，公余载酒泛松舟。声名海内风标概，纵鹤鸣琴谁匹休。"

堤畔轻车驻碧油①，

倚栏万顷俯波柔②。

已看烟景清诸虑③，

饱弄金波万顷流④。

风静片云消⑤，

千淙泻暮涛⑥。

磬销僧户闭⑦，

冷气入林皋⑧。

罗宁摄

---

①乾隆《平湖秋月》："堤畔轻车驻碧油，春风春月景方柔。何须辽待三秋看，孟子名言戒谓流。"

②乾隆《平湖秋月》："小驻游轩绿伞油，倚栏万顷俯波柔。底论秋月与春月，宋代蟾光流不流。"

③乾隆《平湖秋月》："绮榭纱疏虚碧油，春蟾漪影惠风柔。已看烟景清诸虑，岂必秋轮始胜流。"

④乾隆《平湖秋月》："春水初生绿似油，新蛾泻影镜光柔。待予重命行秋棹，饱弄金波万顷流。"

⑤（明）张宁《平湖秋月》："风静片云消，寒波浸凉月。疑有夜吟人，推篷落枫叶。"

⑥（明）莫如忠《平湖秋月》："万顷摇晴练，千淙泻暮涛。凉蟾如可拾，吾欲纵轻舠。"

⑦（清）张九钺《夜坐平湖秋月亭待月二首》："夜循段桥去，残月待平湖。萤火出深柳，人声闻暗蒲。磬销僧户闭，水映酒灯孤。欲问铁厓叟，吹箫到此无。"

⑧（清）张岱《平湖秋月》："秋空见皓月，冷气入林皋。静听孤飞雁，声轻天政高。"

题柳浪闻莺

柳丝如浪袅依依。
桃瓣渥丹如赤霓[1]，
春水连天望不断，
绿荫桥畔听莺啼。

罗宁摄

《西湖志纂》卷一："宋时丰豫门外沿堤植柳地，名柳洲。上有柳浪桥、丰豫门，即今涌金门也。稍南为清波门，康熙御题'柳浪闻莺'，建亭于柳洲之南。因别构舫斋，平临湖曲，架石梁于堤上。柳丝踠地，轻风摇扬，如翠浪翻空。春时黄鸟睍睆其间，流连倾听，与画舫笙歌相应答焉。"

柳浪闻莺为西湖十景之一，位于西湖东南岸，南起清波门，北至涌金门。南宋时，这里称聚景园，是京城最大的御花园。当时园内有会芳殿和三堂、九亭，以及柳浪桥和学士桥，沿湖长达千米的堤岸上栽种柳树。每到阳春三月，绿柳笼烟，柳丝飘舞，翠浪翻空，碧波汹涌，黄莺飞舞，竞相啼鸣，故称"柳浪闻莺"。

---

①渥丹，润泽光艳的朱砂。《诗·秦风·终南》："颜如渥丹，其君也哉。"郑笺："渥，厚渍也。颜色如厚渍之丹，言赤而泽也。"

柳浪闻莺集句

苑柳青归万缕丝^①，
流簧声在最高枝^②。
风来幽韵诚堪听^③，
绿柳藏鹂晓听宜^④。

垂杨古岸起莺声^⑤，
柳浪清如湖浪清^⑥。
娇似高楼鸣玉管^⑦，
因风如诉路傍情^⑧。

罗宁摄

---

①（宋）王洧《柳浪闻莺》："如簧巧啭最高枝，苑柳青归万缕丝。玉辇不来春又老，声声诉与落花知。"

②（清）德保《柳浪闻莺》："春阴如幕柳如丝，斗酒双柑值此时。梅雨乍晴花信紧，流簧声在最高枝。"

③（清）弘晓《柳浪闻莺》："绿树千章暎远山，黄莺调舌语间关，双柑携去情弥淡，五柳栽时意更闲。几度唤春春欲去，数声惊梦梦初还。风来幽韵诚堪听，小立清吟水一湾。"

④（清）陈昌图《柳浪闻莺》："差差浪绿柳藏鹂，绿柳藏鹂晓听宜。宜听晓鹂藏柳绿，鹂藏柳绿浪差差。"

⑤（清）黄图珌《柳浪闻莺》："垂杨古岸起莺声，喜得春风自送迎。否是佳人教唱曲，何来少妇学吹笙。悠悠响彻三山晓，寂寂尘飞四境清。滴溜却怜偏叶调，长歌短拍更和鸣。"

⑥乾隆《柳浪闻莺》："莺声巧胜管声巧，柳浪清如湖浪清。尺幅饶他即真者，栗留今古解长鸣。"

⑦（清）黄图珌《柳浪闻莺》："溪头杨柳动春风，两两鹂声倾耳中。娇似高楼鸣玉管，清如静院理丝桐。拂开流水千层碧，吹落桃花一片红。自是余闲尝往听，双柑斗酒乐无穷。"

⑧（明）寻梅道士《柳浪闻莺》："曲尘杨柳暗藏莺，况是湖南雨乍晴。迷浪欲粘天际水，因风如诉路傍情。双双侫度浑愁湿，婉婉清歌直妒轻。蹀躞马蹄摇曳橹，醉醒犹听隔林声。"

堤草萋萋柳复青①，

晴波淡淡树冥冥②，

嘤嘤好友谁能共③，

又见浮波絮作萍④。

斗酒双柑听上林⑤，

流莺枝外送青音⑥。

风吹杨柳条条绿⑦，

稳坐啼春阴正深⑧。

---

①（明）孙鼒《柳浪闻莺》："堤草萋萋柳复青，莺啼浪里一扬舲。谁家公子春多醉，何处佳人梦欲醒。声换娇疑金缕唱，听来愁掩翠云屏。悠然似奏湘妃瑟，惊起潜鱼破水萍。"

②（元）尹廷高《柳浪闻莺》："晴波淡淡树冥冥，乱掷金梭万缕青。应怪园林风景别，数声娅姹不堪听。"

③（清）胡荣《柳浪闻莺》："何必笙簧满画舷，莺啼深柳杂钧天。翠条眠起偏垂后，金羽逢迎欲向前。度曲不妨声艳冶，持柑已许醉芊绵。嘤嘤好友谁能共，惟与湖山朝暮烟。"

④（明）聂大年《柳浪闻莺》："雨后翻空一派青，苏公堤畔系渔舲。只藏莺鸟春声滑，不起鱼龙夜气醒。游子爱闻停玉勒，佳人倦听倚银屏。待看三月歌喉老，又见浮波絮作萍。"

⑤（清）钱维城《柳浪闻莺》："十里垂杨万缕金，流莺唶遍绿阴深。恰如雨后天街润，斗酒双柑听上林。"

⑥（清）王岱《柳浪闻莺》："柳色春深酿绿阴，流莺枝外送青音。湖边俗耳多如许，听罢谁知是砭针。"

⑦（清）华广生《柳浪闻莺》："柳浪闻莺莺巧啼，林中百鸟在树头栖，风吹杨柳条条绿，雨打桃花片片飞。鹦鹉叫，画眉啼，纷纷蛱蝶斗芳飞。借问酒家何处有，牧童遥指杏花西。"

⑧清钱陈群《柳浪闻莺》："何人敢挟一丸金，稳坐啼春阴正深。两度兰舟舣楫处，侍臣鹄立埃芳林。"

题花港观鱼

随波纷攘攘。

逐食竞喁喁[1]。

不见神龟乐[2]，

何须化作龙。

罗宁摄

花港观鱼，南宋西湖十景之一。《西湖游览志》卷二苏公堤："堤南第三桥曰望山，与西岸第四桥斜对。水名花港，所谓花港观鱼者是也。"《西湖志纂》卷一："花港通花家山，山下有园，为宋内侍卢允升别墅。凿池甃石，引湖水其中，畜异鱼数十种，称花港观鱼。后湮废。康熙三十八年建楼于花港南，当三台山出入之径，去定香桥数十步。飞甍倒水，重檐接霄，珠网绮疏，辉映云日。旁浚方池，清可见底，扬鬐鼓鬣之状，鳞萃毕陈。或潜深渊，或跃清波，以泳以游，咸若其性，虽濠濮之间无以踰此。楼北建御书碑亭，亭后置高轩，环以曲廊，叠石为山，重门洞启，花径逶迤，为湖南最胜处。"

---

[1] 喁，鱼口露出水面喁动貌。《说文·口部》："喁，鱼口上见也。" 韩愈《南山诗》："喁喁鱼闯萍，落落月经宿。"

[2]《庄子·秋水》："楚有神龟，死已三千岁矣，王巾笥而藏之庙堂之上。此龟者宁其死为留骨而贵乎？宁其生而曳尾于涂中乎？"

花港观鱼集句

沙鸥会见园兴废[1]，
细雨初收逐队嬉[2]。
泼剌一声惊鹭起[3]，
逍遥独许落花知[4]。

画舸移时风袅袅[5]，
波光相映倍分明[6]。
静观物理知鱼乐[7]，
翠色文鳞纵复横[8]。

罗宁摄

[1]（宋）王洧《花港观鱼》："断汲惟余旧姓传，倚阑投饵说当年。沙鸥会见园兴废，近日游人又玉泉。"

[2]（元）尹廷高《花港观鱼》："细雨初收逐队嬉，何人注目俯寒漪。红妆静立阑干外，吞尽残香渠未知。"

[3]（清）德保《花港观鱼》："桥通花港俯澄波，水暖游鳞逐队过。泼剌一声惊鹭起，绣漪回处落花多。"

[4]（清）阎沛年《花港观鱼》："卢园故址说当时，碧藻朱蕴映陆离。吹沫纤鳞惊不起，逍遥独许落花知。"

[5]（清）弘晓《花港观鱼》："绿波数顷见清湍，唼水游鱼苹末攒。画舸移时风袅袅，名花落处影珊珊。闲来却喜回廊步，兴到还凭曲槛看。潜跃忽从吟思触，留连日暮滞归鞍。"唼（shà），鱼吃食。

[6]（清）黄图珌《花港观鱼》："绿嫩红娇天作成，波光相映倍分明。岩头吹落桃千树，云外飞来雨半城。春水洋洋鱼有乐，画塘寂寂鸟无声。从容自得于中趣，何限收回风月清。"

[7]（清）胡荣《花港观鱼》："鱼笑春晴花乱开，花香港曲趣鱼来。风翻花阵惊鳞沫，浪卷鱼群逐瓣回。爱探清流携卷楂，不争片地起楼台。静观物理知鱼乐，烹取花溪水一杯。"

[8]乾隆《花港观鱼》："只园西畔藻池清，翠色文鳞纵复横。设曰观鱼即观水，未能忘者是民情。"

但闻花港观鱼好①，

乱跃萍星翠几重②。

春水净于僧眼碧③，

还应丽日起苍龙④。

纤鳞行处如堪数⑤，

花着鱼身鱼喂花⑥。

一自惠庄濠上后⑦，

强分物我笑南华⑧。

---

①（清）段玉裁《蔡一帆先生传》引史龙洪《雨中游西湖诗》："但闻花港观鱼好，未见吴山立马孤。潮落有情悲伍相，梅开无路访林逋。"

②（明）聂大年《花港观鱼》："湖上春来水拍空，桃花浪暖柳阴浓。微翻荇带彩千尺，乱跃萍星翠几重。洲渚此时多避鹭，风云何日去为龙。个中纵有濠梁乐，阔网深罾不汝容。"

③（宋）林逋《西湖》："混元神巧本无形，匠出西湖作画屏。春水净于僧眼碧，晚山浓似佛头青。栾栌粉堵摇鱼影，兰杜烟丛阁鹭翎，往往鸣榔与横笛，细风斜雨不堪听。"

④（明）孙鐩《花港观鱼》："鱼弄澄潭漾碧空，春风挑荇暖偏浓。衔花出水红千队，翻藻浮波翠百重。岂有素绡传赤鲤，还应丽日起苍龙。闲来独钓明湖月，谁道任竿不汝容。"

⑤（清）钱维城《花巷观鱼》："纤鳞行处如堪数，细沫吹余便作花。莲叶东西任来去，此中真乐问南华。"

⑥乾隆《花港观鱼》："花家山下流花港，花着鱼身鱼喂花。最是春光萃西子，底须秋水悟南华。"

⑦（清）王岱《花港观鱼》："不贪芳饵避深池，为泛桃花出水嬉。一自惠庄濠上后，至今鱼乐少人知。"

⑧（清）钱陈群《花港观鱼》："望山桥下围清港，戢戢鱼跳唼晚花。会得濠梁真面目，强分物我笑南华。"

题南屏晚钟

盛世难敲警世钟[1]，
官家自有买山铜。
熙熙攘攘灵山梦，
弥勒财神南极翁[2]。

罗宁摄

《西湖志纂》卷一："南屏山当西湖之南，正对孤山。层峦耸列，翠岭横披，宛若屏障。凌空而中峙者为慧日峰，下有慧日永明院，即今之净慈寺也。寺钟一鸣，山谷皆应，逾时方息。盖兹山隆起，中多岩壑，嵌空玲珑，传声独远，故称南屏晚钟。康熙御书匾额，建亭于寺门前正中，面临万工池，于池北建御碑亭。"

南屏山在杭州西湖西南岸、玉皇山北，九曜山东。因地处杭城之南，有石壁如屏障，故名南屏山。五代吴越时净慈寺初建，就设有钟楼一座，明代洪武年间重铸。钟声洪亮，震荡半个杭城，致足发人深省，此之谓"南屏晚钟"。

---

①（元）释德辉《敕修百丈清规》卷八法器章"钟"条："大钟，丛林号令资始也。晚击则破长夜，警睡眠；暮击则觉昏衢，疏冥昧。引杵宜缓，扬声欲长，凡三通，各三十六下，总一百八下。起止三下稍紧。鸣钟行者想念偈云：'愿此钟声超法界，铁围幽暗悉皆闻。闻尘清净证圆通，一切众生成正觉。'"
②弥勒佛，笑和尚，世尊释迦牟尼的继任者也。南极仙翁，即寿星。

南屏晚钟集句

涤尽尘襟万感清①，
玉壶银箭夜初更②。
他时重举东坡语③，
何处疏钟递晚声④。

玉屏遥列碧玲珑⑤，
树木阴森烟雨浓⑥。
日落西山星斗现⑦，
一声清彻落高峰⑧。

罗宁摄

---

① (清)陈夔龙《湖上杂咏示亭秋》："涤尽尘襟万感清，佛龛灯火净慈明。一钟撞罢南屏晚，疑是寒山半夜声。"

② (明)聂大年《南屏晚钟》："柳昏花暝暮云生，隐隐初传一两声。禅榻屡惊僧入定，旅窗偏恼客含情。月随逸韵升鳌岭，风递遗音过凤城。催散游人罢歌舞，玉壶银箭夜初更。"

③ (清)陈廷敬《西湖八首》："碧玉环流浸碧虚，玉泉只可伴山居。他时重举东坡语，曾识南屏金鲫鱼。"

④ (明)孙鏊《南屏晚钟》："高林翳翳翠烟生，何处疏钟递晚声。僧舍朗然和梵语，客窗飒尔动秋情。随风细细传空谷，带月萧萧响暮城。笛里梅花吹不尽，一枝仿佛落寒更。"

⑤ (清)阎沛年《南屏晚钟》："玉屏遥列碧玲珑，绀殿崔嵬射塔峰。大梦尘寰谁唤醒，宿窗觉处一声钟。"

⑥ (清)张廷选《西湖杂咏》："南屏巀嶪最高峰，树木阴森烟雨浓。知有山僧云外立，半空飞下一声钟。"

⑦ (清)华广生《南屏晚钟》："南屏晚钟钟远闻，游人塘上冷清清。日落西山星斗现，禅堂里面点红灯。出家人，念经文，礼拜慈航观世音，保佑十方施主多荣贵。大小人家庆太平，西湖十景在武陵。"

⑧ (清)黄图珌《南屏晚钟》："秋寺烟林起暮钟，一声清彻落高峰。萧萧吼出千寻水，滚滚涛生万树松。石户偶因明月掩，禅床久被白云封。老僧何事归来晚，杖锡经过岭几重。"

芙蓉万朵簇南屏^①，
画舫清讴逐渐停^②。
重霭山钟催晚日^③，
一声遥夜梦初醒^④。

幽梦忽惊觉^⑤，
亭亭入暮天^⑥。
轻岚薄如纸^⑦，
飞落万松巅^⑧。

---

① （明）胡应麟《西湖十咏》："徙倚危阑醉目醒，淡妆浓抹望难停。波摇西子眉端绿，山叠文君髻上青。杨柳千丝围别墅，芙蓉万朵簇南屏。回桡欲到钱塘岸，一派弦歌月下听。"

② （清）胡荣《南屏晚钟》："画舫清讴逐渐停，钟声暮急正堪听。堤沉水底烟初障，寺隐湖南山欲屏。林里禅灯犹照灼，溪边渔火散零星。长更且喜清酤伴，将动晨敲醉未醒。"

③ （清）陈昌图《南屏晚钟》："峰前落日晚催钟，日晚催钟山霭重。重霭山钟催晚日，钟催晚日落前峰。"

④ （清）德保《南屏晚钟》："迷离暮色隐南屏，鞺鞳随风静里听。明月满船春水阔，一声遥夜梦初醒。"

⑤ （明）张宁《南屏晚钟》："幽梦忽惊觉，严城方向晨。看花春起早，已有晓妆人。"

⑥ （明）程敏政《追思旧游寄浙江左时翊参政十绝次草庭都尉韵》："开尊净慈阁，鹅鸭满湖田。对岸雷峰塔，亭亭入暮天。"

⑦ （清）张岱《南屏晚钟》："夜气瀜南屏，轻岚薄如纸。钟声出上方，夜渡空江水。"

⑧ （明）莫如忠《南屏晚钟》："一片南屏石，虚无伴独眠。夜钟何处动，飞落万松巅。"

题三潭印月

金秋时节雨初晴，

月到中天分外明。

幻出化身千万亿，

波光一闪一蟾精①。

罗宁摄

明田汝成《西湖游览志》载："湖心亭，旧为湖心寺，鹄立湖中，三塔鼎峙。相传湖中有三潭，深不可测，所谓三潭印月是也，故建三塔镇之。"《西湖志纂》卷一："苏轼留意西湖，极力濬复，于湖中立塔以为标表，着令塔以内，不许侵为菱荡。旧有石塔三，土人呼为三塔基。塔影如瓶，浮漾水中，明弘治间毁，万历间浚取葑泥，绕潭作埂，为放生池。池外湖心仍置三塔，以复旧迹。月光映潭影分为三，故有三潭印月之目。国朝康熙三十八年于池上构亭，恭悬圣祖御书匾额，复建一亭于池北以奉御碑。内置高轩杰阁，度平桥三折而入，空明窅映，俨然湖中之湖。夜凉人寂，孤艇沿洄，洵可濯魄洗心，顿遣尘虑也。"

今湖南侧有三潭印月岛，岛上有湖，湖中有十字形长堤分隔，故称湖中有岛、岛中有湖。三塔，在三潭印月岛南方湖面，石塔，腹中空，塔腰部球体上排列着五个等距离圆洞，月明之夜，塔中点燃烛光，湖面波光粼粼，十五支光源映射水面，倒映出无数空月、水月、迷月、幻月，交相辉映，隐约迷离，如梦如幻，故名"三潭印月"。

---

①蟾精，指月。骆宾王《上兖州崔长史启》："叶凤彩之英姿，辨蟾精于弱岁。"

三潭印月集句

眠鸥宿鹭聚菰蒲①，
堤绕荷花花绕湖②。
三塔压潭分月影③，
冰壶深处浴明珠④。

澄波点破木兰舟⑤，
风起青苹紫翠浮⑥。
试问龙渊深几许⑦，
一湖金水欲熔秋⑧。

罗宁摄

---

①（清）阎沛年《三潭印月》："塔影涵虚漾碧湖，眠鸥宿鹭聚菰蒲。一轮魄满蟾蜍冷，夜静鲛人泣泪珠。"

②（清）范承谟《归棹》："堤绕荷花花绕湖，湖心明月漾骊珠。轻舟摇入烟深处，惊起花间两睡凫。"

③（清）宝廷《夜游三潭印月题壁》："禅宫高踞浪中央，秉烛登游夜气凉。三塔压潭分月影，双堤界水划湖光。潜鱼波刺跃芦渚。宿雁悠扬鸣柳塘。莫怪宵深不归去，狂奴醉后兴尤狂。"

④（元）尹廷高《三潭印月》："波仙鼎立据平湖，天影清涵水墨图。夜静老龙鳞甲冷，冰壶深处浴明珠。"

⑤（明）孙鏊《三潭仰月》："长天入暮翳全收，千里清光浸碧流，水底乍涅金镜杳，空中深贮玉壶秋。蛟龙误喜明珠动，蟾兔虚凭碧涧浮。隐隐棹声过静夜，澄波点破木兰舟。"

⑥（明）许叔夏《湖心亭诗》："孤山突兀敞高秋，风起青苹紫翠浮。一送归鸿何处去，碧天明月夜悠悠。"

⑦虚舟居士《三潭印月》："秋乱寒潭澄见底，玉色蟾蜍，飞入清泠水。睡熟骊龙呼不起，颔珠光照冰壶水。宴赏此时能有几，遥忆闻观今夜人千里。试问龙渊深几许，骑鲸欲共姮娥语。"（明佚名《湖山胜概·西湖十景》）

⑧（明）聂大年《三潭印月》："纤云扫迹浪花收，塔影亭亭引碧流。半夜冰轮初出海，一湖金水欲熔秋。龙官献璧神光吐，鲛室遗珠瑞气浮。浪说影娥池上景，不知此地有仙舟。"

291

万里无云星亦稀①，

凉风瑟瑟吹秋衣②。

无心古镜波心印③，

上下虚明荡夕霏④。

歌闻桥畔箫声动⑤，

三塔门前月影三⑥。

识得西江吸一口⑦，

此心寒似碧波潭⑧。

---

① （清）黄图珌《三潭印月》："万里无云星亦稀，翩翩维有鹊南飞。县来一镜衔清影，印入三潭泻素徽。鹤唳悠悠闻古洞，笛声两两起幽矶。凭栏几度闲相赏，玉漏深沉尚未归。"

② （清）陈文述《秋夜湖上泛月》："三潭印月月色微，平湖秋月余空矶。何处湖天最清旷，凉风瑟瑟吹秋衣。"

③ 乾隆《三潭印月》："标意恒沙转法轮，见身非实是真身。无心古镜波心印，不向拈花悟果因。"

④ （清）黄图珌《三潭印月》："上下虚明荡夕霏，波光月影两依稀。三潭吞影清还彻，一镜浮光动欲飞。葛岭可知云已敛，孤山此际鹤应归。相看未忍轻相别，不觉沉沉露湿衣。"

⑤ （清）弘晓《三潭印月》："万顷琉璃一色奇，潭清如镜晚来时。歌闻桥畔箫声动，月到天心塔影移。草树银塘光的皪，烟波碧汉夜沦漪。绕堤闲步多幽趣，印澈重渊景最宜。"

⑥ （清）德保《三潭印月》："湖心平处熨澄蓝，三塔门前月影三。一贯可能抒妙理，清光端复印千潭。"

⑦ 乾隆《三潭印月》："恒沙常转法王轮，潭月偏标清净身。识得西江吸一口，是中非果亦非因。"

⑧ （清）胡荣《三潭印月》："玉盘影落一泓涵，坐镇平分石塔三。纨扇清风摇月白，新词飞屑染云蓝。山从天外才成览，水到湖深始可探。夜色宛然长独啸，此心寒似碧波潭。"

围印千秋满半轮①，

百东坡岂是前身②。

水中天上俱无着③，

可向前三识妙因④。

---

①乾隆《三潭印月》："围印千秋满半轮，前三三即后三身。我来不见潭中影，省辩非因与是因。"

②（清）钱陈群《三潭印月》："水作于波月一轮，百东坡岂是前身。月明潭碧都无着，留证人间清净因。"苏轼《泛颍》："上流直而清，下流曲而漪。画船俯明镜，笑问汝为谁。忽然生鳞甲，乱我须与眉。散为百东坡，顷刻复在兹。"

③（清）沈德潜《三潭印月》："照入千潭月一轮，三潭了澈净名声。水中天上俱无着，底用还留未了因。"

④（清）钱维城《三潭印月》："澄澈当空镜一轮，应身随处印全身。试寻不动如如体，可向前三识妙因。"

题赵敏俐老师所摄两峰插云

历经东海几沧桑，
直面西湖跑马场。
千古兴亡多少恨，
两峰依旧送斜阳。

两峰插云，宋代西湖十景之一。《西湖志纂》卷一："南高、北高两峰相去十里许，其间层峦叠嶂，蜿蜒蟠结，列峙争雄。而两峰独以高名，为会城之巨镇，往往能兴云雨，故其上多奇云。山峰高出云表，时露双尖，望之如插，宋人称两峰插云。康熙易'两峰'为'双峰'，构亭于行春桥之侧，适当两峰正中，勒石于亭后，缭以周垣，丹革翚飞，与双峰相对。每春秋佳日，凭栏四望，俨如天门。"

赵敏俐摄

两峰插云集句

两峰塔影天垂盖[①]，
屏列诸山势欲凌[②]。
林屋参差依翠槛[③]，
夜深遥礼月边灯[④]。

南高北高日相见[⑤]，
云作袾褉片片披[⑥]。
试向凤凰山上望[⑦]，
半湖烟雨欲来时[⑧]。

---

① (元)黄镇成《灵隐》："路入西山窈复深，法筵应有圣僧临。两峰塔影天垂盖，千佛林光地布金。牛畜倘逢圆泽语，龙宫还见阆仙吟。空中曳曳藏云洞，水乐泠泠奏八音。"

② (明)孙鑨《两峰插云》："崔嵬青嶂望来冥，屏列诸山势欲凌。松桧千寻云袅袅，芙蓉双插雾层层。金牛遥动中湖影，玉兔高悬万壑灯。望入扶桑红滟潋，曙光渐向海门升。"

③ (清)弘晓《双峰插云》："眺赏平芜一带连，双峰忽起插高天。削成万古青霄上，对峙千秋远岸边。林屋参差依翠槛，长堤杳霭罨云烟。香车宝马频来往，拄杖看山静里缘。"

④ (明)聂大年《两峰插云》："屹立亭亭入杳冥，势雄南北气凭陵。玉簪拔地三千仞，宝盖撑空一七层。天远不闻风外铎，夜深遥礼月边灯。何当一扫浮云，静俯视东溟看日升。"

⑤ (清)沈德潜《双峰插云》："两峰插天天四垂，嵬峩半隐云衣披。南高北高日相见，不比二雷欲斗时。"

⑥ 乾隆《双峰插云》："一双长剑倚天垂，云作袾褉片片披。宇宙以来便有此，那称欧冶破董时。"

⑦ (宋)王洧《两峰插云》："浮图对立晓崔嵬，积翠浮空雾霭迷。试向凤凰山上望，南高天近北烟低。"

⑧ (清)钱维城《双峰插云》："浓云如练远垂垂，横幅吴装画卷披。两点青螺看不定，半湖烟雨欲来时。"

春朝尝被白云封①，
尺五天光映几重②。
暧靆渐添苍顶没③，
南高峰并北高峰④。

万树流苍霭⑤，
南峰望北峰⑥。
湖开西子镜⑦，
惆怅付云松⑧。

赵敏俐摄

---

①（清）黄图珌《两峰插云》："壁立岩岩起两峰，春朝尝被白云封。自愁尘染深藏体，独傲霜寒不改容。繇我性情舒复卷，随人交谊淡还浓。羡他高养于中者，饱食烟霞已满胸。"

②（清）德保《双峰插云》："两山高峙晓烟浓，尺五天光映几重。我欲攫云登绝顶，翠微深处挂吟筇。"

③（清）胡荣《双峰插云》："看云何处倍加浓，祇有参天南北峰。暧靆渐添苍顶没，峻嶒欲露淡烟封。千霄古树高千尺，结架浮图废几重。两望山尖连十里，湖边不数水芙蓉。"

④（清）黄图珌《双峰插云》："南高峰并北高峰，吐出浮云有万重。抖擞羽毛翼似凤，猖狂牙爪起如龙。曲随人意舒还卷，却任交情淡与浓。自是灵通非俗物，为风为雨独从容。"

⑤（明）莫如忠《两峰白云》："万树流苍霭，两峰皆白云。不逢招隐士，独自吊松筠。"

⑥（明）吴兆《西湖子夜歌》："南峰望北峰，如欢又如侬。何当云雾合，两峰作一重。"

⑦（清）张九钺《西湖席上分赋得雷峰塔》："天削钱妃塔，冥茫白玉阶，湖开西子镜，倒插赤瑶钗。斜阳烧相乱，愁烟幂更佳。望中宜远近，选胜属五侪。"

⑧（清）赵执信《沿湖山行至灵隐寺上韬光庵四首》："竹暗禽如引，苔深径欲封。两峰遥对雨，三竺乱闻钟。湖影山腰出，游人树杪逢。西溪来年约，惆怅付云松。"

题六和塔

钱唐江畔六和塔，

烟雨苍茫不见家。

何处钟声惊客梦，

却看野径落山花。

丙申中秋，全家汇聚杭州，畅游六和塔，即景联句，不亦乐乎。
《方舆胜览》临安府："六和塔，开宝中建，在龙山月轮峰之开化寺。
初九级，后废，绍兴再造七层。"塔位于西湖之南，钱塘江畔月轮山
上。塔内部砖石结构分七层，外部木结构为8面13层。六和塔原为五代
吴越国王的南果园，北宋开宝三年（970），吴越国国王钱弘俶舍园造
塔，目的是为了镇住钱塘江潮。塔取佛教"六和敬"之义命名。又名六
合塔，则取"天地四方"之意。宣和三年（1121）毁于兵火，如今保存
的砖筑塔身，为南宋绍兴二十六年（1156）重建，乾道元年（1165）竣
工，历时10年。

附：尚永亮老师和诗

几度隔山看古塔，

人行万里未还家。

西风唤醒一窗梦，

但赏月轮秋后花。

西德尼·甘博摄

六和塔集句

诗债责偿殊未了①，
经行塔下几春秋②。
炉中丹火工夫浅③，
惹起西风一段愁④。

浮图百尺倚天开⑤，
塔外遥山翠作堆⑥，
自叹冯唐今已老⑦，
苍苔白石路盘迴⑧。

罗宁摄

①（宋）程公许《六和塔寺馆三宿和秀江亭诗牌韵》："鲸呿鳌掷三神山，幻境起灭指顾间。东西帆樯来复去，得似上方僧独闲。看山看水知多少，诗债责偿殊未了。胶胶扰扰竟何如，早结把茅佚吾老。"

②（宋）郑清之《咏六和塔诗》："经行塔下几春秋，每恨无因到上头，今日始知高处险，不如归卧旧林丘。"

③（宋）连文凤《六和塔访陈右司》："空山木落欲何归，渺渺黄尘污客衣。自叹冯唐今已老，世无刘表孰堪依，炉中丹火工夫浅，篱下文章气焰微。幸识贞元旧朝士，钱塘江上语残晖。"

④（宋）吴锡畴《六和塔》："直上浮屠最上头，茫茫渺渺入双眸。斜阳断雁新秋意，惹起西风一段愁。"

⑤（明）莫逄《登六和塔》："浮图百尺倚天开，落日珠林鸟雀哀。王气已销龙战后，山形犹似凤飞来。茫茫云海迷蓬岛，渺渺江湖接钓台。回首西湖倍惆怅，南朝陵墓尽蒿莱。"

⑥（宋）阳枋《登六和塔》："钱塘江上撑空塔，塔外遥山翠作堆。酒罢凭栏呼落日，水云深处子陵台。"

⑦（宋）连文凤《六和塔访陈右司》："空山木落欲何归，渺渺黄尘污客衣，自叹冯唐今已老，世无刘表孰堪依。炉中丹火工夫浅，篱下文章气焰微。幸识贞元旧朝士，钱塘江上语残晖。"

⑧（明）张靖之《题虎跑寺》："苍苔白石路盘迴，林谷藏春一径开。山势北连三竺去，泉声西自五云来。春残野衲和松老，风静闲云伴鹤回。游赏渐多题咏徧，不知谁继子瞻才。"

六和塔前江水流[①]，
水明一色抱神州[②]。
我家深在万山间[③]，
忽忆瞿塘五月秋[④]。

六和塔下寻诗去[⑤]，
卷地涛声未肯回[⑥]。
放眼欲穷天水碧[⑦]，
轻轻云影日边来[⑧]。

孟国栋摄

---

①（元）王逢《谢睢阳朱泽民为画六和塔前放船图》："六和塔前江水流，天清无云风始秋。夕阳半落锦万顷，着我一个发仙舟。"

②（宋）高似孙《四圣观凉堂》："水明一色抱神州，雨压轻尘不敢浮。山北山南人唤酒，春前春后客凭楼。射熊馆暗花扶炭，下鹄池深柳拂舟。白发邦人能道旧，君王曾奉上皇游。"

③（宋）楼钥《次韵六和塔秀江亭壁间留题》："江外参差列万山，我家深在万山间。好山正不用钱买，但要未老身先闲。"

④（明）张宁《夏珪风雨图》："何人倚岸泛虚舟，风雨不动如安流。酒酣袒侧蓬窗底，忽忆瞿塘五月秋。"

⑤（清）盛大士《江行口占》："六和塔下寻诗去，七里泷边放棹还。明月钱塘江上水，清光长照富春山。"

⑥（清）张云璈《钱唐江岸》（时登六和塔）："寒塘曲折乱帆开，远树平沙迥易哀。马渡人传前代去，龙飞山自隔江来。浮天云气虚疑晚，卷地涛声未肯回。百级危梯千里目，西风吹冷越王台。"

⑦（清）陈广宁《登六和塔感兴》："高悬七级敞疏棂，江畔峰峦列画屏。放眼欲穷天水碧，举头空恋越山青。千年事业尘沙劫，卅载流光草木龄。悟却菩提明镜意，不应身世叹飘零。"

⑧（清）范承谟《西湖十咏》："六桥桃柳是新栽，镇日游人千万回。隐隐箫声船里度，轻轻云影日边来。"

隔江烟火起[1]，

日转五云屯[2]。

石壁丹青落[3]，

鸣泉穿竹根[4]。

---

[1]（明）徐登《六和塔》："窣堵立层层，秋高快一登。峰形月轮满，潮势雪山崩。宿霭常埋顶，寒波近照棱。隔江烟火起，极目见西陵。"

[2]（明）邵经济《辛亥初春叙别南泉刑部登五云山饮六和塔》："飞盖出林薄，征轺历远村。山回千障合，日转五云屯。瞻礼心香共，登临法界尊。凌虚动遐想，江海欲平吞。"

[3]（明）朱长春《月轮山同客登六和塔春望分得六微成十韵》："野寺钱塘口，高风禅塔巍。江流古浩浩，海色暮霏霏。吴越人烟合，乾坤日气微。天空初倚槛，地迥更添衣。石壁丹青落，云标物色稀。晚潮怀禹迹，春郭想王畿。溟外三韩近，岩边双阙非。游人富渚望，估客穆陵归。世路劳回首，空林欲息机。茫茫万里目，壮发觉心违。"

[4]（清）秦瀛《雪后至开化寺即六和塔》："晨兴陟茶坞，一叩众妙门。积雪在屋角，鸣泉穿竹根。寂历林间磬，缥缈风中幡。心得得真境，径幽无杂喧。猿鸟悦禅悟，潮汐答道言。契兹象外象，识彼尊者尊。一览沧江小，渤碣谁讨源。何当寻虎跑，试与坡公论。"

雨中游杭州植物园

山随云起忽明暗，
雨打风莲碎玉开。
几尾金鱼拨剌去[①]，
一双野鸭扑棱来[②]。

刘真伦摄

杭州植物园位于杭州市西湖区玉泉至桃园岭一线，占地面积284.64公顷，1956年始建。有木兰山茶园、杜鹃槭树园、桂花紫薇园、桃花园、灵峰蜡梅园、百草园、山水园、竹类植物区等8个专类园。植物园北侧有玉泉，占地21亩，是杭州著名的三泉之一，因泉水晶莹透明如美玉而得名。鱼池西院有古珍珠泉，泉北有晴空细雨池，鱼池南有亦乐园。依山傍水，建有戏鱼池、清乐堂、如鱼得水、碧莹亭、闲定轩等观鱼景点。

丙申仲秋，全家冒雨同游。烟雾氤氲，时明时暗；云起云消，忽高忽低。杨万里有诗云："霁天欲晓未明间，满目奇峰总可观，却有一峰忽然长，方知不动是真山。"（《晚行望云山》）此刻景象，正与诚斋所见略同，遂得句"山随云起忽明暗"云。

---

①拨剌，即"拨剌""拨喇"。张衡《思玄赋》："弯威弧之拨剌。"《别雅》："鱼跃声。跋剌即拨剌，皆形容其声响。""拨喇，鱼尾拨水声。唐李邕《国清寺碑序》："畅拨剌以掉尾，恣唸（yǎn）喁而鼓腮。"
②扑棱，禽鸟张翅拍打貌。

题赵敏俐老师所摄保俶塔

西湖东岸钱王塔，

一锷侵天峭欲斜。

百级石阶青彻骨，

满山红叶映流霞[①]。

保俶(chù)塔，别名保叔（shū）塔，位于杭州西湖东北宝石山巅，又名宝石塔、宝所塔、保所塔。初建于五代吴越忠懿王钱俶年间，宋代潜说友《咸淳临安志》："保叔塔崇寿院，开宝元年钱氏建。咸平中僧永保重修，土人因号保叔塔焉，治平中改赐今额。西湖北山尽处标以浮图，浙江中流望之最为耸出，在湖山间与雷峰塔相应。"明朱国祯《涌幢小品》："杭州有保俶塔，因俶入朝，恐其被留，作此以保之。称名者，尊天子也。"历经宋、元、明、清六次重修，现塔为1933年照古塔原样重建，为全国重点文物保护单位。

赵敏俐摄

[①]宝石山山体属火成岩中的凝灰岩和流纹岩，其色泽似翡翠玛瑙，故称"宝石山"。朝霞初露或落日余晖映照下，其紫褐色山岩，五彩缤纷，世称"宝石流霞"。

保俶塔集句

带海襟江一望间^①，

朝天人去不重还^②。

老僧追话升平事^③，

曾给上方中使钱^④。

周围星斗半空灯^⑤，

江上浮图快一登^⑥。

风里百铃如可语^⑦，

烟云遍护最高层^⑧。

罗宁摄

---

①（清）王庆勋《登保俶塔》："亭亭高踞万烟鬟，带海襟江一望间。只有潮声拦不住，随风飞过凤凰山。"

②清沈赤然《梦游西湖题保俶塔》："朝天人去不重还，宝石山巅塔宛然。日日西湖好歌舞，问谁生在宋朝前。"

③（清）张应昌《闰四月六日偕江都卢葵生栋游湖上口占十绝句》："高阁幽跻奥旷兼，旧题胜概笔精严。老僧追话升平事，凤舞龙飞屡就瞻。"

④（明）程嘉燧《宝石山窗图歌》："胶西张生号也颠，日挥于亩飞雪烟。尝沾肃邸贤王醴，曾给上方中使钱。"

⑤（明）陈贽《保叔塔》："保叔由来苦行僧，募缘成塔世咸称。只因南渡人烟众，遂使西来教法兴。嘹亮笙歌诸处舫，周围星斗半空灯。昔年我亦闲登览，直上青云第一层。"

⑥（明）孙原理《登六和塔》："江上浮图快一登，望中烟岸是西兴。日生沧海横流外，人立青冥最上层。潮落远沙群下雁，树敲高壁独巢鹰。百年等是豪华尽，怕听兴亡懒问僧。"

⑦（清）朱东观《宝所塔》："萧疏苔竹也堪栖，蛛网牵丝护旧题。风里百铃如可语，人闲万劫不能齐。悬崖定有灵蛇绕，启户还闻怖鸽啼。头白枯僧犹健饭，那堪风雨赋凄凄。"

⑧（宋）董嗣杲《保叔塔》："咸平曾有募缘僧，遍走街坊负叔称。定力一坚无外想，窣波七级可中兴。愚夫春日烧冥（阙），道者昏时炙梵灯。只怪青龙行雨过，烟云遍护最高层。"

登时百里见秋毫①，
古塔松台对寂寥②。
树里寒声分涧水③，
重来不用鹤书招④。

去岁霜晨集上方⑤，
青青垂柳一丝长⑥，
何人唤醒罗浮梦⑦，
宝所塔边松木场⑧。

---

① （明）六一居士《两峰插云》："一支分崎两峰高，海圻江蟠立巨鳌。耸处千年钟五气，登时百里见秋毫。波湖足下低堪把，斗柄暑前近可操。夜静有时笙鹤过，绕空钟梵杂仙璈。"

② （明）李攀龙《与子与游保叔塔同赋》："古塔松台对寂寥，高斋斜日傍渔樵。金牛忽见湖中影，铁骑初回海上潮。更倚连城明月动，并携双剑落星摇。若非赋有凌云气，笔底天花可自飘。"

③ （明）张靖之《九月初八日霜降同友人游灵隐三首》："落日苍茫石磴斜，隔林鸡犬是谁家。烟岚浓似催诗雨，霜叶娇如笑客花。树里寒声分涧水，天边晚色过山鸦。登临未尽悲秋兴，回首严城起暮笳。"

④ （明）张靖之《题石屋诗》："幽寻随路问山樵，落日催人酒未消。悬壁有铭镌往事，老僧相见说前朝。月灯夜落松烟暝，云幕秋虚竹露飘。胜境难逢时易过，重来不用鹤书招。"

⑤ （明）张靖之《怀陈彦章》："去岁霜晨集上方，今年仍扣远公房。青山不改故人眼，碧草欲枯吟客肠。林借清秋烟亦爽，树涵春煦叶都香。为谁独倚危阑立，感兴无诗忆子昂。"

⑥ （明）徐熥《锦塘春柳》："三月寻春到锦塘，青青垂柳一丝长，折来戏作同心结，不是同心不赠郎。"

⑦ （清）查慎行《题陈缄庵前辈西溪探春图二首》："不怕京尘涨帽裙，参横月落正思君。何人唤醒罗浮梦，万壑千岩皆白云。"

⑧ （清）查慎行《题陈缄庵前辈西溪探春图二首》："宝所塔边松木场，小溪冰泮绿泱泱，竹篱撑到水穷处，腊雪不香春雪香。"

明湖初月净^①，

耸塔倚红曛^②。

午寺鸣钟乱^③，

相思逐片云^④。

西德尼·甘博摄

---

① （明）郑鄤《宝所塔》："宝所寻多宝，苍茫指点看。明湖初月净，危石一星残。王气当年聚，涛声永夜寒。登临转惆怅，怀古侧身难。"

② （清）顾宗泰《保俶塔》："天半天风语，铃声远入云。盘陀临翠壁，耸塔倚红曛。迹说钱王建，名疑宝所闻。苍茫余眺望，一啸出高雯。"

③ （明）夏言《孙南江招饮宝所塔》："客到西湖上，春游尚及时。石门深历险，山阁静凭危。午寺鸣钟乱，风湖去舫迟。清尊欢不极，醉笔更题诗。"

④ （明）程敏政《追思旧游寄浙江左时翊参政十绝次草庭都尉韵》："忆登保叔塔，举酒别诸君。两听春鸿过，相思逐片云。"

乙未冬至后四日游灵隐寺

飞来石上叶飙风，
灵隐前阶香火丛①。
几树山茶浑烂漫，
拈花一笑大江东。

孟国栋摄

《咸淳临安志》引晏殊《舆地志》："晋咸和元年，西天僧慧理登兹山，叹曰：'此是中天竺国灵鹫山之小岭，不知何年飞来。佛在世日多为仙灵所隐，今此亦复尔邪！'因挂锡造灵隐寺，号其峰曰飞来。"寺处杭州西湖以西，背依北高峰，面迎飞来峰，至今已有1600余年的历史，是杭州最早的古寺名刹。

寺名灵隐，可惜欲隐不得，游客太盛，香火太浓，早已熏暗了古寺名刹。此日来游，烟雾缭绕，纸灰乱飘，随处可见的白色垃圾，尤其令人郁闷；登上山坡，几树山茶旁若无人，烂漫开放，使人怦然心动，若有所悟；走出寺门，恰值一阵疾风袭来，卷起飞来石上不知道积聚了多少岁月的枯叶，劈头盖脸，漫天飞舞，飘飘洒洒，依依袅袅，风姿妙曼，风情万种，似乎特地为我演绎霜风落叶的悲壮。愚钝如我，也不禁醍醐灌顶，恍然大悟。我佛慈悲，示我以三身法相，悟我以生命轮回，纳芥子于须弥，收万劫于一瞬。弱水三千，予我一瓢。灵隐灵隐，孰敢谓予不信！

---

①丛，丛集、众多、繁杂。《汉书·酷吏传赞》："张汤死后，罔密事丛。"颜师古注："丛，谓众也。"

灵隐寺集句

人向空门见性天①，
飞来何处一峰悬②。
山钟夜度空江水③，
依约峰峦似竺乾④。

濯足寒泉数落花⑤，
须弥纳芥不为夸⑥。
冷泉亭畔闲凭槛⑦，
恼得山僧悔出家⑧。

①（元）张养浩《游灵隐寺》：“常怜无地蜕尘烟，人向空门见性天。一路密松山左右，半空飞瀑寺旁前。驯猿就手取新果，老衲鞠躬参旧禅。归去不妨镫火晚，与君同看万家莲。”

②（明）李攀龙《灵隐寺同吴马二公作》：“武林台殿敞诸天，建自咸和第几年。才到上方双涧合，飞来何处一峰悬。梵音动杂江潮转，灯影长含海日传。所以龙宫称绝胜，骊珠交映使君前。”

③（唐）贾岛《早秋寄题天竺灵隐寺》：“峰前峰后寺新秋，绝顶高窗见沃洲。人在定中闻蟋蟀，鹤从栖处挂猕猴。山钟夜度空江水，汀月寒生古石楼。心忆悬帆身未遂，谢公此地昔年游。”

④（宋）姜特立《寄题时氏小飞来》：“依约峰峦似竺乾，崟崎岩洞老云烟。有时风雨无人夜，疑有猿声到枕边。”

⑤（宋）张舆《冷泉亭》：“小朵峰峦拥翠华，倚云楼阁是僧家。凭栏尽日无人语，濯足寒泉数落花。”

⑥（宋）姜特立《寄题时氏小飞来》：“须弥纳芥不为夸，曾向壶中贮九华。灵隐寺前天竺后，好峰都落在君家。”

⑦（清）涂庆澜《宿灵隐寺三日得诗七首示瀛上人》：“官职诗名久两忘，玉堂不住况黄堂。冷泉亭畔闲凭槛。独听溪声倚夕阳。”

⑧（唐）白居易《题灵隐寺红辛夷花戏酬光上人》：“紫粉笔含尖火焰，红胭脂染小莲花。芳情乡思知多少，恼得山僧悔出家。”

水天相映淡潋溶^①，
绕寺千千万万峰^②。
白日老僧初出定^③，
上方精舍动疏钟^④。

碧嶂云低草树香^⑤，
石泉苔径午阴凉^⑥。
渊头岩穴仙都邃^⑦，
九里松阴半入廊^⑧。

刘真伦摄

①潋(yóu)溶，水流动貌。（宋）林逋《西湖泛舟入灵隐寺》："水天相映淡潋溶，隔水青山无数重。白鸟背人秋自远，苍烟和树晚来浓。桐庐道次七里濑，彭蠡湖间五老峰。辍棹迟回比未得，上方精舍动疏钟。"

②（宋）潘阆《宿灵隐寺》："绕寺千千万万峰，满天风雪打杉松。地炉火暖黄昏睡，更有何人似我慵。"

③（明）夏言《游灵隐和杨邃老》："扪萝诘曲历崔嵬，玉削芙蓉面面开，白日老僧初出定，中春有客到山来。林深只树云霞绕，地迥诸天日月回。世上宰官元是佛，洞门猿鹤莫惊猜。"

④（宋）林逋《西湖泛舟入灵隐寺》："水天相映淡潋溶，隔水青山无数重。白鸟背人秋自远，苍烟和树晚来浓。桐庐道次七里濑，彭蠡湖间五老峰。辍棹迟回比未得，上方精舍动疏钟。"

⑤（宋）曹既明《冷泉亭》："朱檐日静轩窗冷，碧嶂云低草树香。山影倒沉波底月，夜阑相对泻寒光。"

⑥（宋）刘一止《入灵隐寺》："石泉苔径午阴凉，手撷山花辨色香。度岭穿松心未已，好闲反为爱山忙。"

⑦（宋）李弥逊《和小君游灵隐寺》："俗子丛中暂拨忙，团蒲中夜拟禅房。渊头岩穴仙都邃，石上轩楹佛土香。宿雨生秋醒客梦，霁云回日借山光。归涂芳物酬佳兴，白菊丹枫试晚妆。"

⑧（明）胡应麟《灵隐寺》："画栱雕甍势欲翔，居然台殿到清凉。三天竺色全窥户，九里松阴半入廊。绝顶竿幢红日近，中峰铙磬白云长。异时禅榻惊人后，彩笔犹传婺女傍。"

春来自有薜萝交^①，
万柳摇金接画桥^②。
云里磬声黄叶寺^③，
何须极目瞰江潮^④。

①（唐）姚合《天竺寺殿前立石》："补天残片女娲抛，扑落禅门压地坳。霹雳划深龙旧攫，屈盘痕浅虎新抓。苔粘月眼风挑剔，尘结云头雨磕敲。秋至莫言长屹立，春来自有薜萝交。"

②（元）马臻《西湖春日壮游即事》："万柳摇金接画桥，一清堂外景偏饶。文章太守开华宴，预报龙舟夺锦标。"

③（明）朱朴《友人以西湖灵隐寺旧韵索和》："南宋繁华去已遥，西湖花柳为谁娇。自闻玉井沈香骨，无复龙舟载舞腰。云里磬声黄叶寺，水心虹影赤阑桥。太平歌管多游赏，人物于今仰圣朝。"

④（明）范景文《灵隐寺》："寺涵灵气隐山椒，不待登楼月可招。觅径穿云行屡歇，谈经拂石坐相邀。洞深雨积当晴湿，泉窦风吹入夜嚣。门对飞来峰绝胜，何须极目瞰江潮。"

题天竺三寺

灵山五百阿罗汉①，
异相威严法雨香②。
洒向人间都是爱，
一天烦恼转清凉。

西湖之西，之江至玉泉的天竺路上，有天竺三寺，通称上天竺寺、中
天竺寺、下天竺寺，均系杭州千年名刹。一年的时间内，每天往返于此，
心向往之。然来去匆匆，无缘赏玩，颇为遗憾。没想到一次堵车，给了我
浮光掠影的机会。流连此地1个小时，也算是一次意外的机缘吧。

下天竺坐落于灵鹫山麓，西傍飞来峰，东临月桂峰。晋僧慧理建，
距今已有1660余年历史。在隋号南天竺，五代时号五百罗汉院，祥符初
号灵山，天禧复名天竺寺，清乾隆时改名法镜寺，现为尼众寺院。中天竺
寺，由宝掌禅师创建于隋开皇。隋开皇十七年（597）千岁宝掌和尚开山
建寺，吴越时名崇寿院，政和中改赐天宁万寿永祚禅寺。清乾隆二十七年
（1762），乾隆南巡时改题寺额为"法净寺"。创建最晚的上天竺寺也有
千年历史，五代后晋天福四年（939）建，僧道翊在白云峰下结庐，为上
天竺开山祖师。名"天竺看经院"，咸平初赐"灵感观音院"，淳祐中赐
"广大灵感观音教寺"，清乾隆时赐名"法喜寺"。《武林旧事》描绘天

---

①阿罗汉，梵语Arhat的译音。小乘佛教所理想的最高果位。佛教亦用称断绝嗜欲，解脱烦恼，修得小乘果
的人。谓已断烦恼，超出三界轮回，应受人天供养的尊者。清赵翼《游金陵杂诗》："灵山五百阿罗汉，一个
观音请客难。"
②法雨，佛教语，喻佛法。谓佛法普度众生，如雨之润泽万物。《法华经·化城喻品》："普雨大法雨，度无量
众生。"

竺三寺景物之美："大抵灵竺之胜，周回数十里，岩壑尤美，实聚于下天竺寺。自飞来峰转至寺后，诸岩洞皆嵌空玲珑，莹滑清润，如虬龙瑞凤，如层华吐萼，如皱縠迭浪，穿幽透深，不可名貌。林木皆自岩骨拔起，不土而生。传言兹岩韫玉，故腴润若此。石间波纹水迹，亦不知何时有之。其间唐宋游人题名，不可殚记览者，顾景兴怀云。"

刘真伦摄

天竺三寺集句

山转龙泓一径深[①]，
风泉竹露净衣尘[②]。
三天竺畔全无暑[③]，
恨不移家此卜邻[④]。

恰恰莺簧百啭齐[⑤]，
汤休日在碧云西[⑥]。
摆尘野鹤春毛暖[⑦]，
古木苍藤望欲迷[⑧]。

孟国栋摄

---

①（元）白珽《游天竺后山》："山转龙泓一径深，岚烟吹润扑衣巾。松萝掩映似无路，猿鸟往来如有人。讲石尚存天宝字，御梅尝识建炎春。城中遮日空西望，自与长安隔两尘。"

②（唐）张籍《宿天竺寺寄灵隐僧》："夜向灵溪息此身，风泉竹露净衣尘。月明石上堪同宿，那作山南山北人。"

③（元）萨都剌《季夏游杭灵隐诸峰》："佛国群山快我登，烟霞踏破几层层。三天竺畔全无暑，六月松阴尺五冰。"

④（元）方回《三天竺还五首》："松枝垂地荫松身，恨不移家此卜邻。石上一根长数丈，似吾细看更无人。"

⑤（宋）李洪《次韵元量春游》："恰恰莺簧百啭齐，提壶仍劝醉芳蹊。曲尘弄日腰肢弱，翠黛凝鬟眉妩低。泉石似寻天竺寺，渔舟引入武陵溪。少年簇马观游女，勒住金衔不放嘶。"

⑥（宋）宋祁《了净归天竺寺》："晓原霜重俊鹰肥，一席归风路不迷。林下会徒从雾合，海边停梵见潮低。霜篮烹茗寻前圃，雨屐粘苔认故蹊。知有诗魔未降伏，汤休日在碧云西。"

⑦（唐）白居易《答微之见寄》："可怜风景浙东西，先数余杭次会稽。禹庙未胜天竺寺，钱湖不羡若耶溪。摆尘野鹤春毛暖，拍水沙鸥湿翅低。更对雪楼君爱否，红栏碧甃点银泥。"

⑧（元）萨都剌《送镜中圆上人游钱塘》："西湖西畔三天竺，古木苍藤望欲迷。遥忆道人禅榻夜，月高霜落听猿啼。"

屈曲泉流绕石林^①，

天台天竺堕云岑^②。

湖边钟磬含清籁^③，

路转鹫峰深更深^④。

一瓯新茗觊松花^⑤，

估客浮梁正买茶^⑥，

我有新诗无数处^⑦，

天涯流落涕横斜^⑧。

刘真伦摄

①乾隆《天竺寺诗》："屈曲泉流绕石林，到来竺宇畅幽寻。了知说法无多子，且喜入山不厌深。七佛总空法化报，三生曾话去来今。未能习静催归辔，已听钟流云外音。"

②（唐）陆龟蒙《和天竺寺八月十五夜桂子》："霜实常闻秋半夜，天台天竺堕云岑。如何两地无人种，却是湘漓是桂林。"

③（宋）田锡《题天竺寺》："三月杨花扑马飞，联镳来欻白云扉。湖边钟磬含清籁，树杪楼台霭翠微。野景留人狂欲住，春光啼鸟劝思归。萋萋芳草重回首，十里松门照落晖。"

④（清）沈德潜《天竺寺诗》："松作禅关石作林，诗僧结伴快招寻。桥通合涧去方去，路转鹫峰深更深。植杖亭空花似昔，翻经台古石留今。何当桑下聊栖宿，听彻清泠山水音。"

⑤（清）涂庆澜《宿灵隐寺三日得诗七首示瀛上人》："求书坌集乱涂鸦，茧纸舒来墨点斜。写罢山僧知我渴，一瓯新茗觊松花。"

⑥（清）涂庆澜《钱江杂咏》："赤山埠下旗枪斜，估客浮梁正买茶。载得头纲越墟去，深宵犹绕路三叉。"

⑦（元）方回《三天竺还五首》："城中决定少新诗，便向湖光也未宜。我有新诗无数处，三天竺路笋舆迟。"

⑧（宋）苏轼《天竺寺》："香山居士留遗迹，天竺禅师有故家。空咏连珠吟迭壁，已亡飞鸟失惊蛇。林深野桂寒无子，雨浥山姜病有花。四十七年真一梦，天涯流落涕横斜。"

碧空如水净无氛①，
万壑千岩皆白云②。
山鸟山花应自若③，
仙花桂子落纷纷④。

三峰云气屹相连⑤，
花屋笼云傍石泉⑥。
山到无人行处好⑦，
淡烟寒月一家天⑧。

---

①（明）胡应麟《西湖十咏》："碧空如水净无氛，雁子凫雏荡漾纹。系缆半依秦帝石，携尊齐酹岳王坟。荷花色照千门月，桂子香飘万壑云。向暮西泠风转急，渌波横溅石榴裙。"

②（清）查慎行《题陈缄庵前辈西溪探春图二首》："不怕京尘涨帽裙，参横月落正思君。何人唤醒罗浮梦，万壑千岩皆白云。"

③（宋）董嗣杲《灵隐天竺寺门》："画栋朱檐暴虎蹲，乱钟穿翠掩朝昏。去来所得无多衲，觉悟何曾有二门。山鸟山花应自若，佛心佛法与谁论。风埃几换行人鬓，博士无公扃却存。"

④（唐）白居易《天竺诗》："一山门作两山门，两寺元从一寺分。西涧水流东涧水，南山云起北山云。前台花发后台见，上界钟清下界闻。遥想吾师行道处，仙花桂子落纷纷。"

⑤（明）胡应麟《三天竺》："百尺金身峭壁前，三峰云气屹相连。浑疑竺国诸天坠，绝胜秦城太华悬。随处法身分翠竹，无穷妙相示青莲。瑶鲱咫尺西方在，一叩如来结梵缘。"

⑥（宋）廖刚《天竺寺》："好山堆翠拥金莲，花屋笼云傍石泉。秋沼英蕖半开谢，直须饶占一壶天。"

⑦（元）方回《三天竺道中》："三天竺路渐平登，高似雷峰塔几层。山到无人行处好，松阴万树立孤僧。"

⑧（宋）廖刚《天竺寺》："野塘风细度香莲，碧涧云深响玉泉。从此西湖不须到，淡烟寒月一家天。"

登飞来峰

怪石嶙峋呲角牙，
枯藤老树自横斜。
荆公未履西南路，
不识灵巫在楚巴。

飞来峰，在
杭州西湖以西灵
隐寺南，相传印
度僧人慧理曾称
此峰乃中天竺国
灵鹫山之小岭，
不知何以飞来，
因此称为"飞来
峰"，又名灵
鹫峰，海拔168

赵敏俐摄

米，山体由石灰岩构成，由于水溶蚀作用，形成了许多奇幻多变的洞壑，
怪石嵯峨，风景绝异。山上老树古藤，盘根错节，岩骨暴露，峰棱如削。
荆公《登飞来峰》："飞来山上千寻塔，闻说鸡鸣见日升。不畏浮云遮望
眼，自缘身在最高层。"

灵鹫山，佛陀修行说法的地方。巴比塔，人间通通往天堂的高塔。
巫山，神巫上天的通道。这是基督教、佛教、中国神话中三个沟通天人的

不同孔道。巫，又作"靈""霝"，侯马盟书作"⬚"。巫师，人与神的沟通者。《说文》："⬚，祝也。女能事无形，以舞降神者也。象人两褎舞形。与工同意。古者巫咸初作巫。霝，靈巫。以玉事神。从玉，霝声。靈，靈或从巫。"其字会意，就字形分析，上下两横象天地，中间一竖象天梯，左右两人即上下天地之巫师。《山海经·大荒西经》："有互人之国，炎帝之孙，名曰靈恝。靈恝生互人，是能上下于天。"此"互人"，面对面的两个人，即"巫"字左右两人。"上下于天"，即沟通天地，此"巫"字造字本义。荆公诗用灵鹫峰义，不知巴蜀自有巫山，且延绵数百里，高2000余米，绝非飞来峰可比。

飞来峰集句

旷士无时不爱山[①]，

理公着脚五峰前[②]。

山月未升花雨暗[③]，

深洞潜龙或吐涎[④]。

碧云回首郁崔嵬[⑤]，

分得西天小朵来[⑥]。

灵隐寺前天竺后[⑦]，

石梁溅水湿苍苔[⑧]。

---

①（宋）姜特立《寄题时氏小飞来》："旷士无时不爱山，却嫌庭户少嶙峋。何年劫火留遗断，便作北高峰下看。"

②（宋）董嗣杲《飞来峰》："理公着脚五峰前，树石苍浮滴翠涎。因指何年飞到此，曾栖中竺悟来禅。一猿可验为灵鹫，万古无言有冷泉。今日共知遗迹胜，隐名却有许由传。"

③（清）涂庆澜《宿灵隐寺三日得诗七首示瀛上人》："冲寒出郭访云林，路入云中深更深。山月未升花雨暗，春愁顿触故园心。"

④（明）陈贽《飞来峰》："正当灵隐寺门前，深洞潜龙或吐涎，曾有黄猿闲献果。何妨缁侣静安禅。石间高耸无名树，山足长流不息泉。天竺鹫峰分小朵，远飞来此异僧传。"

⑤（元）陈基《游飞来峰次顾子经照磨韵》："飞盖今朝天竺寺，泛舟昨日小蓬莱。五马旆旌三月暮，四山烟雾一时开。苍藤古木藏灵鹫，绝壑奔流吼怒雷。使节行行趋两楚，碧云回首郁崔嵬。"

⑥（元）陈基《闰三月四日夏仲信太守邀游飞来峰次顾子经照磨韵》："千岩万壑响奔雷，分得西天小朵来。云气满林山韫玉，松阴绕寺榻生苔。烟霞奇迹何当遂，猿鹤留人未拟回。今日使君苏白辈，醉归城路近三台。"

⑦（宋）姜特立《寄题时氏小飞来》："须弥纳芥不为夸，曾向壶中贮九华。灵隐寺前天竺后，好峰都落在君家。"

⑧（元）张翥《游天竺寺》："石梁溅水湿苍苔，阴洞傍穿涧底回。殿阁金银从地涌，山林图画自天开。龙随僧到分云住，猿任人呼下树来。游兴未阑斜日尽，马头呼酒尚徘徊。"

一峰孤绝似飞来①，

突兀空明架紫苔②。

浪说此中曾见佛③，

四山烟雾一时开④。

灵隐门前千岁松⑤，

万山月落一声钟⑥。

曹溪派远近谁论⑦，

青雨听泉到鹫峰⑧。

---

①（明）张靖之《题飞来峰》："翠拥螺攒玉作堆，一峰孤绝似飞来。龙翔北海苍鳞重，凤落西湖锦翼开。鬼斧凿穿生混沌，神鞭驱出小蓬莱。石门阴洞知多少，欲借丹梯上紫台。"

②（明）胡应麟《飞来峰》："突兀空明架紫苔，纷然龙象凿瑶台。昆仑一柱从天下，滟滪孤根拔地来。飞到岂缘夸氏力，削成庸假巨灵材。他年挟汝乘风去，不羡如拳寄草莱。"

③（明）张靖之《题飞来峰》："舞岫翔峦势薄天，岩崖空敞欲飞悬。诗穷翰墨题难尽，画绝丹青趣不传。浪说此中曾见佛，却疑深处可通仙。冷泉亭下西风紧，晚借山房一醉眠。"

④（元）陈基《闰三月四日夏仲信太守邀游飞来峰次顾子经照磨韵》："飞盖今朝天竺寺，泛舟昨日小蓬莱。五马旆旌三月暮，四山烟雾一时开。苍藤古木藏灵鹫，绝壑奔流吼怒雷。使节行行趋两楚，碧云回首郁崔嵬。"

⑤（明）胡应麟《赋得灵隐寺飞来峰赠卢祠部》："灵隐门前千岁松，夹堤九里来青葱。万事人间如转蓬，古来直道多难容。即今吾道宁终穷，丝纶竹帛行遭逢。一朝前席明光宫，谁其稳卧飞来峰。"

⑥（清）涂庆澜《宿灵隐寺三日得诗七首示瀛上人》："东坡方外喜联踪，得遇参寥兴便浓。夜静谈诗当禅偈。万山月落一声钟。"

⑦（明）陈贽《灵隐天竺寺门》："小朵峰如虎豹蹲，上方钟磬报晨昏。诸僧会供过千钵，四寺殊宗共一门。灵澈诗工今鲜比，曹溪派远近谁论。元君大字真道劲，尚有飞来旧扁存。"

⑧（清）张应昌《飞来峰》："青雨听泉到鹫峰，泉声挟雨泻淙淙。绿蓑两度绿阴里，翻喜片云头上浓。"

题卢盛江老师所摄青芝坞梅柳照

染透杏梅瓣，

醉翻杨柳枝。

春风闲不住，

著意毓青芝。

卢盛江摄

青芝坞在浙大玉泉校区与杭州植物园之间，是驻访学者们每天往返玉泉、之江的必经之路，也是我们晚饭后散步时常流连忘返的地方。春日的繁花、夏日的浓荫、秋日的红叶、冬日的云霞，织成我梦幻中的桃源、辋川。

青芝坞作为杭州一景，唐宋时期就已经名闻遐迩。唐白居易、宋吴廉静、元陈旅都有诗吟咏，宋潜说友《咸淳临安志》、吴自牧《梦粱录》均有记载。宋周密《武林旧事》卷五记北山路："自丰乐楼北沿湖至钱塘门外，入九曲路，至德胜桥南印道堂、小溜水桥、黄山桥、扫帚坞、鲍家田、青芝坞、玉泉、驼巘、栖霞岭、东山衕、霍山、昭庆、教场、水磨头、葛岭、九里松、灵隐寺、石人岭、西溪路、止三天竺。"《西湖游览志》卷九北山胜迹载："仙姑山之西为青芝坞、玉泉讲寺。青芝坞有五色土，杂银星者尝产青芝。从石板巷入，南宋驻跸绕湖皆市廛也，故有巷名。其前为佛牙坞。玉泉寺故名净空院，南齐建元中僧昙超说法于此，龙王来听，为之抚掌出泉，遂建龙王祠。晋天福三年始建净空院于泉左，宋理宗书玉泉净空院额以榜之。祠前有池亩许，清澈可鉴，蓄五色鱼数十头，游泳如画。"

青芝坞集句

我家青芝坞①，

泉石胜其余②。

草深迷井口③，

因观青色鱼④。

醉眼轻浮世⑤，

还欣槛倚裾⑥。

鱼跃金梭见⑦，

忘机尔自如⑧。

---

① (清) 金农《小善庵予别业也旧凿碗确得泉涓涓泠泠厨僧常取供之因作是诗》："搪泉凿石根，我家青芝坞。源非黩而恶，蒙蒙天奥府。疾风中多缠，怪木上欲啮。洞深纳积阴，雷雨不敢泄。入山瓢杓喧，引供岁沃沃。僧厨十二简，断竹复续竹。击声若礴碌，高秋聚沆瀣。三漱劳舌神，可以消宿惫。"

② 乾隆《清涟寺即玉泉观鱼》："清涟山里寺，泉石胜其余。坐近琉璃沼，言观翡翠鱼。唼喁花涌浪，泼剌玉溅裾。游客欣初见，山僧道不如。旧曾见王画，可以悟庄书。无虑投竿者，鳞中大隐欤。"

③ (宋) 吴廉静《鲍家田诗》："摇旆家家酒，扶犁处处村。草深迷井口，槿密拥篱根。绿水明秧本，青山失烧痕。多应忌蚕事，畏客掩柴门。"

④ 乾隆《清涟寺观鱼叠旧作韵》："烟轻春雨后，眼值万几余。载礼金光佛，因观青色鱼。生机盍翰墨，乐意映襟裾。怪底参军羡，还劳开士初。新题看帧画，旧句读碑书。漫设重来约，犹今视昔欤。"

⑤ (元) 陈旅《伯青邀予至青芝坞泛湖暮归》："落日风花起，寒波倏渺然。山藏进雪寺，岸种冰田。醉眼轻浮世，牢愁入暮年。若为湖一曲，携钓隐渔船。"

⑥ 乾隆《清涟寺观鱼四迭旧作韵》："依旧清涟寺，别来十载余。迅诚庄梦蝶，知笑惠论鱼。乍凭奁开镜，还欣槛倚裾。泳游随所适，潜跃任其如。物意参理趣，新题接旧书。鳞中足智者，谁试钓竿欤。"

⑦ (明) 张瑛《一勺泉》："鱼跃金梭见，虹垂宝带悬。洗瓯僧瀹茗，供佛客攀钱。"

⑧ (清) 沈德潜《和清涟寺观鱼韵》："玉泉吾旧到，屈指廿年余。不改清涟水，常涵金碧鱼。渗波摇月影，喷沫上霞裾。投饵人无羡，忘机尔自如。分餐斋钵粒，听诵梵天书。庄叟知鱼乐，君真达者欤。"

潜合六根净①，

偏宜藻句书②。

兴尽下山去③，

古稀今老钦④。

---

①乾隆《清涟寺观鱼三迭旧作韵》："跛马苏堤上，几闲尚有余。隔松耸瓦兽，穿竹敞扉鱼。已是知途径，聊当湔袂裾。翠鳞仍彻若，玉镜自澄如。潜合六根净，浮成八体书。不须闻梵贝，对此即禅欤。"

②乾隆《清涟寺观鱼再迭旧韵》："源发西山脚，伏流廿里余。春朝驻罕盖，僧寺静钟鱼。知有池呈镜，堪临槛振裾。翠鳞来得得，乐意自如如。谁谓清波画，偏宜藻句书。效苏频迭韵，曾几似髯欤。"

③(唐)白居易《题玉泉寺》："湛湛玉泉色，悠悠浮云身。闲心对定水，清净两无尘。手把青筇杖，头戴白纶巾。兴尽下山去，知我是谁人。"

④乾隆《清涟寺观鱼五叠旧作韵》："西湖十景足，斯乃续增余。漫拟新胜旧，由他僧妬鱼。方塘纷展画，一镜静含裾。叠翠于牣矣，出蓝突阗如。潜知心不竟，跃似手腾书。弗拟重拈句，古稀今老钦。"

题文澜阁

吴越蜀巴将万里，
艰难跋涉几周星①。
东坡三论破新学②，
吏部五原传大经③。
饭颗山头雾漫漫④，
文澜阁外草青青。
西湖风物依然美，
云在水流天色暝⑤。

文澜阁位于杭州西湖孤山南麓，建成于乾隆四十八年（1783），为珍藏《四库全书》而建的七大藏书阁之一。咸丰十一年(1861)，江南三阁被太平军焚毁，文澜阁部分藏书残存，是江南三阁中唯一的幸存者。光绪六年(1880)开始重建，并收集散失，补抄残缺；辛亥革命后又几经补抄，文澜阁《四库全书》初步补齐。咸丰、光绪年间，抢救、收集散失的文澜阁《四库全书》，并加以钞补，钱塘藏书家丁丙、丁申功不可没。今文澜

---

①周星，即岁星。岁星12年在天空循环一周，因又借指12年。南朝梁庾肩吾《咏同泰寺浮图》："周星疑更落，汉梦似今通。"
②东坡三论，指《东坡书传》《东坡易传》《东坡论语解》，我的硕士论文即以此为基础研究东坡思想。当年访学文澜阁，即为此而来。
③昌黎五原，指韩愈《原道》《原性》《原毁》《原人》《原鬼》，此次访学浙大，所带课题，即《韩愈思想研究》。
④（唐）李白《戏赠杜甫》："饭颗山头逢杜甫，头戴笠子日卓午。借问别来太瘦生，总为从前作诗苦。"
⑤（唐）杜甫《江亭》："坦腹江亭暖，长吟野望时。水流心不竞，云在意俱迟。寂寂春将晚，欣欣物自私。故林归未得，排闷强裁诗。"

阁本《四库全书》中多有以丁氏八千卷楼藏本乃至常州瞿氏铁琴铜剑楼藏本、湖州陆氏皕宋楼藏本抄补者，与现存《四库全书》四种抄本并不完全相同，而这也正是文澜阁本《四库全书》的特殊价值所在。

1980年读研期间，我随傅平骧先生、郑临川先生、周子云先生外出访学，曾逗留文澜阁，第一次接触到《四库全书》。当时的惊喜、兴奋，至今难以忘怀。此次访学浙大一年，除坐班之江以外，每周末两天的时间，全部交付给了它，未尝有一日懈怠。换来的，则是更大的惊喜与兴奋。正在进行的两大课题，在这里有了意外的巨大收获。未来10年，粮草无忧矣。36年过去，当年的青皮，已是满头白发。而嗜书之病，依然如故。奈何！奈何！

西德尼·甘博摄

游孤山

西泠桥畔断桥东，

访罢苏公访白公。

六一寂寥和靖冷①，

谁知混混鹿皮翁②！

宋旭华摄

---

①六一居士，欧阳修别号。六一泉位于杭州市孤山南麓。泉池约2平方米，有清泉一眼，泉水泪泪，泉口呈半圆形，最宽的地方2米多。熙宁四年（1701），苏东坡通判杭州，欧阳修把友人惠勤和尚介绍给他。第二年欧阳修辞世。元祐五年（1090）苏东坡知杭州，惠勤也已亡故。惠勤弟子告诉他，此前数月，泉出讲堂之后，孤山之趾，汪然溢流，甚白而甘。苏东坡遂命名为六一泉。林和靖（967—1028），名逋，字君复，世居钱塘，北宋诗人。林和靖长期隐居孤山，终身不娶。作诗绘画外，唯喜种梅养鹤，有"梅妻鹤子"之说。死后葬孤山北麓，相传鹤也在墓前悲鸣而死，人们将它葬于墓侧，取名鹤冢。

②混混，浑浑噩噩、糊里糊涂、无知无识。（唐）孟棨《本事诗·嘲戏》引欧阳询诗："索头连背暖，漫裆畏肚寒。只缘心混混，所以面团团。"鹿皮翁，汉代工匠。（汉）刘向《列仙传·鹿皮公》："鹿皮公者，淄川人也，少为府小吏木工，举手能成器械。岑山上有神泉，人不能至也。小吏白府君，请木工斤斧三十人，作转轮悬阁，意思横生。数十日，梯道四闲成，上其巅，作祠舍，留止其旁。绝其二闲以自固，食芝草，饮神泉。"（唐）杜甫《遣兴》："但讶鹿皮翁，忘机对芝草。"

《咸淳临安志》卷二十三："孤山在西湖中稍西，一屿耸立，旁无联附，为湖山胜绝处。"孤山岛面对西湖北岸，是西湖中最大的岛屿，为西湖文物胜迹荟萃之地。全岛面积约20公顷，岛南顶峰孤山高约38米。主要景点有：林和靖墓、放鹤亭、西泠印社、文澜阁、秋瑾墓、六一泉、半壁亭、苏曼殊墓园等。唐张祜《杭州孤山寺》："楼台耸碧岑，一径入湖心。不雨山长润，无云水自阴。断桥荒藓合，空院落花深。犹忆西窗月，钟声出北林。"白居易《钱塘湖春行》："孤山寺北贾亭西，水面初平云脚低。几处早莺争暖树，谁家新燕啄春泥。乱花渐欲迷人眼，浅草才能没马蹄。最爱湖东行不足，绿杨阴里白沙堤。"以上两诗，纪孤山方位、形胜，至矣尽矣，蔑以加矣。江郎才尽，不能赞一词。

西德尼·甘博摄

西泠桥集句

西泠桥位于西霞岭麓到孤山之间，南望里湖，北瞰外湖，是一座古色古香的环洞石拱桥，又名西林桥。宋代郭祥正有《西村》诗："远近皆僧舍，西村八九家。得鱼无卖处，沽酒入芦花。"明陈贽《西林桥》："东风客每携壶过，落日人还唤渡无？最有春来狂可玩，桃花千树柳千株。"明袁宏道有《西陵桥》："西陵桥，水长生。松叶细如针，不肯结罗带。莺如衫，燕如钗，油壁车，斫为柴，青骢马，自西来。昨日树头花，今朝陌上土。恨血与啼魂，一半逐风雨。"李流芳《乞画戏题》："常在西湖烟水边，爱呼小艇破湖烟。今朝画出西泠路，乞与长年作酒钱。"一般认为，明末此桥已称为"西泠桥"。据袁宏道诗，知其得名当取自苏小小。不过，宋林景熙《王德辅邀饮新醅予与陈用宾老辄先醉座上分韵得水字》云"我渴梦西泠，攀条嚼冰蕊。醒来步虚廊，天空月在水"。则"西泠"之名，宋末已然，非明人新题。

仙郎家近西湖住[1]

拟读琴心内景经[2]，

向暮西泠风转急[3]，

---

[1] （清）汪琬《西湖歌送友》："君不见西湖流水碧于玉，莎草如烟绕湖绿。西泠桥边花正开，落花片片随风来。木兰艇子蜻蛉尾，擢入花间三十里。垆头少妇调银筝，娇歌一曲最有情。当窗卷邻青绡幕。花香水气传歌声，行人日午相倚听。劝尽丝绳双玉瓶，仙郎家近西湖住。暂假南行赋归去，燕台日落风凄凄。道旁相逢惜解携，羡君南行向湖堤。向湖堤，策马骢，湖水平，湖草齐。"

[2] （宋）叶居仲《自题隐居诗》："瘿木裁冠鹤氅轻，十年尘土厌飘零。小山旧隐云封户，大药新成月满庭。丹井夜交龙虎气，碧霄春蹑凤凰翎。西风客舍炎歊净，拟读琴心内景经。"

[3] （明）胡应麟《西湖十咏》："碧空如水净无氛，雁子凫雏荡漱纹。系绠半依秦帝石，携尊齐酹岳王坟。荷花色照千门月，桂子香飘万壑云。向暮西泠风转急，渌波横溅石榴裙。"

遥看暝色下渔汀①。

西陵桥下水生烟②，
蝴蝶飞来别有天③。
折得青梅小如豆④，
安知老子定无缘⑤。

西德尼·甘博摄

雾鬟烟鬓逐处娇⑥，
美人歌断绿云消⑦。
伤心玉照堂前月⑧，
看尽江潮与海潮⑨。

---

①（元）马臻《西湖春日壮游即事》："遥看暝色下渔汀，金鸭香消酒半醒。倒转船头元有意，槛边人报放流星。"

②（元）释来复《西湖绝句》："西陵桥下水生烟，属玉飞来近钓船。荒尽梅花三百树，孤山何处访逋仙。"

③（元）吾丘衍《别仇仁近》："刘伶一锸事徒然，蝴蝶飞来别有天。欲语太玄何处问，西泠桥外断桥边。"

④（元）马臻《西湖春日壮游即事》："园丁花木巧栽栽，万紫千红簇绮筵。折得青梅小如豆，献来还索赏金钱。"

⑤（清）朱彝尊《八日汪上舍招同诸公夜泛五首》："西泠桥外柳娟娟，宿雾迷蒙月一弦。陌上花钿如可拾，安知老子定无缘。"

⑥（明）萧士玮《月夜西泠桥》："雾鬟烟鬓逐处娇，轻风着面酒初消。月明故国三千里，人在西泠第一桥。"

⑦（元）张翥《西泠桥》："红藕花深逸兴饶，一双鸂鶒避鸣桡。晓风凉入桃花扇，腊酒香分椰子瓢。狂客醉欹明月上，美人歌断绿云消。数声渔笛知何处，疑在西泠第一桥。"

⑧（元）倪瓒《西湖竹枝词》："春愁如雪不能消，又见清明插柳条。伤心玉照堂前月，空照钱塘夜夜潮。"

⑨（清）陈廷敬《西湖八首》："看尽江潮与海潮，湖心小驻似金焦。篮舆早趁扁舟道，回首闲情在断桥。"

东风花鸟醉淹留①。
惯见升平春复秋②。
金缕缓歌家宴静③，
西泠桥边人倚楼④。

老去交游日渐稀⑤，
多生心事此生违⑥。
西泠桥外汀洲路⑦，
挑得春光一担归⑧。

---

① (明)张靖之《三茅观诗》："曾记茅君观里游，东风花鸟醉淹留。丹丘岁晏羽人老，碧草时芳蕙畹秋。村郭半山云不断，江湖夹地水通流。无端却似催诗雨，吟得悲风满树头。"

② (元)马臻《西湖春日壮游即事》："惯见升平春复秋，分明往事昔年游。西泠桥外青山色，几度夕阳人白头。"

③ (元)马臻《西湖春日壮游即事》："流苏两两挂釭头，绣额珠帘不上钩。金缕缓歌家宴静，午前先入里湖游。"

④ (明)李流芳《风雨吟》："风风雨雨江头路，多少离人从此去。欲将别泪寄黄溪，昨日黄溪在何处。归帆一挂不可收，西泠桥边人倚楼。独眠孤眠不成夜，又教风雨伴侬愁。"

⑤ (明)张靖之《三茅观诗》："水光山色杂烟霏，绿漾清浮碧四围。篱菊着霜人酿酒，江风吹雨客添衣。闲中宴会时非偶，老去交游日渐稀。安得良工图画去，相看日日叙岩扉。"

⑥ (清)吴绮《题黄荃画三生石上图》："改面回头日渐非，多生心事此生违。葛洪井畔无相识，手指长松一笑归。"

⑦ (清)陈廷敬《西湖八首》："欲尽江山未却回，钱塘波浪雪成堆。西泠桥外汀洲路，为看江潮昨日来。"

⑧ (元)马臻《西湖春日壮游即事》："要嘱园丁取折枝，红桃白李紫蔷薇。石函桥畔人烟晚，挑得春光一担归。"

题赵敏俐老师所摄苏小小墓

锦城古柏老成精[①]，
岱岳青松几万寻[②]。
黠矣钱塘苏小小，
解邀松柏证同心。

赵敏俐摄

苏小小为南朝萧齐艺妓，钱塘人。《玉台新咏》卷十有《钱唐苏小歌一首》："妾乘油壁车，郎骑青骢马。何处结同心，西陵松柏下。"《乐府诗集》引《乐府广题》："苏小小，钱塘名倡也，盖南齐时人。西陵，在钱塘江之西，歌云'西陵松柏下'是也。"相传诗中的西陵，就是现在的西泠桥，苏小小死后就葬在西泠桥畔。其墓"文革"中被毁，2004年重建。

---

① （唐）杜甫《古柏行》："孔明庙前有老柏，柯如青铜根如石。霜皮溜雨四十围，黛色参天二千尺。"
② 秦始皇封禅泰山，风雨暴至，避于树下。因此树护驾有功，按秦官爵封为五大夫。见《史记·秦始皇本纪》。

题赵敏俐老师所摄九溪十八涧

九溪无数涧，
最美在林泉。
岩挂千绦素①，
云开万里天。
淙淙石漱玉②，
澹澹水生烟③。
将欲濯吾足④，
绿荫啼杜鹃。

九溪十八涧，又称"九溪烟树"，是西湖新十景之一。位于西湖西边群山中的鸡冠垅下，北接龙井，南贯钱塘江。九溪发源于翁家山杨梅岭下，包括清湾、宏法、唐家、小康、佛石、百丈、云栖、清头和方家九溪，曲折隐忽，流入钱江；十八涧，指细流之多，流泉淙淙。《清一统志》谓"众山之泉环流于此，东流入江"，最得其形势。

不过，对西湖而言，九溪并不是新景。早在宋元时期，它已经闻名遐迩。不少文人墨客，如宋周文璞、元张光弼等都有诗咏歌。《咸淳临安志》卷三十六："九溪，在赤山烟霞岭西，南通徐村出大江，北达龙井。"宋周密《武林旧事》卷五"小麦岭"："饮马桥，前后至龙井，止

---

①绦(tāo)，丝绳、丝带。欧阳修《玉楼春》："春葱指甲轻拢捻，五彩垂绦双袖卷。"
②漱玉，谓泉流漱石，声若击玉。晋陆机《招隐诗》："山溜何泠泠，飞泉漱鸣玉"。
③(三国)曹操《碣石篇》："东临碣石，以观沧海。水何澹澹，山岛竦峙。"李白《梦游天姥吟留别》："云青青兮欲雨，水澹澹兮生烟。"
④(唐)韩愈《山石》："当流赤足蹋涧石，水声激激风生衣。"

九溪十八涧。"《西湖游览志》卷四："龙井之南为九溪,其西为十八涧。九溪在烟霞岭西南,路通徐村,水出江干,北达龙井。十八涧,在龙井之西,路通六和塔。"《明一统志》卷三十八"杭州府":"九溪,在府城西南一十二里。众山泉水所出,自徐村入大江。"明吴之鲸《澹社序》描绘其形胜云:"由石屋沿水乐洞度岭为十八涧,山势峭逼,曲涧蜿舞,樵语炊烟,阒隔数里。乍入其中,真如云井化城,都未经见。忽然溪穷山尽,暂欲小憩,谽谺复豁,别开一境,层梯碧映,岩壑奇杳。傍有一池水,甘冽出虎跑锡杖上。危壁苍藓蒙护其下,游鱼倏没,喷如雨花。龙泓一派清响,与涧相接,溪光山翠,俱赴杖履。"明清以下,题咏尤多。

2015年秋,高研院同仁小聚龙井山上农家乐,然后步行下山,沿九溪十八涧返回之江。一路浓荫,一路熏香,一路石磴,一路音响,流水潺潺,鸟鸣嘤嘤,上下往复,千回百萦。最难忘怀的,是清澈见底的溪水在崖石、岸石、片石、卵石、磊石、巨石礌砢间曲折穿行,留下一道道飞瀑、一串串深湫,素湍绿潭,回清倒影,清荣峻茂,良多趣味。再加上水石冲击,淙淙瀺瀺,烟雾弥漫,云气溢然。九溪十八涧,最美是林泉。俞樾形容此景:"重重叠叠山,曲曲环环路,叮叮咚咚泉,高高下下树。"形则似已,而未中肯綮。王维"声喧乱石中,色静深松里"(《青溪》),最得此景神髓。城市近郊能保有这样一方净土、一袭清流,在当今的中国,实属难得!

赵敏俐摄

九溪烟树集句

山中溪涧数从头[①]。
红叶黄花无限秋[②]。
拟待春风招社客[③]，
九磵十八涧边游[④]。

高低岩窦泻灵乳[⑤]，
并作山中一派青[⑥]。
更欲穷源赏幽胜[⑦]，
西风吹叶乱人听[⑧]。

陈静摄

[①] (清) 俞樾《九月二十四日偕许子原女壻及次女秀孙自龙井至理安遍历九溪十八涧之胜口占二绝句》："老妻欲作理安游，竟以屏躯愿未酬。今日携将娇女去，山中溪涧数从头。"

[②] (清) 俞樾《次女秀孙有诗纪九溪之游女壻许子原和之老夫亦用其韵》："山馆清闲竟日留，篮舆更伴我同游。千岩万壑不知处，红叶黄花无限秋。法雨泉清聊瀹茗，瓮云洞小试探幽。归来喜见新诗句，爱女吟成快壻酬。"

[③] (元) 守仁禅师《题石蟹泉》："神鳌驱水到禅家，清出龙泓味更佳。晴带浦云穿晓箐，暗随山雨走寒沙。玉脐圆晚波心月，琼沫香浮沼面花。拟待春风招社客，焚香来试九溪茶。"

[④] (宋) 张侃《十八涧》："九磵十八涧边游，风景萧疏接素秋。野草怕人愁有剩，尚余翠色映双眸。"

[⑤] (清) 王庆勋《九溪十八涧》："高低岩窦泻灵乳，纵横溪涧分西东。奔波屈曲赴苍海，流声日夜无终穷。"

[⑥] (清) 俞樾《九月二十四日偕许子原女壻及次女秀孙自龙井至理安遍历九溪十八涧之胜口占二绝句》："九溪有数涧无数，并作山中一派青。谁料石矼刚十八，舆夫脚底是山经。"

[⑦] (清) 王岱《自十八涧至理庵》："淙淙涧訾落微茫，杳杳空山去路长。僧定涅高梵阁，客朱松顶据胡床。秋宵月上螺峰杪，石雨泉飞翠藻香。更欲穷源赏幽胜，过溪桥畔一褰裳。"

[⑧] (清) 王岱《自十八涧至理庵》："松杉香霭寺重局，矗矗层峦夹谷青。磴道千盘县绝壑，江涛万里入孤亭。漆灯石塔理秋草，龙藏香台锁梵经。兴发会须题洞竹，西风吹叶乱人听。"

石磴迷离拂乱枝①，

纵横百道出林飞②。

溪横野鹳苍烟卷③，

江色东来倚翠微④。

苔厚石桥麋鹿行⑤，

春阴漠漠晓烟生⑥。

何当老我松巅阁⑦，

不改当年澹荡情⑧。

---

① （明）郑郧《九溪》："石磴迷离拂乱枝，溪流曲曲出山迟，行人指点精蓝近，只是云深不可知。"

② （明）徐尔铉《十八涧》："雨后新泉沸石矶，纵横百道出林飞。临流顾影疑非我，云湿须眉翠满衣。"

③ （清）龚鼎孳《历十八涧至理安寺与箬上人坐松巅阁因观法雨泉迫暝归》："石林过雨晓峦平，幽客招携决屦行。风磴一亭天际落，云涛万鼓地中鸣。溪横野鹳苍烟卷，寺废山魈白日生。数涧渐忘登涉远，虎崖历尽不知名。"

④ （清）张丹《十八涧》："十八涧边木叶稀，清泉坐啜已忘归。褰萝更上南峰望，江色东来倚翠微。"

⑤ （明）李流芳《游理安寺》："草深沙径樵夫引，苔厚石桥麋鹿行。坐久忽闻松籁响，此心已敌镜池清。"

⑥ （清）罗聘《西湖杂诗二十二首》："乍到西湖双眼明，春阴漠漠晓烟生。携筇不定游踪迹，但拣雨丝疏处行。"

⑦ （明）陈继儒诗："山中樵子不知路，世上俗人谁识名。何当老我松巅阁，烧木蒸藜过此生。"

⑧ （清）高士奇《西湖》："淡淡湖光刺眼明，冷烟晴日爱秋清，白公堤上毿毿柳，不改当年澹荡情。"

题京杭大运河

一线茫茫破大荒，

北南纵贯运河长。

千秋功罪谁评判？

只剩垂杨还姓杨①。

刘真伦摄

　　隋炀帝文才武略，不在唐
太宗以下。南征平陈之役，文帝不以太子监军，而以晋王挂帅，可见其武
功；至于其文采风流，"暮江平不动，春花满正开，流波将月去，潮水带
星来"一首，下启张若虚《春江花月夜》，可知其自诩天下第一，绝非浮
夸。后人追溯其亡国原因，大多归罪于开凿大运河，但从工程设计和经济
效益的角度考量，沟通南北交通，造福后世千年，其合理性、合法性都应
该没有问题。所以，开凿大运河受到后人的质疑，不是因为目标，而是因
为手段，或者说为实现目标而选择的路径。急疾为治、施行惶遽，利出一
孔，搜刮敛聚，利用政治暴力实施经济垄断，民穷国富，天下动荡，才是
炀帝亡国的真正原因。

---

①隋炀帝开凿大运河，龙舟御艇，每船用彩缆10条，每条用殿脚女10人、嫩羊10口，令殿脚女与羊相间相行
牵之。时恐盛暑，翰林学士虞世基献计，请用垂柳栽于汴渠两堤上。一则树根四散，鞠护河堤；二乃牵船之
人，护其阴凉；三则牵舟之羊食其叶。上大喜，诏民间有柳一株，赏一缣，百姓竞献之。又令亲种，帝自种一
株，群臣次第种，方及百姓。时有谣言曰："天子先栽，然后万姓栽。"栽毕，帝御笔写赐垂柳姓杨，曰杨柳
也。见《开河记》。

题杭州半山镇安贤园司徒雷登墓

普渡慈航一叶舟，
杏坛耕作几春秋。
任他巧舌百千啭，
不废江河万古流。

司徒雷登，1876年6月生于杭州。美国基督教长老会传教士、外交官、教育家。1908年执教之江大学，在之江大学的校园里生活了10年。1919年起任燕京大学校长、校务长，是燕京大学的主要创办者。1946年任美国驻华大使，1949年8月离开中国。1962年9月19日病逝于华盛顿。司徒雷登临终遗嘱："将我的遗体火化，如有可能我的骨灰应安葬于中国北平燕京大学之墓地，与吾妻遗体为邻。"1986年6月，中共中央书记处批准以原燕京大学校长名义将其安葬于临湖轩，但遭到一些人联名上书反对。2008年11月17日，其骨灰安放于杭州半山安贤园。

题钱王祠

肯以江山困民为[①]！

英雄能辨是和非。

流光溢彩依然在[②]，

陌上花开缓缓归[③]。

钱王祠，在杭州西湖东岸柳浪闻莺公园内，其前身为表忠观，观内有苏东坡所写的《表忠观碑记》，表彰五代吴越三代钱王。始建于北宋元丰二年（1079），清代以后称钱王祠。2003年重建。

钱镠（852—932），字具美，或作巨美，小字婆留，杭州临安人，五代十国时期吴越国创建者。钱镠在唐末跟随董昌保护乡里，抵御乱军，累迁至镇海军节度使，后因董昌叛唐称帝，受诏讨平董昌，再加镇东军节度使。逐渐占据以杭州为首的两浙十三州，先后被中原王朝封为越王、吴王、吴越王、吴越国王。在位41年，庙号太祖，谥号武肃，葬钱王陵。

钱镠在位期间，采取保境安民的政策，经济繁荣，渔盐桑蚕之利甲于江南。文士荟萃，人才济济，文采风流，著称于世。其家训要求子孙度德量力，免动干戈，即所以爱民；遗嘱称"如遇真君主，宜速归附"。其

---

① （明）王世贞《弇州四部稿》卷一百三十六"表忠观碑"条："武肃王（钱镠）初有国，将筑宫。望气者言：'因故府大之，不过百年。填西湖之半，可得千年。'武肃笑曰：'世有千年而其中不出真主者乎？奈何困吾民为！'遂弗改。"

② 流光，谓福泽流传至后世。《谷梁传》僖公十五年："德厚者流光，德薄者流卑。"溢彩，文采飞扬。明游居敬《翰林修撰升庵杨公墓志铭》："摛辞达情，彪炳溢采。叙事辨疑，贯穿典坟。"

③ （宋）苏轼《陌上花引》："游九仙山，闻里中儿歌《陌上花》。父老云：吴越王妃每岁春必归临安，王以书遗妃曰：'陌上花开，可缓缓归矣。'吴人用其语为歌，含思宛转，听之凄然。"宋谢翱《吴越王妃归朝》自注："妃以开宝九年三月随王入朝。"则此吴越王指钱俶。王士祯《香祖笔记》以为钱镠，误。

后钱俶归宋，子孙世世出将入相，钱姓高居百家姓第二位，应该归功于钱镠治家有方。更重要的是，吴越百姓得免于战火，这是钱氏最大的贡献。

历代统治者为了皇族的一己私利，大多理直气壮地将打江山、坐江山、保江山认定为至高无上的国家核心利益，甚至不惜以千百万人头为牺牲。但不以一己私利包括江山社稷而影响百姓利益的政治家也大有人在：周太王居豳，狄人攻之，太王仁恩恻隐，不忍流血，遂杖策而出，邑乎岐山。韩愈为此作《岐山操》以颂之。周穆王与楚连谋伐徐，徐偃王不忍斗其民，北走彭城武原山下，百姓随而从之万有余家。偃王虽走死失国，民戴其嗣，为君如初。韩愈为之作《衢州徐偃王庙碑》，以秦、徐对比：秦专用武胜，得以统一天下；徐专行仁义，终以失国。但秦以惨刻，二世而亡，宗族灭绝；徐以仁厚，子孙繁衍，人才辈出。秦以暴虐，宗庙隳坏，社稷丧亡，祖宗不得血食；徐以善待其民，百姓随而从之万有余家，且凿石为室以祠，世世不替。历史的判断自有公论。尤为难得的是，钱镠能够不受填西湖之半可得千年江山的巨大诱惑，断然以"奈何困吾民为"拒绝了扰民、困民的动议，实在值得大书特书。

罗宁摄

题虎跑泉

水激长松滴翠妍，
性空和尚梦甘泉。
虎跑水泡龙山叶[①]，
不羡鸳鸯不羡仙。

刘真伦摄

虎跑泉，又称虎跑梦
泉，位于西湖之南大慈山
定慧禅寺内，贵人峰下，滴翠岩边。虎跑
之名，因梦泉而来。传说唐代高僧性空住
在这里，后来因水源短缺，准备迁走。梦
中得到神示："南岳衡山有童子泉，当遣
二虎移来。"其后梦见两虎刨岩作穴，石
壁涌出泉水，虎跑梦泉由此得名。虎跑泉
为杭州名泉之一，水质纯净，甘冽醇厚。
据说泉水有较大的分子密度和表面张力，
在盛满水的杯子中轻轻放入五分硬币，硬
币能浮在水面而不沉。即使水面高出杯口

孟国栋摄

达3毫米，水也不外溢。用虎跑水泡龙井茶，清香溢口，沁人心脾，被誉
为"西湖双绝"。

---

①跑，《广韵》薄交切，音páo，走兽用脚刨地。《西京杂记》卷四："滕公驾至东都门，马鸣，局不肯前，以
足跑地久之。"

题农家乐

螺贝之鱼鸡兔鸭[①]，

春蒿春笋炒椿芽。

一壶黄酒半堂醉，

又约明前看采茶。

茅家埠是通往龙井村的一条小路，路边农家小院，大多是农家乐。桌椅洁净，从厅堂直接街边，开阔敞亮。菜肴皆农家时蔬，生新鲜活，清香扑鼻，且富于地方风味。老板家茶园的茶树刚刚冒出新芽，老板娘热情邀约，清明前后来参观他们采摘新茶。

刘真伦摄

---

①之鱼，之江出海口咸水、淡水交界处特产的一种鱼。当即孙愐《唐韵》所载鲥鱼，后人以音近至讹。宋梁克家《淳熙三山志》卷四十二"土俗类四物产"："鲥鱼，一名鲥鱼。鳞如淡墨，传金骨软子饱者佳。"宋吴自牧《梦粱录》虫鱼之品："鲥，六和塔江边生，极鲜腴而肥，江北者味差减。"明李时珍《本草纲目》："按孙愐云'鲥出江东'，今江中皆有，而江东独盛，故应天府以充御贡。每四月鲥鱼出后即出，云从海中泝上，人甚珍之。鲥形秀而扁，微似鲂而长，白色如银，肉中多细刺如毛，其子甚腻。大者不过三尺，腹下有三角硬鳞如甲，其肪亦在鳞甲中，自甚惜之。其性浮游，渔人以丝网沈水数寸取之。一丝罣鳞，即不复动，才出水即死，最易馁败。不宜烹煮，惟以笋苋芹荻之属连鳞蒸食乃佳。亦可糟藏之。"杭帮菜清蒸之鱼，口味清淡，色香俱全。

游植物园竹林

万竿修竹拂岚光，
千顷绿波风浪狂。
雨后小溪争聒噪，
无边春笋迸清香。

刘真伦摄

杭州植物园对面玉古路东侧，有数百亩竹林。初春时节，一场春雨，竹笋抽芽，遍地迸崩。身临其境，才真正体会到什么是雨后春笋。晨曦初现，看万竿修竹，上拂晴岚；暮霭乍静，

刘真伦摄

听淙淙清溪，鸟啼虫鸣。醉翁《戏答元珍》"冻雷惊笋欲抽芽"，声息动态，俱在其中，唯色香气味，犹未能备。试作一绝，亦狗尾续貂而已。

谒太炎先生墓①

能要日寇拜坟墓②，
难免红兵辱遗木③。
怪道先生有明教，
子孙毋食其官禄④。

　　章太炎（1869—1936），名炳麟，字枚叔，号太炎，余杭（今浙江杭州）人。近代中国民主革命家、思想家、学者。1903年，邹容、章太炎分别发表轰动全国的《革命军》和《驳康有为论革命书》。章太炎主笔的《苏报》连续发表《读〈革命军〉》《序〈革命军〉》《介绍〈革命军〉》等文章，主张建立资产阶级"中华共和国"，推荐《革命军》为国民必读的第一教科书。清政府为此以"劝动天下造反""大逆不道"之名照会上海租界当局。1903年7月7日，《苏报》被封，章太炎被捕。1904年5月，租界法庭判处章太炎监禁3年，1906年刑满释放。这就是著名的"《苏报》案"。1904年章太炎与蔡元培等发起成立光复会。1906年出

---

①太炎先生生前敬慕张苍水，表示"生不同辰，死当邻穴"。1936年先生病故，灵柩暂厝苏州。1956年4月1日迁葬杭州南屏山荔枝峰，与张苍水墓为邻。墓前树"章太炎之墓"小篆大碑，系1915年章太炎自篆。
②要（yāo），迫使。《论语·宪问》："臧武仲以防求为后于鲁，虽曰不要君，吾不信也。"1937年11月，苏州沦陷，日军闯入章家后花园，看见章太炎的坟墓，没有墓碑，以为墓内埋有财宝，一定要挖开看个究竟。章家留下守门的老家人苦苦劝止，但遭毒打。日本一位军佐得知此为章太炎墓后，制止了日军。这位军佐几日后还特来拜祭，并在墓旁立了一个木柱，上书"章太炎之墓"。从此才没有日军前来骚扰。
③木，棺椁。《礼记·檀弓下》："原壤登木。"郑玄注："木，椁材也。"1966年年底，红卫兵将章墓掘开，取出棺椁，撬开棺盖，将尚属完好的遗体拖出弃之于地，不久尸体就腐臭了。后来，遗骸被一位好心的园林工人草草埋于山脚下。1981年10月辛亥革命70周年前夕捡回骨殖重新安葬于原处。
④相传章太炎临终遗言："设有异族入主中夏，世世子孙毋食其官禄。"

狱后，在日本参加同盟会，主编《民报》，与改良派展开论战。1911年回国，任孙中山总统府枢密顾问。1917年参加护法军政府，任秘书长。晚年以讲学为业，著述甚丰，今人编有《章太炎全集》。

业师傅平骧先生为1935年苏州章氏国学讲习会及门弟子，尝述及先生治学风范及为人风采。此次来杭拜谒，高山仰止，景行行止，馨香一瓣，敬恭明祀。适逢两岸"新儒家"杜甫草堂华山论剑，观其大言炎炎，"超越牟宗三""回到康有为"，俨然以"筹安六君子"自居，则知当年先生所奔走号呼者尚未过时。当仁不让，正在我辈，勉之哉！勉之哉！

罗宁摄

谒苍水先生墓

百战越闽三入江[①],

甘将热血洒疆场。

散军悬岙因何故?

不忍刀兵困一方[②]。

张煌言（1620—1664），字
玄著，号苍水，鄞县（今浙江

罗宁摄

[①]一入长江：清顺治四年、南明永历元年（1647）4月，左都御史张煌言监张名振军，率战舰浮海至崇明，一度登陆，但不幸为飓风所袭失败，全军覆没。清顺治五年、南明永历二年（1648），张煌言参加义军恢复宁波失败，率军上上虞县平冈结寨固守，焚上虞、破新昌。清顺治八年、南明永历五年（1651），义军拥奉鲁王在舟山重建行在。8月，鲁王封张煌言为兵部左侍郎。总督军务的张名振和张煌言奉鲁王率大军从海上进攻崇明，获初胜，但根据地舟山却因防守空虚，被清军袭破，撤至福建。

二入长江：清顺治十年、南明永历七年（1653），张煌言随张名振又一次攻入崇明，1654年正月，二张率大军溯长江西上，军容严整，震动大江两岸，一度扬威镇江金山，因湖湘各处的永历帝军队发生变故，退回崇明。4月，西征南京，郑成功助兵2万，为军事失利，被迫退回舟山。

三入长江：清顺治十五年、南明永历十二年（1658），永历帝封郑成功为延平郡王、招讨大将军，张煌言为东阁大学士兼兵部尚书，负责浙江军事。清顺治十六年、南明永历十三年（1659）5月，郑成功率水陆大军17万人，在舟山会合了张煌言所部6000人，自崇明口入长江，开始了向清军的进攻。6月17日，张煌言攻入瓜洲。是月，张煌言部西上，到达观音门江面，等待郑成功从陆上会师进攻南京，在南京江面空等了两天，不见大军到来。入夜，清军80艘快船偷袭张煌言水军，义军奋勇杀敌，打败清军，克复江浦城。清顺治十六年、南明永历十三年（1659）七月初七张煌言收复芜湖，遂即于该城驻节，并分四路军攻取溧阳至广德、池州、和州、宁国，旬月之间，连克皖南的太平、宁国、池州、徽州、无为、和州及苏南的高淳、溧阳、溧水等城池，共计四府、三州、二十四县，部下水陆大军发展到数万人。不幸郑成功大军在南京城下败绩。郑成功撤兵，张煌言孤军悬于芜湖。清顺治十八年、南明永历十五年（1661）3月，率兵返闽北沙埕。

[②]全祖望《明故权兵部尚书兼翰林院侍讲学士鄞张公神道碑铭》："公复安抚书，大略言：不佞所以百折不回者，上则欲匡扶宗社，下则欲保捍桑梓。乃因国事之靡宁，而致民生之愈瘵。十余年来，海上乌菱糇糒之供，楼橹舟航之费，敲骨吸髓，可为恻然。况复重之以迁徙，讫以流离，哀我人斯，亦已劳止。请与幕府约：但使残黎朝还故土，不佞即夕当挂高帆，不重困此一方也。"（《鲒埼亭集》卷九）

宁波鄞州区）人，崇祯举人。清顺治二年、南明弘光元年（1645），清军大举南下，连破扬州、南京、嘉定、杭州等城。宁波城中文武官员有的仓皇出逃，有的策划献城投降，刑部员外郎钱肃乐等率众集会于府城隍

刘真伦摄

庙，倡议勤王，25岁的举人张煌言毅然参加，并奉表到天台请鲁王朱以海北上监国，王授公为行人。至会稽，赐进士加翰林院编修，授翰林修撰。历右佥都御史、兵部右侍郎。鲁王去监国号，通表滇中。永历加公兵部左侍郎兼翰林院学士，终兵部尚书。康熙三年（1664），永历帝、监国鲁王、郑成功等相继死，张煌言于南田悬岙岛解散义军，隐居不出。是年被俘，九月初七，在杭州弼教坊慷慨就义，谥号忠烈。黄宗羲有《兵部左侍郎苍水张公墓志铭》，全祖望有《明故权兵部尚书兼翰林院侍讲学士鄞张公神道碑铭》。

公之未死也，尝赋诗，欲葬湖上岳忠武王、于忠肃公二墓之间。苍水蒙难，鄞人故御史纪五昌捐金，令公甥朱相玉购公首，而杭人张文嘉、沈横书等殓之，有朱锡九、锡兰、锡旗、锡昌兄弟者，豫为公买地经纪之，而鄞人万斯大等葬之南屏之阴，从公志也，姚江黄公宗羲为之铭。其《寻张司马墓》："草荒树密路三叉，下马来寻日色斜。顽石呜呼都作字。冬青憔悴未开花，夜台不敢留真姓，萍梗还来醉晚鸦。牡蛎滩头当日客，茫然隔世数年华。"知初葬时墓石未能留真姓。全祖望《明故权兵部尚书兼翰林院侍讲学士鄞张公神道碑铭》云："至今七十余年，每逢春秋佳日，游人多以炙鸡絮酒，醉公墓下。"知乾隆初年，神道碑已刻真姓。今墓碑刻"皇清赐谥忠烈明兵部尚书苍水张公之墓"，为清咸丰八年（1858）慈溪潘珏重立。

谒梨洲先生墓

奋锥一击殿堂间，
子弟从戎数几千。
莫道明夷离在下①，
光华依旧上冲天。

丘峦着意护英灵，
明月桃花接素馨②。
热血男儿天下事，
幽兰无土苦伶仃③。

三月清明雨恻凄，
龙山隐去恨谁知。
明夷待访何须问，
日上中天会有期。

刘真伦摄

刘真伦摄

①明夷，六十四卦之一，离下坤上，即日在地下。《易·明夷》："明夷，利艰贞。"孙星衍《集解》引郑玄曰："夷，伤也，日出地上，其明乃光，至其入地，明则伤矣，故谓之明夷。"《汉书·五行志中之上》："京房《易传》曰：贤者居明夷之世，知时而伤，或众在位，厥妖鸡生角。"黄宗羲有《明夷待访录》，谓华夏蒙尘，待后世访问采纳。
②素馨，本名耶悉茗，原产印度，佛书作"鬘华"。常绿灌木，初秋开花，花白色，香气清冽，可供观赏。以其花色白而芳香，故称。宋吴曾《能改斋漫录·方物》："岭外素馨花，本名耶悉茗花，丛脞幺么，似不足贵。唯花洁白，南人极重之，以白而香，故易其名。"
③黄宗羲《剡中筑墓杂言》："幽兰无土庇芳根，鼠穴乘车梦失伦。独有此中堪避世，依然元会未经寅。"

山间气韵自浑融，
红雾青氛路半壅。
问道田家浑不应，
化安山下涧连峰。

清明谷雨楝花风，
烟树云峰罩绿蒙。
埋骨龙山心不死，
一腔浩气化长虹。

刘真伦摄

云山穆穆柳青青，
泉涧暗鸣绕墓亭。
莫教松风翻恶浪[1]，
琢词甬道肃英灵。

清明三月谒龙山，
一束山花气若蕑[2]。
三尺莫邪终必在，
誓为华夏扫腥羴[3]。

刘真伦摄

赤县湮沉夜半钟，
哀其不幸启其蒙。
子规至死犹啼唤，

---

①黄宗羲《示百家》："年来赖汝苦支撑，鸡骨支床得暂宁。若使松风翻恶浪，万端瓦裂丧生平。"
②蕑（jiān），兰草的一种。《诗·郑风·溱洧》："士与女，方秉蕑兮。"毛传："蕑，兰也。"
③羴（shān），指羊、牛等动物膻腥臊臭的气味。《周礼·天官·内饔》："羊，泠毛而毳，羴。"

二十四番花信风。

溪涧纵横似霆奔，
琼花瑶草伴英魂。
春泥已化无边绿，
行看东方日色暾。

刘真伦摄

刘真伦摄

黄宗羲（1610—1695），字太冲，号南雷，浙江余姚人，明末清初杰出的思想家、史学家。黄宗羲的父亲黄尊素为万历进士，天启中御史，为东林党人。因弹劾魏忠贤而被削职归籍，不久下狱，受尽酷刑而死。19岁的黄宗羲进京讼冤，具疏请诛主谋曹钦、程李实，并在廷鞫时在朝堂上出锥击伤主谋许显纯、崔应元，追杀牢卒叶咨、颜文仲，明思宗叹称其为"忠臣孤子"。黄宗羲归乡后，发愤读书，从学于著名思想家刘宗周，闻诚意、慎独之学。南都作《防乱揭》攻阮大铖，东林子弟推无锡顾杲居首，天启被难诸家推宗羲居首，大铖恨之刺骨，遂按揭中140人姓氏，欲尽杀之。时宗羲方上书阙下而祸作，遂与杲并逮。南都破，宗羲踉跄归，召集里中子弟数百人组成"世忠营"参加反清，兵力扩至3000。鲁王授职方郎，改御史、左副都御史，失败后返乡闭门著述。康熙十八年（1679），都御史徐元文荐于朝，以老病辞。有《周易象数论》《深衣考》《孟子师说》《明儒学案》《南雷文定》等著述传世，学者称梨洲先生（《清史稿·儒林一》《清史列传·儒林传下一》）。黄宗羲的启蒙思想完全没有外来思想的影响，空前绝后，被称为"中国思想启蒙之父"。

刘真伦摄

  黄宗羲墓位于余姚城东南10千米化安山下的龙山东南麓，三面青山环抱，林木葱郁，鸟语花香，景色宜人。先生有诗云："昔年曾此作邻家，依旧水声彻夜哗。风景过清销不尽，满溪明月浸桃花。"抗清失败后，梨洲先生于晚年建龙虎山草堂于此，从事读书著述。1688年冬，先生在此自觅墓地，营建了极其简朴的生圹，并作诗留存："空谷登登相杵频，野狐蛇鼠不相亲。应知难免高人笑，苦恋生身与死身。"生前遗嘱："一被一褥，安放石床，不用棺椁，不作佛事，不做七七，凡鼓吹、巫觋、铭旌，一概不用。"盖痛心疾首于国破家亡，"期于速朽，而不欲显言其故也"（全祖望《梨洲先生神道碑文》）。"文革"中被毁，1981年部分修复。

2007年迄今，我花费了将近10年的功夫整理《宋元学案》，不但比对了10余个现存传本，订补了原文大量阙略，而且对宋学流派以及蕺山、梨洲一系的思想主张有了切实的了解。自昌黎、明道、象山，经阳明、蕺山、梨洲，下至太炎先生所传之孔孟正道，始得豁然贯通；与此相对应，自荣夷公、管仲、商鞅、韩非、桑弘羊，经杨炎、中唐公羊学派、王安石、朱熹、张居正，下至筹安六君子，利出一孔，权归一家，急疾为治，施行惶遽的猖披邪径，也得以条分缕析、纤维毕现。唯其如此，对梨洲先生的景仰之情，山高水长，伊于胡底！

谒风波亭

北望中原意气遒^①，

十年苦战一朝休^②。

人间冤案莫须有^③，

自古官家不识羞。

  风波亭，相传为南宋时大理寺狱中亭名。一代名将岳飞及其子岳云、部将张宪遇害于此。风波亭具体旧址不详。2003年，在恢复杭州西湖湖滨景区的人文景观时，杭州市民纷纷向杭州市政府提出"恢复风波亭遗址"的要求。杭州市政府在充分听取多方面的意见后，按照宋代样式和风格在钱塘门附近重建了风波亭和风波桥，并在风波亭旁恢复纪念岳飞之女岳银瓶的孝女井，以此表达对岳飞的敬仰之情。

  查历代方志，除《民国杭州府志》外，杭州无风波亭其地。其事始见明嘉靖间陈全之《蓬窗日录·诗谈》"谕张制诰令世子守服"条："岳武穆至金山，僧道月送之登舟，嘱云：'风波亭下浪滔滔，千万留心把舵牢。谨备同舟人意歹，将身推落在波涛。'又曰：'将军此去莫心焦，未审金牌气怎消。滚滚风波须仔细，牢心把舵要坚牢。'秦桧果陷飞于风波

①遒，劲健、强劲。曹丕《与吴质书》："公干有逸气，但未遒耳。"
②（宋）徐梦莘《三朝北盟会编》卷二百七："侯屯军于颍昌府陈蔡汝州西京永安，前不能进，后不能退。忽一日诏书十三道，令班师赴阙奏事，令诸路军马并回师。侯自将二千骑，取颍昌入淮赴诏，加侯枢密副使。侯曰：'所得诸郡，一旦都休，社稷江山，难以中兴，乾坤世界，无由再复。'有人密报，秦桧转恶之。"
③莫，副词，表揣测。或许、大约、莫非。莫须有，恐怕有、也许有。宋熊克《中兴小纪》卷二十九："中丞万俟卨、大理卿周三畏同勘岳飞等狱成。癸巳，诏赐飞死，斩宪、云于市。先是，狱之成也，太傅韩世忠尝以问秦桧，桧曰：'飞子云与张宪书不明，其事体莫须有。'世忠曰：'相公言莫须有，此三字何以使人甘心？'因争之，桧不听。"

亭下。"其后明郭良翰《问奇类林》、明郭子章《六语·谶语》、明陈仁锡《无梦园初集》等均有记载，戏曲、小说亦多有推演，明胡文焕《群音类选》有《东窗记》，明毛晋《六十种曲》有《精忠记》，明周清原《西湖二集》有《巧妓佐夫成名》。诗人咏歌，明清以下，亦颇不乏人。清俞樾《精忠柏台记》则坐实其地："精忠柏，在吾浙按察使司狱公廨之右土地庙前，即宋大理寺狱风波亭故址也。"精忠柏，始见于乾隆丁丑岁司李楚江周士锜诗（清孙原湘《精忠柏》），咸丰庚申、辛酉间毁于兵火。以其地为风波亭故址，并无依据。不过民间传说，也算是民心民意，姑妄听之吧。

风波亭集句

记得深宫拜紫霞①，

风波亭下叹空华②。

十年功败垂成日③，

痛饮秋风白日斜④。

国丧无复戴星奔⑤，

山鬼乘狸过羑门⑥。

九庙拼同花石碎⑦，

风波亭上哭冤魂⑧。

---

①（明）虞淳熙《谒岳墓次壁间二韵》其三："空留艮岳镇中华，记得深宫拜紫霞。北狩无人还尔骨，南枝有树死君家。撼山易得嵩华去，移狱能禁雀鼠哗。三字未书书反字，夜魂飞去一灯斜。"

②（明）虞淳熙《谒岳墓次壁间二韵》其一："风波亭下叹空华，梦到西湖隐乱霞。恨失黄龙来卷土，难驱白雁痛亡家。分尸老桧狐常立，合抱南枝鸟不哗。日暮诗魂犹可吊，寒潭秋月向人斜。"

③（清）李星沅《岳庙》："撼山容易撼军难，铁骑纵横战血殷。赤县欲恢全宋业，蜡丸不放两宫还。十年功败垂成日，三字冤埋和议间。莫话东窗前日事，风波亭外雨潺潺。"

④（明）虞淳熙《谒岳墓次壁间二韵》其四："泥马何来欲乱华，黄龙未到死栖霞。骨销野土留忠字，泪满中原望岳家。疑冢玉鱼今已出，穷边铁骑近无哗。椒浆半是匈奴血，痛饮秋风白日斜。"

⑤（明）虞淳熙《谒岳墓次壁间二韵》其六："鹊弓早挂鸟飞翻，草色殷殷钟室门。殿上空寻大小眼，庑中似见往来魂。狱书忍裂生前敕，程史能明身后冤。落日汤阴庐舍在，国丧无复戴星奔。"

⑥（明）虞淳熙《谒岳墓次壁间二韵》其七："玉环落树北风翻，山鬼乘狸过羑门。高蠡至今惭马革，断臂往日泣龙魂。藏弓八石知无策，化碧千秋实有冤。悬目大江看蜕骨，电飞白塔阵云奔。"

⑦（清）樊增祥《再题岳王庙壁》："漫把珊戈挽落晖，小朝廷上计全非。藏弓自纵高飞鸟，拔剑长歌不逝骓。九庙拼同花石碎，两宫空换木樵归。思陵报在冬青树，残骼飘零失玉衣。"

⑧（清）沈钦韩《题陈少旸尽忠录》："戴天履地真遗恨，伤往追来漫降思。终是建炎初政好，风波亭上哭冤魂。"

中流披发真多事①，

不抵黄龙死不休②。

渡马王愁城借一③，

新蒲细柳总关愁④。

---

① (明) 虞淳熙《谒岳墓次壁间二韵》其五："一样苍茫湖水翻，飞来飞去出无门。寒磷灼灼么奴血，壮气桓桓车骑魂。石在三生谁定主，名销万死各含冤。中流披发真多事，不见韩王骢马奔。"

② (清) 戚学标《岳庙再次刘金事韵》："不抵黄龙死不休，中原何日可忘仇。拚将血战酬军国，岂料风波瘗狱囚。破敌原非君相意，寄环那顾父兄愁。遗民解说精忠事，听到金牌泪直流。"

③ (清) 陈夔龙《风波亭》："腜背书成意未堪，如公忠孝两无惭。桧阴蔽日心输北，柏树经霜指向南。渡马王愁城借一，骑驴客叹狱成三。莫言江上风波恶，涅字当年血泪含。"

④ (清) 全祖望《风波亭留春次韵》："暂领春风湖上楼，仍来此地苦掩留。不忘农候听桑扈，因读家书知麦秋。秾李夭桃宁有梦，新蒲细柳总关愁。直须隔世思忠武，蔓草离离菜圃头。"

谒秋瑾墓

博浪一椎谈笑中^①，
满腔热血洒苍穹。
秋窗秋雨秋风烈，
宝剑依然啸夜空^②。

秋瑾（1875—1907），祖籍浙江山阴（今绍兴市），辛亥革命先烈。1904年7月，自费东渡日本留学。1905年，日本颁布"取缔清国留学生规则"，压制中国留学生的革命活动，陈天华因此蹈海自杀。秋瑾组织了七八百名学生集体回国以示抗议，并当面呵斥反对这一决议的周氏兄弟"投降满虏，卖友求荣"（永田圭介《秋瑾——竞雄女侠传》）。归国后，分别在上海、绍兴会晤蔡元培、徐锡麟，并由徐介绍参加光复会。1905年7月再赴日本，加入同盟会，被推为评议部评议员和浙江主盟人。旋因母丧回绍兴，先后到诸暨、义乌、金华、兰溪等地联络会党，主持大通学堂校务，准备起义。1907年7月6日，徐锡麟安庆起义失败，事泄。1907年7月10日，遣散众人，留守大通学堂。14日被捕，坚不吐供，仅书"秋风秋雨愁煞人"以对。1907年7月15日凌晨，就义于绍兴轩亭口，时年仅32岁，葬杭州西湖西泠桥畔。

---

①博浪沙，地名。在今河南省阳武县东南。张良与力士狙击秦始皇于此。《史记·留侯世家》："良与客狙击秦始皇帝博浪沙中。"李白《经下邳圯桥怀张子房》："沧海得壮士，椎秦博浪沙。"

②秋瑾《宝剑歌》："炎帝世系伤中绝，茫茫国恨何时雪？世无平权只强权，话到兴亡眦欲裂。千金市得宝剑来，公理不恃恃赤铁。死生一事付鸿毛，人生到此方英杰。饥时欲啖仇人头，渴时欲饮匈奴血。侠骨崚嶒傲九州，不信大刚刚则折。血染斑斑已化碧，汉王诛暴由三尺。五胡乱晋南北分，衣冠文弱难辞责。君不见剑气棱棱贯斗牛，胸中了了旧国仇。锋芒未露已惊世，养晦京华几度秋。一匣深藏不露锋，知音落落世难逢。空山一夜惊风雨，跃跃沉吟欲化龙。宝光闪闪惊四座，九天白日暗无色。按剑相顾读史书，书中误国多奸贼。中原忽化牧羊场，咄咄腥风吹禹域。除却干将与莫邪，世界伊谁开暗黑？斩尽妖魔百鬼藏，澄清天下本天职。他年成败利钝不计较，但恃铁血主义报祖国。"

谒于谦墓

君轻民贵奉为经^①，
难怪英宗信谤讪。
举世皆清尔独醉^②，
哪来清白在人间^③！

于谦，字廷益，钱塘人。明永乐十九年（1421）进士，宣德初授御史，迁兵部右侍郎巡抚河南山西。在官九年，迁左侍郎。正统六年（1441）入朝，适有御史姓名类谦者尝忤宦官王振，下法司论死，系狱三月。已而振知其误，得释，左迁大理寺少卿，复命巡抚河南山西。正统十九年（1454）丁内外艰，十三年以兵部左侍郎召。正统十四年（1449）秋，瓦剌也先大举入寇，王振挟帝亲征，谦留京理部事。八月土木堡之变，英宗被俘。也先挟持英宗入侵，京师震动。于谦以"社稷为重君为轻"，请皇太后下旨皇弟郕王朱祁钰监国，使也先手中的英宗成为空质。擢兵部尚书，全权负责筹划京师防御。时群臣议战守，侍讲徐珵言星象有变，当南迁。于谦坚持保卫北京，以为"京师天下根本，一动则大事去矣，独不见宋南渡事乎？"。议乃定。又檄取两京河南备操军、山东及南京沿海备倭军、江北及北京诸府运粮军亟赴京师，以次经画部署，人心稍安。九月郕王即帝位，十月也先挟持英宗破紫荆关威胁京师，于谦分遣诸

---

① 《孟子·尽心下》："孟子曰：民为贵，社稷次之，君为轻。是故得乎丘民而为天子，得乎天子为诸侯，得乎诸侯为大夫，诸侯危社稷则变置。"《明史纪事本末·南宫复辟》："上北狩，廷臣间主和。谦辄曰：'社稷为重，君为轻。'以故也先抱空质，上得还。然谦祸机亦萌此矣。"
② 《楚辞·渔父》："屈原曰：举世皆浊我独清，众人皆醉我独醒，是以见放。"
③ 《元明事类钞》卷二十二："于肃愍公行状：景泰初，公监修京城时见石灰，因口占一绝云：'千锤万凿出深山，烈火坑中炼尔颜。粉骨碎身皆不顾，要留清白在人间。'此诗谶也。"

将列阵九门迎敌，并亲自督战，击毙也先弟孛罗及平章卯那孩，取得京师保卫战的胜利。景泰元年（1450），也先请求议和，同意归还英宗。八月，明朝接回英宗，安置南宫，称上皇。景泰八年（1457），将军石亨、宦官曹吉祥等趁景帝病重，发兵拥立英宗复辟。英宗复位后，石亨、曹吉祥等诬于谦制造不轨言论，另立太子，唆使科道官上奏。都御史萧维祯审理案件，判于谦谋逆罪，判处死刑。都督同知陈逵感谦忠义，收遗骸殡之。踰年，归葬杭州西湖三台山麓。成化二年（1466），于谦冤案平反。弘治二年（1489），赠特进光禄大夫、柱国、太傅，谥"肃愍"，并在墓旁建旌功祠，设春秋二祭，形成祠墓合一格局。万历年间改谥"忠肃"。1966年祠墓被毁，1982年重建。

赵敏俐摄

忆江南（太子湾）

清明雨，

拂过太子湾。

如火如风如海啸，

紫橙蓝白粉黄丹。

燕子正蹒跚^①。

桐花雨，

催放郁金香。

蝉鬓云鬟巢翡翠，

东风轻拂柳丝长。

毋负好时光。

太子湾公园位于西湖西南隅，南屏山荔枝峰下，以南宋庄文、景献两太子葬此而得名，总面积0.8平方千米。

卢盛江摄

卢盛江摄

太子湾公园南靠九曜、南屏二山，东邻净慈寺及张苍水、章太炎墓，西邻南高峰，北与南屏路相隔。依山傍水，气象万千，郁金香展最为有名。公园不收门票，可谓便民。但每至节假日，则人头攒动，拥挤不堪，遍地狼藉，亦令人生畏。

---

①蹒跚，舞步翩跹貌。唐窦臮《述书赋》："婆娑蹒跚，绰约文质。"

题陈布雷墓①

胡适无儿怜伯道②，
布雷有女愧中郎③。
人皆养子望聪慧④，
寂寞九溪冬夜长。

---

①陈布雷（1890—1948），名训恩，字彦及，笔名布雷、畏垒，浙江慈溪人。1911年毕业于浙江高等学堂（浙江大学前身），同年在上海《天铎报》做记者。1912年3月加入同盟会，1920年赴上海，在商务印书馆编译《韦氏大学字典》，先后任《商报》主编、《国闻周刊》主要撰稿人。1927年加入国民党。历任浙江省政府秘书长、国民党中央党部秘书长、《时事新报》主编、国民党中央宣传部副部长等职。兼任复旦大学中国国文科新闻组（新闻系前身）教授，主讲《社论作法》。1935年后历任蒋介石侍从室第二处主任、最高国防委员会副秘书长等职，长期为蒋介石草拟文件，有"国民党第一支笔"之称。抗日战争胜利后，任总统府国策顾问、《申报》顾问兼常务董事。1948年11月13日在南京自杀，安葬于杭州九溪。

②胡思杜（1921—1957），胡适次子。思想"左"倾，热爱鲁迅，先后在上海大学、东吴大学读社会科学。到美国后，胡适将他送进教会学校海勿浮学院就读历史，染上了吃喝的恶习而荒废学业，被学校驱逐。1948年12月，蒋介石派专机到北平"抢救"名流学者。胡思杜不愿随父母南行。1948年被安排在北大图书馆工作，后被派到华北人民革命大学（中国人民大学的前身）政治研究院学习。1949年9月22日，在香港《大公报》公开发表《对我父亲——胡适的批判》，言辞尖刻，轰动海内外。此后胡思杜被分配到唐山铁道学院马列部教文史，因为出身不好，一直没交上女朋友。1957年，由狂热的积极分子，变成了阶级异己分子，被定为右派。1957年9月21日上吊自杀身亡，年仅36岁。

③韩愈《题西林寺故萧二郎中旧堂公有女为尼在江州》："中郎有女能传业，伯道无儿可保家。"陈琏（1919—1967），陈布雷最小的女儿，中共地下党员。1947年8月10日与"平津南方局"地下党负责人、北平学委书记袁永熙结婚，同年9月24日因秘密电台被破获，解赴南京。蒋介石准予特赦，命陈布雷"严加管教"。陈布雷自愧家门不修，自杀身亡。后陈琏任青年团中央委员，1957年袁永熙被划为右派，陈琏与袁永熙离婚，1962年任中共中央华东局宣传部文教处处长。"文革"期间，她被定性为国民党残渣余孽，1967年自杀身亡。

④苏轼《洗儿》："人皆养子望聪明，我被聪明误一生。"

丙申雨前龙井山观采茶

三三两两越溪女，
竹笠轻蓑映彩霞。
蝶舞莺歌浑不应，
低头忙采雨前茶。

补录三

初到桐庐

淡淡轻云接远山，
富春江水漾微澜。
依刘说项分湖水，
怎比清清七里滩。

刘真伦摄

七里泷集句

七里泷，南朝称七里濑（谢灵运《过七里濑》），唐称七里滩（唐骆宾王《应诘》），至宋称七里泷（宋韦骧《过七里泷》）。《太平寰宇记》卷九十五睦州桐庐县："七里滩，即富春渚是也。严子陵钓坛，县南大江侧，坛下连七里濑。"濑（lài），浅水沙石滩。《汉书·司马相如传下》："东驰土山兮，北揭石濑。"颜师古注："石而浅水曰濑。"泷（lóng），河水湍急貌。《方言》："泷涿谓之沾。泷涿，犹濑滞也，音笼。"《广雅·释诂》："泷涿露沾濡渫，也。"《玉篇》："泷，力公切。《方言》：'泷涿谓之沾渍。'又音双。"俗谚云："有风七里，无风七十里。"（《方舆胜览·建德府》）盖舟行难于挽纤，唯视风以为迟速，滩以此得名。今桐庐县七里泷镇，在富春江边子陵钓台下游约2千米，但二者已被富春江水电站阻断。七里泷沙滩犹存，子陵滩则深沉水底，千年古迹，不可得见矣。

吹箫江上晚[1]，

独上子陵滩[2]。

想属任公钓[3]，

---

[1]（唐）刘长卿《送宣尊师醮毕归越》："吹箫江上晚，惆怅别茅君。踏火能飞雪，登刀入白云。晨香长日在，夜磬满山闻。挥手桐溪路，无情水亦分。"

[2]（唐）刘长卿《却归睦州至七里滩下作》："南归犹谪宦，独上子陵滩。江树临洲晚，沙禽对水寒。山开斜照在，石浅乱流难。惆怅梅花发，年年此地看。"

[3]（东晋）谢灵运《七里濑》："羁心积秋晨，晨积展游眺。孤客伤逝湍，徒旅苦奔峭。石浅水潺湲，日落山照曜。荒林纷沃若，哀禽相叫啸。遭物悼迁斥，存期得要妙。既秉上皇心，岂屑末代诮。目睹严子濑，想属任公钓。谁谓古今殊，异代可同调。"

不知霜月寒①。

拂云高雁倚风抟②，

一席飞帆插羽翰③。

拟共钓竿长往复④，

孤舟暂泊子陵滩⑤。

石浅沙平流水寒⑥，

别来何处路行难⑦。

忽惊鬓后苍浪发⑧，

莫过严光七里滩⑨。

刘真伦摄

刘真伦摄

---

① （唐）方干《暮发七里滩夜泊严光台下》："一瞬即七里，箭驰犹是滩。樯边走岚翠，枕底失风湍。但讶猿鸟定，不知霜月寒。前贤竟何益，此地误垂竿。"

② （宋）杨时《过七里濑》："拂云高雁倚风抟，下视平湖万里宽。搔首扁舟又东去，钱塘江上看波澜。"

③ （宋）杨时《过七里濑》："扁舟东下几时还，一席飞帆插羽翰。回首严陵台上月，清风千古逼人寒。"

④ （唐）秦系《耶溪书怀寄刘长卿员外》："时人多笑乐幽栖，晚起闲行独杖藜。云色卷舒前后岭，药苗新旧两三畦。偶逢野果将呼子，屡折荆钗亦为妻。拟共钓竿长往复，严陵滩上胜耶溪。"

⑤ （唐）刘长卿《使还七里濑上逢薛承规赴江西贬》："迁客归人醉晚寒，孤舟暂泊子陵滩。怜君更去三千里，落日青山江上看。"

⑥ （唐）白居易《新小滩》："石浅沙平流水寒，水边斜插一渔竿。江南客见生乡思，道似严陵七里滩。"

⑦ （唐）罗隐《酬章处士见寄》："中原甲马未曾安，今日逢君事万端。乱后几回乡梦隔，别来何处路行难。霜鳞共落三门浪，雪鬓同归七里滩。何必新诗更相戏，小楼吟罢暮天寒。"

⑧ （唐）白居易《酬严十八郎中见示》："口厌香握厌兰，紫薇青琐举头看。忽惊鬓后苍浪发，未得心中本分官。夜酌满客花色暖，秋吟切骨玉声寒。承明长短君应入，莫忆家江七里滩。"

⑨ （唐）吴融《自讽》："世路升沉合自安，故人何必苦相干。涂穷始解东归去，莫过严光七里滩。"

看罢吴山看越山①，

客星光射紫微寒②。

青衫着了寻归路③，

孰与严陵七里滩④。

逝水滔滔七里滩⑤，

山头忽堕玉钩寒⑥。

好须借得长年住⑦，

空使先生刻肺肝⑧。

刘真伦摄

刘真伦摄

---

① （宋）李廌《送元勋不伐侍亲之官泉南》："看罢吴山看越山，一帆千里玩风澜。令人颇忆羊裘老，为钓桐庐七里滩。"

② （宋）杨杰《严光》："狂奴肯顾安车聘，祗爱东阳七里滩。谁道世间人不识，客星光射紫微寒。"

③ （宋）戴复古《周子益年八十赴殿》："抛却渔村老钓竿，手遮西日上长安。青衫着了寻归路，莫过羊裘七里滩。"

④ （宋）林季仲《袁居士来自桐庐索诗赠二绝句》："木落空山霜露寒，却驱羸马傍长安。君看仕路风波恶，孰与严陵七里滩。"

⑤ （宋）何梦桂《和夹谷金事题钓台十首》："逝水滔滔七里滩，高情聊寄一丝竿。无鱼可钓浑闲事，脚底龙眠尽自安。"

⑥ （宋）许纶《新月》："碧汉新磨印甲痕，山头忽堕玉钩寒。澄江只在青山外，忆得垂纶七里滩。"

⑦ （宋）何梦桂《见田察使》："玉节星轺御史冠，邦人多少路旁观。半空寒月千峰榭，一酌清泉七里滩。天地鸢鱼春鼓舞，山林鸡犬夜平安。好须借得长年住，截断车轮挽佩珊。"

⑧ （元）方回《岁尽即事三首》："七里滩西更上滩，十年生事一渔竿。故人共骇霜毛短，俗子犹嫌铁面寒。雪屋五更天地独，梅诗一句古今难。虚名浪得真何用，空使先生刻肺肝。"

千仞台临七里滩①,

往来湖海不辞难②。

长吟对酒初投饵③,

松栢苍标在岁寒④。

醉把浮云笑笑看⑤,

不知进步白头难⑥。

留连万古知非浅⑦,

月在千峰水在滩⑧。

刘真伦摄

刘真伦摄

①(元)王逢《奉题先世所藏严子陵小像》:"千仞台临七里滩,羊裘鹤发老鱼竿。客星帝座分天象,颍水箕山并晓寒。遂起后尘甘党锢,尚存余烈愧南冠。桂丛苯蕚苹花薄,怅望高风一羽翰。"

②(明)史谨《复古堂为江文初赋》:"司谏云孙鬓已斑,往来湖海不辞难。新居构近三天竺,故国遥临七里滩。别后几番劳梦寐,归时还欲制纶竿。一生自有松篁操,合向林泉老岁寒。"

③(明)王绂《钓诗钩》:"好句如璜得者难,江天佳趣浩漫漫。长吟对酒初投饵,小立支筇胜把竿。兴逐白鸥挥彩笔,思牵华藻出层澜。只今湖海多风雅,不独名高七里滩。"

④(元)马臻《送友人之东浙》:"淡交如水古应难,松栢苍标在岁寒。老去谩伤浮世薄,病来多忆故园。安终求伏道三年艾,喜见桐庐七里滩。心事悠悠转无语,数声柔橹别江干。"

⑤(明)庄昶《寄任生之参议用送行韵》:"醉把浮云笑笑看,黄䌷被里日三竿。孩心未觉相非是狂,狂药宁知痛饮难。民物自公真可拜,乾坤何我不相干。古今认得真相契,不到无诗寄钓滩。"

⑥(明)庄昶《寄任生之参议用送行韵》:"许将南北欲成看,空有人间百尺竿。但恐独行寒影乱,不知进步白头难。匆匆描画何劳顾,了了浮华漫不干。问法沙门真护否,小亭痴坐月溪滩。"

⑦(明)庄昶《寄任生之参议用送行韵》:"秋爽曾携坐马看,是为垂绂是垂竿。留连万古知非浅,老病深山见颜难。鸿在雪泥留指爪,天来草阁了阑干。行藏断定公知我,潦倒终焉七里滩。"

⑧(明)庄昶《寄任生之参议用送行韵》:"忽忽那言信眼看,巨鳌元不论长竿。昔贤枉说屠龙易,此日真闻出手难。洛下小车知邵子国,清饶舌笑丰干。相思敢只无多话,月在千峰水在滩。"

万山云雾一溪风①，

复转岑山月下礁②。

闻道三声催客泪③，

峰回滩转石玲珑④。

刘真伦摄

想见烟波白鸟双⑤，

有时松露滴篷窗⑥。

钓鱼台上无丝竹⑦，

似到秋风七里泷⑧。

---

① (明) 李流芳《自新安江至钱塘舟行绝句》："晓发严州七里泷，万山云雾一溪风。钓台直上三千尺，何处江潭有钓翁。"

② (明) 李流芳《自新安江至钱塘舟行绝句》："才过草市溪边舍，复转岑山月下礁。维舟直傍滩声宿，要使乡心一夜空。"

③ (明) 李流芳《自新安江至钱塘舟行绝句》："喜看沙鸟迎人立，怕见山猿连臂来。闻道三声催客泪，此中客泪不须催。"

④ (明) 李流芳《自新安江至钱塘舟行绝句》："峰回滩转石玲珑，傍楫随篙诘曲通。正是贪奇心不定，轻舟直下去如风。"

⑤ (清) 汤右曾《题陈斐公清江荡桨图》："想见烟波白鸟双，披图便似到家江。参差红树青山外，一叶渔舠七里泷。"

⑥ (清) 黄任《七里泷》："终日岚光湿画幢，有时松露滴篷窗。一声橹板千岩响，知在诸峰未出泷。"

⑦ (唐) 胡曾《七里滩》："七里清滩映石层，九天星象感严陵。钓鱼台上无丝竹，不是高人谁解登。"

⑧ (清) 汤右曾《与邱翔梧》："高安官且免糟缸，郡治萧然卧竹窗。民事由来等身事，蜀江元只是家江。同携明月三更笛，似到秋风七里泷。老去经营复何有，荒芜休问石田双。"

次郁达夫录钓台题壁韵

既惜羽毛且惜身，
不为权势丧天真。
白云隈里听泉响①，
七里泷头伴钓人。
平揖时君惊帝座，
仰希先圣步清尘②。
子孙不肖最无奈，
劝进筹安颂暴秦。

《元和郡县志》睦州桐庐县："严子陵钓台，在县西三十里，浙江北岸也。"《太平寰宇记》睦州桐庐县："《严陵山舆地志》云：'桐庐有严陵山，境尤胜丽。来岸是锦峰绣岭，即子陵所隐之地，因名。'严子陵钓坛，县南大江侧，坛下连七里濑。按《东观汉记》云：光武与子陵友善，及登位，忘之。陵隐于孤亭山，垂钓为业。时主天文者奏：'每日出帝星，有客星同流。'帝曰：'严子陵耳。'访得之，陵不受封。今郡有台并坛，亦谓严陵濑。"严子陵，名光，字子陵，会稽余姚人。少时曾与刘秀同游学。刘秀即位，严子陵谢绝征召，隐居于此。今严先生祠诗碑不

①白云源，富春江发源地之一，山高1246.5米，为龙门山脉最高峰。
②《庄子·田子方》："颜渊问于仲尼曰：夫子步亦步，夫子趋亦趋，夫子驰亦驰。夫子奔逸绝尘，而回瞠若乎后矣。"清尘，清高的遗风、高尚的品质。《楚辞·远游》："闻赤松之清尘兮，愿承风乎遗则。"王逸注："清尘，徽美也。"

少，唯郁达夫所录钓台题壁差胜。此诗作年，今学界系于1931年，以为哀左联五作家而作，然"劫数东南""帝秦"云云，似无着处。今诗碑明题"戊寅冬日"，则当为1938年，"帝秦"云云，当斥亲日派而云然。因次其韵云。

附：《郁达夫戊寅（1938）冬日录钓台题壁之作》

不是尊前爱惜身，
佯狂难免假成真。
曾因酒醉鞭名马，
生怕情多累美人。
劫数东南天作孽，
鸡鸣风雨海扬尘。
悲歌痛哭终何补，
义士纷纷说帝秦。

刘真伦摄

谒余姚阳明先生故居

至善何为者？
识仁而守仁。
心存花始在，
践履得其真。

王守仁（1472—1529），字伯安，浙江
余姚人。弘治十二年（1499）进士，官至南
京兵部尚书、都察院左都御史。因平定宸濠
之乱，封新建伯，谥文成，隆庆年间追赠新
建侯。曾筑室于会稽山阳明洞，自号阳明
子，学者称之为阳明先生。阳明先生为明代
著名思想家，陆王心学之集大成者，对近代
思想启蒙尤其是新儒学的发展有重大影响。

刘真伦摄

王阳明故居位于余姚市龙泉山北麓阳明西路以北的武胜路西侧，与阳
明公园隔路相望。其中有阳明出生地瑞云楼、中厅寿山堂、至善堂等遗
迹。

刘真伦摄

刘真伦摄

后 记

　　此书初稿于2016年6月15日定稿，曾以征求意见稿的形式由浙江大学人文高等研究院印发给相关同仁。此次修改，主要包括以下内容。

　　其一，学术札记，根据高研院整理的报告实录充实、补充了部分内容。

　　其二，诗歌部分，接受永亮兄的建议，对部分出韵、出律的句子做了若干文字调整。

　　其三，驻访结束后，曾三次回访：2016年10月16日，高研院周年院庆；2016年11月23至24日，参加"会通视野下的唐宋文学研究"学术研讨会；2017年4月15至16日，参加"集部文献整理之经验与问题"学术研讨会。三次回访新作，补录在各卷之末。

　　其四，驻杭期间，曾有集句若干，初稿未及录入。此次选录若干，以展示西湖文化的历史内涵，同时减少读者的翻检之劳。

　　其五，凡采用高研院同仁所摄照片，均各自署名；其余历史图片，多采自公开出版物，凡有署名，均一一标注。封面书名题签及钟楼手绘图，以及正文中育英堂、四号楼手绘图，均由赵声良老师提供。

　　其六，此书得以出版，得到了浙大高研院及以下单位、同仁的大力支持，特此鸣谢：

　　2015年秋冬学期至2016年春夏学期的全体驻访学者；在此期间莅临高研院开办工作坊及学术讲座的全体学术报告人；2016年11月23至24日参加"会通视野下的唐宋文学研究"学术研讨会、2017年4月15至16日参加"集部文献整理之经验与问题"学术研讨会的全体同仁；参加历届院庆周年活动的全体同仁；为本书提供所摄照片及书法、绘画作品的全体同仁；高研院行政团队全体老师；浙大出版社领导以及参与本书编、校、审读的全体老师。

谨此表示诚挚的谢意！

刘真伦

2017年4月20日

记于武汉瑜伽山南瑜伽湖西巴山虎舍

图书在版编目（CIP）数据

钱唐访学杂记 / 刘真伦著. -- 杭州 ： 浙江大学出
版社，2020.1
ISBN 978-7-308-17055-0

Ⅰ. ①钱… Ⅱ. ①刘… Ⅲ. ①诗集－中国－当代
Ⅳ. ①I227

中国版本图书馆CIP数据核字(2017)第154821号

钱唐访学杂记

刘真伦　著

责任编辑	牟琳琳
责任校对	王荣鑫
装帧设计	春天书装
出版发行	浙江大学出版社
	（杭州市天目山路148号　　邮政编码　310007）
	（网址：http://www.zjupress.com）
排　　版	杭州林智广告有限公司
印　　刷	浙江海虹彩色印务有限公司
开　　本	710mm×1000mm　1/16
印　　张	24
字　　数	318千
版 印 次	2020年1月第1版　2020年1月第1次印刷
书　　号	ISBN 978-7-308-17055-0
定　　价	88.00元